Stephanie Monahan

NO GOING BACK

© Daniel Lenahan

Stephanie Monahan hat Englische Literatur an der Binghamton University/New York studiert. Sie liebt Lesen und Schreiben, englische Popmusik und den Strand – und lebt mit ihrem Mann in Massachusetts.

Ivana Marinović, geboren 1980 in Esslingen, studierte Vergleichende Literaturwissenschaft und arbeitete mehrere Jahre als Lektorin in einem Jugendbuchverlag, bevor sie sich als freie Lektorin und Übersetzerin selbstständig machte.

Stephanie Monahan

no going back

Aus dem amerikanischen Englisch
von Ivana Marinović

dtv

Ausführliche Informationen über
unsere Autoren und Bücher
www.dtv.de

MIX
Papier aus verantwortungsvollen Quellen
FSC® C019821
FSC www.fsc.org

Deutsche Erstausgabe
2016 dtv Verlagsgesellschaft mbH und Co. KG, München

Titel der amerikanischen Originalausgabe:
›The Mean Girl Apologies‹, 2014 erschienen bei Entangled Publishing, LLC, Fort Collins
This translation published by arrangement with Entangled Publishing, LLC through RightsMix LLC.
Umschlaggestaltung: Frauke Schneider unter Verwendung eines Bildes von Getty Images, Valeria Schettino
Lektorat: Ulrike Hauswaldt
Gesetzt aus der Arno Pro 10,25/13·
Satz: pagina GmbH, Tübingen
Druck und Bindung: Druckerei C. H.Beck, Nördlingen
Gedruckt auf säurefreiem, chlorfrei gebleichtem Papier
Printed in Germany · ISBN 978-3-423-71705-2

Für Jeff

1

Ich war gerade mittendrin, meine beste Freundin anzulügen, als ich das Lied hörte.

Wir waren soeben im Brautmodengeschäft eingetroffen, wo Amber uns für unseren Anprobetermin anmeldete. Loris Aufmerksamkeit wurde von einer Vitrine mit glitzerndem Kopfschmuck abgelenkt und Sarah und ich schlenderten zum Schaufenster.

Draußen war die Touristensaison über uns hereingebrochen. Pärchen hielten Händchen und stöberten durch die Antiquitätengeschäfte, Grüppchen von Mädchen mit gigantischen Bechern Eiskaffee spazierten lachend die Straßen entlang. Normalerweise brauchte man etwa zehn Minuten, um vom einen Ende Stoneburys zum anderen zu gelangen. Zwischen Juni und August konnten es vierzig werden.

»Freust du dich nicht total, wieder zurück zu sein?«, fragte Sarah. Sie lehnte sich an mich, legte den Arm um meine Schultern und drückte mich.

»Doch«, sagte ich.

Das war die Lüge.

Und das war der Moment, in dem ich das Lied hörte.

Ich erkannte die Stimme nicht sofort als die seine. Sie war weicher als in meiner Erinnerung, die rauen Kanten abgeschliffen, doch irgendetwas an ihr zwang mich, innezuhalten und hinzuhören. Etwas Vertrautes.

Ich hatte nur das Ende mitbekommen, als der Refrain sich wiederholte und verklang. Vom Text konnte ich nicht viel heraushören, nur die eingängige Melodie. Es war ein wirklich guter Song.

Danach meldete sich der Radiomoderator. »Danke fürs Zuhören bei Sunny 101.5, Stoneburys Sender mit den besten Hits! Das war *unser* Jack Moreland, aus Stonebury, Abschlussklasse von 2013. Es wurde auch höchste Zeit, dass unser Städtchen eine Berühmtheit hervorbringt, finden Sie nicht auch? Als Nächstes hören Sie den Verkehrs- und Wetterbericht!«

Sarah drehte sich überrascht zu mir. »Sag mal, Natalie? Hat der eben Jack Moreland gesagt?«

Also hatte sie es auch gehört. Das hier war kein unglaublich lebhafter Traum oder dergleichen. »Ja, ich … ich glaube schon.«

»Er hat mit uns den Abschluss gemacht!«

Ich nickte nur, da ich fürchtete, kein Wort herauszubringen.

»Das ist ja verrückt! Lori … hast du das gehört?«

Lori kam herüberspaziert, und ihre Augen weiteten sich, als Sarah ihr von dem Lied erzählte. »Ich kann nicht glauben, dass ich nichts davon wusste«, sagte sie beleidigt. Lori prahlte gerne damit, mehr über einen zu wissen als man selbst.

»Was ist los?«, fragte Amber, und abermals erzählte Sarah von dem Lied.

Verhielt ich mich natürlich? Konnten sie mir anmerken, dass meine Beine weich wie Gummi waren und dass ich Gefahr lief, in die Vitrine mit den Tiaras zu kippen?

Offenbar nicht, denn sie plapperten weiter, als sei Jack nur ein x-beliebiger Typ, den wir mal gekannt hatten, was in ihrem Fall wohl auch so war. »Erinnerst du dich noch?«, fragte Lori, während Amber verwirrt dreinsah. »Der Typ mit den karierten Flanellhemden, der immer und überall seine Gitarre mit sich herumschleppte?«

Jack Moreland und seine Wandergitarre. So hatten ihn meine Freundinnen genannt, ein dämlicher Spitzname, den sie jedoch für unglaublich witzig hielten.

»Hmm, also nein, ich erinnere mich nicht.« Amber zuckte mit

den Schultern und schwang ihren Zopf auf die andere Seite. Dann lächelte sie mich an und rieb die Hände. »Also schön, du bist zuerst dran.«

Es war einer dieser Momente, in denen der Kopf ganz vernebelt ist und man weiß, dass man auf irgendwas zugeht, man sich aber nicht sicher ist, wie man sich bewegen oder gar dort hingelangen soll. Penny, die Verkäuferin, die etwas von einem Nachher-Foto aus einer Botox-Werbung hatte, führte mich an meinem Ellbogen in die Untiefen des Ladens, wo sich eine winzige Umkleidekabine befand. Dies war der Moment, vor dem ich mich den ganzen Morgen gefürchtet hatte, der Moment, in dem ich wieder in diesem Raum stehen würde. In der Highschool hatte ich in eben diesem klaustrophobisch anmutenden Kämmerchen gestanden und hatte mein Kleid für den Abschlussball anprobiert. Der Abschlussball. Drei Jahre lang hatte ich versucht, jenen Abend zu verdrängen.

Die ganze Zeit über war es mir mehr als schwergefallen, nicht daran zu denken, und jetzt war es schlicht unmöglich. Auf merkwürdige Weise passte es, dass Jacks Lied nur Augenblicke zuvor im Radio gespielt worden war. Fast als wollte er mich daran erinnern, dass, obgleich die Zeit vergangen war, er irgendwo dort draußen immer noch existierte. Und dass er weder mich vergessen hatte noch das, was ich getan hatte.

»Kommen Sie raus, wenn Sie fertig sind«, sagte Penny. Sie machte die Tür zu und ließ mich allein zurück.

Es ist nicht leicht, den Reißverschluss eines Kleides zu öffnen, wenn einem die Hände zittern. Ich konnte meine schweißnassen Handflächen nirgends abwischen. Die Kabine verfügte über drei Wandspiegel, und so starrten drei Ichs zurück, während ich mich in dem Kleid musterte. Es war grässlich, ein überreifer Gelbton, der Mädchen mit heller Haut und dunklem Haar – Mädchen wie mich – vollständig verblassen ließ.

Ich zögerte und lugte ums Eck, um nach meinen Freundinnen Ausschau zu halten.

»Oh, jetzt komm aber da raus!«, rief Amber. Sie wartete neben Lori und Sarah und Penny. Sie standen zu viert da, doch ich wartete nur auf Ambers Meinung.

Nach all diesen Jahren erwischte ich mich immer noch dabei, wie ich nach ihrer Anerkennung lechzte, während ich mich gleichzeitig innerlich gegen Kritik wappnete. Vielleicht änderten sich manche Dinge ja nie, aber ich hatte geglaubt, ich hätte mich geändert. Seit ich zurück in meinem Heimatort war, war es jedoch nur zu einfach gewesen, in den Trott unserer alten Beziehung zu verfallen.

Sie schwieg eine Sekunde. »Du siehst absolut hinreißend aus!«

»Wirklich?«

Sie nickte, und auch die anderen nickten.

»Es sitzt perfekt«, sagte Penny und kam näher, um es sich genauer anzuschauen. »Ja! Sie wären dann so weit fertig.« Ich meinte ein Lächeln zu erkennen und war erleichtert. Das letzte Mal, als wir vor einigen Wochen hier gewesen waren, hatte die Schneiderin nämlich so viele Nadeln in den Stoff gesteckt, dass ich mir nicht vorstellen konnte, wie danach noch welcher übrig sein sollte. »Sie haben eben eine schwierige Figur«, hatte sie mir ganz nüchtern und mit einem Stirnrunzeln erklärt. *Und Sie haben ein unglaubliches Taktgefühl,* hatte ich bei mir gedacht. Ich hatte noch nie Schwierigkeiten gehabt, ein Kleid ordentlich auszufüllen. Es hatte Jahre gebraucht, bis ich aufhörte, mir zu wünschen, so makellos rank und schlank wie meine Freundinnen zu sein.

Am Kleiderbügel hatte das Kleid einer Banane geähnelt, oben trägerlos und tailliert, nur nach unten hin etwas aufgefächert. Doch es war überraschend bequem, und das sollte es auch sein, angesichts des wohlbekannten Designernamens und der Summe, die ich dafür hatte hinblättern müssen.

Lori hatte ihre letzte Anprobe bereits Anfang der Woche hinter sich gebracht, daher blieb nur noch Sarah übrig. Während wir auf sie warteten, rief mich Lori zu den Hüten herüber. »Mach mal ein paar Fotos – ich will mein Profilbild updaten.«

Ich konnte Pennys lauernden Blick spüren, als Lori durch die Auslage mit den Hüten stöberte. Lori sah noch genauso aus wie damals – winzig, sie reichte mir kaum bis zur Schulter, mit wallendem blondem Haar und den unverkennbaren Kreolen, die auch um ihre Handgelenke gepasst hätten. Hüte ließen sie zumeist aussehen, als würde sie mit den Klamotten ihrer Mutter Verkleiden spielen. Trotzdem gefielen ihr einige der Fotos, und ich schickte sie ihr aufs Handy.

»Soll ich welche von dir machen?«, fragte sie.

»Lieber nicht, danke.«

»Ja, weißt du denn nicht, dass sie zur Hälfte Vampir ist?«, witzelte Amber, setzte einen pinkfarbenen Hut auf und besah sich prüfend im Spiegel. Sie war einer dieser Menschen, die in allem gut aussahen.

»Ich bin mehr so das Mädchen, das sich strikt hinter der Kamera hält«, entgegnete ich.

Sarah kam aus der Umkleide. »Okay, Leute, was denkt ihr?«, fragte sie und wirbelte einmal herum.

Penny schlug die Hände vor der Brust zusammen und seufzte. »Ich liebe es. Wirklich! Das war eine ganz wundervolle Wahl.«

Amber stand daneben und neigte den Kopf, während sie Sarah musterte. »Es ist hübsch«, sagte sie schließlich. »Aber denken Sie nicht, dass es hier etwas zu eng ist?« Sie berührte Sarahs Taille, wo sich der Stoff ein klein wenig kräuselte.

»Ich kann die Schneiderin holen«, erwiderte Penny eilfertig.

Sarahs Nasenspitze war knallrot angelaufen. »Dieser eine Anwalt in der Kanzlei bringt immer Donuts mit …«

Penny war bereits ums Eck verschwunden. Sarah stand da und sah aus, als würde sie gleich in Tränen ausbrechen. Ich wollte ihr eben versichern, dass alles in Ordnung sei, als Amber sich bei mir unterhakte und mich zu den Schuhen zog. »Ich wollte dir noch sagen, wie sehr Peter die Verlobungsbilder gefallen haben. Vielen Dank.«

»Oh, das freut mich.«

Amber hatte mich damit beauftragt, die Fotos zu machen, und obwohl ich ihr versichert hatte, dass es nicht nötig sei, hatte sie darauf bestanden, dafür zu bezahlen. Ich konnte nicht leugnen, dass es eine Win-win-Situation war. Ich hatte bereits versucht, einige Aufträge als freie Fotografin an Land zu ziehen, aber ohne ausreichend Erfahrung und Referenzen war das schwierig. Und ja, ich brauchte das Geld.

»Noch etwas«, sagte sie. »Ich bestehe darauf, deine Schuhe zu bezahlen.«

Sie sprach von den glitzernden High Heels, die wir drei als Brautjungfern tragen würden. Wir sollten sie heute noch abholen, und ich hatte mich die ganze Woche geistig darauf vorbereitet, meine Kreditkarte über den Tresen zu schieben. Die Teile waren toll, aber ich glaubte nicht an Schuhe, die mehr kosteten als meine Monatsmiete. Ich hatte das Sarah gegenüber beiläufig erwähnt, die ganz meiner Meinung war. Hatte sie Amber erzählt, was ich gesagt hatte?

»Das musst du wirklich nicht«, sagte ich.

»Ich möchte aber. Ich weiß, dass das letzte Jahr nicht das leichteste für dich war ... Ich möchte helfen.«

Mich beschlich dieses merkwürdige Gefühl wie schon damals in der Highschool, wenn sie mir Klamotten und Schminksachen schenkte, die sie selbst nicht mehr wollte – üblicherweise mit dem Preisschild dran –, und mich später bat, ihre Hausaufgaben für sie zu machen. Ich fragte mich, was ich wohl würde tun müssen, um ihr die Schuhe zurückzuzahlen.

Aber dennoch war es ein weiteres Angebot, das nur schwer auszuschlagen war. Es war entwürdigend, dass ich die Einzige in der Gruppe war, die ein Almosen annehmen musste. Amber, Tochter eines Senators und gerade im Begriff, einen Medizinstudenten zu heiraten, um irgendwann die Ehefrau eines Arztes zu sein, hatte sich noch nie Sorgen um Geld machen müssen. Sarah studierte Jura und arbeitete Vollzeit als Kanzleikraft, während Lori stolze Geschäftsführerin des familieneigenen Beauty- und Wellness-Salons in der Main Street war. »In Ordnung«, sagte ich schwach. »Danke.«

Amber hakte sich wieder bei mir unter, so wie sie es getan hatte, als wir gemeinsam die Flure der Stonebury High entlanggelaufen waren. Ich hasste es, wie es mich, selbst jetzt noch, mit einem Gefühl der Wichtigkeit erfüllte, wenn sie so etwas tat.

Wir schlenderten zu einer Schmuckvitrine. Amber gab Kommentare darüber ab, was ihr gefiel oder nicht, und ich nickte und pflichtete ihr bei, ohne wirklich zuzuhören. Jacks Stimme schwirrte in meinem Kopf umher, und ich konnte nicht anders, als an ihn und die Highschool zurückzudenken.

»Amber …«, setzte ich an, doch mein Mund war trocken und nichts kam heraus. Ich räusperte mich und sagte ihren Namen noch einmal. Sie drehte sich ein wenig in meine Richtung, ihre Aufmerksamkeit immer noch auf den Schmuck geheftet. »Denkst du je über die Highschool nach? Ich meine, darüber, wie wir damals waren?« *Über die Dinge, die wir den anderen angetan haben?*

Sie warf ihren Zopf über die Schulter und überlegte, dann endlich sah sie mir in die Augen. »Manchmal wünschte ich, ich könnte noch einmal zurück.«

Beinahe entfuhr mir ein Seufzer der Erleichterung. Also war es nicht nur ich, die sich wünschte, die Dinge ändern zu können. Vielleicht war sie während der letzten drei Jahre ebenfalls erwachsen geworden. Vielleicht konnten wir sogar Freundinnen sein – echte Freundinnen.

»Ich meine, *wir* hatten vielleicht ein Leben …« Sie schüttelte den Kopf. Lächelte. »Alles, was wir tun mussten, war, halbwegs gute Noten zu bekommen, um uns unsere Eltern vom Leib zu halten. Der Rest bestand aus Klamotten und Partys und Jungs. Nie musste man sich um irgendwelche Rechnungen kümmern, keine Sorgen weit und breit. Es war die beste Zeit unseres Lebens.«

Und einfach so krachte die Last, die gerade begonnen hatte, sich von meiner Brust zu heben, mit voller Wucht zurück, wog schwerer als je zuvor. All das hier fühlte sich falsch an: wieder hier zu sein, in dieser Boutique in der Main Street; die Tatsache, dass ich überhaupt an Ambers Hochzeit teilnahm, wo wir doch kein Wort mehr miteinander gewechselt hatten, seit ich weggezogen war, um aufs College zu gehen.

Als Sarah aus der Umkleidekabine trat und durch den Laden auf uns zukam, beugte sich Amber zu mir rüber. »Und ich hatte wirklich geglaubt, wir müssten zum jetzigen Zeitpunkt keine Änderungen mehr vornehmen«, raunte sie.

»Ich weiß«, sagte ich.

Die Antwort kam ganz automatisch. Meine alte Angewohnheit, ihr bereitwillig zuzustimmen, schien offenbar nicht gebrochen. Aber ich war nicht mehr jenes Mädchen, das versuchte, um jeden Preis zu gefallen und einer Meinung zu sein. Zumindest war ich es die letzten drei Jahre nicht gewesen. Doch nun, da ich zurück war, fühlte ich, wie ich mir selbst entglitt. Nun, da ich zurück war, wer war ich da eigentlich?

Sarah schien peinlich berührt. »Niemand hat mich gewarnt, dass man von Jura zunimmt.«

»Es sah wirklich nicht schlecht aus«, sagte ich.

»Es sind nur noch anderthalb Monate hin. Iss einfach keine von diesen Donuts mehr, okay?« Amber lachte heiser. Sie ließ ihren schnippischen Bemerkungen immer ein Lachen folgen, sodass man sich nie sicher sein konnte, ob sie Spaß machte oder nicht. Meine Güte, allein der Klang beförderte mich geradewegs zurück in die Zeit, als ich siebzehn war. Als hätte ich gerade meine kratzige Polyester-Cheerleader-Uniform an und würde mich fragen, ob sonst noch jemand bemerkte, wie mies ich eigentlich als Cheerleaderin war.

Penny bat Amber zur Kasse und Sarah und ich blieben allein zurück. »Ich kann es nicht glauben«, presste sie hervor. »Das ist mir so peinlich. Hat sie sich sehr aufgeregt?«

»Nein, nein, alles in Ordnung.«

Sie sah mich an, als glaube sie mir kein Wort, beließ es jedoch dabei. Wir schlossen uns Lori an, die immer noch bei den Hüten stand, und ich knipste ein paar Bilder von den beiden, wie sie sich gemeinsam in Pose warfen, bis Amber zurückkam.

Sie schlang ihren Arm um mich, und ich tat mein Bestes, mir nicht anmerken zu lassen, wie gern ich mich aus ihrem Griff gewunden hätte. »Dann bis später bei der großen Party!«

Amber hatte darauf bestanden, eine Willkommensparty für mich auszurichten, obwohl ich keine wollte, obwohl ich ausdrücklich darum *gebeten* hatte, keine zu kriegen. Ich war seit drei Monaten zurück in Stonebury, und in dieser Zeit hatte ich einige meiner alten Bekannten in der Stadt wiedergetroffen, aber Amber meinte, ein Ereignis wie dieses verdiene eine offizielle Feier. Sie erklärte, sie wolle die Party schmeißen, sobald sie und Peter in das Haus gezogen wären, das sie gemeinsam gekauft hatten, und heute Abend stieg die Party.

Es kostete mich unsägliche Mühe, die Muskeln in meinem Gesicht zu einem Lächeln zu verziehen, aber ich tat mein Bestes, unbekümmert zu wirken. »Ich kann's kaum erwarten.«

*

Sarah und ich seilten uns von den anderen ab und spazierten zu der Wohnung zurück, die wir uns in Stonebury Heights teilten. Bei meiner Rückkehr war ich überrascht gewesen, wie schmal die Straßen waren, wie klein die Häuser, und wie eng sie beieinanderstanden. War es schon immer so gewesen, sah alles einfach nur kleiner aus, weil ich jetzt älter war? Vielleicht hatte es etwas damit zu tun, dass ich ohne meine Eltern zurück in meinem Heimatort war. Sie waren nach Iowa gezogen, als mein Vater während meines ersten Studienjahres dorthin versetzt wurde. In den Semesterferien war ich immer zu ihnen geflogen. Ohne sie fühlte sich alles hier etwas fremd an, als hätte ich mir die ersten achtzehn Jahre meines Lebens bloß eingebildet. Eine junge Familie lebte in unserem alten Haus im Kolonialstil, Spielzeug war über den gesamten vorderen Garten verstreut, der Rasen verwildert. Es sah so gar nicht aus, wie ich es in Erinnerung hatte.

Als wir in der Wohnung ankamen, zogen wir uns in unsere Zimmer zurück. Sobald ich die Tür hinter mir geschlossen hatte, schnappte ich mir meinen Laptop und setzte mich aufs Bett. In das Suchfeld des Browsers tippte ich *Jack Moreland* ein.

Es war ein Spiel, das ich während der vergangenen drei Jahre immer wieder mit mir gespielt hatte – *Wo ist er jetzt?* –, doch bis heute waren die einzigen Treffer, die aufploppten, ein Tiertrainer in Minneapolis und ein Typ, der über seine Hausprojekte im nördlichen Hinterland von New York bloggte. Dieses Mal aber brachte mich sein Name direkt zu seiner Website *www.jackmoreland.com.*

HOME. NEWS. ABOUT. LISTEN. Und darunter ein Foto.

Als ich ihn noch kannte, hatte er karamellfarbenes Haar bis zu den Schultern, einen kleinen Ring in seiner Augenbraue, eine weiche Kinnpartie und lange Wimpern gehabt. Die Wimpern waren dieselben. Alles andere jedoch … Sein Haar war kurz, kein Piercing mehr, sein Gesicht schmaler und kantiger. Die Gitarre über seiner Schulter war geblieben, es war die eine Sache, ohne die ich ihn kaum je gesehen hatte.

Komisch, wie man sich an die Abwesenheit von jemandem gewöhnen konnte. Es hatte Tage gegeben, an denen ich mich fragte, ob ich mir seine gesamte Existenz in meinem Leben nur eingebildet hatte. Doch hier war er nun und blickte mir vom Bildschirm entgegen. Ich betrachtete das Bild eine ganze Weile. Es hatte diese Leere in mir gegeben, dort, wo er gewesen war, aber ich hatte wohl gelernt, damit zu leben. Nun jedoch begann diese Lücke zu schmerzen, wie eine alte Wunde, die sich wieder öffnet.

Ich klickte auf NEWS. *Demnächst verfügbar!* war alles, was da stand. Ich ging auf ABOUT.

Jack Moreland wuchs in einem winzigen Küstenort im nordöstlichen Massachusetts auf, doch heute nennt er die hell strahlenden Lichter von New York City seine Heimat. Sein ganzes Leben lang sang er und spielte Gitarre. Den ersten Song schrieb er bereits im Alter von sechs Jahren. Seine Highschool-Band The Kerouacs gewann mehrere regionale Auszeichnungen, und es war jene Zeit mit der Band, in der Jack sich davon verabschiedete, vor allem Coverversionen zu spielen, und damit begann, sein eigenes Zeug zu schreiben. Kaum dass die Tinte auf seinem Schulzeugnis getrocknet war, zog er nach New York City, wo er in kleinen Clubs und Bars spielte und irgendwann eine treue Gefolgschaft begeisterter Fans um sich scharte. Es war während eines Auftritts im Kelly's Musical Club im East Village, als er die Aufmerksamkeit des Managers vom Mind's-Eye-Plattenlabel, Bruno Hayes, auf sich zog. Hayes nahm ihn an Ort und Stelle unter Vertrag, und Jacks Debüt-Album »Good Enough« wurde auf den Tag genau ein Jahr nach diesem Zusammentreffen veröffentlicht.

Zurück auf der Homepage, klickte ich den letzten Link an. LISTEN. KLICKE HIER, UM JACKS SUPERHIT »GOOD ENOUGH« ZU HÖREN!

Ich zögerte nur eine Sekunde, bevor ich draufklickte. Gleich darauf erfüllte Jacks Stimme mein sonnendurchflutetes Zimmer.

From the start I knew there was no going back
Jumping off cliffs had nothing on you
But it wasn't good enough
I told you the things no one else knew
About me
You told me you weren't the girl

All the others see
I thought you were different
I guess that's on me
And I wasn't good enough for you, no
Not good enough for you

Ich hörte es mir noch fünf Mal an.

Du sagtest, du seist nicht das Mädchen, das sie alle in dir sehn. Ich glaubte, du wärst anders, sang er. Irgendwann einmal hatte er fast dieselben Worte zu mir gesagt.

Langsam klappte ich den Bildschirm runter. Selbst das Atmen schmerzte. Ich rückte vom Laptop ab, als hätte er sich in etwas verwandelt, das mich verletzen konnte.

Jack hatte es uns allen gezeigt – er hatte getan, was er angekündigt hatte. Ich versuchte zu schlucken, doch mein Mund war wie ausgedörrt – ein säuerlicher Geschmack –, meine Kehle ein Klumpen. Er war ein Star geworden.

Und in seinem Lied ging es um mich.

2

Celebrity Weekly Online ...
Ihre Promi-Nachrichten aus erster Hand!
DIESER TYP IST HEISS: JACK MORELAND!

Sollten Sie Jacks Debüt-Single »Good Enough« noch nicht gehört haben, haben Sie wohl nicht *gut genug* aufgepasst! Der neueste Hottie, der die Gipfel der Charts stürmt, ist mehr als nur ein hübscher Anblick – er ist ein ernst zu nehmendes Talent und hat, wenn unsere Hörprobe seines großartigen Erstlings nicht täuscht, so einige Rechnungen zu begleichen. Sein gesamtes Album, das ebenfalls den Titel »Good Enough« trägt, spielt sich wie der Soundtrack zu einer angsterfüllten Jugend, und obwohl er uns versichert, in seinen Liedern ginge es um niemand Bestimmten, sind wir uns da nicht so sicher. (Treffliches Beispiel: Hören Sie in »Prom Night (Your Lies)« rein und sagen Sie uns, ob er nicht ganz genau beschreibt, wie es sich anfühlt, am Abschlussball versetzt zu werden. Spricht da nicht einer über den wichtigsten Abend seines eigenen Teenagerlebens?) Bei Songs wie »That Girl«, in dem er singt: »It's sad/When you're so afraid of everyone else/That you can't be yourself/I'm surprised you even know your own name«, ist es nur schwer zu glauben, dass er nicht darüber verbittert ist. Doch nicht jedes Lied ist eine Anklage. Einige, so zum Beispiel »Not What I Expected«, drehen sich um ein

Mädchen, das allen Klischees trotzt. In »Breakdown« verzehrt sich Moreland danach, seine Liebe besser zu kennen. Und dann gibt es da noch das sehnsuchtsvolle und sexy »Wanting«, das wohl gefühlvollste Lied auf dem Album, welches uns durch seinen Refrain packt, der all das beklagt, was wir uns ersehnen, jedoch nicht haben können. Dieses Album anzuhören gleicht dem Versuch, die Hinweise zu einem traurigen und gleichzeitig faszinierenden Rätsel zusammenzufügen. Aber keine Sorge – unsere Mitarbeiter haben sich voll dahintergeklemmt, der mysteriösen Vergangenheit Morelands auf den Grund zu gehen. In der Zwischenzeit ... KAUFEN SIE DAS ALBUM!

Note: 1+

Ich starrte auf den Bildschirm und mein Kopf schwirrte vom ständigen wieder und wieder Lesen desselben Artikels. Die Worte schwebten durch meinen Geist wie Teile eines Puzzles: *so einige Rechnungen zu begleichen ... angsterfüllte Jugend ... wichtigster Abend ... mysteriöse Vergangenheit ... niemand Bestimmtes ... gesamtes Album.*

Nicht nur ein Lied. Ein Album.

Ich zog mein Handy hervor, klickte iTunes an und lud das Album herunter. In weniger als drei Minuten waren alle seine Songs drauf und warteten auf mich.

1. Not What I Expected
2. Café Nights
3. Ride Home
4. Abandon
5. Palladium
6. Wanting
7. Breakdown

8. That Girl
9. Prom Night (Your Lies)
10. Good Enough

Ich starrte die Songtitel an, ließ sie sacken. Zehn Lieder, ein Album. Zehn Songs, die Jack zufolge von »niemand Bestimmtem« handelten. Doch das taten sie. Diese zehn Lieder waren wie ein Katalog unserer Beziehung – vom Anfang bis zum Ende.

Ich krabbelte zu meiner Handtasche, kippte den Inhalt auf dem Bett aus und suchte nach meinen Ohrstöpseln. Da lagen mein Geldbeutel, ein Regenschirm, drei Tuben Lipgloss, ein Haufen Kleingeld und zerknüllte Tempos. Die Kopfhörer aber waren nirgends zu finden, nicht in der Schreibtischschublade und auch nicht im Nachtschränkchen.

»Hast du einen Schatz verloren oder was?«

Ich schnappte nach Luft und griff mir an die Brust.

Sarah stand in meinem Zimmer und lachte. »Entschuldige, entschuldige, ich dachte, du hättest mich gehört.« Sie ließ sich auf mein Bett plumpsen. »Was ist los?«

Ich griff schnell nach meinem Laptop und Handy und legte sie auf den Schreibtisch, damit Sarah nicht auf die Idee kam, einen Blick darauf zu werfen. »Oh … ich kann meine, äh, Kreditkarte nicht finden.«

»Hattest du sie heute im Brautladen dabei?«

Ich tat so, als würde ich nachdenken. »Kann sein …«

»Wir können auf dem Weg zu Amber kurz dort vorbei, wenn du willst. Bist du bereit?«

Mist. Die Party. »Wie viel Uhr ist es?«

Sarah lachte wieder, sah mich dabei aber besorgt an. »Sieben. Zeit zu gehen. Ist alles in Ordnung?«

»Ja, ich … ich hoffe nur, die Karte wurde mir nicht gestohlen.«

Manchmal schockierte es mich selbst, wie gut ich immer noch lügen konnte. Mein neues Ich war keine Lügnerin. Und dennoch …

Als sie sich zur Tür wandte, hob ich meine Tasche auf und ließ einen erleichterten Seufzer los. »Hab sie gefunden!«

»Wo war sie?«

»Genau genommen in meinem Geldbeutel. Ich hab sie vorhin nur nicht gesehen.«

»Du bist echt witzig.«

Bevor wir die Wohnung verließen, drehte Sarah sich zu mir um, mit ihren blauen Augen, die so offen und ehrlich blickten wie immer. »Hast du wirklich keine Lust hinzugehen? Ich weiß, dass wir dir das quasi aufgezwungen haben.«

»Ist schon in Ordnung«, sagte ich. »Die letzte Zeit war einfach nur eine ziemliche Umstellung.«

Ich wollte ihr sagen, wie viel netter ich es fände, wenn wir beide daheimblieben und uns was vom Chinesen bestellten und alberne Filme im Fernsehen schauten. All die Dinge, die wir taten, als wir noch klein waren, bevor wir Amber kennenlernten. Als es nur mich und Sarah gab – beste Freundinnen für immer.

»Ich weiß.« Sie legte ihre Hand auf meine Schulter. »Hast du was von Owen gehört?«

Ich schüttelte den Kopf. Und was mich anging, war das auch wirklich in Ordnung so. Owen und ich waren längere Zeit zusammen gewesen und dann gemeinsam von Providence nach Boston gezogen, als er dort gleich im Anschluss an die Uni einen Job als Ingenieur bekam. Doch dies geschah mehr aus dem Gefühl heraus, nicht zu wissen, was ich sonst tun sollte, und dem Wunsch, in einer Großstadt zu leben, als dass ich es nicht ertragen hätte, getrennt von ihm zu sein. Falls sie glaubte, dass ich *deswegen* ein bisschen übellaunig war, wollte ich sie ruhig in diesem Glauben lassen.

»Hör zu, das wird schon wieder. Ich weiß, du lebst nicht in Boston, aber du hast einen coolen Job …« Sie hielt inne, als ich sie mit meinem Wenn-du-meinst-Blick bedachte. »Immerhin hast du einen Job bei der

Zeitung, was du dir immer gewünscht hast. Und du bist dabei, dich selbstständig zu machen …«

»Ich hab gerade mal ein Buch aus der Stadtbücherei ausgeliehen, wie man sich um einen Geschäftskredit bewirbt«, entgegnete ich. Ich fragte mich, ob einem die Kunst der Übertreibung beim Jurastudium beigebracht wurde.

»Na gut, stimmt, aber es ist ein erster Schritt. Hey, du hast deine Freundinnen hier, oder nicht? Alles wird gut.«

Ich wusste es zu schätzen, dass sie versuchte, mich aufzumuntern, vor allem angesichts der Tatsache, dass Sarah sonst nicht gerade der optimistischste Typ war. Als sie noch auf der Highschool war, hatte eine Katastrophe die andere gejagt, aber danach schien es mit ihr bergauf zu gehen, und sie gab sich gerade wirklich Mühe, mich aufzuheitern. Doch da fiel mir Jacks Lied wieder ein und dass es so viele Dinge gab, die Sarah nicht über mich wusste.

***

Zu meiner Überraschung war Ambers neues Heim keine protzige Villa. Es war ein niedliches, mit Holzschindeln gedecktes Farmhaus mit einer weißen Veranda drum herum. Amber erwartete uns mit gebräunten Armen und Beinen in einem weißen Kleid vor der Tür. Sie umarmte uns, obwohl keine vier Stunden vergangen waren, seit wir uns das letzte Mal gesehen hatten. »Ich freu mich ja so, dass ihr hier seid! Lasst mich euch eine kleine Führung geben.«

Im Inneren hatte das Haus Parkettböden und einen aus Ziegelsteinen gemauerten Kamin. Eines der Verlobungsfotos, die ich von ihr und Peter aufgenommen hatte, prangte prominent über dem Sims.

Als wir ihr weiter ins Haus folgten, wurden Stimmen laut, und ein altvertrautes Gefühl der Beklemmung überkam mich. Ich hasste große Menschenansammlungen, hasste es, immer hellwach sein zu müssen, immer wissen zu müssen, was zu sagen und was zu tun war.

Es gab zwei Dinge, die mir übel aufstießen, als wir das Wohnzimmer durchquerten und unter einem Torbogen hindurch in die Küche traten. Das Erste war ein Banner, das sich von einem Ende des Wandschranks zum anderen erstreckte: WILLKOMMEN DAHEIM, NATALIE! In riesigen Blockbuchstaben. Ich stellte mir einige andere Wörter vor, die da hätten hängen können: VOLLVERSAGERIN oder DU DACHTEST, DU KÖNNTEST HIER WEG, ABER ... HAHA.

Und dann, kaum dass wir die Küche betreten hatten, überfiel uns auch schon Lori. »Leute, ich habe Neuigkeiten!« Sie wartete einen kurzen Moment, um die Spannung zu steigern. Hinter ihr stellte Amber eine Schüssel Chips ab und verdrehte die Augen. »Mike Upton ist wieder in der Stadt.«

Das Herz rutschte mir in die Hose, als ich mich umdrehte und zu Sarah sah. Sie verschränkte die Arme, atmete scharf ein und sagte: »Ja?«

Lori nickte. »Kurts Schwester Hannah arbeitet auf der Bank mit Heather zusammen, die wiederum die beste Freundin von Mikes Schwester Katie ist. Anscheinend konnte er keine Anstellung finden, ihr wisst schon, die Wirtschaft und so ...« Sie machte ein trauriges Gesicht in meine Richtung. »Also hat er in einem Honey-Farms-Tankstellenshop gejobbt, während er dabei zusehen musste, wie seine ganzen Freunde von der Northeastern-Uni die Jobs ergatterten, die er sich wünschte. Dann – so hab ich es zumindest gehört – hatte er einen Nervenzusammenbruch. Seine Freundin machte mit ihm Schluss. Und jetzt zieht er wieder bei seinen Eltern ein.«

Ich brauchte eine Minute, um die Geschichte zu verdauen. »Bist du sicher?«, fragte ich. »Ein Nervenzusammenbruch ist eine ziemlich ernste Sache.«

Lori zuckte mit den Schultern. »Hannah sagt, genau das hat Katie Heather erzählt.«

»Na dann …«, bemerkte Amber trocken.

»Ich bezweifle stark, dass er einen Nervenzusammenbruch hatte«, sagte ich.

»Hey, ich bin nur die Überbringerin der schlechten Nachricht. Ich erzähle lediglich, was ich gehört habe.« Sie sah zu Sarah. »Hast du ihn seit der Highschool mal gesehen?«

Sarah schüttelte den Kopf. Von uns allen war sie diejenige, die am leichtesten zu durchschauen war; sie war schlicht nicht fähig, irgendwelche Gefühle aus ihrem Gesicht zu verbannen. Das war wahrscheinlich der größte Unterschied zwischen uns beiden. In diesem Moment jedoch war ihre Miene undeutbar, aber ich hatte eine Ahnung, was unter der Oberfläche vor sich gehen musste – Panik, Furcht, ein Hauch neugieriger Spannung, ihn wiederzusehen –, all die ungeklärten Gefühle, die sie seit ihrer Trennung in der zwölften Klasse mit sich herumtrug.

Die Trennung, deren wahre Gründe sie bis heute nicht kannte – nur Amber und ich taten dies. Ich versuchte, Ambers Blick einzufangen, um zu sehen, ob sie wenigstens einen Gedanken an unser Geheimnis verschwendete – *die Dinge, die wir den anderen angetan haben* –, doch sie befand sich auf dem Weg zur Tür, um das erste Grüppchen Gäste zu meiner Willkommensparty hereinzubitten.

Es schien, als sei die Hälfte unserer Abschlussklasse eingeladen worden, von denen ich die meisten nicht gesehen hatte, seit ich aufs College gegangen war. Ganz besonders ihn nicht, Adam Dixon, den ehemaligen Kapitän der Basketballmannschaft, der ein Bier in der Hand und einen Bierbauch um die Hüften mit sich herumtrug. Irgendwie hatte ich es geschafft, ihm die letzten drei Monate nicht über den Weg zu laufen, aber heute Abend war meine Glückssträhne erschöpft.

Er kam als Erster auf mich zu, schlang seine fleischigen Hände um mich und zog mich in einer engen Umarmung an sich. Sein Atem stank nach Alkohol. »Schön, dich wieder hier zu haben«, sagte er, als hätte er irgendeinen Anspruch auf mich, wo wir noch nicht einmal wirklich befreundet gewesen waren.

Ich ließ die obligatorische Umarmung über mich ergehen. »Danke.«

Andere folgten, um mich willkommen zu heißen, und es gab einige, bei denen es mich tatsächlich interessierte, an welches College sie gegangen waren oder was sie jetzt machten. Adam entfernte sich und ich entspannte mich etwas. Ich entspannte mich noch mehr, als Peter vorbeikam und mir ein Glas Wein reichte. Er wirkte nett, auch wenn ich ihn nicht besonders gut kannte. Dennoch fand ich es schwierig, jemandem gegenüber nicht misstrauisch zu sein, der gewillt war, den Rest seines Lebens mit Amber zu verbringen. Dabei gaben sie ein eindrucksvolles Paar ab. Sie beide hatten eine gewisse Aura von Wichtigkeit, mit der sie sich umgaben, und gehörten definitiv zu jener Sorte Menschen, die auf Partys für Stimmung sorgten.

Unruhe machte sich breit, als weitere Gäste eintrafen, Kurt und noch ein paar Typen, die früher im Basketballteam gewesen waren. Kurt zog mich mit einem Arm an sich. »Schau mal, wen wir dir mitgebracht haben.«

Mike Upton betrat hinter ihnen den Raum. Er hatte immer noch dieses Babygesicht mit den blauen Augen. »Die Gerüchte um meinen Niedergang waren maßlos übertrieben.« Er lächelte und blickte dabei unverwandt Lori an.

»Tut mir leid!« Sie umarmte ihn. »Ich weiß nur, was ich gehört habe.«

Mike zuckte die Achseln. »Ach ja, der Kleinstadtklatsch.«

Der Raum schien die Luft anzuhalten – oder vielleicht war es nur ich? –, als Mike und Sarah sich wiedersahen.

»Hallo«, sagte er.

Es entstand ein unangenehmer Moment, als sie aufeinander zutraten und zu einer ungeschickten Umarmung ansetzten, die in einem Händeschütteln, gefolgt von nervösem Lachen, endete.

»Hi«, sagte Sarah.

Mikes Gesicht war rot angelaufen, und es brauchte ein paar Minuten Small Talk, um zum Normalzustand zurückzukehren. »Ich habe gehört, du warst auch eine ganze Weile weg«, sagte er an mich gewandt.

»Bin im März zurückgekommen.«

»Dann sind wir beide also Kriegsveteranen«, sagte er.

Ich lachte, und auch neben mir ertönte ein lautes Lachen. Es war Adam, der sich vorbeugte, um an mir vorbei nach einer Chipstüte zu greifen, und als ich mich nach ihm umsah, erwischte ich ihn dabei, wie er auf meinen Ausschnitt glotzte. Es kümmerte ihn nicht, dass ich ihn ertappt hatte. Stattdessen zuckte er anzüglich mit seiner Augenbraue, was wohl seine Art und Weise war, sich zu erkundigen, ob ich Interesse hätte. Ich hätte mich am liebsten übergeben. Ich rückte von ihm ab und zog das Top unter dem V-Ausschnitt meines Shirts so weit nach oben, wie es ging.

»Du hast dir jedenfalls einen tollen Zeitpunkt für deine Rückkehr ausgesucht«, sagte Amber an Mike gewandt. »Du kannst zu meiner Bridal-Shower-Party kommen. Jungs und Mädchen gemischt.«

»Oh, ich schätze mal, es hat tatsächlich Vorteile, dass ich bei meinen Eltern im Keller wohne.« Mike lachte, aber alle anderen schienen unsicher, wie sie reagieren sollten. Kurt klopfte ihm auf die Schulter.

Amber riss die Augen auf, als wäre ihr eben erst etwas eingefallen, und sie drehte sich zu Sarah um. »Weißt du was, er sollte mit Derek reden, meinst du nicht?« Sarah starrte sie verständnislos an. »Sarahs Freund«, erklärte Amber Mike. »Er sitzt in der Personalabteilung des Krankenhauses, in dem Peter arbeitet. Er dürfte Bescheid wissen, ob es offene Stellen gibt.«

Und das, als ich gerade dachte, es könnte nicht mehr peinlicher werden.

Mike nickte höflich. »Danke, aber ich habe einen Ingenieursabschluss.«

Ich entdeckte ein Grüppchen Bierflaschen auf der Kücheninsel, schnappte mir eine und reichte sie Mike. Er nahm sie wortlos und dankte mir mit seinem Blick.

*

Es stellte sich heraus, dass das Rumhängen mit meinen Freunden nicht sonderlich anders war als damals in der Highschool. Lori und Kurt schweiften gemeinsam durchs Haus, wobei sie ihm kaum bis an die Schulter reichte, ganz wie in der Highschool, nur dass sie jetzt wenigstens zugaben, dass sie miteinander schliefen. Wir tranken – ich hing den ganzen Abend am selben Weinglas, der Rest der Vorräte hingegen verteilte sich in Windeseile unter den Gästen – und tratschten über Leute, die nicht im Raum waren. Es dauerte nicht lange, bis Jack Morelands Name aufkam.

Einige aus der Gruppe hatten davon gehört, andere nicht. Amber konnte sich immer noch nicht an ihn erinnern, also schlug Lori vor, ihr Abschlussjahrbuch zu holen. Ich hatte meines schon vor langer Zeit weggeworfen, doch Ambers befand sich direkt im Bücherregal im Wohnzimmer. Wir scharten uns um sie, während sie durch die Seiten blätterte. Es dauerte eine Weile, bis wir bei Jacks Foto ankamen. Lori unterbrach sie ständig und deutete auf irgendwelche Bilder, und die Gruppe schwelgte in Erinnerungen an Partys und Basketballspiele und Saufgelage in Adams Keller.

Die Bilder, an denen mein Blick hängen blieb, wühlten Erinnerungen auf, die weniger ruhmreich waren. Da war zum Beispiel Bradley Long, ein Knirps von einem Jungen mit einer hohen Stimme, den wir alle nur Brenda nannten und der mir eines Tages in Chemie sagte, dass ihm meine Muschelhalskette gefiel. Er erzählte weiter, dass sein Vater Ozeanograf sei und eine umfangreiche Muschelsammlung besaß. Auch jetzt noch konnte ich mich an seine aufgrund diverser Allergien wässrigen Augen erinnern. Ich hatte Angst, jemand könnte mitbekommen, wie wir miteinander redeten, also rückte ich meinen Schreibtisch betont so weit von ihm weg, wie ich nur konnte, und sagte: »Bleib mir vom Leib, du Perversling.«

Oder wie wäre es mit Roxanne Levi, einem extrem tollpatschigen Indie-Mädchen, das ein einziges Mal beim Aufnahmetraining für das Cheerleader-Team teilgenommen hatte? Sie fiel mitten in ihrer Nummer hin und verstauchte sich fast den Knöchel. Obwohl mir klar war, dass ich hätte hingehen und mich erkundigen sollen, ob es ihr gut ging, tat ich es nicht. Stattdessen saß ich mit Amber da und lachte.

Mein Kopf begann zu schmerzen. Ich wollte eben aufstehen, um ein Aspirin zu holen, als ich einen Blick auf mein Abschlussfoto erhaschte. Ich liebte diesen smaragdgrünen Pullover, er war so weich, und Grün war die Farbe, die mir am besten stand, denn sie betonte den Grünton meiner sonst schlammfarbenen Augen. Ich konnte mich heute noch genau daran erinnern, wann dieses Foto aufgenommen worden war – ein grauer Montag im November, eine Woche, nachdem Jack mich zum ersten Mal geküsst hatte. Ich hatte mich unentwegt gefragt, ob meine Freundinnen mir auf dem Foto wohl ansehen könnten, dass ich ein Geheimnis mit mir herumtrug.

»Da ist er ja«, sagte Lori und legte den Finger auf die Seite.

Da war er. Mit seinen langen Haaren, die sich um seine Ohren lockten. Er hatte das Augenbrauenpiercing seinen Eltern zuliebe rausgemacht und trug ein weißes Hemd und eine blaue Krawatte. Die Bildunterschrift lautete: *Jack Moreland. Ziel: Musiker werden.*

Das Ziel unter meinem Foto lautete, Fotojournalistin in Boston zu werden. Es war schon seltsam, aber nach all der Zeit, in der ich mir um Jack Sorgen gemacht hatte, weil er keinen vernünftigen Plan B vorweisen konnte, stellte sich heraus, dass nicht er derjenige war, der einen brauchte.

»Er sieht *echt* nicht aus wie auf dem Foto, das ich in der Celebrity Weekly gesehen habe«, bemerkte Lori. »Jetzt ist er *echt* heiß.«

Ich musste mir das Bild nicht anschauen – und das tat ich auch nicht, ich sah weg –, um mich an seine Augen, seine Wimpern, seine Lippen zu erinnern. Die anderen hatten ihn nie so gesehen wie ich.

»Ich erinnere mich an den Typen.« Adam füllte die enge Lücke zwischen mir und der Sofalehne aus. Als er sich rüberbeugte, um einen genaueren Blick in das Jahrbuch zu werfen, fürchtete ich, zu Tode gequetscht zu werden, wenn ich davor nicht an den übel riechenden Dämpfen seines Aftershaves erstickte. »Kann ich eine Limonade haben?«, sagte er mit fiepsiger Stimme, und die Gruppe lachte. Auf diese Weise hatten die anderen ihn damals nämlich schikaniert, indem sie ihm den Zugang zum Getränkeautomaten versperrten – als würde das irgendwas beweisen oder sie zu etwas Besserem machen.

Sie. Die anderen. Ich distanzierte mich nach wie vor davon, doch die Wahrheit war, dass ich mittendrin gestanden habe – auf Adams Seite.

Not good enough … not good enough for you …

Nicht gut genug für mich zu sein, das war das Gefühl, das ich ihm vermittelt hatte, obwohl es nie meine Absicht gewesen war. Aber zählte die Absicht überhaupt? Ich hatte nie wirklich vorgehabt, jemanden zu verletzen, aber es gab so viele Menschen, zu denen ich damals gemein gewesen war. So lange hatte ich mir gewünscht, aus Stonebury wegzukommen, um nie wieder mit diesen Leuten hier in einem Raum zu sein. Und hier saß ich nun und war von ihnen umzingelt.

Als die Feier vorbei war, ging Sarah mit zu Derek und ich kehrte allein nach Hause zurück. Die Straßen waren größtenteils leer, doch hin und wieder begegnete mir ein Touristenpärchen, das auf einer Bank saß oder Hand in Hand durch den Park spazierte. Der heutige Abend hatte sich so merkwürdig angefühlt. All diese Leute, die mich mit Natalie ansprachen. Es war, als würde jemand anders darauf antworten.

***

Am nächsten Morgen wachte ich früh auf, duschte und zog mich an. Ich aß einen Bissen Toast und verließ die Wohnung. Ich hatte mir die Lieder, die ich runtergeladen hatte, immer noch nicht angehört – obwohl ich meine Ohrstöpsel zwischen Matratze und Bettrahmen eingeklemmt gefunden hatte. Aus irgendeinem Grund verspürte ich den überwältigenden Drang, ein echtes Exemplar von Jacks CD in meinen Händen zu halten.

Es gab kein Musikgeschäft in der Stadt, aber es gab eine kleine Buchhandlung, die manchmal CDs und DVDs im Angebot hatte, und ich vermutete stark, dass sie einige Exemplare von Stoneburys neuer Berühmtheit vorrätig haben könnten. Sobald ich den Laden betrat, entdeckte ich den kleinen Stapel Plastikhüllen neben der Kasse.

Der Teenager, der mich bediente, nickte, als ich ihm meine Kreditkarte reichte. Er hatte eine Brille mit dickem schwarzem Gestell und eine Sammlung geflochtener Armbändchen um sein rechtes Handgelenk. »Fast ausverkauft. Und das in zwei Tagen.«

Unglaublich. Ich fragte mich, ob Jack das wusste, und wenn ja, was er davon hielt. Der Ort, der sich nie um ihn gekümmert hatte, als er noch hier lebte, wimmelte plötzlich nur so von Fans.

Ich spazierte zum Park, wo ich mich auf eine Bank setzte und die CD aus meiner Handtasche zog. Ich öffnete sie langsam und bedächtig, so wie Jack es immer tat, wenn er sich auf eine Platte freute, die er in seinem Lieblingsmusikladen am Kenmore Square in Boston aufgestöbert hatte. Nun gab es eine CD mit seinem eigenen Namen drauf, in einer Schrift, die mich an alte Schreibmaschinen erinnerte. Das Foto auf der Rückseite der CD zeigte Jack, wie er die Straße einer Stadt entlanglief, seine Gitarre über den Rücken gehängt, der Himmel über ihm weit und offen. Der Fotograf musste einen Rotfilter verwendet haben, um dem Bild mehr Dramatik zu verleihen – extrem weiße Wolken stachen vor einem geschwärzten Himmel hervor.

Ich zog das Booklet aus der Hülle und schlug es auf. Die Texte sämtlicher Lieder waren in derselben Schreibmaschinenschrift wie auf dem Cover abgedruckt. Ich las sie nicht. Stattdessen blätterte ich zum Ende vor.

> Sämtliche Texte und Musik von Jack Moreland.
> Ein Dankeschön an all meine Freunde und meine Familie, die an mich geglaubt haben, ganz besonders an meinen Vater, der mir seine Liebe zur Musik vermacht hat, sowie Reid Leblanc und Travis Whitmore – Kerouacs forever!

Ich musste lächeln, als ich Travis' und Reids Namen und ihren Bandnamen *Kerouacs* las. Waren sie immer noch befreundet? Ich hatte letzte Nacht im Internet nach ihnen gesucht, aber nichts gefunden. Lebten sie ebenfalls in New York? Was machten sie heute? Ich spürte ein schmerzliches Ziehen in meiner Brust angesichts der Tatsache, dass ich es nicht wusste.

Nach einer Weile ging ich nach Hause. Sarah war immer noch nicht zurück, also setzte ich mich in die Essecke und blätterte das Booklet durch. Die Celebrity Weekly hatte recht. Sämtliche Lieder, jedes einzelne von ihnen, war auf seine Art perfekt. Was das Magazin jedoch nicht wusste: Jedes einzelne erzählte eine Geschichte – die Geschichte von ihm und mir. Und es erzählte noch eine andere Geschichte, eine, die nur ich verstehen konnte. Die Geschichte des Mädchens, das ich einst gewesen war.

Ich wusste, warum er das getan hatte. Ich hatte ihn gezwungen, ein Geheimnis für mich zu bewahren, und nun zwang er mich, seines zu bewahren.

Dieses perfekt aufgemachte, wunderschöne Album über ein verzogenes, selbstsüchtiges, gemeines Mädchen war meine heimliche Strafe. Und doch konnte ich nicht aufhören, es mir immer wieder anzuhören.

Später am Nachmittag, als ich die Musik schließlich ausmachte, setzte ich eine Liste auf. Keine Liste von Liedern, sondern von Namen.

Leute, die mich hassen
(oder mich hassen sollten, es aber nicht wissen)
1. Fiona Locke
2. Talia Roberts
3. Sarah Brady
4. Jack Moreland

Argh. Es war wie ein altbekannter Albtraum, der mich wieder heimsuchte. Ich riss die Seite aus meinem Notizbuch, faltete sie so klein, wie es nur ging, zusammen und versteckte sie in der Schublade meines Nachtschränkchens.

3

In this town everyone knows your name
Your face
I thought I knew girls like you
But you
Were not what I expected

– Jack Moreland, »Not What I Expected«

Drei Jahre zuvor

Am Morgen des ersten Schultages meines letzten Highschooljahres warteten meine drei besten Freundinnen in der Einfahrt auf mich. Amber fuhr, natürlich fuhr sie. Sie hatte ein echt schickes Auto, einen Mercedes, den sie zum sechzehnten Geburtstag von ihren Eltern übernommen hatte. Ich hatte immer noch kein Auto. Meinen Eltern zufolge brauchte ich keines, da ich doch in Stonebury auch zu Fuß überall hinkam.

Ich ließ mich auf den Beifahrersitz gleiten. Wir hielten uns an eine strikte Reihenfolge, wer neben der Fahrerin sitzen durfte, und heute war ich dran. »Hey!«, sagte ich und lächelte breit. Ich hatte mal gelesen, dass ein Lächeln, selbst wenn einem nicht danach war, einen tatsächlich auch innerlich fröhlicher stimmte.

Sarah und Lori erwiderten meinen Gruß von der Rückbank aus und Sarah strahlte in die Runde. »Also, wie findet ihr's?«

Amber, neben mir, seufzte gedämpft und ich wusste, was sie dachte: *Nicht schon wieder.*

Das Einzige, was Sarah noch öfter machte, als mit ihrem Freund Schluss zu machen und wieder zusammenzukommen, war, ihre Haare zu färben. Den ganzen Sommer über hatte sie uns zum Rite-Aid-Drogeriemarkt geschleift, um zwischen irgendwelchen Packungen auszusuchen, die für mich alle nach der exakt gleichen Haarfarbe aussahen, nur mit einem anderen Model drauf. Jetzt war ihr normalerweise etwas unglücklich geratenes orangerotes Haar mit aschblonden Strähnchen durchzogen, und ich fragte mich, ob sie wieder mit dem Sun-In-Bleichspray herumexperimentiert hatte.

»Lori hat es mir gemacht«, verkündete Sarah. Lori war unsere selbst ernannte Amateur-Kosmetikerin, die davon träumte, eines Tages den Beautysalon ihrer Eltern zu übernehmen. Weder Amber noch ich hätten sie je an unsere Haare gelassen.

Lori ließ ihre Kaugummiblase platzen und nickte, wobei ihre Kreolen hin und her schwangen. »Sieht ziemlich cool aus, oder?«

Ich fand, sie sah aus wie diese gescheckte Katze, die wir mal hatten, aber ich nickte. »Voll cool.«

Die beiden ließen sich wieder gegen die Rückbank sinken und begannen damit, Wimperntuschen zu vergleichen, und Amber wandte ihre Aufmerksamkeit mir zu. Sie begutachtete mich von oben bis unten und verzog ihren Mund zu einem Lächeln. »Nettes Oberteil«, sagte sie.

Sie sagte es so liebreizend, dass jeder, der unserem Gespräch zugehört hätte, nie darauf gekommen wäre, dass es eigentlich als Kritik gedacht war. Doch ich kannte diesen Tonfall nur zu gut. Ich sah auf mein zartgrünes Oberteil mit dem V-Ausschnitt hinab. Anderthalb Monate zuvor, als Mom mich zum Klamottenshoppen für das neue Schuljahr mitgenommen hatte, hatte es perfekt gepasst, aber nun war es um die Taille ein klein wenig verzogen. Sie hatte recht. Ich sah schrecklich aus. Doch da setzte sie schon aus unserer Einfahrt zurück und fuhr Richtung Schule. Es gab keine Möglichkeit, jetzt noch irgendwas zu ändern.

Das unbehagliche Gefühl in meinem Magen verstärkte sich, als das Schulgebäude in Sicht kam. Amber parkte auf einem der Plätze, die für die Zwölftklässler reserviert waren. Dann liefen wir Richtung Eingang und sie hakte sich bei mir unter. Als wir in das Schulgebäude stolziert kamen, konnte ich sehen, wie mich die anderen Mädchen ansahen – als wollten sie an meiner Stelle sein. Und ich konnte es ihnen nicht verübeln. Von ihrem Blickwinkel aus hatte ich alles, was man sich wünschen konnte. Und sosehr ich den Anblick dieser Flure und grünen Spinde an den meisten Tagen hasste, es hasste, wie jeder Muskel in meinem Körper sich verkrampfte, sobald ich sie betrat – als würde ich mich auf eine Schlacht vorbereiten –, sosehr genoss ich es an manchen Tagen, wie diese Mädchen mich ansahen. Sie bewunderten und fürchteten mich zugleich, was bedeutete, dass ich Macht über sie hatte. Was wiederum bedeutete, dass es nichts gab, was irgendeine von ihnen mir antun konnte. Ich war unantastbar, unbesiegbar. Selbst wenn es nicht immer so gewesen war, so hatte mich niemand mehr anders in Erinnerung.

Vor dem Unterricht versammelten sich alle in der Cafeteria und warteten darauf, dass es zur ersten Stunde klingelte. Die beliebtesten Schüler der zwölften Klasse standen immer am Getränkeautomaten. Ich weiß nicht, wie oder warum diese Tradition begann. So war es einfach schon immer. Wir marschierten, ohne nach links oder rechts zu blicken, geradewegs dorthin, wo Kurt Deloria, Mike Upton und Adam Dixon bereits warteten. Adam war der beliebteste von allen Jungs. Er war nicht nur der beste Sportler, sondern sein Vater besaß auch eine Imbisskette, die auf sämtlichen Stränden von hier bis Maine vertreten war, sodass er haufenweise Kohle hatte. Es war sein Haus, in dem all die Partys stiegen.

Sie trugen alle drei ihre silber-weinroten Basketballtrikots, auch das eine Tradition am ersten Schultag. Sie umarmten uns der Reihe nach – zuerst Amber, dann mich, dann Sarah, dann Lori. Wir bildeten einen Halbkreis und taxierten die Menge.

»Sieht aus, als hätte Fiona Locke immer noch nicht kapiert, wozu eine Haarbürste da ist«, sagte Amber laut genug, dass Fiona es hörte. Und genau darum ging es. Denn alle lachten. Jeder Highschooljahrgang hatte seine Opfer, und jede Opfer-Clique hatte ein Opfer, das noch mehr Opfer war als der Rest von ihnen. Für uns war es Fiona Locke. Es gab eigentlich nichts wirklich Schlimmes an ihr auszusetzen, es war vor allem ihr struppiges beigebraunes Haarnest. Sie war schon immer das Ziel von Spott und Streichen gewesen, so wie letztes Jahr, als wir uns mit ihr zum Kaffee verabredeten, um sie dann vom Bürgersteig aus dabei zu beobachten, wie sie im Diner saß und auf Leute wartete, die niemals auftauchen würden.

Mike drängte mich beiseite, um Sarah zu umarmen. Sie quietschte laut, als er sie vom Boden hochhob, und bettelte ihn an, sie wieder runterzulassen. Dann drückte sie ihre Lippen auf seine.

Zu meiner anderen Seite stieß Amber mich mit dem Ellbogen in die Rippen und verdrehte die Augen. »Sie sind also wieder zusammen?«

Ich zuckte mit den Schultern. Seit der zehnten Klasse hatten sie grob geschätzt fünfzig Mal Schluss gemacht und sich wieder versöhnt. Man konnte nie sicher sein.

»Es ist nur irgendwie so … traurig.« Sie schürzte ihre Oberlippe, als sie die beiden betrachtete, doch ich hätte schwören können, dass ich in ihren Augen etwas anderes als Mitleid sah. Es war nur für den Hauch eines Augenblicks da, dann verschwand es. »Steckt eure Zungen wieder in den eigenen Mund!«, rief sie unüberhörbar.

Die beiden lösten sich voneinander. Sarah sah aus, als wäre sie mehr als dankbar, wenn sich der Boden unter ihr auftäte und sie an Ort und Stelle verschlänge. Sie tat mir leid, denn Amber hatte ein großartiges Talent dafür, andere der öffentlichen Schmach auszusetzen. Aber trotzdem, mussten sie so rumknutschen? Es war erst halb acht Uhr morgens, ich hatte ja kaum die Gelegenheit gehabt, meinen Müsliriegel zu verdauen. Sarah sah zu mir und ich schenkte ihr ein kleines Lächeln, mehr konnte ich ihr nicht bieten. Wir waren zuerst befreundet gewesen, und am längsten, doch meine Loyalität Sarah gegenüber mit meiner strategischen Verbindung mit Amber in Einklang zu bringen, war eine ziemlich kniffelige Angelegenheit.

Glücklicherweise lenkte Adam Dixon die allseitige Aufmerksamkeit schnell auf jemand anders. »Hey, schaut mal, Jack Moreland und seine Wandergitarre geben sich die Ehre.«

Jack schob sein langes Haar hinters Ohr, als er mit seiner Gitarre auf uns zukam. Obwohl wir seit dem Kindergarten zusammen zur Schule gingen, konnte ich mich nicht daran erinnern, je mehr als fünf Worte an ihn gerichtet zu haben. Er war einer dieser Typen, bei denen man nie mitbekam, ob sie im Klassenzimmer saßen oder nicht.

»Gott, ich kann ihn ja von hier aus riechen.« Amber wedelte mit ihrer Hand vor dem Gesicht. »Schon mal was von Duschen gehört?«

Das war eine ihrer Lieblingsbeleidigungen. Letztes Jahr, nach einem unangekündigten Test in Geschichte, mussten wir unsere Aufgabenblätter austauschen, um sie zu bewerten, und irgendwie landete das von Fiona Locke bei ihr. Amber wedelte mit dem Blatt vor sich herum und beschwerte sich, es würde nach ungewaschenem Haar stinken. Unser Lehrer sagte nichts, er bedachte uns lediglich mit einem Stirnrunzeln. (Dies war die übliche Reaktion der Lehrer an der Stonebury High, es war fast, als wollten sie es sich selbst nicht mit uns vermiesen.) Fiona blickte starr geradeaus. Ihr Blatt hatte nicht gestunken, aber auch ich hatte so getan, als ob.

Jack erreichte uns mit einem zerknüllten Dollarschein in der Hand. Die Jungs formierten sich sofort in einer Reihe, um ihm den Weg zum Getränkeautomaten zu versperren, selbst Mike, wenn er auch etwas halbherzig bei der Sache schien.

Nicht so wie Adam. Der lebte für solche Sachen. Und Jack war schon immer eines seiner Lieblingsopfer gewesen. »Können wir dir weiterhelfen?«

Adam war Angreifer in unserer Basketballmannschaft und auch wie einer gebaut – über eins achtzig groß, mit breiten Schultern und stämmigen, muskulösen Beinen. Er hatte riesige, dicke Augenbrauen, die sich in der Mitte beinahe berührten, und doch zog ihn nie jemand deswegen auf. Jack hingegen sah aus wie der typische Junge, der in einer Band spielt, dünne Arme und Beine und ein Piercing in der rechten Augenbraue. Er trug ein schwarzes T-Shirt mit einem rot-blau karierten Flanellhemd darüber.

»Sorry, darf ich mal?«, sagte Jack.

»Für dich gibt es kein Sorry«, sagte Kurt.

Wieder lachten alle. Ich wollte nicht lachen, weil es wirklich nicht besonders witzig war und weil Kurt mich unfassbar nervte. Aber ich tat es.

»Und jetzt wollt ihr mich verprügeln und mir mein Taschengeld für die Cola klauen, ja?«

Das war witzig. Aber ich lachte nicht.

»Wenn du unbedingt willst«, sagte Adam. »Willst du denn?«

Jack lächelte. »Eigentlich wollte ich ja nur eine Cola.«

Adam zögerte, als sei er eine vernünftige, ruhige Auseinandersetzung nicht gewohnt. »Weißt du eigentlich, welches Jahr wir haben?« Er zupfte an Jacks Flanellhemd. »Du hast schon mitgekriegt, dass Kurt Cobain tot ist, oder?«

Als Jack nicht darauf reagierte, wurde Adam gereizter. »Wo sind deine Lover?«, höhnte er Jack mitten ins Gesicht. »Welchen magst du lieber, den Fetten oder den Blonden?«

Er sprach von den zwei Jungs, die immer an Jacks Seite waren, seine Bandmitglieder. Ich wünschte, Jack würde einfach weggehen, aber er schmunzelte nur. »Du bist wirklich ein begnadeter Gentleman, weißt du das?«

Adams Kiefer zuckte, und das Nächste, was ich mitbekam, war, wie er nach vorne rempelte und Jack rückwärtsstrauchelte und beinahe mit Fiona Locke und ihren Freundinnen zusammenstieß.

»Bist du okay?«, fragte eine von ihnen.

Wortlos richtete Jack sich auf. Er schob sein Haar hinters Ohr und rückte die Gitarre über seiner Schulter zurecht.

Bitte, bitte, geh doch einfach.

»Wie immer ein Vergnügen«, sagte er zu Adam und dem Rest von uns.

»Renn doch zu deinen kleinen Freunden und heul«, rief Adam ihm hinterher.

Wieder mal ein ganz normaler Morgen an der Stonebury High.

***

Die erste Schulwoche rauschte in einem Chaos aus neuen Lehrern, Unmengen von Hausaufgaben und einem generellen Dunst von Anspannung und Angst vorbei. Der Samstag brachte keinerlei Erleichterung – ich war auf dem Weg zu meinem ersten Vorstellungsgespräch.

Ich hatte mich nur bei Nona's Café, einem schäbigen Laden, den ich online aufgestöbert hatte, beworben, weil er sich nicht in Stonebury befand. Alle meine Freunde jobbten in der Main Street, aber ich wollte einen Rückzugsort. Meine Eltern schienen irgendwie stolz auf mich, als ich verkündete, einen Job in Riverdale, dem Arbeiterstädtchen westlich von uns zu suchen, wo keiner meiner Freunde einen Fuß mehr hineinsetzte, seitdem das große Einkaufszentrum vor drei Jahren geschlossen hatte. Aber stolz genug, um mir einen Wagen zu besorgen, waren sie nicht. Ich musste den Bus nehmen.

Der städtische Bus hatte nichts mit dem Schulbus gemein. Die Karosserie war verbeult und zerkratzt und trug auf einer Seite eine Werbeanzeige für eine Hotline für Drogensüchtige, und im Inneren stank er aus unerfindlichen Gründen nach Katze.

Vielleicht wollte ich doch nicht so unbedingt einen Job in Riverdale.

Ich war eine verzogene Rotznase und ein Feigling. Ich konnte meine Freunde nicht leiden, weil sie sich für was Besseres hielten, dabei war ich ganz genauso. Ich zwang mich, dem Busfahrer in die Augen zu blicken und zu lächeln. »Hallo«, sagte ich.

Er trug eine enge blaue Hose, die so weit hochgerutscht war, dass sie die käsig weiße Haut seiner Knöchel entblößte. Der Blick, mit dem er mich bedachte, war halb spöttisch, halb geifernd, und ich eilte an ihm vorbei, um mich ganz hinten hinzusetzen.

Ich starrte durch die schmutzigen Scheiben des Busses, als wir aus Stonebury hinaustuckerten. Sobald wir die Grenze zu Riverdale überquert hatten, veränderte sich die Umgebung. Die Straßen waren zugemüllt mit Zigarettenstummeln und zerknüllten Kaffeebechern. Es gab keine Blumenbeete, die den Mittelstreifen verschönerten. Selbst der Himmel schien weniger blau. Als der Bus quietschend vor dem Riverdale-Plaza-Schild im Siebzigerjahre-Stil hielt, zögerte ich, bevor ich langsam ausstieg. Alles an dieser Einkaufsstraße schien alt und verstaubt, schmutzig und heruntergekommen, viel schlimmer, als ich sie in Erinnerung hatte. Ich ging auf die Schaufensterfront der Lädchen zu und beschleunigte meine Schritte, als ich an ein paar schmuddeligen alten Typen vor einem Tabakladen vorbeikam. Einige Häuser weiter befand sich Nona's Café. In den Fenstern hingen mit Filzstift beschriftete Schilder, auf denen HEISSER LATTE angepriesen wurde und FRISCH BELEGTE SANDWICHES 99¢!

Es überraschte mich, wie sauber der Laden drinnen war. Der Boden und die Wände waren im gleichen dunklen Kirschholz gehalten. Es gab eine riesige Kuchentheke und den Schildern zufolge, die ebenfalls mit schwarzem Filzstift beschrieben waren, war alles hausgemacht. KOSTEN SIE UNSEREN HEISS BEGEHRTEN HASELNUSSKUCHEN! Der Laden roch nach Zimt und Kaffee.

Das Herz schlug mir bis zum Hals, als ich mich der Kassiererin näherte. Sie war ungefähr in meinem Alter, mit pechschwarzem Haar, das ihr Gesicht in einem akkuraten Bob umrahmte. In beiden Ohren zogen sich kleine glitzernde Stecker vom Ohrläppchen bis ganz nach oben. Sie hatte ein Piercing in der Lippe, und ihr Namenschild war ganz schief und verblichen, als kümmerte es sie kein bisschen, ob die Kunden ihren Namen lesen konnten oder nicht. *Madeline.*

Ohne mich zu beachten, hielt sie einen Filzstift über einem weißen Blatt Papier gezückt, auf dem eine halbe Botschaft prangte: »Lebkuchen-Gewürz-Kaffee heute …« Endlich blickte sie auf und seufzte hörbar. Sie hatte auffallende veilchenblaue Augen, die von dichten Ponyfransen umrahmt wurden. Ich vermutete, dass ihre Augen wunderhübsch gewesen wären, wenn sie mich nicht so genervt angefunkelt hätten. Aber genau das taten sie.

Es war ein Mädchen von der Sorte, die mir definitiv die Hölle heißmachen konnte. Und auch noch Spaß dabei hätte. Ich hatte Angst vor solchen Mädchen, und ohne meine Freundinnen war ich kein bisschen mutig.

Ich sah keine andere Möglichkeit, als es mit einem entwaffnenden Lächeln zu versuchen. »Hallo! Ich bin hier wegen dem Bewerbungsgespräch mit Darcy.«

Ihr Mund blieb eine schnurgerade Linie, und als sie antwortete, war ihre Stimme monoton. »Schön für dich.« Sie wandte sich wieder ihrem Schild zu.

Stumm vor Entsetzen stand ich da. Bei diesem Service war es kein Wunder, dass das Café so gut wie leer war. Ich wandte mich schon zum Gehen, als eine Frau mit Glatze und einem über und über tätowierten Arm auf uns zugestürmt kam. »Madeline! Also wirklich!« Sie seufzte, als das Mädchen lediglich mit den Schultern zuckte. Dann streckte sie mir ihre Hand entgegen. Dabei spannte sich ihr Bizeps an, und der Drache, der in ihrer Haut verewigt war, schien zu lächeln. »Hi, ich bin Darcy.«

Darcy war die Besitzerin des Cafés. Madeline sei ihre Nichte, erklärte sie, und schon eine ganze Weile Aushilfe. Aber sie habe gerade mit ihren College-Kursen begonnen und müsse sich auf das Lernen konzentrieren, also sei sie auf der Suche nach einer neuen Teilzeitkraft. Madeline würde die ersten zwei Wochen noch da sein, um beim Einarbeiten zu helfen, fügte Darcy beinahe entschuldigend hinzu. Sie zeigte mir das Café. Da gab es die Gebäckvitrine und eine Kaffeetheke, den Sitzbereich mit schmiedeeisernen Bistrotischen und -stühlen und eine große Ecke in der Nähe der Toiletten mit Postkartenständern und einem Regal voller Zeitungen und Zeitschriften, gebrauchten Taschenbüchern und Comics.

Wir setzten uns hin und sie ging meinen Lebenslauf durch. »Alljährliche Auszeichnungen für besondere schulische Leistungen … Wow, du bist in vielen AGs, nicht wahr? … Du fotografierst gerne?«

Ich hatte Fotografie unter meinen Interessen aufgelistet, denn auf diese Art, so behauptete zumindest wikiHow, konnte man seinen Lebenslauf aufpeppen. »Ich hab in den letzten Sommerferien einen Kurs belegt, nur so zum Spaß. Ich bin nicht wirklich gut.«

»Das braucht nur Übung, so wie alles andere auch.« Dann lächelte sie. »Ich denke, du wärst sehr gut geeignet. Du scheinst verantwortungsbewusst zu sein. Solche Dinge erkenne ich auf Anhieb. Man sieht es an den Augen. Außerdem hast du deinen Pulli gebügelt.«

Ich freute mich, dass es ihr auffiel. Zerknitterte Klamotten waren für mich ein rotes Tuch. Wobei sie sich seit Neuestem in direkter Konkurrenz mit schiefen Namensschildern befanden.

Als Darcy mir den Job anbot, sagte ich freudig zu.

Sie führte mich zum Tresen. Madeline hatte uns den Rücken zugekehrt und war gerade dabei, eine Rolle Papierhandtücher auszuwechseln. »Natalie fängt nächsten Samstag an.«

Madeline wirbelte herum. »Die? Ich hab dir doch Joeys Bewerbung gegeben!«

»Na klar, als würde ich Joey einstellen. Der denkt doch, ein Latte wäre ein Autoersatzteil.«

Ich musste fast lachen, aber Madeline bedachte mich mit einem derart tödlichen Blick, dass ich stattdessen lieber auf meine Schuhe hinabsah. Dennoch konnte ich mir ein Lächeln nicht verkneifen. Ein Job! Und dann auch noch weit weg von meinen Freunden. Es erfüllte mich beinahe mit der Hoffnung, das Abschlussjahr könnte vielleicht doch kein totales Desaster werden.

***

Als ich eine Woche später aus dem Bus stieg und zum Café spazierte, war ich nervös. *Alles wird gut*, sagte ich mir. *Jeder ist am ersten Tag aufgeregt. Du wirst wahrscheinlich nicht viel mehr machen müssen als zuschauen.*

Doch selbst dann müsste ich mich mit dieser mürrischen Madeline auseinandersetzen.

Darcy wies mich an, ich solle Madeline den ganzen Tag wie ein Schatten folgen, während meine liebreizende Trainerin mit verschränkten Armen hinter ihr stand und mich anstarrte, als hätte ich soeben ihren Hund umgebracht. Darcy drückte meine Schulter und der Drache zwinkerte mir zu. »Mach dir keine Sorgen. Sie ist nicht so furchteinflößend, wie sie dich gerne glauben machen möchte.«

Madeline lenkte ihren Todesblick auf sie. »Na klar, Darcy.« Komischerweise klang sie dabei genau so wie Amber.

»*Tante* Darcy. Okay, zeig ihr die Ausstattung, solange es noch gemütlich zugeht, dann die Kasse, damit sie vorbereitet ist.«

Madelines Zunge glitt über den Ring in ihrer Lippe. »Keine Chance, dass die das gebacken kriegt.«

»Oh, *danke*!«, presste ich hervor.

Darcy erwiderte Madelines wütendes Funkeln, das offenbar in der Familie lag. Sie legte ihre Hand auf meine Schulter. »Sie meint es nicht persönlich. Wir erwarten heute Abend einen Haufen Leute, deswegen wollte ich, dass du heute dabei bist.« Sie grinste mich an. »Wir lassen dich gleich ins kalte Wasser springen.«

Ich schluckte. So viel zum Thema *Zuschauen*. Darcy klopfte mir auf die Schulter, bevor sie sich in die Küche verabschiedete. Ich drehte mich zu Madeline, die an ihren Haarspitzen herumspielte. Ich wischte mir die verschwitzten Handflächen an der Schürze ab. »Was für ein Haufen Leute?«

Madeline seufzte. »Eine Band.« Sie lieferte mir keine weiteren Informationen. Stattdessen stapfte sie zu einer der Maschinen – ich hatte keine Ahnung, was das war – und begann daran rumzufummeln. »Willst du jetzt zuschauen oder nur in der Gegend herumstehen?«

»Oh, tut mir leid.«

»Braucht dir nicht leidtun. Schau einfach zu, was ich mache, und stell keine dummen Fragen mehr.«

Ich war zwar nicht sicher, was meine erste dumme Frage gewesen war, aber ich nickte wie ein braves Mädchen, und ohne mich eines weiteren Wortes zu würdigen, »lehrte« mich Madeline, wie man die Espressomaschine reinigte.

Als wir damit fertig waren, reichte Darcy mir einen großen Briefumschlag. »Häng die auf, im Schaufenster und überall.« Sie machte eine unbestimmte Bewegung mit der Hand und wandte sich einem Kunden zu.

Im Umschlag befanden sich Konzertflyer. DIRT SOUP – LIVE! JEDEN SAMSTAG BIS JUNI! Die Worte standen nicht besonders mittig über einem Bild, das den Rücken eines Typen zeigte, der eine Gitarre trug. Es war kein Foto, sondern mehr eine comicartige Grafik, die Proportionen etwas unausgewogen, die Beine zu kurz, der Oberkörper zu rund. Das Ganze war wohl aus einem Drucker gekommen, dem die Tinte ausging. Einige Teile waren schwarz, andere grau. Das »V« in »Live!« war kaum als Buchstabe zu erkennen.

»Wollt ihr wirklich diese …?«

Madeline funkelte mich an und knallte eine Rolle Klebeband auf den Tresen.

Dirt Soup, was für ein Name sollte das bitte sein? Es war der schlechteste Bandname, den ich je gehört hatte. Ich schätze, es passte somit, dass sie auch die schlechtesten Konzertflyer hatten, die ich je gesehen hatte. Doch ich tat, wie mir geheißen. Ich rümpfte die Nase, während ich die Plakate an das Schwarze Brett hinten bei der Klotür, an die Wand eines Bücherregals und an das obere Ende eines Postkartenständers klebte. Mir blieb nichts anderes übrig, als die verbleibenden zwei Exemplare in den Schaufenstern aufzuhängen. Ich wollte mir gar nicht vorstellen, was ein Passant denken mochte. Vermutlich, dass ein Fünfjähriger eine Band gegründet hatte.

Ich war nicht sicher, warum, aber der Name der Band kam mir vage bekannt vor. Es beschäftigte mich den ganzen Vormittag, aber ich wagte nicht, Madeline zu fragen. Sie benahm sich, als wäre ihre »Vorführung« der hohen Kunst, einen Smoothie zu mixen, vergleichbar mit der Arbeit in einer Kohlemine. Gegen vierzehn Uhr verkündete sie, sie mache eine Pause, und ließ mich allein hinter dem Tresen zurück. Anscheinend war Smoothies zu machen ziemlich ermüdend. »Es ist nicht so schwer«, sagte sie, als ich zum Protest ansetzte. »Mach einfach, was der Kunde von dir verlangt.«

Zwanzig Minuten später war sie immer noch nicht zurück. Zu meinem Glück hatte ich nur einen Kunden, und alles, was er wollte, war ein kleiner schwarzer Kaffee.

Aber dann kamen Jack Moreland und seine Wandergitarre durch die Holztür spaziert.

Zwei andere Jungs folgten ihm, einer dick und mit Brille, der andere groß und dürr und mit Akne auf dem Kinn, und beide schleppten sie Verstärker und allerlei Equipment mit sich. Den blonden Jungen erkannte ich aus meinem Leistungskurs Physik. Sein Name war Reid Leblanc und er meldete sich nie, aber wenn er aufgerufen wurde, hatte er immer die richtige Antwort parat.

Reid und sein Kumpel verschwanden hinter der Tür zum Pausenraum, während Jack, eine schwarze Tasche über die eine Schulter und einen Gitarrenkoffer über die andere geschlungen, auf den Tresen zukam.

Er starrte mich mit einem Ausdruck an, der dem von Madeline auffallend ähnelte, und erkannte mich, da war ich mir sicher, von dem Zwischenfall am Getränkeautomaten wieder. Er trug ein T-Shirt mit dem Bandnamen The Pixies drauf und darüber ein Flanellhemd. Der dunkle Nagellack auf seinen Fingernägeln war abgeblättert. Beide Ohrläppchen waren von silbernen Steckern durchbohrt und in der Augenbraue steckte ein kleiner Ring. »Wo ist Darcy?«

Aus irgendeinem Grund brauchte ich ein paar Sekunden, um meine Stimme wiederzufinden. Es war seltsam, ihn außerhalb der Schule zu sehen. Er war natürlich nie zu irgendwelchen Partys bei Adam Dixon eingeladen, und ich konnte mich nicht daran erinnern, ihn je in der Main Street oder am Strand gesehen zu haben. »Sie ist, ähm, am Telefon, mit einem Lieferanten. Sie meinte, ich könne euch beim Aufbau helfen.«

Jack zögerte eine Sekunde. »Okay.« Er bedeutete mir, ihm zu folgen.

Ich war nicht sicher, ob ich die Kasse allein lassen konnte. Aber Madeline sollte jeden Moment zurück sein, und Darcy hatte mir aufgetragen, ein Auge auf die Band zu haben. Niemand stand an, und auch sonst gab es nur wenige Gäste, einige nippten an den Tischchen sitzend an ihrem Kaffee und ein Pärchen sah die Postkarten und Bücher hinten durch. »Okay, einen Moment.« Ich kramte nach einem Zettel, schrieb *Helfe der Band* drauf und legte ihn oben auf die Kasse.

Er führte mich zu der Tür des Vorratsraums mit der Aufschrift *Nur für Personal,* der auch als Pausenraum diente. Drinnen wusste die Band offenbar genau, was sie tat. Die Jungs packten geübt Kabel aus und entwirrten sie.

Jack sah flüchtig zu mir, schaute aber weg, als unsere Blicke sich kreuzten. »Du könntest das hier nach draußen bringen.« Er reichte mir einen Mikrofonständer, der schwerer war, als er aussah. »Stell ihn bei den Postkartenständern ab – du weißt doch, wo das ist?« Ich nickte. »Dort spielen wir. Und du kannst auch ein paar Stühle dort aufstellen, das macht Darcy normalerweise auch. Manche Leute sitzen gerne etwas näher dran.«

Ich trug den Ständer zu den Postkarten hinaus, dann schleifte ich vier, fünf Stühle hin. Ich konnte nicht glauben, dass sie einen ganzen Haufen Leute für Jacks Band erwarteten. Dirt Soup war an unserer Schule praktisch nicht existent. Ich erinnerte mich, gehört zu haben, dass sie den regionalen Bandwettbewerb letzten Sommer gewonnen hatten, aber das war eine Veranstaltung, die meine Freundinnen und ich nicht besuchten.

Als ich fertig war, kehrte ich zum Pausenraum zurück. Reid war allein dort und stimmte eine Gitarre. »Hi«, sagte ich. »Kann ich noch irgendwie helfen?«

Er schob ein Büschel wuscheliger blonder Haare aus seinem Gesicht. Seine Nasenspitze und seine Ohren liefen langsam rot an. »Ähm, Darcy oder Maddie machen uns normalerweise Snacks.«

Maddie? In welchem Universum wurde jemand wie Madeline bitte Maddie genannt? »Okay. Und was?«

»Ähm, normalerweise heißen Tee mit Honig und ein paar Cookies.«

»Bin gleich zurück.« Ich wandte mich zum Gehen und stieß beinahe mit Jack zusammen.

Seine Hand griff nach meiner Schulter, nur ganz kurz, damit wir nicht hinfielen. »Sorry«, sagte er.

»Kein Problem.« Ich machte einen Schritt zur Seite, damit er an mir vorbeikonnte, und versuchte herauszufinden, warum mir plötzlich so heiß war. Ich stand eine Sekunde da und sah Reid und dem anderen Jungen – Travis, fiel es mir ein – zu, wie sie mit gesenkten Köpfen arbeiteten. Nach einer Sekunde drehte ich mich um und stieß diesmal beinahe mit Madeline zusammen.

»Oh Mann, pass doch auf!«

»Sorry, ich ...«

Sie ging an mir vorbei in den Vorratsraum. »Erstens lässt du die Kasse *niemals* unbeaufsichtigt. Zweitens ist es mein Job, der Band zu helfen.«

»Äh, Darcy hat gesagt, ich ...«

Madeline hörte nicht zu. Sie sah die Band an, nach dem Motto: *Könnt ihr glauben, wie doof die ist?*

Dann tat sie etwas, was mich wirklich überraschte. Sie lächelte ... der Band zu, natürlich. »Meine Güte, Skinny, hast du noch mehr abgenommen?« Sie stupste Reid in die Seite, und sein gesamtes Gesicht ging beinahe in Flammen auf.

»Das ist seine Diät«, sagte Jack. Er lehnte mit verschränkten Armen an der Wand neben mir, sah mich jedoch nicht an. »Der Typ ernährt sich wie ein Kaninchen. Das heißt, nein, ein Kaninchen isst deutlich mehr.«

Madeline schüttelte den Kopf. Sie pflanzte sich auf einen Kartentisch aus Plastik, der aussah, als könne er jeden Moment zusammenklappen. »Bevor ich diesem gottverlassenen Kaff den Rücken kehre, lade ich euch alle auf einen Cheeseburger ein.«

»Er wird's nicht essen«, sagte Travis.

»Ich esse einen Schwarzbohnen-Burger«, bot Reid an.

Und das ließ Madeline endgültig auftauen. Sie lachte aus vollem Hals und hörte erst auf, als sie mich dort stehen sah. Plötzlich verhärtete sich ihr Gesicht. »Was machst du noch hier? Los, bring den Jungs Tee und ein Tablett mit Cookies.« Sie wandte sich wieder an Reid. »Nun, jedenfalls müssen wir ausgehen, bevor ich wegziehe ...«

Als ich an ihm vorbeilief, packte mich Jack am Ellbogen meines

Shirts. »Sie ist sonst nicht so eine Pestbeule«, flüsterte er, »aber du bist eben die Neue.«

Ich sah zu ihm auf und erwartete, dass er wegschauen würde, aber dieses Mal tat er es nicht. Seine Augen, so fiel mir auf, waren nur eine Spur dunkler als sein karamellfarbenes Haar, und seine Wimpern waren länger als meine. Ich schluckte. »Danke.« Ich konnte immer noch den Druck seiner Finger auf meiner Haut spüren, nachdem er losließ.

Darcy kümmerte sich um die Kasse und schenkte mir ein aufmunterndes Lächeln, während ich das Tablett befüllte. Wenigstens machte sie nicht den Anschein, als wolle sie mich dafür feuern, dass ich meinen Posten verlassen hatte. Sie erklärte mir geduldig, was ich zu tun hatte, während sie die Kunden bediente. Schließlich begann das Café sich zu füllen.

Als sie mich fragte, wo Madeline steckte, zuckte ich mit den Schultern. »Ich glaube, sie ist bei der Band.«

Darcy seufzte und wischte die Hände an der Schürze ab. »Natürlich ist sie das.« Sie verschwand im Pausenraum und kam ein paar Sekunden später mit einer schmollenden Madeline im Schlepptau wieder heraus.

Madeline funkelte mich wortlos an, dann wandte sie sich an den nächsten Kunden und ließ ihr monotones »Was kann ich für Sie tun?« ab.

Unsicher balancierte ich das Tablett mit dem Tee und den Snacks zum Pausenraum, wo ich die Tür mit der Hüfte aufstieß.

Die Band saß um den kleinen Plastiktisch herum. Jack war gerade dabei, einen Stapel Karten zu mischen. Sie hörten sofort auf zu reden, als ich eintrat und das Tablett, auf dem sich eine Auswahl an Gebäck häufte, umständlich in der Mitte des Tisches abstellte. Natürlich ist es ganz und gar nicht verdächtig, wenn eine Unterhaltung in Totenstille umschlägt, sobald man den Raum betritt. Wahrscheinlich waren sie gerade dabei, sich darüber zu unterhalten, was für eine Mega-Zicke ich doch sei und wie sehr sie meine Freunde und mich hassten. Und ich konnte es ihnen nicht verübeln.

»Ist das so in Ordnung?«, fragte ich.

Sie inspizierten das Tablett. »Ordentliche Anzahl an Schoko-Cookies«, sagte Travis.

»Obwohl das Scone-zu-Muffin-Verhältnis etwas unausgewogen ist«, fügte Jack hinzu.

Ich kicherte, was wirklich seltsam war. Ich war sonst nicht der Typ, der kicherte. »Was ist denn das richtige Verhältnis?«

»Drei zu einem Scone«, sagte Reid, der kein Stück von dem Gebäck nahm, wie mir auffiel.

»Na, ich versuch's mir zu merken.«

Jack teilte den Kartenstapel und mischte dann noch einmal kurz durch. »Okay, Jungs, was wollen wir spielen? Poker?«

Reid stöhnte. »Das spielen wir ständig. Wie wär's mal mit was Neuem? Hat niemand was anderes da, Boggle oder so?«

»Boggle«, wiederholte Jack. Sie lachten. Auch ich lachte verhalten mit. Da war eine gewisse Leichtigkeit zwischen ihnen, die mir gefiel. Ich stand einfach da und sah zu, als Jack die Karten verteilte. Wie kam es eigentlich, dass ich diese Wimpern nie zuvor bemerkt hatte? Ich musste schlucken. Was war nur mit mir los und warum fühlte ich mich so schwummrig im Kopf? Vielleicht hatte ich mir ja eine Erkältung eingefangen? Ja, das war es wohl.

*

Als ich zurückkam, band Darcy ihre Schürze straffer und schob die Schirmkappe tiefer über ihren kahlen GI-Jane-Kopf. »Wie lief es? Ist die Band startklar?«

Ich spürte, wie mein Gesicht ein wenig rot wurde, und das nicht vom vielen Tablett-hin-und-her-Tragen. »Oh, denen geht's gut. Sie haben meine Hilfe nicht wirklich gebraucht, außer für die Snacks.«

Die nächsten Minuten verbrachten wir damit, Kunden zu bedienen. Es war so viel einfacher zu arbeiten, wenn Madeline einen nicht permanent beobachtete. Ich fragte mich, ob sie je eine spannende Karriere als Ausbilderin beim Militär in Betracht gezogen hatte. Während ich Ewigkeiten brauchte, um unter ihrem kritischen Blick einen Haselnusskaffee zuzubereiten, kam ich zu dem Schluss, dass das Ganze etwas mit Karma zu tun haben musste. Ich hatte wahrscheinlich einfach übles Karma, fertig.

Später flaute der Kundenstrom etwas ab und Darcy zeigte mir einige Fotos, die sie gemacht hatte und auf Etsy zu verkaufen versuchte. Es waren wirklich schöne Aufnahmen vom Café, und irgendwie hatte sie es geschafft, die Außenaufnahmen der Riverdale Plaza interessant aussehen zu lassen. Während ich mich durch ihre Seite klickte, wurde mir klar, wie schlecht die Fotos waren, die ich machte.

»Hey, Darcy.« Jack lehnte am Tresen, so nah, dass ich ihn riechen konnte. Überraschenderweise roch er nicht nach Schweiß oder Zigaretten, sondern nach Seife. Sein Ellbogen streifte versehentlich meinen und ich rückte unauffällig ab.

»Hey, Kleiner.« Darcy stieß die kleine hölzerne Schwingtür auf, die uns von den Kunden trennte, und umarmte Jack. »Alles bereit für heute Abend?«

»Alles tipptopp.«

»Wenn es wie letztes Mal läuft, erwarten wir einen ziemlichen Haufen Leute.« Sie legte die Hand auf seine Schulter und drehte sich wie eine stolze Mutter zu mir. »Hast du sie je spielen hören?«

Ich schüttelte den Kopf. »Nein, noch nie.«

»Dann mach dich auf etwas gefasst. Er wird eines Tages ganz groß rauskommen.«

»Eines Tages«, sagte Jack. »Sobald ich aus dieser beschissenen Stadt rauskomme.«

Darcy runzelte die Stirn. »Deine Ausdrucksweise, Jack.«

»Sorry.«

»Aber er hat recht«, sagte ich. »Stonebury ist echt schlimm.«

Jack bedachte mich mit einem Blick, der irgendwo zwischen Überraschung und Belustigung schwankte. »Aber bist du nicht Mitglied von ungefähr jedem Team und jeder AG, die es in Stonebury gibt?« Er wandte sich an Darcy. »Du stehst übrigens gerade unserer Schulsprecherin höchstpersönlich gegenüber.«

»Im Ernst?« Sie klang beeindruckt.

»Äh, ja, aber das ist keine große Sache.« Es wunderte mich, dass er das wusste, schließlich nahm er so wenig wie nur möglich am Schulleben teil.

»Für mich klingt das nach einer großen Sache. Als ich in der Highschool war, kam ich der Schulsprecherin gerade so nahe, dass ich ein Foto von ihr schießen konnte.« Darcy lachte, dann entschuldigte sie sich, um einen Kunden zu bedienen.

Jack ging in Richtung Pausenraum und ich folgte ihm verlegen. »Willst du an ein bestimmtes College, um Musik zu studieren?« Die Berkeley School of Music in Boston war nicht weit weg und sehr renommiert.

»Um Gottes willen, nein. Ich gehe an gar kein College.«

Da meine beiden Eltern Uniprofessoren waren, wäre die Aussage bei uns zu Hause als Gotteslästerung geahndet worden. »Was willst du dann tun?«

»Die Tage bis zum letzten Schultag zählen und dann nach New York abhauen. Der einzige Grund, warum ich noch hier herumhänge und den Abschluss überhaupt mache, ist, damit meine Eltern nicht allen Leuten erzählen müssen, dass ihr Kind ein Schulversager ist.«

Das konnte er nicht ernst meinen. Die Lehrer, die Eltern, eigentlich jeder Erwachsene, hatten uns von Kindesbeinen an das Rezept für ein erfolgreiches Leben eingetrichtert: gute Noten an der Highschool kriegen, an ein gutes College kommen, den Abschluss schaffen und einen guten Job finden. Die Chancen für Jack, ein berühmter Musiker zu werden, standen ungefähr genauso gut wie für Adam Dixon, als Basketballer von den Boston Celtics verpflichtet zu werden.

»Also gehst du einfach so nach New York, ohne Plan und gar nichts?«

»Doch, ich habe meinen Plan.« Er meinte es ernst.

»Aber … denkst du nicht, dass Schule wichtig ist?«, fragte ich. Ich war wirklich schockiert. Ich kannte niemanden, der nicht vorhatte, aufs College zu gehen.

Er zuckte mit den Schultern. »Doch, wenn du Arzt werden willst oder so. Aber nicht für mich.«

»Aber glaubst du nicht, du brauchst einen Plan B oder so was? Ich meine, die Chancen …«

»Ja, ich weiß. Meine Mom erzählt mir das die ganze Zeit. Aber wenn jeder Musiker so denken würde, gäbe es keine Musiker, oder?«

Der vernünftige Teil von mir wollte ihm sagen, dass er sich einen ordentlichen Job besorgen und immer noch Musik nebenher machen konnte, aber ich wusste, dass das total spießig klingen würde. »Oh, na ja, da ist was dran. Ich kann es auch kaum erwarten, wegzukommen. Es fühlt sich an, als hätte ich eine Ewigkeit darauf gewartet.«

Die Augenbraue mit dem kleinen Ring hob sich kaum merklich, als hätte ich ihn ebenfalls überrascht. Als er wieder zu mir sah, hatte ich dieses seltsame Gefühl, aus dem Gleichgewicht zu geraten, als hätte sich irgendwas in mir verschoben. Der Tür zum Pausenraum öffnete sich und Reid streckte den Kopf raus. »Alter, komm endlich, wir müssen diese Akkordabfolge noch einmal durchgehen.«

Ich hatte keine Ahnung, wovon er redete, aber es schien etwas Ernstes zu sein. Jack nickte mir zu, dann verschwand er hinter der Tür, vor der ich noch einige Sekunden stehen blieb, bevor ich mich wieder Richtung Tresen aufmachte.

Als der Dirt-Soup-Auftritt allmählich näher rückte, bewahrheitete sich Darcys Vorhersage. Zehn Minuten vor Konzertbeginn war das Nona's brechend voll. Die Schlange vor dem Tresen führte um den gesamten Sitzbereich und einen Postkarten- und Zeitschriftenständer herum und endete nur knapp vor der Eingangstür. Unter Madelines kritischem Blick servierte ich so schnell ich konnte Scones und Streuselkuchen. Es war nicht schnell genug. Nach einer Weile wurde es zunehmend anstrengend, die Bestellungen über das Stimmengewirr der Kunden hinweg zu verstehen. Es schien, als habe die Luft eine andere Energie angenommen, eine Art kollektiver Spannung und Vorfreude. Auf Jack Moreland und seine Wandergitarre? Auf eine Band namens Dirt Soup?

Wenige Minuten bevor das Konzert losging, nickte Darcy in Richtung der improvisierten Bühne. »Nun geht schon«, sagte sie zu Madeline und mir, »schaut zu, dass ihr einen guten Platz erwischt.«

»Aber ...«

Sie winkte ab. »Es bestellt sowieso nie jemand etwas während ihrer Auftritte.«

Madeline riss ihre Schürze runter und trat schnell in die Menschenmenge, wobei sie sich nicht die Mühe machte, auf mich zu warten. Ich schlängelte mich vorsichtig durch eine Mauer aus Zuschauern und fand schließlich einen Platz an der Seite. Ich lehnte mich mit dem Rücken an die Wand und ließ meinen Blick über das Publikum schweifen. Alle sahen ganz normal aus. Es gab Jugendliche in meinem Alter, aber auch ältere Leute, und sie alle brachen in Beifall aus, als die Band die Bühne betrat.

»Danke schön«, sagte Jack ins Mikrofon, als wäre er bei MTV. »Wir sind Dirt Soup.«

Das wurde mit Jubel quittiert. Nachdem die Welle des Applauses verebbt war, begann die Band zu spielen. Travis, der zum Großteil von seinem Schlagzeug verdeckt wurde, begann mit einem leisen Beat. Reid stimmte auf der Gitarre mit ein, wobei die beiden einen Sound schufen, der mich überraschte. Das Lied war melodisch und eingängig, nicht der Hardcore-Metal oder -Punk, den ich erwartet hatte. Und dann begann Jack zu singen.

Das war nicht der Junge aus der Stonebury High, der keine Cola kaufen konnte, ohne drangsaliert zu werden. Dieser Junge beherrschte die Bühne. Er strahlte Selbstvertrauen aus und zog diesen Ort in seinen Bann. Ich mochte vielleicht nicht in dieses Café gehören, aber Jack tat es.

Ich konnte nicht jedes Wort verstehen, das er sang, aber das war egal. Ich musste nicht so genau wissen, worüber er sang, denn ich konnte es fühlen. Es strömte aus ihm heraus und auf die Bühne. Es war, als habe er jede einzelne seiner Hoffnungen und Ängste genommen – und auch einige der meinen – und sie in ein Lied gegossen.

4

Die Redaktionsräume der Stonebury Gazette befanden sich etwas abseits der Hauptstraße auf der Pine Street, zwischen einem Haustiersalon und einer Konditorei. Wir witzelten gerne, die aufsehenerregendste Story in dieser Stadt wäre, ob nebenan der leckere Boston Cream Pie ausverkauft sei oder nicht. In Stoneburys Geschichte hatte es nie ein ernsthaftes Verbrechen gegeben und nur einen einzigen nennenswerten Skandal, damals im Jahre 2007, als eine Praktikantin Senator Howell des unsittlichen Verhaltens am Arbeitsplatz beschuldigte. Die Anklage wurde schließlich fallen gelassen, und Ambers Vater ging nahtlos dazu über, eine weitere Amtszeit im Senat von Massachusetts zu gewinnen. Niemand erwähnte diese Sache Amber gegenüber auch nur mit einem Wort, obwohl wir alle beinahe ein Jahr lang tagtäglich die Berichte dazu in der Stonebury Gazette lasen.

Und nun arbeitete ich hier als fest angestellte Fotografin und Redakteurin. In den letzten drei Monaten hatte ich Fotos von einem Pavillon gemacht, der kürzlich im Hafen renoviert worden war, dann das Durchschneiden des Bandes bei der Eröffnung des Neubaus an der Grundschule fotografiert, ein Abendessen zu Ehren von Stoneburys Kriegsveteranen und einen Modelwettbewerb im Einkaufszentrum. Weltbewegende Nachrichten, so viel stand fest.

Im Büro roch es nach Brot und es war stickig und warm. Dass der Raum so klein war, war nicht gerade förderlich. Die einzelnen PC-Arbeitsplätze lagen eng beieinander und boten den Reportern kaum Luft zum Atmen. Knatternde Ventilatoren wirbelten Blätter auf den Schreibtischen auf und sorgten für ein Minimum an Erleichterung. Jason saß am Platz der Sportredaktion und tupfte sich mit einer zerknautschten Papierserviette von Stoneburys House of Pizza den Schweiß von der glänzenden Stirn. Es war Freitag, Bestelltag also, und fünf fettige Pizzaschachteln stapelten sich neben dem Wasserspender. Jason schenkte mir einen schwachen Wink, als ich auf dem Weg zurück von einer Wohltätigkeitsveranstaltung in der Stadtbücherei an seinem Schreibtisch vorbeikam.

»Es ist so kalt hier drin«, sagte er, »und ständig vergesse ich meinen Pullover.«

Ich lachte. »Klimaanlage schon wieder kaputt?«

»Jetzt weiß ich auch, warum du Journalistin geworden bist. Dein analytischer Scharfsinn ist verblüffend.«

Ich brachte seinen penibel geordneten Papierstapel durcheinander, bevor ich weiter zum hinteren Fenster ging, wo sich meine Bürozelle befand. Ich warf meine Tasche auf den Boden und ließ den Computer hochfahren. Meine Freundin Gillian saß in der Zelle gegenüber und zupfte an einem Pastrami-Sandwich herum, während sie den Telefonhörer an ihr Ohr drückte. Sie winkte, als sie mich sah, und prompt fiel ihr ein Stück Pastrami mitten auf ihre knallblaue Tunika. Sie wedelte hektisch mit der Hand, wobei sie nach einer Serviette suchte und gleichzeitig äußerst ruhig ins Telefon sprach. »Das ist eine wirklich faszinierende Geschichte. Ich kann es kaum erwarten, bis unsere Leser endlich die Gelegenheit haben, mehr von dem zu hören, was Sie zu erzählen haben.«

Ich wandte mich kichernd in meinem Bürosessel ab. Sie erzählte beinahe jedem, den sie interviewte, dasselbe. Wir hatten schnell begriffen, wie viel bereitwilliger die Leute redeten, wenn man erst ihr Ego etwas gestreichelt hatte.

Jedes Mal, wenn ich zur Arbeit kam, verglich ich unsere Bürozellen. Ihre sah aus wie eine Seite aus der Kreuzung eines Bürobedarf- und eines Landhaus-Katalogs – Einmachgläser mit bunten Büroklammern,

Post-it-Zettel in Blümchenform, Zeitungsausschnitte mit inspirierenden Zitaten. Ihre Trennwände waren mit persönlichen Fotos von Familiengrillfesten und sabbernden Babys bedeckt. Ich hatte meinen Stil immer für organisiert und minimalistisch gehalten, doch neben ihrem sah mein Arbeitsplatz schlicht langweilig aus.

Sobald sie auflegte, ließ Gillian ein lautes Stöhnen los. »Heiliger Bimbam, mein neues Oberteil!«

»Hier.« Ich hatte immer einen Fleckenstift für Notfälle in meiner Schreibtischschublade.

»Danke.« Sie betupfte den Fleck. Seit ihrem ersten Tag bei der Gazette, als sie während ihres Willkommensessens ihre kompletten Asianudeln über ihre Seidenhose gekippt hatte, zog ich sie damit auf, dass sie eigentlich nicht ohne Ganzkörperkittel essen sollte.

Wir waren beide gleich alt – ich würde im August einundzwanzig werden und Gillian im November –, aber für mich war sie mit der Zeit zu der kleinen Schwester geworden, die ich nie gehabt hatte. Sie hatte lange, schlaksige Beine und war ganz und gar tollpatschig, ständig rannte sie irgendwo dagegen – so schlug sie sich einmal den Kopf am Kaffeeschrank an, nachdem sie vergessen hatte, ihn zu schließen, und blutete alles voll –, und bei einem Interview mit dem örtlichen Sheriff nannte sie ihn die ganze Zeit Bob, dabei hieß er John.

Sie gab mir den Stift zurück. »Was würde ich nur ohne dich tun?«

»Du hättest definitiv mehr Flecken auf deinen Klamotten«, erwiderte ich.

»Stimmt. Hey, rat mal, was!« Sie rollte ihren Bürostuhl in meine Zelle. »Meine Seite knackt bald die 500 Likes!«

Als sie bei der Zeitung anfing, machten wir es uns zur Gewohnheit, mittags in das Café gegenüber zu gehen. Dort, bei Truthahnsandwich und Tee, hatte sie mir auch von ihrer geheimen Freizeitbeschäftigung erzählt. Es aus ihr herauszukriegen war ungefähr so, wie Komplimente aus Amber herauszukitzeln.

»Ist schon okay«, hatte ich gesagt. »Du musst es mir nicht verraten.«

»Nein, es ist nichts Illegales oder Pornomäßiges oder so.« Am Tisch gegenüber warf eine Mutter mit ihrer kleinen Tochter einen giftigen Blick in Gillians Richtung. »Ich schreibe Fan-Fiction«, hatte sie gewispert.

Ich hatte sie nur verständnislos angestarrt. »Was ist das?« Und warum flüsterte ich?

»Das ist, wenn Leute fiktive Geschichten auf Grundlage von Figuren aus Fernsehserien und so schreiben. Schaust du American Werwolves? Das läuft auf SyFy.«

»Ich habe kein Kabelfernsehen.«

Ihre Augen waren ganz groß geworden, als hätte ich soeben gestanden, ich hätte keine Dusche.

»Oh. Na ja, hast du Hospitals & Housewives gesehen?«

Das kam mir schon eher bekannt vor. »Das läuft donnerstagabends, oder? Mit diesem echt gut aussehenden Typen mit dem neuseeländischen Akzent?«

»Ja! Ich habe über beides geschrieben. Zusammen.«

»Wie meinst du das?«

»Bei Fan-Fiction darf man das«, sagte sie. »Es ist wie eine Kreuzung. Ich schreibe übersinnliche Romanzen mit dem Subgenre übersinnliche Ärzte.«

Ich hatte absolut keine Ahnung, was ich dazu sagen sollte. Sie hatte versprochen, mir den Link zu ihrer Website zu schicken, wo sie unter einem Pseudonym schrieb, aber ich hatte Angst gehabt, ihn anzuklicken – was, wenn meine neue Freundin sich als irgendwie abartig herausstellte? Aber tatsächlich war die Geschichte wirklich gut. Ich las gleich zwei weitere Kapitel. Die Story war witzig, so wie Gillian selbst, hemmungslos und sexy – es ging um zwei verliebte Werwolfsärzte.

Gillian war eine fantastische Schriftstellerin, viel zu gut für die Stonebury Gazette, so viel war klar.

»Also habe ich mir überlegt«, sagte sie nun, und wir beide ignorierten ihr Telefon, das zu klingeln begann, »dass ich gerne ein paar Bilder zu jeder Geschichte hinzufügen würde. Vielleicht könntest du ja welche für mich zeichnen.«

Ich hatte seit meinen Kunstkursen am College kaum mehr gezeichnet, aber so ein kleines Projekt könnte Spaß machen. Vielleicht würde es mir auch dabei helfen, mich auf andere Gedanken zu bringen. In den letzten Tagen hatte ich an kaum etwas anderes gedacht als an Jack und die Highschool. »Ja, klar.«

Gillian jauchzte laut, und Magda aus dem Vertrieb bedachte uns mit einem missbilligenden Blick. Gillian schenkte ihr ein zuckersüßes Lächeln, dann drehte sie sich wieder zu mir. »In Ordnung, bereit für unser Treffen?«

Das hatte ich fast vergessen. Unsere Chefin, Hilary, hatte uns gestern Abend kurz vor Feierabend eine Besprechungsanfrage mit der ominösen Betreffzeile *Aufholen, aber zackig* geschickt. Wir schnappten uns unsere Notizbücher und machten uns auf den Weg zu ihrem Büro. Hilary saß an ihrem Schreibtisch, tippte E-Mails und sah nicht zu uns rüber. Wir standen verlegen in der Tür. Wie sollte man sich in einer solchen Situation verhalten? Hineingehen und sich hinsetzen? Warten, bis sie uns hereinbat?

»Nun, nun, stehen Sie da nicht so rum, meine Damen«, sagte Hilary. Endlich löste sie den Blick vom Computerbildschirm und zückte einen Stift, wobei sie immer noch nicht zu uns sah.

Gillian und ich eilten in das Büro und nahmen Platz. Hilary hatte ihren Blazer über meine Rückenlehne geworfen, und ich versuchte, mich möglichst so zu setzen, dass ich ihn nicht zerknitterte. Sie trug ein weißes Tanktop und hielt mit der einen Hand ihr Haar zurück, während sie mit der anderen einen Korrekturabzug abzeichnete. Ich musste ein Keuchen unterdrücken, als sie endlich ihren Kopf hob und ich ihr Gesicht sah. Als sie lächelte, waren keinerlei Linien zu sehen.

Eigentlich gab es nirgendwo in ihrem 62-jährigen Gesicht irgendwelche Linien oder Falten. Und ihre Lippen sahen irgendwie unheimlich aus. Unglaublich. Heute war ihr erster Tag nach dem Urlaub, angeblich war sie in New York gewesen, um ihre Schwester zu besuchen – ein kleiner Umweg über eine Arztpraxis schien wahrscheinlicher. Die Obsession dieser Stadt mit plastischer Chirurgie hatte auch die eine Frau gepackt, zu der ich noch aufsah.

»Gut, ich möchte Sie beide nicht lange aufhalten.« Ein kleines Schweißtröpfchen hing zwischen ihren Augenbrauen, aber sie machte keine Anstalten, es wegzuwischen. Vielleicht konnte sie es gar nicht spüren? »Ich habe sehr aufregende Neuigkeiten für Sie.«

Ich setzte mich unwillkürlich aufrechter hin und merkte, wie Gillian neben mir dasselbe tat. Aufregende Neuigkeiten gab es hier so gut wie nie. Womöglich bekamen wir ja eine Gehaltserhöhung! Na ja, vielleicht nicht gerade das, aber ich hatte gehört, der Präsident wolle ein Fischereiunternehmen in der Nähe besichtigen – vielleicht würden wir darüber berichten.

Hilary schlug die Hände zusammen und beugte sich über ihrem Schreibtisch vor. »Sagt Ihnen der Name Jack Moreland was?«

Ich schaffte es nicht, auch nur ein Wort herauszubekommen, aber das war egal, Gillian machte genug Lärm für uns beide.

Sie kreischte. »Was? Ja, klar sagt der mir was, natürlich! Wer kennt den nicht?«

Hilary wirkte sichtlich erfreut. »Sehen Sie, ich habe gestern Abend einen Anruf von seinem Manager bekommen. Sie wollen ein Fotoshooting an seiner alten Schule machen, an der Stonebury High. Sie wissen schon … Publicity für sein Album.«

Gillian nickte wie wild. »Oh ja, das klingt total logisch! Ich meine, im ganzen Album geht es um diese Beziehung, die er an der Highschool hatte. Oh mein Gott, Jack Moreland kommt hierher!«

Ich versuchte zu lächeln, während Gillian – sehr unprofessionell, wie ich hinzufügen muss – auf ihrem Stuhl auf und ab hüpfte. Ein beklemmendes Gefühl machte sich in meiner Brust breit, als ich darauf wartete, dass Hilary fortfuhr.

»Ja, er kommt. Und sein Agent will, dass wir über das Shooting berichten und ein kleines Interview mit ihm machen, da wir seine Heimatzeitung sind und all das.« Hilary klang extrem stolz. »Gillian, Sie sind für das Interview zuständig. Natalie, Sie machen die Fotos.«

Die fünf kleinen Worte, die ich normalerweise nur allzu gern hörte, klangen plötzlich wie: *Natalie, wie möchtest du lieber sterben?* Es war absolut unmöglich, dass ich Jack je wieder vor die Augen trat. Nicht jetzt, da ich ganz sicher wusste, was für Gefühle er mir gegenüber hegte. Die Jahre hatten ihn mir gegenüber nicht milder gestimmt – ganz offensichtlich. Und ich könnte es nicht ertragen, dass er mich noch einmal so ansah, wie er es bei unserem letzten Mal getan hatte. Das würde mich umbringen. Ich klammerte mich mit den Fingern an der Stuhllehne fest und sah, wie meine Knöchel weiß anliefen.

Gillians Reaktion fiel gänzlich anders aus. »Oh, wow!« Sie wedelte sich mit ihrem Notizbuch Luft zu. »Ich glaub, ich werde ohnmächtig.«

Hilary wandte sich mir zu. »Ich dachte, Sie würden sich etwas mehr freuen.«

»Ich?« Als ob da noch jemand im Raum säße.

»Ich habe ein paar Nachforschungen angestellt und herausgefunden, dass Sie und Jack in derselben Abschlussklasse waren. Stonebury Highschool, Jahrgang 2013.«

»Was?« Gillian starrte mich an.

»Oh, ja, stimmt«, sagte ich beiläufig.

»Oh mein Gott!« Gillian grapschte nach meiner Hand. »Hast du denn vielleicht eine Ahnung, über wen er da singt? Angeblich war es ein Mädchen aus seiner Schule, direkt hier aus Stonebury.«

Ich schüttelte den Kopf. Es kostete mich all meine Kraft, ruhig zu bleiben. »Nein, ich weiß eigentlich gar nichts über ihn und seine Lieder«, hörte ich mich selbst sagen.

»Aber du kanntest ihn«, stocherte Gillian weiter.

»Na ja, ich wusste, wer er war, aber ich habe ihn nicht gekannt. Ich meine, schon *gekannt*, aber nicht so *richtig* ...«

»Nun, ich bin sicher, er freut sich, ein bekanntes Gesicht zu sehen«, sagte Hilary. »Deswegen dachte ich, Sie könnten Gillian bei dem Interview helfen, versuchen, ihn dazu zu bringen, etwas über die Inspiration zu seinem Album auszuplaudern ... Ein bisschen Enthüllungsjournalismus, Sie wissen schon.« Hilarys Augen strahlten hoffnungsfroh, als wäre ich ihr Ticket zur New York Times oder so etwas in der Art.

Ich brauchte ein paar Sekunden, um mich zu sammeln, denn alles, was ich hören konnte, waren die allerletzten Worte, die Jack zu mir sagte: *Ich will dich nie wieder sehen.* Meine Schläfen fingen an zu pochen. »Na ja, ich denke nicht, dass es eine gute ... Ich meine, wie schon gesagt, ich kenne ihn nicht wirklich, und ich glaube nicht, dass ich die, äh, richtige Person bin, um ...«

»Mach dir darüber keine Sorgen«, unterbrach mich Gillian. Ihre Aufregung machte sie ungeduldig. »Ich werde dir alles über ihn erzählen. Heiliger Bimbam, der ist so was von heiß. Und das ist noch lange nicht alles. Es ist die Musik, sie ist einfach unglaublich. Die Lieder erzählen die ganze Geschichte von diesem Mädchen, das er zuerst für eingebildet hält, doch dann, als er sie kennenlernt, verliebt er sich in sie. Aber dann kapiert er, dass sie kein wirklich netter Mensch ist. Sie lügt die ganze Zeit und gibt ihm direkt nach dem Abschlussball den Laufpass. Ach, es ist ja *so* toll!«

Gillian quasselte noch eine Weile weiter und Hilary nickte geduldig dazu. Ich tat mein Bestes, um zu folgen, aber ich hatte Schwierigkeiten, irgendwas mitzukriegen, solange mein Herz so laut hämmerte wie eine Trommel. Dennoch hörte ich Hilarys darauffolgende Worte ganz genau, bevor sie uns aus ihrem Büro verabschiedete. Dass wir am fünfzehnten Juni, pünktlich um fünfzehn Uhr, an der Stonebury Highschool erwartet wurden. Nächsten Mittwoch.

***

Interview im MuchMusic Magazine

Jack Moreland ist mehr als gut genug

In der heutigen Welt der Wegwerf-Pop-Hits – Lieder mit Soul, aber ohne Seele, mit Beat, aber ohne Biss – ist Jack Moreland die dringend benötigte Verkörperung von beidem. Die erste Single seines Debüt-Platinalbums Good Enough ist seit Wochen in den Top-40-Billboard-Charts, und diese Woche ist sie auf Platz drei aufgestiegen. Wir haben den New Yorker aufgesucht, um uns mit ihm über seinen neu entstandenen Ruhm zu unterhalten und über die wahre Inspiration hinter dem autobiografisch scheinenden außergewöhnlichen Erstling.

MuchMusic: Jack, für uns hier draußen scheint dein Erfolg über Nacht gekommen zu sein. War es so?

Jack Moreland: Nein, ganz und gar nicht. Ich habe Musik gemacht, seit ich denken kann. Ich bin sofort nach der Highschool nach New York gezogen. Das »über Nacht« waren also drei ganze Jahre.

MM: Trotzdem, du bist erst zwanzig. Das ist sehr jung für eine so reif klingende Platte.

JM: Nun, wie gesagt, ich habe das mein ganzes Leben lang gemacht. Ich sehe das also in einem anderen Licht.

MM: Warst du überrascht, wie schnell die Hörer deine erste Single ins Herz geschlossen haben?

JM: Ich hatte wirklich keinerlei Erwartungen, was das angeht. Ich habe früher in Bars vor zwanzig Leuten gespielt. Wenn es den Leuten gefällt, bin ich natürlich glücklich. Ich kann nur Musik machen, die zu mir selbst spricht. Wenn sie auch zu anderen spricht, ist das fantastisch, aber das ist nicht mein Hauptziel.

MM: Was ist dein Hauptziel?

JM: Ehrlichkeit.

MM: Nun, es scheint, das ist dir gelungen. Dieses Album klingt wie ein Bekenntnis. Als hättest du die Seiten eines Highschooltagebuchs genommen und sie in Lieder verwandelt. Es scheint die Geschichte einer Beziehung zu erzählen, die schiefging. Wie viel von diesen Liedern ist autobiografisch?

JM: Ich habe mich für diese Platte definitiv von der Highschool inspirieren lassen. Nicht nur von Dingen, die mir passiert sind, sondern auch von Dingen, die ich bei anderen Leuten mitbekommen habe. Ihr wisst schon, der ganze Mist, der in dieser Phase deines Lebens passiert.

MM: Einige Leute nennen dich die männliche Taylor Swift.

JM (lacht): Das ist ein Kompliment, das ich gerne annehme.

MM: Nun, da hast du uns aber auf die falsche Fährte gelockt. Wir haben uns Sorgen gemacht, du hättest immer noch Liebeskummer wegen einer alten Highschoolliebe.

JM: Nein, mir geht es gut. Aber ich danke euch allen für eure Fürsorge.

MM: Eine weitere Frage zur Highschool, und dann verspreche ich weiterzumachen. Deine Band damals, The Kerouacs, ihr hattet eine recht große Fangemeinde. Warst du denn von Jack Kerouac inspiriert?

JM: Oh ja, absolut. Als ich noch ein Teenager war, bin ich nirgends ohne meine Ausgabe von »On the Road« hingegangen. Kerouac hatte einen unglaublichen Abenteurergeist, und das war es auch, was ich in meinen Liedern rüberbringen und im echten Leben haben wollte. Unsere Band The Kerouacs zu nennen, war damals wohl eine meiner größten Leistungen. (Lacht.)

MM: Was sind deine jetzigen Pläne?

JM: Weiterhin Musik machen. Der Erfolg dieses Albums hat mir die Chance gewährt, es ein weiteres Mal zu versuchen, und dafür bin ich unglaublich dankbar. Ich habe geschrieben wie verrückt. Ich kann es kaum erwarten, wieder ins Studio zu gehen.

MM: Wie hat diese Platte dein Leben verändert?

JM: Sie hat es mir möglich gemacht, das zu tun, was ich liebe, ohne nebenher noch Müll einsammeln zu müssen.

MM: Das hast du also getan, um über die Runden zu kommen?

JM: Ja, unter anderem.

MM: Das hier jetzt scheint viel mehr Spaß zu machen.

JM: Ja, Mann, und wie.

Amber hörte auf zu lesen, klappte die Zeitschrift zu und schob sie von sich in die Tischmitte. Sie warf das Haar über die Schulter und es klatschte mir ins Gesicht. Ich hatte Mühe gehabt, mich auf die letzten Zeilen des Interviews zu konzentrieren, da ich nur daran denken konnte, dass Jack behauptete, *ihm* wäre der Name The Kerouacs eingefallen.

»Die männliche Taylor Swift? Oh, bitte. Als ob das jemand will ... eine männliche Version von der.« Amber verdrehte die Augen. Wem wollte sie hier etwas vormachen? Sie liebte Taylor Swift. Wir alle übrigens. »Er ist wahrscheinlich nur so ein One-Hit-Wonder«, schob sie hinterher.

Lori lachte. »Wie dieser ›Gangnam Style‹-Typ. Was ist eigentlich aus dem geworden?«

»Genau das meine ich«, sagte Amber.

Sie konnten doch nicht *ernsthaft* »Good Enough« mit »Gangnam Style« vergleichen ... Aber genau das taten sie.

Amber fuhr fort. »Ich finde es einfach nur traurig, wie er versucht, unsere Heimatstadt für ein bisschen Publicity zu missbrauchen. Als er noch hier war, war er quasi ein Nichts und Niemand, und jetzt dieser ganze Mist, von wegen zurück zu seinen Wurzeln, bla, bla. Ich bitte euch ...«

Meine Brust schnürte sich zusammen, als ich sie so reden hörte. Es gab so viele Dinge, die ich ihr entgegnen wollte, die ich jedoch tief in mir versteckt hielt. Ein Nichts und Niemand? Für sie vielleicht, weil er nicht reich war oder im Basketballteam oder vor ihr zu Kreuze kroch. Sie wusste nicht, wie klug er war, wie aufrichtig er sich um seine Freunde kümmerte. Sie wusste nichts von den Dingen, mit denen er daheim zu kämpfen hatte, oder wie es sich anfühlte, von ihm geküsst zu werden. Sie hatte noch nicht einmal das Album gehört.

»Ich mach das Interview mit ihm für die Stonebury Gazette«, platzte es aus mir heraus. Bis zum Interview waren es nur noch wenige Tage hin, aber bisher hatte ich es mit keinem Wort erwähnt. Ich versuchte, das Thema Jack komplett zu umschiffen, aber bei der ganzen Aufregung in der Stadt angesichts seines bevorstehenden Besuchs war mir klar geworden, dass das Thema irgendwann auf den Tisch kommen musste. Es gab sogar einen lebensgroßen Pappaufsteller von ihm auf dem Gehsteig vor der Buchhandlung, wo sie eine weitere Ladung seiner CDs bestellt und gleich wieder ausverkauft hatten. Doch selbst bei dem ganzen Theater, das in der Stadt um ihn gemacht wurde, weigerten sich meine Freundinnen, ihn als jemand anderen zu betrachten als Jack Moreland und seine Wandergitarre.

»Das ist echt cool«, sagte Sarah.

»Kriegt ihr den Exklusivbericht?«, fragte Lori mit unverhohlenem Neid.

Amber verdrehte die Augen. »Oh, bitte. Ich kann nicht glauben, dass ich die Einzige bin, die noch klar sehen kann. Diese ganze Geschichte über eine mysteriöse Highschool-Freundin ist doch ein ausgemachter Schwindel, eine Publicity-Lüge. Deswegen rückt er auch nicht damit raus, wer sie ist … Es gibt sie nämlich gar nicht. Ich meine, jetzt mal im Ernst, kein Mädchen hätte ihn auch nur angefasst!«

»So habe ich das noch gar nicht gesehen«, sagte Lori. Sie nickte und ihre Kreolen schwangen hin und her. »Das klingt logisch, das muss ein …«

»Woher willst du das wissen?«, unterbrach ich sie. Ich war dieses ständige Beipflichten leid. Niemand wagte es je, Amber zu widersprechen. Alle drei sahen mich an, aber ich sah nur zu Amber.

»Nun, das war ja mehr als offensichtlich«, sagte sie.

»Für uns vielleicht. Aber ich bin mir sicher, er hatte so was wie ein eigenes Leben, von dem niemand von uns etwas wusste – *offensichtlich.*«

Gegenüber von mir schüttete Sarah Kaffeeweißer in ihren Kaffee. Ich dachte, vielleicht würde wenigstens sie etwas sagen – dieses Geläster über Jack wurde langsam lächerlich, wirklich –, aber sie schwieg.

»Meine Güte, entschuldige bitte. Ich wusste ja nicht, dass dir das so wichtig ist.«

Das war mein Stichwort, ihr beizupflichten, einen Witz darüber zu machen, wie überempfindlich ich doch reagierte. Stattdessen verengte ich meine Augen zu Schlitzen. »Es geht nicht darum, was mir wichtig ist. Es geht darum, dass er ein Mensch ist. Woher nehmen wir uns das Recht zu sagen, was er hatte oder nicht hatte?«

Lori und Sarah waren so still, dass ich das Mädchen an der Theke ihre Bestellung aufgeben hörte. Ich hätte nie erwartet, dass Lori mir zu Hilfe eilte, aber Sarah …

Amber schwang ihr Haar über die Schulter und starrte mich mit undurchdringlicher Miene an. Und auch ich saß da, als wären wir Kinder, die das Wer-zuerst-blinzelt-Spiel spielten. Sie neigte den Kopf leicht zur Seite, sah mich weiter an, und mein Herz begann bei dem Gedanken zu rasen, dass sie es herausgefunden haben könnte. Keines von Jacks Liedern enthielt offensichtliche Anspielungen auf mich, aber wenn man ganz genau hinhörte, waren sie da: *Dimples that disarmed me*, zum Beispiel – diese Grübchen, die mich entwaffnen –, war Teil des Refrains zu »Café Nights«. Dunkles Haar, Kurven oder dass ich immer fleißig lernte, all diese Dinge tauchten immer wieder auf. Es gab sogar eine versteckte Anspielung auf die Seemöwe auf unseren Cheerleader-Uniformen – *I pass the time bird-watching* – in »Wanting«. Nichts, woraus jemand, der nicht da gewesen war, hätte Rückschlüsse ziehen können. Doch meine Freundinnen, wenn sie sich denn nur dazu herablassen würden, sich das Album anzuhören, hätten in der Lage sein sollen, die Teile des Puzzles zusammenzufügen – am wahrscheinlichsten Amber, denn sie war die Cleverste und die Argwöhnischste. Aber ich wusste, die Vorstellung von mir und Jack zusammen würde keiner von ihnen im Traum in den Sinn kommen.

»Tja«, sagte Amber schließlich, »ich schätze, das ist wahr.«

Ich lächelte sie süßlich an. Auch Lori und Sarah lächelten, erleichtert, dass die Spannung verflogen war. Das Gespräch ging weiter, ohne dass ich viel dazu beigetragen hätte. Vielleicht war es albern, aber ich hatte das Gefühl, einen klitzekleinen Sieg davongetragen zu haben.

Das Gefühl hielt nicht lange an. Schließlich saß ich immer noch hier. Gillian hatte mich an diesem Nachmittag ins Kino eingeladen und ich hätte Ja sagen sollen. Stattdessen verschwendete ich einen wunderschönen Samstag damit, idiotische Gespräche zu führen und mich dafür zu rüsten, wer weiß wie viele Stunden lang Bastelläden nach den perfekten Schleifen für die Gastgeschenke von Ambers Bridal-Shower-Party zu durchforsten.

Und da hörte ich Amber etwas zu Sarah sagen, was sich wie *deine neue Wohnung* anhörte.

»Bitte, was?«, unterbrach ich sie.

Amber trug etwas pinken Lipgloss auf und betupfte die Lippen dann mit einer Serviette. »Ich habe Sarah eben gesagt, dass ich einen total süßen Kronleuchter gefunden habe, der perfekt in den Flur ihrer neuen Wohnung passen würde.«

Ich sah zu Sarah, die auf ihrem Stuhl zu schrumpfen schien. »Was für eine neue Wohnung?«, fragte ich.

»Oh.« Amber blinzelte unschuldig. »Du wusstest es gar nicht?«

Sarah biss sich auf die Lippe und wich meinem Blick aus. »Tut mir leid. Ich wollte es dir sagen. Derek hat gefragt, ob ich mit ihm zusammenziehe. Ich übernachte ständig bei ihm, und wir zahlen beide Miete, und da schien es uns einfach logisch …«

Ihre Stimme verebbte, dann setzte sie wieder an und erklärte, wie viel näher Dereks Wohnung zu ihrem Arbeitsplatz und zum Campus sei. Ich hörte mich sagen, sie solle sich keinen Kopf machen und dass es okay sei, obwohl es das nicht war. Ich konnte mir die Miete in Stonebury Heights alleine nicht leisten. Ich würde umziehen oder mir eine neue Mitbewohnerin suchen müssen, und angesichts der Auswahl in dieser Stadt konnte ich genauso gut anfangen zu packen.

Nun, wenigstens hatte ich jetzt noch etwas anderes, worüber ich mir den Kopf zerbrechen konnte außer Jack. Doch das währte nicht allzu lange, denn Adam, Kurt und Mike sprengten das Kaffeekränzchen.

Sie quetschten sich zwischen uns, und natürlich hatte Adam beschlossen, seinen Stuhl zwischen mich und Amber zu schieben. Er stank nach Zigaretten, und der Gedanke, dass ich seit Owen nicht mehr so viel körperliche Nähe zu einem Typen gehabt hatte, reichte aus, um mich erneut in Depressionen zu stürzen.

Adams Wurstfinger griffen nach dem MuchMusic Magazine und zerknüllten Jacks Gesicht auf der Titelseite. »Ich hab schon herausgefunden, über wen er da singt.«

Loris Kiefer klappte auf. »Echt jetzt? Wer ist es?«

Adam sah sie an, dann mich. Er lehnte sich an mich und stieß mit seiner Schulter gegen meine. »Es ist doch ein Lied über eine unerwiderte Liebe, nicht wahr?« Ich war ganz beeindruckt von seiner Fähigkeit, einen derart langen Satz zu formulieren. »Es geht natürlich um mich! Erinnert ihr euch, wie er immer zum Getränkeautomaten kam? ›Ich will nur eine Limo kaufen‹«, sagte er mit fiepsiger Stimme, genauso wie er es schon auf meiner Willkommensparty getan hatte. Ich nahm an, nur für den Fall, dass es jemand beim ersten Mal nicht mitbekommen hatte. »Von wegen. Der Typ stand auf mich, das schwöre ich.«

»Iih«, machte Lori und prustete dann mit den anderen los.

Adam sah erwartungsfroh zu mir, ob ich in sein Lachen einstimmte, doch ich griff nach meiner Tasche. »Mir geht's nicht besonders. Ich glaub, ich gehe lieber heim.«

»Aber die Gastgeschenke«, sagte Amber eingeschnappt.

»Ich weiß. Tut mir leid.«

Adam legte seine verschwitzte Hand auf meinen Rücken. »Soll ich dich fahren?«

»Ich gehe zu Fuß. Sind nur Kopfschmerzen – ich glaube, ein bisschen frische Luft wird mir guttun. Bis dann, Leute.«

Ich schlängelte mich durch das Café und hinaus auf den Bürgersteig. Überall waren Touristen, die Imbisstüten in den Händen hielten und hier und da stehen blieben, um sich die Schaufenster anzusehen. Sie waren allesamt gebräunt und glücklich. Wahrscheinlich freuten sie sich das ganze Jahr auf ihren kleinen Urlaub hier.

»Hey, warte auf mich!«

Ich blieb stehen und wartete, bis Sarah mich eingeholt hatte. Sie schlang ihre Tasche über die Schulter und berührte mich am Arm. »Alles in Ordnung?«

»Alles okay.« Ich lief hastig bis zum Ende des Häuserblocks und winkte einem Auto, das anhielt, um mich über die Straße zu lassen. »Ich hatte nur plötzlich Kopfschmerzen.«

»Hey, lauf langsamer, ich zerr mir gleich einen Muskel.«

»Entschuldige.«

Sie schloss auf und wir durchquerten den Park in Normalgeschwindigkeit. »Hör zu, ich weiß, dass du wütend bist.«

Ich blieb stehen und sah sie an.

»Es tut mir leid wegen der Sache mit dem Auszug. Ich wollte es dir selbst sagen.«

»Oh. Ist schon okay. Ich verstehe.«

»Ich bezahle auch die Miete, bis du eine neue Mitbewohnerin gefunden hast.«

Sie klang verzweifelt und ängstlich, dass ich wütend auf sie sein könnte, wo es doch in Wahrheit nur eine Person gab, auf die ich wütend sein sollte – mich selbst. Weil ich mich überhaupt in dieser Situation befand, weil ich vorgab, Leute zu mögen, die ich nicht mochte, weil ich vorgab, jemand zu sein, der ich nicht war.

»Es tut mir wirklich leid, dass du es so herausgefunden hast«, sagte Sarah. »Sie dachte bestimmt, du wüsstest es schon.«

Das entlockte mir nur ein müdes Lachen. »Wirklich? Das glaubst du?«

»Natalie! Komm schon. Ihr beide hattet immer schon diese seltsamen Schwingungen zwischen euch, aber sie gibt sich wirklich Mühe. Weißt du, sie hat sich so gefreut, als ich ihr erzählt habe, dass du nach Stonebury zurückziehst. Sie wusste nie so genau, warum ihr beide nicht in Kontakt geblieben seid.«

Wir hatten Stonebury Heights erreicht, wo überall rosa Hortensien blühten. Vielleicht konnte ich den ganzen Mist vergessen, der mich in meinem Leben umgab, wenn ich mich nur auf die Schönheit der Blumen konzentrierte.

»Hör zu, Sarah, ich weiß, dass ihr beide befreundet seid. Aber Amber und ich … wir verstehen uns nicht wirklich. Ich schätze, ich habe gedacht – oder gehofft –, dass es nur dich und mich gäbe, wenn ich zurückkomme, nur uns beide allein.«

Ihr Mund blieb offen stehen. »Aber wir haben doch immer gesagt, dass wir vier zusammenhalten würden, oder?«

Ich wusste nicht, was ich darauf antworten sollte. Sie hatte immer diese sehr romantische Sicht auf unsere kleine Clique gehabt, so als wären wir wie die Figuren aus den Büchern, die wir lasen, über gut gelaunte, supererfolgreiche Babysitterinnen und reisende Jeanshosen.

So als gäbe es da eine Art unzerstörbares Band, das uns zusammenhielt. Ich hatte das ebenfalls glauben wollen, damals in der Highschool, denn ohne die drei hatte ich das Gefühl, nichts und niemand zu sein. Jetzt wusste ich jedoch, dass das nicht stimmte.

Sarah schien bestürzt, ihre Augen füllten sich mit Tränen. »Ich verstehe dich nicht«, sagte sie. »Du benimmst dich nicht mehr wie du selbst.«

Es musste eine Möglichkeit geben, ihr zu erklären, dass es die ganze Zeit über zwei Versionen meiner selbst gegeben hatte. Die Version, die ich meine Freundinnen sehen ließ – und die Version, die ich in meinem Inneren war, die Person, die ich versuchte, heute zu sein. Dass ich nie so hatte sein wollen, dass es einfach passiert war.

Das Problem war jedoch, dass ich mir nicht sicher war, ob diese Person noch irgendetwas mit ihrer besten Freundin gemeinsam hatte.

***

Wenn ich nicht mehr Sarahs Freundin war, wer war ich dann? Es schien, als würde ich mir seit meiner Rückkehr nach Stonebury ständig ein und dieselbe Frage stellen. Allerdings war es nun nicht mehr nur ich, die fragte. Es war auch Jack. In »Wanting«, das ich mir wieder und wieder anhörte, sang er: »Wanting you / is like wanting a ghost / as soon as you get close / you slip through my fingers again / and I don't know / if you know / if you're real.«

Sobald er mir näherkam, entschlüpfte ich ihm wieder? Wie ein Geist? Die Sache war die, ich hatte mich immer am meisten wie ich selbst gefühlt, wenn ich mit Jack zusammen war, ob ihm das nun klar war oder nicht. Vielleicht wusste er es sogar. Ich hatte es ihm nie gesagt. Damals hatte ich nicht begriffen, wie kostbar dieses Gefühl ist. Denn wenn ich es gewusst hätte, hätte ich mir vielleicht mehr Mühe gegeben, es zu bewahren.

5

In the darkness, streetlights
Me watching you, watching out the window
For someone you know to pass by

– Jack Moreland, »Ride Home«

Drei Jahre zuvor

Der Bus hatte Verspätung, es regnete in Strömen und ich hatte keinen Regenschirm dabei. Als ich im Nona's eintraf, waren meine Socken durchweicht und ich war fast zehn Minuten zu spät. Ich war mir sicher, dass ich Ärger bekommen würde. Aber Darcy lächelte nur, nahm mich an den Schultern und drehte mich zum vorderen Bereich des Cafés. »Siehst du das?«

»Ja, klar. Dein Café.«

Sie lachte. Sie hatte ein überraschend weibliches Lachen. »Siehst du, wie viel schon los ist?«

Jetzt erst bemerkte ich, dass es voll war. Selbst am Tisch neben dem Getränkekühlschrank, der immer als Letztes besetzt wurde, saß jemand.

»Das haben wir alles Dirt Soup zu verdanken«, sagte sie. »Alle reden über sie. Es haben mich heute sogar schon Leute angerufen, die wissen wollten, ob sie heute Abend spielen. Diese Jungs sind was ganz Besonderes. Sieh zu, dass du ihnen ein paar Extra-Brownies bringst, ja?«

»Mach ich.«

Die vergangene Woche in der Schule war seltsam gewesen. Nachdem ich mich nun tatsächlich mit Jack und Reid und Travis unterhalten hatte, war es im Schulflur, als hätte sich nichts geändert. In Physik sagten Reid und ich einander nicht Hallo. Am Mittwochvormittag lernte ich in meiner Freistunde in der Bibliothek, und auch Travis war dort, las zwei Tische von mir entfernt ein Comic und schaute kein einziges Mal in meine Richtung. Jack sah ich in der ganzen Woche nur einmal, am Freitagnachmittag in der Cafeteria. Ich stand bei den gegrillten Käsesandwiches an – es war der einzige Tag, an dem es sich lohnte, da Essen zu kaufen –, und er wartete nur ein paar Leute vor mir mit einer Tüte Chips. Nachdem er gezahlt und sich umgedreht hatte, um zu seinem Tisch zu gehen, erblickte er mich.

Keiner von uns beiden sagte ein Wort.

Ich versuchte ihn unauffällig dabei zu beobachten, wie er zu einem der kleineren Tische weiter hinten ging. Mir war nie zuvor aufgefallen, wo er saß. Reid und Travis waren ebenfalls dort, gemeinsam mit ein paar anderen Jungs, die ich nur als die Klassenloser kannte. Es waren auch drei Mädchen am Tisch, und eine von ihnen saß neben Jack – ein superschlankes Mädchen, dessen blondes Haar an den Spitzen pink gefärbt war. Als er sich setzte, griff er in ihre Pausentüte, fischte einen Apfel heraus und biss hinein. Sie tat so, als sei sie böse mit ihm, und knuffte ihn spielerisch in die Schulter, wobei sie die ganze Zeit lächelte.

Es war nicht nur so, dass ich mich in seiner Gegenwart seltsam fühlte, ich hatte es auch nicht geschafft, seine Songs aus meinem Kopf zu kriegen. Damit nicht genug, weckten sie auch dieses Gefühl in mir, als hätte Jack mitten in meine Träume geblickt.

Ich klang schon wie so ein Groupie.

Ich ermahnte mich, das Ganze zu vergessen, während ich den Tee und einen Teller Extra-Brownies in den Pausenraum balancierte und das Tablett auf dem Tisch abstellte. Die Band spielte Karten, und Jack hatte ein schwarz-weißes Notizheft neben sich aufgeschlagen liegen und murmelte vor sich hin: »Oh! Die Pixies, klar doch – ›Winterlong‹.« Er kritzelte etwas in das Heft.

»Was schreibst du da?«

Er legte den Stift an seine Lippen und erwiderte nichts. Reid nahm eine Karte vom Stapel und besah sie sich. Er seufzte schwer, schob die Karten in seinen Händen hin und her und sah etwas verloren drein. »Ich hasse dieses bescheuerte Spiel.« Schließlich warf er eine Karte auf den Tisch, dann schaute er zu mir. »Er macht eine Liste der besten B-Seiten für sein nächstes Mixtape.«

»Ah. Und warum?« Ich dachte immer, B-Seiten seien die Überreste, die es nicht aufs Album geschafft hatten. Und dann auch noch ein Mixtape? Es gab wirklich Leute, die heutzutage noch Mixtapes machten?

Jack war zu sehr in seine Liste vertieft, um zu antworten.

»Weil er besessen von B-Seiten und Raritäten ist«, sagte Reid.

Ich nickte, als würde das irgendeinen Sinn für mich ergeben. »Okay. Und warum?«

»Weil er unter einer Zwangsneurose leidet«, sagte Travis. »Du bist dran, Alter.«

»Weil«, sagte Jack endlich, »es der einzige Weg ist, eine Band wirklich kennenzulernen.« Er klappte sein Notizheft zu, nahm sich eine Karte, und Reid war wieder an der Reihe.

»Was spielt ihr da?«

»Gin Rommé.« Travis nahm seine Baseballcap ab und strich sich mit den Fingern durchs Haar.

»Warum? Willst du meinen Platz einnehmen?«, fragte Reid und rutschte schon halb von seinem Stuhl.

»Oh, nein, ich habe keine Ahnung davon …«

»Ist schon in Ordnung«, sagte Jack grinsend, »er auch nicht.«

Reid versuchte gar nicht erst, sich zu verteidigen. Er stand auf und bedeutete mir, Platz zu nehmen.

»Oh, na ja, ich sollte wahrscheinlich wieder da raus … aber dieses eine Blatt kann ich noch fertig spielen.«

Travis gab mir einen kurzen Abriss der Regeln und ich nahm Reids Karten an mich. Sie waren schrecklich. Keine aus demselben Satz, keine Möglichkeit für eine Reihe. Alles, was er hatte, waren zwei Siebener. Wir machten ein paar Runden, bis sich ein Lächeln auf Jacks Gesicht ausbreitete. Er legte seine Karten ab und Travis stöhnte. Die Zweier von Karo, Pik und Herz sowie Karo König, Dame, Bube, Zehn.

»Ihr Jungs macht mich noch reich.« Er sammelte seinen Gewinn ein: ein paar Fünf-Cent-Münzen, einen Vierteldollar mit einer Kruste, die verdächtig nach Kaugummi aussah, und etwa ein Dutzend Plektren.

»Sorry«, sagte ich an Reid gewandt.

»Ist schon okay. Das eigentlich Schlimme ist, dass ich bei diesem Spiel sogar besser bin als bei Poker.«

Ich lachte. »Hey, wo wir schon dabei sind, ich wollte dich sowieso fragen, wie du es hinbekommen hast, in Kesslers letztem Test hundert Punkte zu schaffen!«

Er zuckte mit den Schultern. Seine Nasenspitze und seine Ohren liefen rosa an und er sah auf seine Füße. »Ich weiß nicht, ich schätze, ich hab einfach im Unterricht aufgepasst.«

»Im Ernst jetzt? Ich hab so ungefähr achtundvierzig Stunden durchgelernt und nur siebenundachtzig Punkte bekommen.«

»So wenig?«, sagte Jack spöttisch, kam rüber und stellte sich neben mich, während er seine Gitarre aus dem Koffer holte. »Er muss nicht lernen. Fotografisches Gedächtnis.«

»Wirklich?«

Jack entfernte sich wieder und stimmte die Gitarre. Reid war das Thema sichtlich unangenehm. »Ich weiß nicht«, sagte er. »Das Zeug fliegt mir einfach irgendwie zu.«

»Da bin ich echt neidisch. Ich wünschte, mir würde auch mal was zufliegen.« Ich wünschte, *irgend*was würde mir zufliegen. Ich bekam gute Noten, aber das lag nur daran, dass ich mich so sehr dafür anstrengte. Selbst die Dinge, die mir Spaß machten – Kunst und Fotografie –, erschienen mir wie harte Arbeit. Und jetzt, da ich Darcys Fotos gesehen hatte, kam ich zu dem Schluss, dass ich genauso gut gleich aufgeben konnte.

Reid murmelte irgendwas und gesellte sich mit hochrotem Gesicht zu Travis, der an seinem Tee nippte. Ich wollte eben gehen – Darcy würde mich jetzt ganz sicher feuern –, aber als mein Blick auf Jack fiel, hielt ich inne. »Was ist mit dir?«, fragte ich ihn. »Konntest du schon immer so gut singen und Gitarre spielen?«

Er sah für einen Moment überrascht aus. »Ich habe das schon immer gemacht. Mein Dad hat es mir beigebracht.«

»Singt er auch?«

»Ja, er spielte in den Neunzigern eine Weile in einer Band, bevor er meine Mom kennenlernte. Ich bin mit dem Zeug aufgewachsen. Ich bin total besessen von den Neunzigerjahren.« Er zuckte mit den Schultern. »Als hätte ich da besser reingepasst, als wären das meine Leute gewesen.« Das erklärte die karierten Flanellhemden und die ganzen T-Shirts mit Bandnamen, von denen ich noch nie was gehört hatte. »Mein Dad ist im Grunde ein viel besserer Sänger als ich.«

»Echt? Ich ... ich finde, du bist wirklich gut.«

»Du hast ihn nie gehört. Er hatte einen viel breiteren Stimmumfang. Einige der hohen Noten krieg ich nicht besonders gut hin.« Er wirkte ganz sachlich, als er das sagte. Ich war es nicht gewohnt, dass Leute ihre Schwachpunkte so bereitwillig ausdiskutierten.

»Was für Musik hörst du gerne?«, fragte er mich.

Ich stand da wie ein Volltrottel, während er auf eine Antwort wartete. Nun, mal sehen, ich war nicht unbedingt in einem von Musik erfüllten Zuhause aufgewachsen, nicht so wie er ... außer man zählte die Titelmelodie von Glücksrad mit, der Lieblingssendung meiner Mom. Was für Musik mochte ich? Was auch immer auf Sunny 101.5 lief – wahrscheinlich der letzte Sender, den Jack sich anhören würde. Ich versuchte, mir etwas Cooles zu überlegen, doch was war cool? Ein Klassiker vielleicht? Ich hatte keine Ahnung – und platzte letztlich mit »Ähm … die Beatles?« als Antwort heraus, wobei sie sich eher wie eine Frage anhörte.

Er nickte nur. »Cool.«

»Wirklich? Die Beatles sind immer noch cool?«

»Klar.« Er schob das Plektrum zwischen die Lippen, als er den Gitarrengurt über seine Schulter schob, und meine Beine fühlten sich plötzlich schwach an. »Aber ich mag sowieso alles, solange es gut ist. Von Buddy Holly bis hin zu The Shins. Die Beatles mit eingeschlossen.« Er lächelte. »Und dann gibt es da noch Dirt Soup. Ich will nicht behaupten, dass sie so gut sind wie die Beatles …«

Ich lachte. »Aber nah dran, stimmt's?«

»Hey, irgendwo muss man schließlich anfangen.« Seine Finger zupften an den Saiten seiner Gitarre, während er davonging.

*

Nach dem Konzert blieben ein paar Leute länger, um ein Autogramm zu bekommen. Niemand aus unserer Klasse nahm Jacks Existenz überhaupt zur Kenntnis, und doch stand er hier und gab in seiner kindlichen Krakelschrift Autogramme. Die Leute standen an, um eins zu ergattern – Teenager, Männer im Alter meines Vaters, selbst ein paar brave Fußball-Muttis, und sie alle benahmen sich, als würden sie einem berühmten Musiker gegenüberstehen. Ich sah dem Treiben vom Tresen aus zu. Wenn ich das meinen Freundinnen erzählt hätte, hätten sie es mir nie im Leben geglaubt.

»Du kannst Feierabend machen«, sagte Darcy und kicherte, als ich zusammenzuckte. »Der Großteil der Leute macht sich aus dem Staub, sobald die Show vorbei ist.«

»Oh, ist schon okay. Meine Schicht geht schließlich bis Ladenschluss.«

Sie beäugte mich über die Kasse hinweg. »Und ich dachte, ein Mädchen wie du hätte noch ein Leben außerhalb dieses Cafés. Möchtest du nicht lieber mit deinen Freunden abhängen?«

Ich zuckte mit den Schultern. »Ich sehe sie ja jeden Tag in der Schule.« *Und das reicht.*

Erst heute im Kunstunterricht hatte ich zugesehen, wie Adam Fiona Lockes Buntstifte klaute und hemmungslos lachte, als sie den gesamten Kunstsaal danach absuchte, wo er sie doch die ganze Zeit in seinem Schoß versteckt hielt.

Darcy zuckte ebenfalls mit den Schultern und warf einen Lappen in meine Richtung. »Wenn das so ist, dann sei so lieb und mach den Pausenraum sauber, ja?«

Ich ging an Jack vorbei, der sogar Papierservietten signierte, und stieß die Tür zum Pausenraum auf. Travis und Reid waren dabei, das Equipment auseinanderzubauen, Kabel aufzurollen und sie in Taschen zu stopfen. Das Gebäck auf dem Tablett war zu ein paar krümeligen Häufchen dezimiert worden, und Abdrücke von Teetassen zierten den Kartentisch. »Warum seid ihr zwei nicht da draußen?«, fragte ich, während ich die Tischplatte schrubbte.

»Die sind nicht wegen uns da«, sagte Reid.

»Das letzte Mal, als ich nachgesehen habe, wart ihr noch Teil der Band.«

»Wir sind nicht dumm.« Travis zuckte mit den Schultern. »Wir kennen unsere Rollen und wir kommen gut damit klar.«

Ich erwiderte nichts drauf. Es schien mir nicht fair, aber wenn sie damit klarkamen, war es bestimmt nicht an mir, etwas dagegen einzuwenden. Es war eine Art Hackordnung, wie sonst auch im Leben, und das verstand ich nur zu gut.

Im Wandschrank, neben Jacks leerem Gitarrenkoffer, lag die schwarze Tasche, die ich ihn am ersten Tag hatte tragen sehen. Ich warf einen Blick über die Schulter und sah Travis und Reid die Ausrüstung hinaustragen. Sobald sie weg waren, schielte ich wieder zu der Tasche. Mir war klar, dass es nicht zu meinem Job gehörte, seine Sachen zu durchstöbern, aber der Drang war überwältigend. Ich machte sie ein kleines Stück auf und entdeckte ein Buch, das aus dem hinteren Fach hervorlugte. Es war kein wirkliches Herumschnüffeln – das Buch lag einfach da. Alles, was ich tat, war, es ein wenig zu kippen, sodass ich den Titel lesen konnte …

Das plötzliche Geräusch einer sich öffnenden Tür ließ mich zusammenfahren. Ich stieß die Tasche zurück und stand auf, während ich in meinem Gehirn hektisch nach einer Ausrede suchte. Aber es waren nur Travis und Reid, die den Rest des Equipments holen kamen.

Kurz darauf erwischte mich Darcy dabei, wie ich den Wandschrank aufräumte. »Du bist ja immer noch hier.«

Ich kniete auf dem Boden und inspizierte das Verfallsdatum der Chai-Packungen. »Ein paar von denen sind seit Monaten abgelaufen.«

Sie lachte. »Ich wusste doch, dass du eine gute Mitarbeiterwahl warst. Mach nicht zu lange, okay?«

Sie grinste, und ich fragte mich, ob sie einen Verdacht hegte, warum ich noch herumtrödelte. Kurz danach kam der wahre Grund in den Pausenraum geschlurft und schien aufrichtig erstaunt, mich zu sehen.

»Bekommst du dafür Fleißsternchen oder so?«

Mein Gesicht lief rot an. »Der Vorratsschrank war das reinste Chaos. Ich schätze, ich … ich habe die Zeit vergessen.«

Jack setzte sich an den Kartentisch und fächelte sich mit seinem Notizheft Luft zu. Er war verschwitzt von dem Auftritt, aber aus irgendeinem Grund fand ich es nicht ekelig. Warum fand ich es nicht ekelig?

»Warum arbeitest du eigentlich hier?«, unterbrach er meine Gedanken.

Ich rappelte mich auf und blieb zwischen Wandschrank und Tischchen stehen. »Wie meinst du das?«

»Das hier ist nicht unbedingt ein Laden, wo deine Freunde abhängen.«

Ich lächelte. »Ja, das stimmt. Das ist einer der Pluspunkte.«

Er legte den Kopf schief, während er mich auf eine ziemlich süße Art und Weise ansah. Ich schluckte. »Außerdem«, fuhr er fort, »ich weiß nicht … dieser Job ist nicht so ganz dein Stil, oder? Ich würde jetzt mal davon ausgehen, dass Kellnerin nicht in deinen Karriereplan passt.«

Ich hatte keine Lust mehr zu stehen, also setzte ich mich ihm gegenüber auf den Platz, wo normalerweise Travis saß. »Hm, ja, ich glaube nicht, dass sie das an der Brown University als Studiengang anbieten.«

Er lächelte. Warum hatte ich noch nie registriert, was für ein niedliches Lächeln er hatte? Es stand im Kontrast zu seinem Augenbrauenpiercing, was, wie mir plötzlich auffiel, irgendwie heiß war.

»Wie findest du eigentlich Dirt Soup?«

»Ihr seid gut. Aber das weißt du ja bereits.«

»Das habe ich nicht gemeint. Ich meine, wie findest du den Namen? Dirt Soup?«

Hmm. Wie sollte ich das nur taktvoll ausdrücken? »Soll ich ehrlich sein?«

Er wirkte aufrichtig interessiert. »Immer.«

»Okay. Es ist einer der schlimmsten Bandnamen, die ich je gehört habe.«

Ich dachte, er sei womöglich beleidigt – niemand meinte es ernst, wenn er jemand anderen nach seiner ehrlichen Meinung fragte –, aber Jack lachte nur.

»Geht mir genauso. Er ist uns eingefallen, als wir eines Abends den Barschrank von Travis' Mom niedergemacht haben.«

»Nein, ihr wart dabei wirklich betrunken? Das überrascht mich jetzt aber!«

»Ja, der Name ist ziemlich übel.«

»Ich kapier ihn auch nicht. Ich meine, warum sollte jemand Suppe aus Dreck essen wollen?«

Jack sah mich einfach nur an, dann rieb er sich die Augen, als habe er Kopfschmerzen. »Das hatten wir damit nicht sagen wollen. Es ist nicht wortwörtlich gemeint. Wir dachten mehr so an den Anbeginn der Welt, den Urknall. Bevor wir alle hier waren, was gab es da? Was war die Erde da? Ein Haufen Bäume, Gras und Erde, alles wild zusammengemischt. Eine Drecksbrühe. Eine Ursuppe.«

»Ah, okay, nee, das hatte ich nicht kapiert.«

Jack seufzte. »Ist zu sehr um die Ecke gedacht. Wenn wir ernst genommen werden wollen – ich meine, noch mehr als jetzt –, brauchen wir etwas Neues, etwas Besseres. Etwas, was griffig ist, aber nicht zu leicht verdaulich für die Massen, weißt du.« Er kaute nachdenklich an der Innenseite seiner Wange, und in meiner Brust machte sich ein seltsam flattriges Gefühl breit, als wäre ein Vogel darin gefangen, der um sein Leben kämpft. »Ich weiß nicht. Mir fällt einfach nichts ein.«

Wir schwiegen einen Moment. »Ich habe da eine Idee …«, sagte ich nach kurzem Zögern, »The Kerouacs.«

»Wie Jack Kerouac, der Schriftsteller?«

Ich zuckte mit den Schultern. »Ich habe dein Buch gesehen. Außerdem heißt du mit Vornamen Jack, das ist irgendwie witzig. Nicht ganz so geheimnisvoll, aber auch nicht so, äh, verkopft wie Dirt Soup.«

Ein kleines Lächeln machte sich auf seinem Gesicht breit. »Du stöberst also in meinen Sachen herum, ja?«

Diesmal lief ich von Kopf bis Fuß rot an. »Blödsinn! Du hast dein Zeug einfach auf dem Boden liegen lassen. Ich bin praktisch darüber gestolpert …«

»Ja, klar, du stalkst mich, gib es ruhig zu.«

Plötzlich fühlte ich mich zu schwach, um irgendwas zu erwidern außer einem verhaltenen Kichern. War das ein Flirt? Flirtete ich gerade mit Jack Moreland?

»Komm schon, Natalie. Der erste Schritt besteht darin, zuzugeben, dass du ein Problem hast.«

Ein seltsam kribbelndes Gefühl jagte durch mich hindurch, als er meinen Namen sagte. »Ich habe da eine Idee«, erwiderte ich. »Warum nennst du deine Band nicht The Jackasses? Das würde wirklich viel besser passen.«

Jack fischte das Buch aus seinem Rucksack und blätterte es durch. »Nein, nein, eigentlich gefällt mir The Kerouacs ganz gut. Sehr gut sogar. Danke vielmals.«

»Gern geschehen. Ist es gut?« Ich nickte in Richtung Buch.

»Natürlich ist es gut. Das ist ein Klassiker.«

»›Der scharlachrote Buchstabe‹ auch, und der war Mist.«

Er legte das Buch weg und sah mich an. »Bist du in einem Buchklub?«

»Buchklub? Nein, ich bin ja nicht dreißig.«

»Du siehst aus wie jemand, der in einem Haufen Klubs und AGs ist. Lass mich raten – der Debattierklub?«

Ich rutschte auf meinem Stuhl hin und her. »Schon möglich. Und du sieht aus wie jemand, der nicht im Debattierklub ist.« Ich hatte es als neckische Beleidigung gemeint, aber er ging nicht einmal darauf ein.

»Ich wusste es. Mal schauen, was noch? Du bist Cheerleaderin, stimmt's? Ich tippe auch auf Jahrbuch, Schülerzeitung und Bibliothekshelferin.«

»Bibliothekshelferin?« Nur Streber halfen in der Bibliothek aus. So wie Fiona Locke und ihre Freundinnen.

»Zwei von drei, das ist schon ziemlich gut. Oh, warte, ich habe die

Naturwissenschafts-AG vergessen.« Sein Ausdruck wurde ernster. »Alle braven Schüler sind in der Wissenschafts-AG. Du kannst nicht 48 Stunden eifrig lernen, um nur 87 Punkte zu bekommen, ohne in der Wissenschafts-AG zu sein.«

Es war nicht meine Schuld, dass meine Eltern mich gezwungen hatten, mich dafür anzumelden. Angeblich brauchte ich etwas Handfestes, um all meine künstlerischen Hobbys auszugleichen.

Als ich nichts darauf erwiderte, lachte Jack nur. »Wow, du bist da wirklich, nicht wahr?«

»Vielleicht«, sagte ich.

Dann musste auch ich lachen. Wer weiß, wie lange wir noch dagesessen und zusammen gelacht hätten, wenn Darcy nicht ihren Kopf hereingesteckt und gesagt hätte, dass sie den Laden jetzt schließt.

***

Ich war mir nicht sicher, warum ich das Plakat zeichnete.

Es war ein verregneter Samstag, Sarah hatte Hausarrest, weil sie in einer Wirtschaftsklausur schlecht abgeschnitten hatte, und Adam Dixon war das Wochenende über weg, also gab es auch keine Party. Ich musste erst um sechzehn Uhr arbeiten, daher schnappte ich mir meinen Skizzenblock und begann zu zeichnen. Vielleicht würde ich nie die Beste im Zeichnen werden, aber es machte mir Spaß.

Ein paar Stunden später besah ich mir das Ergebnis. Ein Typ mit einer Gitarre auf dem Rücken – wie das Dirt-Soup-Plakat, aber ich hatte es geschafft, dass er zumindest eine menschenähnliche Gestalt hatte, und seine Beine sahen aus, als würde er tatsächlich gehen. Ich machte noch einen Rahmen drum herum und darunter schrieb ich: *THE KEROUACS, LIVE! JEDEN SAMSTAG BIS JUNI.*

Ich zog meinen Kapuzenpulli über und ging zur Bücherei, wo ich zehn Kopien davon machte. Wieder zu Hause legte ich die Flyer in eine Mappe und stopfte sie in meine Tasche.

***

Ich hatte vorgehabt, Jack die Flyer gleich zu geben, sobald ich ihn im Pausenraum sah, aber dann zögerte ich zwei Sekunden zu lange und Travis und Reid kamen, in ein hitziges Gespräch über Videospiele vertieft, hereingeplatzt. Ich wollte nicht, dass die beiden dabei wären, nur für den Fall, dass Jack die Flyer sah und einen Lachkrampf bekam.

Ich wartete, bis sie ihr Set durchgespielt hatten, und als meine Schicht praktisch schon zu Ende war, schlug ich Darcy vor, den Pausenraum zu fegen.

»Hast du ihn nicht erst gefegt?«, sagte sie und räumte Tassen in den Geschirrspüler.

»Ja, aber er ist immer noch schmutzig. Er wird, äh, ziemlich schnell schmutzig.«

»Mir soll's recht sein.«

Während die Band das Equipment raustrug, fegte ich also den Pausenraum, was sich aufgrund meiner schweißnassen Handflächen als echte Herausforderung herausstellte. Als niemand hinsah, wischte ich mir die Hände an meiner Schürze ab. Was zur Hölle war mein Problem? Es waren nur Flyer. Was war schon dabei, wenn er sie nicht mochte? Ich versuchte mir einzureden, dass ich es nicht schlimm fände, wenn er mich auslachen würde.

Die Jungs sammelten ihre letzten Sachen zusammen und latschten in Richtung Tür. Ich lächelte in dem Versuch, meine Enttäuschung zu überspielen.

»Ich bleib noch ein Weilchen«, sagte Jack. Er ließ sich auf einen wackeligen Stuhl plumpsen und hob den Kartenstapel auf. »Solitaire hilft mir runterzukommen.« Er sprach zu ihnen, sah dabei aber mich an.

Ich umklammerte den Besenstiel. Travis und Reid wechselten einen Blick, zuckten mit den Schultern und machten sich auf den Weg.

Jack mischte die Karten mit äußerster Präzision. »Hast du vor, an der Brown Besenkunde zu studieren?«, fragte er, ohne aufzuschauen.

»Haha.«

»Deine Technik lässt noch zu wünschen übrig. Du musst dich aufrechter hinstellen, sodass der Besen in einem besseren Winkel auf den Boden trifft.«

Ich stellte mir vor, wie er hinter mir stand und es mir zeigte, und da begann ich erst recht zu schwitzen. Ich versuchte, die Vorstellung mit einem Lachen abzuschütteln. »Klingt kompliziert.«

»Keine Sorge, das kriegst du hin. Ich hab die Kühlräume bei Shop Savers drei Jahre lang fegen müssen, um diese Kunst zu perfektionieren.«

»Ich wusste nicht, dass du bei Shop Savers gearbeitet hast.«

Jack legte ein paar Karten auf dem Tisch ab und zuckte mit den Schultern. »Ja, ich bin mehr so der geheimnisvolle Typ.«

Wieder musste ich lachen und vor lauter Schweiß rutschte mir der Besen klappernd aus der Hand. Ich hob ihn auf und lehnte ihn gegen die Wand. Dann griff ich wie beiläufig nach meiner Tasche im Wandschrank und legte sie auf einem Stuhl ab. »Bevor du irgendwas sagst … Falls sie dir nicht gefallen, ist das vollkommen okay für mich. Ich habe mir nur überlegt, da ihr schon dabei seid, euren Bandnamen zu ändern, wäre es ein guter Zeitpunkt, diese grottenschlechten Konzertplakate auszutauschen, die ich unter Zwang in die Schaufenster gehängt habe.«

Jack sah mich nur ratlos an und hatte keinen Schimmer, wovon ich überhaupt redete. Ich reichte ihm die Blätter.

Er betrachtete sie, während ich weiterstammelte. »Ich … ich meine es ernst, wenn du sie nicht magst, bin ich nicht beleidigt oder so. Mir war heute nur langweilig, und da …«

Meine Stimme verebbte. Er sagte nichts, sondern blätterte nur die Kopien durch.

»Sie sind alle gleich«, murmelte ich. Als ich sie mir jetzt ansah, war ich mir nicht sicher, warum ich heute früh noch dachte, sie wären so toll. Es war ganz offenbar das Werk von jemandem ohne sonderlich viel Talent. Selbst der Rahmen war nicht ganz gerade. »Eigentlich sollte ich noch ...«

Ich versuchte, sie ihm wieder abzunehmen, aber er zog sie aus meiner Griffweite. »Hast du die gezeichnet?«

Ich nickte.

»Hm, ich wusste nicht, dass du zeichnen kannst.«

Kann ich nicht, dachte ich. »Ich bin mehr so das geheimnisvolle Mädchen«, sagte ich stattdessen.

Das brachte ihn zum Lächeln. »Sie sind wirklich gut.«

»Findest du?«

»Und ob. Viel besser als das, was Reid auf dem Computer seiner Mom zusammengebastelt hat.«

Jetzt, da ich wusste, dass Reid sie gemacht hatte, fühlte ich mich mies, weil ich sie grottenschlecht genannt hatte. Doch da lächelte Jack mich wieder an und meine Gewissensbisse waren wie weggeblasen.

»Danke«, sagte er.

»Kein Problem.«

»Ich meine es ernst«, sagte er. »Du bist wirklich gut.«

»Danke.«

Eine Sekunde lang sahen wir beide uns nur an, und da wurde mir klar, wie sehr ich mich geirrt hatte, als ich mir vorstellte, er könnte mich wegen meiner Zeichnungen auslachen. Das war etwas, was Adam Dixon oder Amber tun würden – ganz sicher nicht Jack.

Er stand auf und sammelte die Karten ein, ich nahm meine Tasche und wir verließen den Pausenraum. Travis und Reid waren schon weg und Darcy machte Kassenschluss. Falls sie es komisch fand, dass wir beide den Laden gemeinsam verließen, so ließ sie es sich nicht anmerken. Sie lächelte nur, bedankte sich und ermahnte uns, bei dem Regen vorsichtig zu fahren.

*

Die Schauer waren seit dem Morgen stärker geworden, doch dieses Mal hatte ich meinen Regenschirm dabei. Der Parkplatz war leer bis auf ein Auto, das, wie ich vermutete, Jack gehörte, aber auf die Entfernung konnte ich es nicht besonders gut sehen. Es war stockfinster draußen und die Bushaltestelle drei Blocks entfernt. Diese Gegend hier hatte nichts gemein mit den touristischen Straßen meines Viertels. Es gab ganz bestimmt keine Blumenkästen an den Straßenecken oder Flaggen ins Muschelform, die einen in der Stadt willkommen hießen. Es gab nicht einmal Straßenlaternen, um mich von der Plaza zur Bushaltestelle zu geleiten.

Jack verlagerte seine Gitarre von einer Schulter zur anderen. »Wo steht dein Auto?«

»Ich habe keins.«

»Ernsthaft? Wie lebst du ohne Auto?«

»Meine Eltern behaupten, es gäbe keinen Ort hier, zu dem ich nicht auch zu Fuß hinkäme.« Ich zog den Reißverschluss meiner Fleecejacke bis ganz nach oben, als ein Windstoß mir eine Ladung Regen ins Gesicht sprühte. »Außer der Arbeit natürlich. Aber das ist schon in Ordnung. Ich nehme immer den Bus. Diesen Monat hat mich George – das ist der Fahrer – nur einmal komisch angeglotzt.«

Jack blieb stehen und sah mich an. »Wirklich?«

»Ja, aber er schaut alle so an.« Das stimmte. Die ersten paar Fahrten hatte es mich total nervös gemacht, aber mittlerweile hatte ich mich dran gewöhnt. Ich betrachtete es als einen Beweis meiner Tapferkeit, dass ich ihn knallhart ignorieren konnte. Amber hätte es in dem Bus keine zwei Sekunden ausgehalten.

»Ich kann dich gern mitnehmen«, sagte Jack. Er kratzte sich an der Nase. »Wenn du möchtest.«

»Ja?«

Er zuckte mit den Schultern. »Klar. Es ist nicht besonders sicher für kleine Mädchen, sich hier nachts alleine herumzutreiben.«

Wir überquerten den Parkplatz bis zu seinem Auto, einem schwarzen Pontiac Grand Am. Als wir näher kamen, konnte ich erkennen, dass es ziemlich reparaturbedürftig war, es war eine dieser Karren, die ständig kurz vorm Abnippeln waren. Einige der Buchstaben waren abgefallen, also stand da nur GR N AM.

»Ist nicht abgeschlossen«, sagte Jack.

Ich stieg ein und drehte mich um, um ihm dabei zuzusehen, wie er ein paar Decken auf dem Rücksitz auslegte und dann vorsichtig seine Gitarre darauf bettete. Als er einstieg, war er pitschnass. Ich griff nach hinten, um mich anzuschnallen, ertastete aber keinen Gurt, sondern nur den Stoff des Polsterbezugs.

»Also, es gibt da ein paar Sachen, die du über dieses feine Gefährt hier wissen solltest.« Er tätschelte das Lenkrad. »Erstens, es gibt keine Gurte.«

»Oh. Okay.«

Die Temperatur schien in den letzten Minuten empfindlich gefallen zu sein, und ich streckte meine Hand aus, um die Heizung an meiner Seite anzumachen.

»Und das da funktioniert auch nicht, also mach dir gar nicht erst die Mühe.« Er grinste. »Aber es ist immer noch besser als der Bus, stimmt's?«

Er ließ den Motor an und kalte Luft pustete mir geradewegs ins Gesicht. Ich fummelte an der Belüftung herum. »Ähm … ganz sicher?«

»Die lassen sich nicht schließen«, sagte Jack.

Ich schaffte es immerhin, sie nach oben zu drehen. Ich seufzte. »Na ja, immerhin hast du ein Auto.« Ein Auto, das nach Pommes roch, aber nichtsdestoweniger ein Auto. Ich sah mich um und bemerkte einige Gummiseile, die vom oberen Ende meiner Fensterscheibe zum Türrahmen gespannt waren.

»Anders lässt sich das Fenster nicht auf- und zukurbeln«, erklärte er.

»Oh.«

Ich drehte das Radio an, um die Stille zu füllen.

»Funktioniert nicht«, sagte er.

Ein knisterndes Rauschen erklang aus den Lautsprechern, das war alles. Angesichts der fehlenden Heizung und des fehlenden Radios und der Vollkatastrophe, die Jack sein Auto nannte, war ich mir nicht sicher, ob das hier wirklich eine Verbesserung im Vergleich zum schäbigen Linienbus war. Aber dann blickte ich zur Seite und sah Jacks Profil, und er drehte sich um und erwischte mich dabei, wie ich ihn ansah, und lächelte.

Oh doch, *viel* besser als der Bus.

Der Regen wurde heftiger, und sobald wir uns auf der kurvenreichen Landstraße befanden, die Riverdale mit Stonebury verband, konnte ich überhaupt nichts mehr sehen, da der Regen wie wild gegen die Windschutzscheibe trommelte. Wenn ich am Steuer gesessen hätte, wäre ich sofort seitlich rangefahren – Sarah behauptete immer, ich würde fahren wie eine alte Oma –, doch Jack schien das Wetter nichts auszumachen. Bis zwei Sekunden später der Fahrer vor uns auf die Bremse trat, als eine Ampel, die ich beinahe übersehen hätte, auf Rot schaltete. Jack scherte auf den Seitenstreifen aus, um einen Zusammenprall zu verhindern. Ich hätte schwören können, dass ich mein gesamtes Leben vor meinem inneren Auge vorbeirauschen sah, als wir nur knapp an einem Baum vorbeischlitterten. Ich wurde nach vorne geschleudert und mein Kopf knallte beinahe gegen das Airbag-lose Armaturenbrett. Ich schrie auf, mehr in der Erwartung, tot zu sein, als wegen eines tatsächlichen körperlichen Schadens.

»Oh Scheiße«, sagte Jack. »Bist du okay?« Er legte seine Finger auf mein Handgelenk. Es war nur der Hauch einer Berührung, kaum dass seine Haut meine streifte, dennoch ließ sie mich schaudern.

»Ja, mir geht's gut.« Ein Schmerz schoss meinen Nacken hoch. »Na ja, ein leichter Fall von Schleudertrauma vielleicht.«

»Es tut mir wirklich leid ...«

»Ist schon in Ordnung. Es war nicht deine Schuld.«

Die Ampel schaltete auf Grün, aber wir rührten uns nicht vom Fleck. Das Auto vor uns war längst wieder verschwunden und sonst war niemand auf der Straße unterwegs. Der Regen prasselte so heftig auf die Motorhaube des Grand Ams nieder, dass die altersschwachen Scheibenwischer kaum dagegen ankamen. Der Wind rüttelte an seinem ohnehin schon wackeligen Gerippe, und es schien, als würden wir gleich hochgehoben und jede Sekunde in den Ozean geweht werden.

»Tut es wirklich weh?« Jack musterte meinen Nacken, den ich unwillkürlich rieb. In der Dunkelheit, die uns umgab, bestand sein Gesicht nur noch aus Schatten und Umrissen, doch ich konnte sehen, wie sein Blick sich bewegte, sich auf meinen Hals richtete, dann langsam zu meinen Lippen wanderte, bevor er bei meinen Augen innehielt.

Ich sah weg und schluckte. »Nein«, log ich. Mein Stimme war heiser, als wäre ich eben erst aus einem langen Schlaf erwacht. »Alles in Ordnung.«

»Gut.« Er lächelte. »Ich kann es mir nicht leisten, verklagt zu werden, weißt du.«

Ich lachte leise. »Das glaube ich. Schau dir die Karre an.«

Das brachte ihn ebenfalls zum Lachen. Er fuhr wieder an. Mein Magen fühlte sich komisch an, heiß und unruhig, vermischt mit einem ungewohnten Gefühl, das ich nicht benennen konnte.

»Da ist eine Kassette im Handschuhfach, falls du Musik hören willst«, sagte er nach einer Weile.

Das Kassettendeck funktionierte also, das Radio jedoch nicht. Das ergab natürlich Sinn.

»Du musst es in den Discman unter dem Sitz einstecken«, erklärte Jack, als ich die Kassette gefunden hatte, »und das Ganze dann an den Zigarettenanzünder anschließen. Dann müsste es klappen.«

Ich griff unter den Sitz und holte eine leere McDonald's-Pommesverpackung hervor. Nun, das erklärte den Geruch. Dann erwischte ich den Discman und verkabelte ihn so, wie er es gesagt hatte. Wundersamerweise fing er tatsächlich an zu spielen – Lieder aus den verschiedensten Genres, einige Songs erkannte ich wieder, andere nicht.

Ich rieb die rechte Seite meines Genicks, die sich mittlerweile verspannt anfühlte. »Wie schreibst du eigentlich deine Lieder?«

»Na ja, ich nehme einen Stift und ein Notizheft …«

»Nein, ernsthaft. Ich will es wirklich wissen.«

Der Regen wurde allmählich schwächer, und während Jack überlegte, stellte er die Scheibenwischanlage – wenigstens etwas in diesem Wagen, das funktionierte – langsamer. »Ich weiß es selbst nicht so genau. Ich meine, ich setze mich nicht dran, wie wenn man Hausaufgaben schreibt oder einen Aufsatz oder so was in der Art. Es kommt einfach von allein.«

»Und woher weißt du, über was du schreiben willst?«

»Tu ich gar nicht. Zumindest nicht immer. Oder manchmal ist das, wovon ich denke, dass ich es schreiben will, gar nicht das, worum es am Ende in dem Lied geht.«

Das machte mich neugierig. »Sag doch mal ein Beispiel.«

Er sah mich von der Seite an. »Du bist aber ziemlich fordernd, oder?«

Ich grinste. »Ein bisschen. Es gibt Leute, die behaupten, das sei eine meiner besten Eigenschaften.«

»Nun, dem möchte ich höflichst widersprechen. Aber gut … in ›The Sun in Summer‹ beispielsweise geht es um die Familienurlaube, die wir machten, als ich noch klein war. An den langen Wochenenden fuhren wir immer nach Maine hoch, campten in einem Wohnwagen in einem der Naturschutzparks da oben und verbrachten eine tolle Zeit miteinander. Wir gingen schwimmen, aßen Hummer, mein Dad spielte mir auf der Gitarre vor und wir hatten einen Riesenspaß. Ich wollte also eigentlich ein Lied darüber schreiben, wie sauer ich war, dass wir all das nicht mehr machten. Aber alles, was dabei herauskam, war ein Lied darüber, wie sehr ich diese Sommer liebte. Selbst als ich unbedingt etwas Wütendes schreiben wollte, schaffte ich es nicht.«

Wir fuhren die letzte kurvenreiche Strecke hinab und erreichten Stonebury. Hier brannten sämtliche Straßenlaternen, und ich musste etwas blinzeln, bis sich meine Augen an die Helligkeit gewöhnten. Als ich zu Jack sah, war sein Gesicht von kleinen gelben Sternen übersät.

Ich kannte den Text zu »The Sun in Summer« nicht, aber die Melodie. Sie war traurig und wunderschön zugleich.

»Ich habe Hunger.« Jack lenkte den Grand Am – der anscheinend auch keinen Auspufftopf besaß – auf den Rite-Aid-Parkplatz und stellte den Motor ab.

Ich sah mich schnell um. Gleich nebenan gab es eine Einkaufspassage, wo viele Leute aus der Schule abhingen. Es fehlte nur noch, dass Adam oder Amber um die Ecke kamen.

»Willst du auch etwas?«

»Oh, nein, alles gut. Eigentlich müsste ich nur wirklich langsam nach Hause …«

Jack musterte mich aufmerksam. Schließlich nickte er nur leicht, als würde er etwas akzeptieren, und ließ den Motor wieder an. »Kein Problem. Ich lasse dich zu Hause raus und komme wieder.«

Ich sah auf meinen Schoß. »Oh, okay. Danke.«

»Kein Problem«, sagte er wieder, aber seine Stimme hatte diesmal einen schrofferen Unterton.

Als seine Musik erklang, zog er das Kabel aus dem Zigarettenanzünder, und sie verstummte.

Den Rest der Strecke bis zu meinem Viertel legten wir schweigend zurück. Ich dirigierte ihn noch zu meinem Haus und er bog in unsere Auffahrt. Plötzlich war die Stimmung zwischen uns merkwürdig. Er wartete ganz offensichtlich darauf, dass ich aus seinem Wagen stieg. Warum also stieg ich nicht aus?

Ich rieb wieder meinen Nacken. »Ich mag das Lied wirklich … das über euren Familienurlaub. Es ist echt gut.«

Jack drehte sich auf seinem Sitz um, um mich anzusehen. Er streckte seine Hand aus und berührte meinen Nacken. Seine Finger hinterließen einen warmen Druck auf der schmerzenden Stelle. In diesem Moment, mit unseren Gesichtern, die sich so nah waren, und seinen Fingern, die auf meiner Haut ruhten, schien es mir, als könne seine Berührung alles in Ordnung bringen, was mit mir nicht stimmte.

»Du lässt deine Versicherung wirklich aus dem Spiel, oder?«, zog er mich auf, doch sein Gesicht war ernst und er sprach mit leiser, fast flüsternder Stimme. Seine Finger massierten meinen Nacken, und ich brachte kein Wort heraus, also nickte ich nur. »Besser?«

»Ja«, sagte ich leise. »Der Abend heute hat wirklich Spaß gemacht. Ich wünschte, ich hätte mehr Abende wie diesen.«

Jack hob eine Augenbraue. »Du brauchst mehr Spaß? Da bist du bei mir an der richtigen Adresse, damit kann ich dienen.«

»Ach ja?«

»Verlass dich drauf, ich zeige dir, wie man sich amüsiert. Allerdings werde ich nächstes Mal einen angemessenen Abstand zu den Autos vor uns wahren.« Er ließ mich los, und ich biss mir auf die Lippe, um ein Seufzen zu unterdrücken.

Nächstes Mal, dachte ich bei mir.

»Gute Nacht, Natalie.«

»Dir auch.« Ich warf die Autotür zu und die Karosserie erbebte. »Sorry«, sagte ich durchs Fenster. Er lächelte und hob die Hand zum Abschied.

Ich eilte durch den Regen ins Haus. Im Flur war es dunkel, aber ich konnte den Fernseher aus dem Wohnzimmer hören. Ich stand am Fenster neben der Tür, spähte durch die Vorhänge und sah zu, wie der Wagen aus der Auffahrt auf die Straße rollte und schließlich verschwand. Erst später, als ich im Bett lag und nicht einschlafen konnte, war ich in der Lage, jenes Gefühl zu bestimmen, das ich vorhin nicht hatte verorten können. Ich war glücklich.

6

In der Nacht vor dem Interview mit Jack konnte ich nicht einschlafen. Die Erinnerungen liefen in meinem Kopf ab wie Szenen aus einem Film, den ich vor langer Zeit gesehen hatte. Ich wusste, dass diese Szenen real waren, aber ich erkannte mich nicht als das Mädchen darin wieder. Damals gab es so viele Versionen meiner selbst, und vielleicht waren es heute noch mehr. Was war mit dem Mädchen passiert, das sich wie verrückt auf die Fotos stürzte, die sie für die Uni-Zeitung Brown Daily Herald machen wollte, fest entschlossen, sich eine Karriere aufzubauen? Oder das Mädchen, das wusste, dass es falsch war, mit gemeinen Leuten befreundet zu sein – und erst recht, bei einer von ihnen die Brautjungfer zu spielen? Und was war mit dem Mädchen, das sich in einen Jungen verliebte, in den sie sich nicht hätte verlieben sollen? Obwohl es nur eine kurze Zeit gewesen war, hatte das Mädchen eine echte Begeisterung für das Leben verspürt – nicht so, als sei es etwas, durch das man sich Tag für Tag hindurchschleppen musste. Und hier lag ich nun und wusste, dass ich nie wieder das haben konnte, was ich mit Jack gehabt hatte. Doch vielleicht würde ich zumindest die Chance bekommen, alles wiedergutzumachen.

*

Als ich am nächsten Mittag Gillian bei mir zu Hause empfing, war ich nach außen hin einfach ein Mädchen, das bei einer Zeitung arbeitete und sich auf einen Auftrag vorbereitete. Ich führte Gillian durch die Wohnung, manövrierte sie zwischen Sarahs Umzugskartons hindurch, die sich im Flur stapelten, und erzählte ihr gut gelaunt vom Flohmarkt, auf dem ich die coole Sturmlaterne gefunden hatte, die auf dem Wohnzimmertisch stand. In der ganzen Zeit tobte auch in meinem Kopf ein Sturm: Sollte ich es ihr erzählen? Was sollte ich sagen? Würde sie mir glauben? Was wird *er* sagen? Wird er wütend sein, wenn ich auftauche? Und dann waren da noch die Worte, die mich am schwersten getroffen hatten, Jacks letzte Worte an mich – *ich will dich nie wieder sehen* –, die in mir den dringenden Wunsch weckten, das Ganze abzublasen, eine Krankheit vorzutäuschen und Gillian alleine hinzuschicken.

»Was hat es mit den Kartons auf sich?«, fragte Gillian und riss mich zurück in die Gegenwart.

Ich verscheuchte die Sorgen aus meinem Kopf. Ich würde jetzt keinen Rückzieher machen. Ich würde das durchziehen. »Meine Mitbewohnerin verlässt mich, um mit ihrem Freund zusammenzuziehen.«

»Echt? Ich suche nämlich gerade nach einer neuen Bleibe. Mein Mietvertrag läuft Ende Juli aus.«

Ich horchte auf. »Wärst du denn interessiert?«

»Für mich wäre es super, näher bei der Arbeit zu wohnen.«

Sie fuhr jeden Tag von Rockport hierher.

»Das wäre ja so cool!« Ich versuchte, meine Begeisterung zu dämpfen, um nicht völlig verzweifelt zu klingen. »Ich meine, ich brauche definitiv eine Mitbewohnerin.«

»Ja, jetzt mal im Ernst … Warum hat mir niemand gesagt, dass ein Masterabschluss in Journalismus ungefähr genauso lukrativ sein würde wie mein Schülerjob bei Honey Farms?«

Ich lachte. »Ich zeig dir, welches dein Zimmer wäre.«

Sie streckte ihren Kopf in Sarahs Zimmer, um sich umzuschauen, soweit es die Kisten erlaubten. »Größer als mein jetziges Zimmer. Ist gekauft.« Wir stießen die Fäuste gegeneinander und ich hätte am liebsten einen Freudentanz ausgeführt. Es fühlte sich an wie die erste gute Sache, die mir seit Monaten passiert war.

Und so rasch, wie es gekommen war, wurde das Gefühl von aufkeimender Angst abgelöst, als Gillian auf ihrem Handy nach der Uhrzeit sah. »Wir sollten los.«

»Ja. Bist du bereit?«

Sie schüttelte den Kopf.

Ich auch nicht, aber wir hatten keine Wahl. Wir spazierten aus der Wohnanlage und durch die Stadt. Alles schien normal, ein typischer Mittwochnachmittag in Stonebury, bis wir den Parkplatz der Highschool erreichten.

Es war fast, als wäre eines dieser Beatles-Konzert-Mitschnitte aus dem Fernsehen zum Leben erwacht. Wahre Menschenmassen – hauptsächlich Mädchen und Frauen – warteten vor der Schule. Einige von ihnen hielten selbst gemalte Schilder hoch: HEIRATE MICH, JACK! und FÜR MICH BIST DU GUT GENUG! Ganz vorne versuchte ein schwarzer Sedan mit getönten Scheiben, sich vorwärtszuschieben, während die Menge davor zusammenströmte. Es war das erste Mal, dass ich sah, wie Menschen auf ein sich bewegendes Fahrzeug zuliefen.

Als wir näher kamen, sahen wir, dass einige Mädchen heulten. Die Scheibe an der Beifahrerseite des Sedan wurde einen winzigen Spalt herabgelassen. »Bitte entfernen Sie sich vom Wagen«, sagte eine mürrische Männerstimme. Niemand beachtete den Typen.

Wir zeigten der Security unsere Presseausweise vor und sie öffneten uns die Tür. Und schon wieder ein erstes Mal – ich war erleichtert, in der Schule zu sein.

Die Tür öffnete sich gleich darauf wieder und der Security-Typ scheuchte einen Mann zu uns herein. Der Mann sah uns an und bemerkte die Presseausweise, die um unsere Hälse hingen. Er stellte sich als Ray Cohen vor, Jacks Manager.

Ray war klein und extrem dürr, mit einem Ziegenbart und dem unverkennbaren orangefarbenen Schimmer allzu ausgedehnter Solariumaufenthalte. Er bedachte Gillian und mich mit einem argwöhnischen Blick, wahrscheinlich hegte er Zweifel daran, dass wir die Journalistinnen sein sollten, die man mit dieser Story beauftragt hatte.

Ich straffte meine Schultern und strich meinen Rock glatt. »Ich bin Natalie Jamison, die Fotografin. Meine Kollegin Gillian Butler wird das Interview führen.«

Ray hatte sehr gepflegte Fingernägel. Auch seine Augenbrauen waren sorgfältig gezupft. Anscheinend kümmerten sich die New Yorker Männer sehr um ihr Äußeres. Er wandte sich an Gillian, und als er sprach, erkannte ich an seiner schnarrenden Stimme den Mann aus dem Sedan. Für einen so kleinen Kerl sprach er mit viel Autorität. »Das hier ist eine Liste der Fragen, die Sie nicht stellen dürfen.«

Gillian klappte den Zettel auf.

– Um wen geht es in »Good Enough«?
– Ist Ihr Album autobiografisch?
– Mit wem gehen Sie zurzeit aus?
– Boxershorts oder Slips?

Gillian faltete das Blatt Papier wieder zusammen, sah zu mir und dann zu Ray. »Äh, okay. Und was *darf* ich ihn fragen?«

»Die Musik. Seine Vorbilder, den kreativen Prozess …«

Gillian lächelte gezwungen. »Oh, okay …«

»Das geht in Ordnung«, versicherte ich ihm, »wir werden absolut professionell sein.«

Ray nickte. »Gut. Dann lassen Sie uns loslegen.«

Er ging auf die Sporthalle zu und erwartete wohl, dass wir ihm folgten.

Gillian packte mich am Arm. »Wir haben Hilary gesagt, dass wir die absolute Knüller-Story bringen«, zischte sie in mein Ohr.

»Du hast ihn doch gehört. Sie wollen, dass wir uns auf die Musik konzentrieren.« *Danke, lieber Gott.*

»Das ist doch lächerlich. Wenn ich eine seriöse Journalistin hätte werden wollen, würde ich jetzt wohl kaum bei der Gazette arbeiten, oder?«

Ray drehte sich mit gehobenen Augenbrauen nach uns um und wir beschleunigten unsere Schritte. Eine Sekunde später standen wir in der Turnhalle, dem mir verhasstesten Ort der Welt. Ein paar Assistenten hatten Tische und Stühle aufgestellt, und in der Mitte des Spielfelds lagen seltsamerweise einige Basketbälle. Außerdem lungerten zwei Mädchen in der alten Cheerleader-Uniform der Stonebury High herum. Dasselbe Weinrot und Silber, dieselbe hässliche, quer über die Brust geklatschte Seemöwe. Allein der Anblick reichte, um mir Magenschmerzen zu bereiten.

Ich drängte den Gedanken beiseite und konzentrierte mich darauf, meine Ausrüstung aufzustellen. Das Ganze erschien mir immer noch unwirklich. Es konnte nicht sein, dass Jack gleich in diese Turnhalle kommen würde. Es würde bestimmt nur jemand sein, der aussah wie er ... ein Doppelgänger aus einem Paralleluniversum. Im Grunde erschien mir das viel plausibler als die Vorstellung, mit ihm in einem Raum zu sein.

Bis ich ihn sah.

Er machte kaum ein Geräusch, als er hereinkam. Er betrat den Raum nicht mit einer Gefolgschaft oder überhaupt jemandem. Er trug dunkle Jeans und eine Sonnenbrille, und im ersten Moment war ich nicht sicher, ob er es wirklich war, bis ich bemerkte, wie Ray sich von Gillian losriss und herübergeeilt kam. Als ich dann sah, wie er auf mich zukam, mit seiner Gitarre über der Schulter, wusste ich es. Mein Atem stockte, aber Ray begann auf mich einzuquasseln, und ich war gezwungen, mich wie eine echte Profi-Fotografin zu verhalten.

»Also gut«, schnarrte er, »für den Anfang werden wir erst einmal ein paar Fotos schießen.« Ich nickte abwesend. Hinter Ray betrachtete mich Jack durch seine Sonnenbrille hindurch. Erkannte er mich wieder? Und warum trug er hier drinnen überhaupt eine Sonnenbrille?

Ein paar von Jacks Assistenten gingen dazu über, die Aufnahmen exakt so zu arrangieren, wie sie ihnen vorschwebten. Ich folgte ihnen durch die Halle zu den Tribünen, wo sie ihn baten, sich mit seiner Gitarre hinzusetzen. Mit mir sprachen sie, als sei ich lediglich irgendein Mädchen, das zufällig eine Kamera in der Hand hielt. Andererseits waren sie es bestimmt gewohnt, mit extrem berühmten Leuten zu arbeiten, nicht mit einem Schmierfink von einem Provinzblatt, das keiner las. Sie würden schon alles richten. Alles, was ich tun musste, war zielen und abdrücken. Es schien ihnen egal zu sein, ob ich für meine Arbeit qualifiziert war, und das war nur gut so. Vielleicht konnte ich mich ja verkrümeln, und Gillian machte einfach ein paar Fotos mit ihrem iPhone …

Ich stand da und fing im Licht der Scheinwerfer plötzlich an heftig zu schwitzen, als Jack seine Sonnenbrille abnahm und sie Ray reichte. Und dann, in dem Moment, bevor einer der Assistenten ihn in Position brachte, sah Jack zu mir, und ich wusste, dass er ganz genau wusste, wer ich war.

*

Die Assistenten wollten sehr spezielle Aufnahmen. Sie ließen ihn auf der Zuschauertribüne posieren und an seiner Gitarre zupfen, dann gegen die Wand der Turnhalle lehnen, die Hände in den Hosentaschen, die Basketbälle um ihn herum verteilt. Sie ließen ihn in die Mitte der Turnhalle treten, seine Gitarre über die Schulter geschlungen, die Cheerleaderinnen hinter ihm aufgestellt. Diese Aufnahme machte mir besonders zu schaffen.

Als es endlich vorbei war, verließ Jack die Turnhalle, ohne ein Wort zu sagen. Ich hörte, wie Ray am Telefon jemandem erklärte, dass das Interview nur ein Exklusivbericht für die Lokalzeitung war, dann führte er Gillian zu einem der Tische. »Er ist nur sein Gesicht waschen gegangen. Das ganze Make-up geht ihm auf die Nerven. Will jemand Kaffee?«

Gillian und ich schüttelten die Köpfe. Wir hatten uns im Vorfeld darauf geeinigt, Nein zu sagen, falls wir gefragt wurden. Keine von uns beiden wollte es darauf ankommen lassen, in Jacks Gegenwart heiße Getränke in Gillians Nähe zu haben.

Wir saßen ein paar Minuten da, und ich fragte mich, ob man vor Aufregung eigentlich auch sterben konnte.

Rays Handy klingelte und er stolzierte davon. Gillians Bein zuckte, sie schlug damit gegen den Tisch und brachte ihn zum Wackeln. Ich legte meine Hand auf ihren Schenkel. »Bitte hör auf, sonst muss ich kotzen.«

»Ich glaub, ich muss gleich kotzen«, sagte sie. »Und wie. Heilige Scheiße, ich glaube nicht, dass ich …«

Plötzlich wurde sie totenstill. Ich wollte mich nicht umdrehen. Passierte das hier wirklich?

Wir standen beide gleichzeitig auf. Jack war vielleicht fünf Meter entfernt. »Hi«, sagte ich.

Ich hatte nicht vorgehabt zu lächeln, aber ich konnte nicht anders. So vieles an ihm war anders, sein kurzes Haar, das ich schon von den Fotos kannte, aber auch der Rest seines Körpers, der zwar immer noch schlank, aber nicht mehr mager war. Er war kein Junge mehr.

»Natalie«, sagte er.

Also hatte er nicht vor, so zu tun, als würde er mich nicht kennen.

Ich lief rot an, als seine Augen mich von oben bis unten musterten. Was genau sah er? Früher sagte er immer, ich sei das heißeste Mädchen der Schule. Aber die Schule war vorbei. Er war jetzt ein berühmter Mann, mit Kontakt zu berühmten Frauen, welche die beliebtesten Mädchen jeder Schule um ein Millionenfaches übertrafen. Ich hatte erst kürzlich ein Foto von ihm mit einem bekannten Popstar seines Labels gesehen, einer wahren Sexbombe, die regelmäßig mit »BHs« aus Sahnetörtchen abgelichtet wurde. Meine alte Cheerleader-Uniform verblasste dagegen. Jack war in eine ganz andere Liga aufgestiegen.

Als er endlich sprach, konnte ich weder seinem Gesichtsausdruck noch seiner gleichmütigen Stimme etwas entnehmen. »Also, das ist eine Überraschung.«

»Ich … ich weiß.«

Ich blickte zu Gillian, die uns mit derart ungläubiger Miene anstarrte, dass es witzig gewesen wäre, wenn ich denn in der Lage gewesen wäre zu lachen. Aber ich war wie gelähmt, unfähig zu sprechen, geschweige denn darüber nachzudenken, was ich sagen könnte. Es war Gillian, die mich aus meiner Schockstarre rüttelte – wortwörtlich –, ihr Griff um meinen Oberarm war so fest, dass er wahrscheinlich blaue Flecken hinterlassen würde. Ich riss mich zusammen. »Es ist lange her.«

»Ja, das ist es.« Er klang, als würde er mit seinem Buchhalter sprechen. Als er lächelte, erinnerte mich das an seine Bilder in der Celebrity Weekly und MuchMusic – routiniert und beherrscht. Er war es mittlerweile offenbar gewohnt, mit der Presse zu sprechen.

»Ich bin Gillian.« Sie streckte ihre Hand aus. Mir war das gar nicht eingefallen, diese ganz einfache Möglichkeit, ihn zu berühren. »Es ist schön, mich kennenzulernen … Ich meine, dich kennenzulernen – ich meine, Sie«, schob sie gepresst hinterher. »Oh Gott.«

»Ganz meinerseits.«

Er setzte sich an den Tisch und ich ließ mich ihm gegenüber nieder.

Gillian saß am Tischende zwischen uns. »Vielen Dank, dass Sie sich bereit erklärt haben, sich mit uns zu treffen. Ich habe nur ein paar kurze Fragen. Alles ganz schmerzlos, versprochen.« Ihre Stimme zitterte, aber ich war beeindruckt, wie gut sie sich im Griff hatte.

Jack lächelte. »Lass uns Du sagen. Und übrigens sind die wirklich guten Dinge nie schmerzlos.«

Gillian antwortete mit einem etwas zu lauten Lachen, das in der Turnhalle widerhallte. Wobei ich mich im Stillen fragte, ob das wirklich als Witz gemeint war. Ich sah ihn an, doch sein Blick blieb auf Gillian gerichtet. Ich musste schlucken, als ich mich daran erinnerte, wie es war, von ihm angesehen zu werden. Es war eine solch einfache Sache gewesen, aber sie gab mir das Gefühl, als würde kein anderer Teil von mir existieren als mein Herz.

»Okay, mal sehen … erste Frage. Wie fühlt es sich an, wieder zurück in deiner Heimatstadt zu sein?«

Er rieb sich die Wange, ein typisches Anzeichen, dass er sich unwohl fühlte. Als er schließlich sprach, konnte ich den Blick nicht von seinen Lippen lösen. »Es fühlt sich gut an. Meine Eltern wohnen nicht mehr hier, deswegen habe ich sonst nie einen Grund herzukommen, aber es ist immer schön, zu seinen Wurzeln zurückzukehren, dorthin, wo alles begann. Wenn ich nicht hier aufgewachsen wäre, hätte ich vielleicht nie dieses Album geschrieben, und ich säße jetzt nicht mit euch hier.«

»Das stimmt«, sagte Gillian. »Ich schätze, es ist fast so etwas wie Schicksal, falls du an solche Sachen glaubst. Also …« Sie blätterte nervös durch ihr Notizbuch. »Entschuldige, ich habe vorhin erst erfahren, dass ich dir die meisten Fragen, die ich hatte, gar nicht stellen darf.«

»Wirklich? Welche denn?«

Gillian blickte zu mir auf und ich konnte auch Jacks Blick auf mir spüren. Ich sah zu ihm und zwang mich zu sprechen. »Wir wollten wissen, ob du deiner Heimatzeitung verraten würdest, um wen es in deinem Album geht. Das ist es, was die Leute hier eigentlich wissen wollen.«

Jack nickte und drückte seine Finger gegen seine Lippen, während er über meine Frage nachdachte. Seine Lippen. Oh ja, sie waren immer noch so, wie ich sie in Erinnerung hatte, und alles, woran ich in diesem Moment denken konnte, war, wie es sich anfühlte, wenn er mich küsste – als hätte ich den Grund dafür entdeckt, warum Lippen überhaupt erfunden worden waren –, so wie nie jemand zuvor. Ich hätte gedacht, hier so zu sitzen und ihm Fragen zu stellen, als wäre er ein Fremder, würde sich anfühlen, als wäre das zwischen uns jemand anderem passiert. Aber so war es nicht. Ich fühlte mich auf die gleiche Art und Weise zu ihm hingezogen wie früher, und dabei ergab das heute noch viel weniger Sinn.

»Ist schon okay«, sagte ich, bevor er antworten konnte. »Wir wissen, dass du schon ungefähr tausendmal gesagt hast, dass du über niemanden Bestimmtes singst. Aber wir mussten fragen … wegen unserer Chefredakteurin.«

»Aha, wegen eurer Chefredakteurin.«

Er sah mich viel zu lange an, ohne ein Wort zu sprechen. Gillians Augenbrauen hingen irgendwo unter ihrem Pony. Von allen peinlichen Momenten, die ich über die Jahre in dieser Turnhalle erleben durfte, übertraf dieser hier jeden einzelnen von ihnen.

»Es gibt Menschen im Leben«, begann Jack, »die einen Einfluss auf einen haben, weißt du? Menschen, mit denen es diese ganz besondere Verbindung gibt. Doch dann schieben sich andere Dinge dazwischen, andere Menschen vielleicht, die eine ganz andere Sicht auf uns haben. Oder wir selbst verändern unsere Wahrnehmung. Und dann reicht die Verbindung, die man aufgebaut hat, eben nicht aus.«

Wir hatten die Augen nicht voneinander gelöst, und ich hätte beinahe vergessen, dass Gillian da war, bis sie sich räusperte. »Oh … ja. Das stimmt. Ich weiß zwar nicht, was es mit der Frage zu tun hat, aber okay …« Sie fummelte in ihren Blättern herum. Ihre Nasenspitze war rot angelaufen. Mir fiel auf, dass sie und Reid auf exakt die gleiche Art und Weise rot wurden.

Jack wandte sich zu ihr und lächelte. »Irgendwelche weiteren Fragen?«

»Nur, äh … noch ein paar. Sorry, ich kann meine eigene Handschrift nicht lesen. Äh, wie wär's mit: Boxershorts oder Slips?«

Jack lachte. Dieses Mal ein echtes Lachen. Er rückte näher zu ihr ran, als wäre er drauf und dran, ihr ein Geheimnis zu verraten. »Weder noch.«

Das war der Jack, den ich kannte.

Und da begann ich zu weinen.

Ich stieß den Stuhl zurück, der quietschend über den Hallenboden schlitterte – ein schreckliches Geräusch –, und stürmte hinaus. Gillian rief mir hinterher, aber ich drehte mich nicht um. Ich hastete durch die Hallentür. Ray war draußen im Flur, aber er hing am Telefon und bemerkte mich nicht. Zwei Security-Männer drehten sich um und sahen mir nach, als ich an ihnen vorbeirannte. Ich durchquerte die Cafeteria und kam im Naturwissenschaftsflügel raus. Hier, in Raum 207, dem Chemielabor, hatten wir früher Wissenschafts-AG. Ich hatte all diese Experimente durchgeführt und immer die richtige Antwort parat gehabt. Ich dachte, ich wüsste alles.

Ich lief an Raum 207 vorbei und ging weiter bis zum Ende des Korridors. Die Tür zum letzten Raum war offen und ich ging hinein. Ich hatte niemals hier drinnen Unterricht gehabt. Als ich zur Schule ging, war das der Naturwissenschaftsraum für die Förderklasse gewesen. Damals hatte ich Mitleid mit den Kids hier. Jetzt begriff ich, dass es keine Rolle spielte. Noten spielten keine Rolle. Dass ich beinahe Abschlussrednerin geworden war, spielte keine Rolle. Das Einzige, was eine Rolle spielte, war, was für ein Mensch man gewesen war, und in dieser Hinsicht hatte ich schrecklich versagt.

Ich ging nach vorne und setzte mich. Entweder waren die Tische kleiner geworden oder ich größer. Oder es fühlte sich nur anders an, weil ich älter war, so wie es auch bei den Straßen in meinem alten Viertel war. Oh Gott, wen kümmerte das schon. Auch das spielte keine Rolle.

Ich war nicht sicher, wie viel Zeit vergangen war, aber irgendwann sagte jemand leise meinen Namen. Ich drehte mich nicht um. Ich hatte meinen Kopf abgelegt, meine Stirn gegen das kühle Holz des Pults gedrückt.

»Du bist es, stimmt's?« Gillian setzte sich neben mich. Sie legte ihren Arm um meine Schultern und wartete, bis ich zu ihr aufsah. Das

Blut schoss mir in den Kopf, als ich mich aufrichtete. »Du bist es, über die er singt.«

Ich schloss meine Augen. Sie waren geschwollen und heiß von Tränen. Ich nickte.

»Heiliger Bimbam«, flüsterte sie. Sie drückte mich so fest an sich, dass ich einen Moment keine Luft bekam.

»Ja«, krächzte ich.

»Ich wusste es. Ich wusste es in dem Augenblick, als er dich ansah, die Art, wie er deinen Namen sagte. Es ist einfach nur … wow.«

»Ja.«

Sie atmete schwer aus. »Okay, ich weiß, dass du mir vielleicht nicht erzählen magst, was passiert ist, und das ist okay. Aber was auch immer es ist, es kann nicht so schlimm sein.«

»Es ist schlimm«, sagte ich. Ihre Augen weiteten sich. »Ich war unheimlich gemein zu ihm.«

Sie sagte nichts. Wahrscheinlich machte ich ihr langsam Angst. »Okay«, sagte sie schließlich ganz ruhig. »Okay. Aber die Sache ist die. Er ist da draußen und wartet auf dich. Er möchte mit dir reden.«

Ich schüttelte den Kopf. »Ich kann nicht.«

»Doch, du kannst. Natalie, hör mir zu. Das ist Jack Moreland, seine Hotness höchstpersönlich. Und er wartet da draußen auf dich. Also steh auf, richte deine Haare, denn gerade geht etwas sehr Seltsames mit ihnen vor, und geh zu ihm. Rede mit ihm.«

Gillian, das begriff ich langsam, hatte ein ziemliches Händchen für aufmunternde Worte. Ich starrte sie an. Sie starrte mich an. Ich nickte. Ich würde das schaffen.

*

Bevor ich rausgehen konnte, um ihn aufzusuchen, kam Jack zu mir.

Gillian sagte, sie würde in der Eingangshalle warten und irgendeine Geschichte erfinden, um Ray und jeden anderen, der sich dort herumtreiben könnte, fernzuhalten. Auf ihrem Weg nach draußen machte sie das Licht an, und meine Augen brauchten kurz, um sich daran zu gewöhnen. Im Flur hörte ich sie leise etwas sagen und kurz darauf kam Jack in das Klassenzimmer spaziert.

Er machte die Tür hinter sich zu, dann sah er sich im Zimmer um und beschloss, sich neben eines der Fenster zu lehnen, das auf ein verlassenes Spielfeld hinausging. Ich erinnerte mich an all die endlosen Stunden Softball im Sportunterricht, an den Geruch frisch gemähten Grases und meinen ständigen Wunsch, woanders zu sein. Damals hatte es sich angefühlt, als würde die Highschool nie zu Ende gehen. Alles, was ich jetzt wollte, war dorthin zurückzukehren, um bessere Entscheidungen zu treffen, um jemand anders zu sein.

Ich stand von dem winzigen Pult auf und bezog einen Platz in seiner Nähe … nicht zu nah. Der Blick seiner dunklen Augen schweifte wieder über mich, und errötend wurde mir bewusst, dass das rund ausgeschnittene Oberteil, das ich heute angezogen hatte, mein Schlüsselbein enthüllte, die Stelle, an der er mich früher am liebsten geküsst hatte.

Ich biss mir auf die Lippe, als unsere Blicke sich trafen, und sah sogleich weg. »Ich hätte nicht kommen sollen, aber meine Chefredakteurin hat mir den Auftrag gegeben.«

»Deine Chefredakteurin schon wieder, hm?«

»Ich hab Schiss vor ihr.«

Er lächelte schwach. »Ich muss zugeben, ich war ein bisschen entsetzt, als ich dich heute hier gesehen habe. Ich dachte, du wärst … ich weiß nicht … überall, nur nicht hier.«

Das dachten wir wohl beide. »Ja, ich hatte es nicht vorgehabt, aber meine Pläne sind nicht ganz so aufgegangen, wie ich es mir vorgestellt hatte.«

Ich wandte mich zu ihm, um ihm in die Augen zu sehen, wodurch ich ihm ein kleines Stückchen näher kam, näher als wir uns innerhalb der

Mauern der Stonebury High je gekommen waren. In der Schule war es immer gewesen, als wären wir uns nie begegnet.

»So was passiert manchmal, nicht wahr?«, erwiderte er.

Redete er über uns oder etwas anderes? Sein Blick war undurchdringlich, und das erinnerte mich an unser erstes Zusammentreffen im Nona's – und unser letztes bei ihm daheim. Er vertraute mir nicht, wollte mich nicht zu nah an sich ranlassen.

Und doch wünschte ich mir nur das – ihm näherzukommen. Ich hatte geglaubt, indem ich hierherkam, könnte ich etwas wiedergutmachen, und damit wäre es getan. Doch nun konnte ich nicht leugnen, dass die Gefühle, die ich für ihn hatte, nie wirklich verschwunden waren. Sie waren in einer Kiste weggesperrt gewesen, und ihn wiederzusehen, hatte diese Kiste geöffnet. Aber was zur Hölle sollte ich nun mit ihnen anfangen?

»Du siehst noch genauso aus wie früher«, sagte er. Und ich konnte nicht sagen, ob das etwas Gutes oder Schlechtes bedeutete. Er offenbarte mir keinen Einblick in seine Seele, wie eine dieser Zeitschriften es über sein Album geschrieben hatte.

»Du siehst anders aus«, sagte ich. Nun, da er sein Haar kurz trug, konnte ich zum ersten Mal seinen Hals richtig betrachten. »Kein Augenbrauenpiercing mehr, so hatte ich dich nicht in Erinnerung.«

»Drei Jahre sind eine lange Zeit«, sagte er und zuckte mit den Schultern.

Ich sah ihn an. »Nur, dass du ein sehr gutes Erinnerungsvermögen hast.«

Ein kleines Lächeln huschte über sein Gesicht. »Ja, ich schätze, das stimmt. Aber hey, ich hab dich berühmt gemacht. Auf gewisse Art und Weise.«

»Vielen Dank auch.«

»Ach, komm schon. Du hast mir das Herz gebrochen. Ich habe es in meiner Musik verarbeitet. Das ist der Kreislauf des Lebens, Miss Wissenschafts-AG.«

Ihn meinen alten Spitznamen sagen zu hören, weckte in mir gleichzeitig den Wunsch zu lachen und zu weinen. Sämtliche Gefühle stauten sich in meinem Hals und ich brachte kein Wort heraus.

»Und niemand weiß, dass du es bist«, fuhr er fort, »also ist alles gut.«

Dachte er das wirklich? »Wie soll alles gut sein, wenn ich doch ein so schrecklicher Mensch bin? Vielleicht weiß sonst niemand auf der Welt, um wen es in diesen Liedern geht, aber ich schon.«

Er sah mich eine Weile schweigend an. »Wie hast du dich gefühlt, als du es das erste Mal gehört hast?«

Die Direktheit seiner Frage brachte mich durcheinander. »Was? Was soll das für eine Frage sein?«

Er stieß sich von der Wand ab und kam auf mich zu, und ich sog die Luft ein, als er so nah vor mir stehen blieb, dass er mich beinahe hätte küssen können. Ich konnte sehen, wo er sich beim Rasieren geschnitten hatte, eine winzige rote Linie seitlich an seinem Kinn. »Ich weiß, dass du es nicht magst, über solche Dinge zu reden – wie heißen sie gleich noch? Oh ja, Emotionen! Komm schon, Natalie! Wie hast du dich gefühlt?«

»Was glaubst du denn, wie ich mich gefühlt habe? Ganz, ganz großartig.« Mist, die Tränen waren zurück. Ich blinzelte heftig, bis sie verschwunden waren.

»Sarkasmus.« Er nickte. »Ich bin froh zu sehen, dass dein liebster Verteidigungsmechanismus immer noch so gut funktioniert.«

»Wenn ich mich recht erinnere, warst du ebenfalls ein großer Fan davon.«

Er lächelte. »Vielleicht haben wir uns deswegen so gut verstanden.«

Ich lächelte ebenfalls. »Ja, vielleicht.« Ich biss mir in die Wange, während ich überlegte, wie ich es erklären sollte. »Ich habe mich schlecht gefühlt, als ich das Lied hörte«, platzte es aus mir heraus. »Ich habe mich schrecklich gefühlt ... schuldig. Wegen der Dinge, die ich getan habe, und der Person, die ich damals war. Alles, was ich will, ist, diese Dinge irgendwie in Ordnung zu bringen, obwohl ich weiß, dass ich das nicht kann.«

Wir sahen uns an und er erwiderte nichts. Von ihm würde ich keine aufmunternden Worte hören.

Er machte einen Schritt zurück, sodass er wieder mit dem Rücken an der Wand lehnte. Ich hatte seine Frage nicht so beantwortet, wie er es von mir wollte. Er wollte mehr – er hatte immer mehr von mir gewollt, mehr, als ich mich in der Lage sah, ihm zu geben. Das musste ich wiedergutmachen. Zumindest sollte ich es versuchen. »Ich habe etwas getan, etwas Seltsames vielleicht. Nachdem ich mir dein Album angehört habe, habe ich eine Liste geschrieben, eine Liste der Leute, die ich am schlimmsten verletzt habe. Ich weiß immer noch nicht, warum. Ich hatte einfach das Gefühl, ich müsste es aufs Papier bringen oder so.«

Ich spürte, dass er mich ansah, obwohl ich mit dem Poster des Periodensystems der Elemente redete.

»Und was hast du dann getan?«, fragte er.

»Ich habe den Zettel zusammengefaltet und in eine Schublade gesteckt.«

»Sehr produktiv.«

»Ich weiß.« Ich hasste es, wie ich mich anhörte – so hilflos. »Ich habe keine Ahnung, was ich damit tun soll.«

»Vielleicht solltest du mit diesen Leuten reden.«

»Um was zu sagen? Dass ich mies bin? Das wissen sie schon.« Das heißt, alle bis auf eine.

Er schüttelte kaum merklich den Kopf. »Vielleicht solltest du ihnen sagen, dass es dir leidtut.«

Es war so einfach, geradezu offensichtlich. Warum also war ich nicht selbst darauf gekommen?

Wahrscheinlich weil ich in diesem Moment an nichts anderes denken konnte als daran, ihn so nah bei mir zu haben. Es hatte da eine Zeit gegeben – nicht besonders lange her, wenn man den Weltenlauf betrachtete, und doch fühlte es sich an wie eine Ewigkeit –, da hatte er nichts anderes gewollt als mich. Ich konnte mit allem leben, was ich vermasselt hatte, aber nicht mit dieser einen Sache. Ich wollte sie wiederhaben.

»Ich habe mich verändert«, sagte ich. »Ich bin nicht mehr das Mädchen, das ich mal war.«

Ich weiß nicht, was für eine Antwort ich darauf erwartet hatte. Irgendwas wie *Das kann ich dir ansehen* wäre nett gewesen. Dann hätte er nach mir greifen können, und ich hätte mich in seinen Armen wiedergefunden, dem einzigen Ort, den ich nie hätte verlassen sollen.

Aber alles, was er sagte, war: »Wirklich?«

Und da wusste ich ganz sicher, dass er mich nicht mehr liebte. Doch gleichzeitig wusste ich, dass die Gefühle, die ich für ihn hegte, nie verschwinden würden. Ich würde mir etwas anderes für sie überlegen müssen.

Ich blinzelte heftig, öffnete den Mund, aber da kamen keine Worte. Ich konnte seinem Zweifel nichts entgegensetzen, denn nichts, was ich bis dahin getan hatte, war ein Beweis dafür, dass ich mich wirklich geändert hatte. Ich konnte weder mich selbst noch Jack überzeugen.

Vielleicht spürte er das und vielleicht glaubte er mir deswegen nicht. Er hatte mich schon immer viel zu gut gekannt.

Jack richtete sich plötzlich auf, und ich dachte schon, er wolle gehen. Stattdessen kam er auf mich zu. Ich fragte mich, ob es möglich war, dass einem das Herz aus der Brust sprang.

»Hast du je daran gedacht, was hätte passieren können, wenn einer von uns ein nur etwas anderer Mensch gewesen wäre?«, fragte er. Ich konnte sein minziges Shampoo riechen. Wir waren uns so nahe.

Ich antwortete ohne zu zögern. »Die ganze Zeit.«

Dann tat ich etwas Verrücktes. Ohne nachzudenken griff ich nach seiner Hand. »Aber du hättest kein bisschen anders sein müssen, sondern ich.« Ich hielt seine Hand fest gedrückt, in der Hoffnung, dies könnte die Erinnerung in ihm wecken, wie es war, mich zu berühren … und dann würde er sich vielleicht auch an alles andere erinnern.

Meine Hoffnung schien erhört zu werden. Für den Bruchteil einer Sekunde meinte ich zu spüren, wie er den Druck meiner Finger erwiderte. Er setzte an, etwas zu sagen … als die Tür zum Klassenraum mit einem Quietschen aufging. Ray stand da, das Telefon in der einen, Jacks Sonnenbrille in der anderen Hand. Hinter ihm formte Gillian ein stummes »Tut mir leid!«.

Jack ließ meine Hand los.

»Tut mir leid, dieses kleine Treffen unterbrechen zu müssen, aber wir müssen heute noch einen Flieger erwischen.«

Und einfach so wandte Jack sich zum Gehen. »Ja, wir müssen zurück nach New York für weitere Pressetermine«, sagte er zu mir. Er hatte wieder seine »Ich spreche mit meinem Buchhalter«-Stimme drauf. »Danke, dass ihr euch die Zeit für mich genommen habt.«

»Oh … klar, gern geschehen.«

Ray klopfte ihm auf den Rücken und geleitete ihn aus dem Raum. »Wir müssen in einer Stunde in Logan sein und ich brauche auf dem Weg dringend etwas zu essen.«

Ihre Stimmen wurden leiser, als sie davongingen. Einige Sekunden später kam Gillian auf mich zugestürzt. »Geht es dir gut? Was ist passiert? Was hat er gesagt? Was hast du gesagt?«

Ich schüttelte nur den Kopf. Unser Gespräch war bereits zu einer Erinnerung verblasst. Gerade eben war er noch hier gewesen, mit mir in einem Raum, doch nun war er kaum realer als eines seiner Fotos in den Zeitschriften. Es war alles so schnell gegangen.

Und ich hatte mich nicht einmal bei ihm entschuldigt.

»Ich kann nicht glauben, dass ich Jack Moreland nach seiner Unterwäsche gefragt habe.«

Gillian bedeckte ihr Gesicht mit den Händen. Wir saßen in der hintersten Nische eines Sandwichladens in der Nähe der Highschool, doch ich hatte mein Essen nicht angerührt. »Mach dir keine Sorgen«, beruhigte ich sie. »Er liebt so was. Das konnte ich ihm ansehen.«

Gillian blickte durch ihre Finger. »Und du liebst ihn, stimmt's?«

Ich antwortete nicht, neigte meinen Kopf nur ein kleines bisschen, und sie verstand.

Sie nahm die Hände runter, streckte sie nach meiner Wange aus und tätschelte mich sanft. »Mann, ich kann immer noch nicht glauben, dass du es bist. Was ist passiert? Ich meine, du musst es mir nicht sagen, wenn du nicht willst.«

Bis zu diesem Moment hatte sie ein hohes Maß an Geduld aufgebracht und mich nicht nach Details ausgequetscht, obwohl ich wusste, dass sie vor Neugierde verging. Die Sache war die, ich war es leid, immer alles für mich zu behalten, also erzählte ich ihr bei unserem kleinen Essen alles.

Gillian hatte die ganze Zeit ihre Hand auf meiner, selbst während der richtig schlimmen Episoden. Ich hielt die Augen auf meinen Teller gerichtet und sah nicht auf, bis ich geendet hatte, voller Angst, wie sie mich nun ansehen würde. Aber ich entdeckte nichts in ihren Augen, außer etwas, das aussah wie eine Mischung aus Staunen … und Mitleid. »Heiliger …«

»… Bimbam. Ja, ich weiß. Okay, also sag mir bitte, dass ich ein schrecklicher Mensch bin, damit wir damit durch sind und wieder dazu übergehen können, Freundinnen zu sein.«

Sie blinzelte. »Das werde ich nicht sagen. Ich habe keine Ahnung, wie es für dich gewesen sein muss. Mein Dad war beim Militär und wir sind ständig umgezogen. Ich war nie länger als ein Jahr an einer Schule, wenn überhaupt. Ich habe mir immer gewünscht, ein ganz normales Highschool-Leben führen zu können.«

Ich lachte. »Nicht an der Stonebury High, bestimmt nicht.«

»Mädchen sind echte Biester. Weißt du, wie oft man sich wegen der hier über mich lustig gemacht hat?« Sie deutete auf die Sommersprossen, die ihre Nase und ihre Arme bedeckten. »Sie haben mich Spraydose genannt, Karottenkopf und Streuselkuchen. Ich meine, wie dämlich ist das denn?«

»Dämlich. Und du hast jedes Recht, mich zu hassen. Ganz bestimmt wäre ich eine von denen gewesen, die dich so genannt hätten, wenn wir auf dieselbe Schule gegangen wären.«

Gillian lächelte. »Das ist in Ordnung. Ich vergebe dir.«

»Ich wünschte, er würde es tun.«

»Du glaubst nicht, dass er …?«

»Du hast das Album selbst gehört.«

Gillian zog eine Grimasse, wahrscheinlich dachte sie daran, wie sie über das schreckliche Mädchen hergezogen war, über das Jack sang. »Wie seid ihr verblieben?«

»Ich weiß nicht. Völlig in der Schwebe. Er wollte mir gerade etwas sagen, als Ray hereinplatzte. Es gibt da all diese … ungeklärten Angelegenheiten zwischen uns, verstehst du?«

Ihre Augenbrauen zuckten. »Ungeklärte Angelegenheiten«, wiederholte sie. »Tut mir leid, aber das klingt ja so was von romantisch.«

Ich verdrehte die Augen. »Kannst es ja für deine Fan-Fiction-Geschichten verwenden.«

Allerdings gab es da eine Sache, die nicht ungeklärt bleiben musste, eine Sache, mit der er mir weitergeholfen hatte. Als ich an diesem Abend heimkam, ging ich als Allererstes in mein Zimmer und zog die Schublade meines Nachtschränkchens auf. Ich kramte den zusammengefalteten Zettel hervor, klappte ihn auf und strich ihn glatt. Ich saß auf meinem Bett und ging die Namen auf der Liste durch.

Ich wusste, was ich zu tun hatte.

7

Ich fand Fiona Lockes Telefonnummer noch am selben Abend ohne Probleme im Internet. Der schwierige Teil bestand darin, die Ziffern auch zu wählen. Das, und dann auch nicht aufzulegen.

Ich stand in meinem Zimmer und versuchte, mich mental dafür zu wappnen. Ich wusste, dass ich albern war. Ich war eine erwachsene Frau – das hier war nur ein Telefonat. Ich ermahnte mich, einfach so zu tun, als wäre ich eine echte Reporterin. An der Uni machten wir Übungen, bei denen einer von uns so tat, als wäre er Journalist, und der andere das Opfer eines im Fokus der Öffentlichkeit stehenden Verbrechens oder einer Naturkatastrophe. Es war eine Story, wie man sie auf CNN sehen konnte: Das Kind irgendeiner armen Frau war gerade erst ermordet worden, und sie versuchten, eine Stellungnahme von ihr zu bekommen. Ich war ziemlich gut darin gewesen. Das hier war nichts im Vergleich dazu. Aber dennoch.

Ich konnte das tun. Ich musste mich einfach überwinden. Ich hackte die Nummer in die Tastatur, wählte und hielt den Atem an.

Sie klang überrascht, aber nicht unbedingt empört, von mir zu hören. Ich fragte sie, ob es möglich wäre, sich persönlich mit ihr zu treffen. Sie lebte nun auf Rhode Island, und ich schlug vor, bei ihr vorbeizufahren. Ich wünschte fast, sie hätte Nein gesagt, sie habe kein Interesse, mich zu sehen. Was sie sagte, war jedoch: »Am Samstag hätte ich Zeit.«

Wenigstens hatte ich eine Entschuldigung, das dieswöchige Café- und Shopping-Treffen zu verpassen. Ich erzählte Sarah, ich hätte einen Arbeitstermin, war mir jedoch nicht sicher, ob sie mir das abnahm. Sie befand sich in den letzten Zügen ihres Auszugs und ich hatte sie kaum zu Gesicht bekommen. In letzter Zeit rief ich Gillian an, wenn mir nach Reden zumute war.

Am Samstag fuhr ich nach Newport. Fiona hatte mir die Adresse einer Buchhandlung auf der Bellevue Avenue gegeben und mir gesagt, sie würde dort am hinteren Fenster mit einem Laptop auf mich warten. Gegen elf waren die Straßen bereits voll, so wie jeden Sommer hier in der Gegend. Der Weg an den Villen vorbei über den felsigen Klippen von Newport entlang war in der Sommerzeit einer meiner liebsten gewesen. Ich hatte die Architektur und die Kopfsteinpflasterstraßen des Stadtzentrums immer gemocht. Dieser Ort verströmte Charme, während Stonebury wie eine einzige Plastikfassade wirkte.

Ich spazierte an Galerien und Kunstbedarfshandlungen vorbei und wünschte mir, ich wäre nur zum Vergnügen hergekommen. Aber ich hatte eine Mission, und das hier war die erste Station auf meiner Liste.

Ich entdeckte sie auf Anhieb. Sie saß dort, wo sie es angekündigt hatte, und tippte auf ihrem Computer, ohne zu ahnen, dass ich wie festgefroren neben der Geschichtsabteilung stand. Sie trug ihr Haar mittlerweile kurz, bis zum Kinn, mit einem seitlich geschwungenen Pony. Der beige-braune Farbton war einem hübschen sanften Blond gewichen. Tatsächlich sah sie heute jünger aus als damals.

Ich nahm einen tiefen Atemzug und näherte mich ihrem Tisch. Als sie aufsah, lächelte ich. »Hi.«

Sie erwiderte mein Lächeln etwas zögerlich. »Oh, hi.« Sie nahm eine schicke schwarze Tasche von dem Stuhl neben ihr und stellte sie auf den Boden. »Bitte schön.«

»Danke.«

Ich setzte mich, stellte meine Handtasche ebenfalls auf dem Boden ab, obwohl ich mal gelesen hatte, dass es auf dem Boden eines öffentlichen Ortes mehr Keime gab als in einer Toilette. Ich fragte mich, ob ich meine Tasche waschen sollte, wenn ich nach Hause kam. Mich auf solch banale Details zu konzentrieren, war viel einfacher als die Tatsache, dass das Mädchen, das ich fünf Jahre zuvor ohne Unterlass gequält hatte, neben mir saß und darauf wartete, dass ich etwas sagte.

»Ich mag es hier, also in Newport, meine ich.«

Fiona schob ihr Haar hinters Ohr und blinzelte mit ihren großen blauen Augen – waren sie immer schon so groß, so blau gewesen? »Ja, mir gefällt es auch sehr. Ich bin nach dem College für ein Praktikum hergekommen und wollte bisher nicht wieder weg.«

Ich erinnerte mich, dass sie es an die Rhode Island Hochschule für Design in Providence geschafft hatte. Wir hatten das gesamte Studium über in derselben Stadt gewohnt. »Was machst du hier?«

»Ich arbeite als stellvertretende Kuratorin im Newport Kunstmuseum.«

Nun, das war wohl ein kleines bisschen beeindruckender als Redakteurin bei der Stonebury Gazette. »Das klingt wirklich fantastisch. Ich versuche gerade, mich als Fotografin selbstständig zu machen. Ich meine, es ist momentan nur eine Idee, aber ... ich versuche, ein bisschen frei zu arbeiten, ein Portfolio aufzubauen. Ich meine, ich versuche ...« Ich ließ meine Worte verebben. Ich war nicht hergekommen, um mit ihr über meine steinige Karriere zu plaudern, obgleich sie höflich blieb und nickte, während ich herumfaselte.

Ich räusperte mich und setzte noch einmal an.

»Ich möchte mich entschuldigen.«

Fiona lehnte sich etwas zurück und sah mich aufmerksam an. Ich hatte mir in der Nacht zuvor einen kompletten Monolog zurechtgelegt und geübt, aber nun, da ich ihr gegenübersaß, purzelten die Worte in wahlloser Reihenfolge aus mir heraus. »Ich habe sehr viel über die Highschool nachgedacht und wie ich damals war. Ich war so gemein. Zu dir. Na ja, zu jedem, aber ganz besonders zu dir.«

»Oh«, sagte sie. Sie klang überrascht und sah auch überrascht drein, den Mund zu einem kleinen pinkfarbenen Kreis verzogen. Sie verschränkte die Finger, legte sie auf dem Knie ihrer übergeschlagenen Beine ab und wartete darauf, dass ich fortfuhr.

»Es tut mir wirklich leid, sehr leid. Und ich wollte nur, dass du weißt, dass es nicht an dir lag. Es war nur … Du warst irgendwie ein leichtes Ziel. Ich meine … es war einfach, weil … Du warst …«

»Streberhaft«, sagte sie, und ein Lächeln umspielte ihre Lippen.

»Na ja … ja. Und weil du nichts getan hast. Du hast nichts gesagt. Nicht, dass ich es dir vorwerfe. Ich werfe dir überhaupt nichts vor, es war unsere Schuld. Meine Schuld. Aber du hast dich nie zur Wehr gesetzt. Warum nicht?«

Fiona sah mich an, und ich fragte mich, ob sie an eine unserer vielen Begegnungen zurückdachte, die mir durch den Kopf gingen. Der Tag, als wir sie ins Diner einluden und nie auftauchten, oder das andere Mal, als Adam so viele Kügelchen aus zerkautem Papier in ihr Haar schoss, dass die Schulkrankenschwester einen Teil davon rausschneiden musste. Vielleicht dachte sie auch gar nicht an einen speziellen Augenblick, sondern an die allgemeine Atmosphäre, die wir um sie herum geschaffen hatten, in der alles, was sie tat – eine Frage im Unterricht richtig beantworten, während eines Softballspiels zum Schlag ausholen oder einfach nur im Schulflur an uns vorbeilaufen –, auf Hohn und Spott traf.

Ihr Schweigen fühlte sich wie eine ganze Ewigkeit an. »Ich weiß nicht«, sagte sie endlich. »Ich glaube, es war mir einfach egal.«

»Es war dir egal?«

Sie zuckte mit den Schultern. »Ja, beliebt zu sein und all das interessierte mich nicht. Nicht dass die Mobberei mich nicht belastet hätte. Manchmal bin ich heulend nach Hause gegangen.«

Na toll! Schande über mich.

Dann lächelte sie. »Aber ich hatte meine Freundinnen. Ich hatte wirklich tolle Freundinnen.«

Ich erinnerte mich an einige der Mädchen, die mit Fiona abhingen – Lacey, das Mädchen mit den tragisch großen Ohren, das von Amber

Dumbo genannt wurde; Kerry, die draußen am Friedhof wohnte und eines der wenigen Kinder mit Berechtigung für das Gratis-Mittagessen war; und Melisse, die ich in den vier Jahren nie auch nur ein Wort hatte sagen hören. Es war mir nie bewusst gewesen, dass sie tatsächlich Freundinnen waren. Ich hatte sie mir immer nur als Außenseiterinnen vorgestellt, als eine Gruppe von Mädchen, die sich aneinanderklammerten, weil sie es mussten. Jetzt dämmerte mir, dass ich nur meine eigene Situation auf sie übertragen hatte.

»Das freut mich«, sagte ich. Ich nahm noch einen tiefen Atemzug. Ich hatte meine Entschuldigung hervorgebracht und war erleichtert, aber ich hatte nicht wirklich das Gefühl, dass das genug sei.

Fiona überraschte mich, indem sie das Thema wechselte, als gäbe es nichts weiter dazu zu sagen. »Und wo willst du dich als Fotografin selbstständig machen?«

»In meiner Fantasie in Boston, aber das hat nicht geklappt. Also bin ich zurück in Stonebury.«

Sie hob eine Augenbraue und ihre Miene wechselte von neugierig zu beinahe mitleidig. Als dachte sie, es müsse schlimm sein, ich zu sein.

»Ich weiß. Ich rede mir ein, dass es nur eine Zwischenstation ist, nichts für die Ewigkeit.«

Fiona wandte sich ab, um ihre Tasche aufzuheben, und ich dachte, sie mache sich bereit zu gehen. Aber dann zog sie eine Visitenkarte aus ihrer Brieftasche und reichte sie mir. *JUSTIN HANSCOMB, MBA, 50 Boylson Street, Boston MA.* »Das ist ein Freund von mir, ein Finanzberater. Er ist auf Kleinunternehmen spezialisiert. Du könntest zu einem ersten Beratungsgespräch vorbeischauen. Wenn du ihm sagst, dass ich dich geschickt habe, macht er es vielleicht sogar umsonst.«

Ich hielt das kleine Kärtchen in meinen Händen. Bisher hatte ich nur mit Lori gesprochen, die uns alle überrascht hatte, indem sie nicht nur den Salon ihrer Eltern übernahm, sondern das Geschäft auch noch ausbaute. Aber die gesamte Zeit, die sie sprach, dachte ich: *Ich kann nicht glauben, dass ich Geschäftstipps von jemandem annehme, der nicht mal die Trigonometrie-Prüfung geschafft hat.* »Ernsthaft? Das würdest du für mich tun?«

Sie lachte. »Ist ja nicht so, dass ich dir den Kredit bewillige.«

»Ja, ich weiß, aber … danke.«

Sie nickte, als sei das keiner Rede wert. Warum überraschte es mich nur immer, wenn jemand nett zu mir war?

Fiona ließ ihr Notebook in die Tasche gleiten und machte den Reißverschluss zu. »Tut mir echt leid, aber ich muss los. Die Mutter meines Freundes ist zu Besuch in der Stadt und möchte Sightseeing machen. Ich sollte mich wohl dafür bedanken, dass du mich angerufen hast, so konnte ich mich für eine Weile abseilen. Ich fühle mich nicht wohl, wenn ich nicht ab und zu ein bisschen Zeit für mich allein habe. Aber ich schätze es auch sehr, dass du den ganzen Weg hierhergefahren bist, um mir das zu sagen.«

Dann tat sie etwas, womit ich am allerwenigsten gerechnet hätte. Sie umarmte mich. »Das war wirklich nett von dir.« Sie wich zurück und sah mir in die Augen. »Und sei nicht zu streng mit dir.«

Als sie sprach, begriff ich kaum, wie mir geschah. Ich hatte nächtelang wach gelegen und war die Streiche durchgegangen, die meine Freunde und ich Fiona gespielt hatten, jede einzelne Gemeinheit, die ich je zu ihr gesagt hatte – über ihr Haar oder ihre Brille oder ihre schlaksigen Gliedmaßen –, in der Gewissheit, sie fürs Leben gezeichnet zu haben. Und doch schien es ihr … gut zu gehen. Mehr als gut. Besser als *mir*. Als hätten die Dinge, die ich gesagt und getan hatte, keine wirkliche Rolle gespielt.

Fiona war noch nicht fertig. »Ich sehe ja, dass du dich verändert hast«, sagte sie. Das waren die Worte, die ich von Jack zu hören gehofft hatte. Sie nun aus Fionas Mund zu vernehmen, erfüllte mich mit Erleichterung. »Ist ja nicht so, als würdest du immer noch mit Amber Howell oder jemandem von denen was zu tun haben.«

Als sie Ambers Namen sagte, verzogen sich Fionas Lippen ein wenig, wie ein kleiner Riss in ihrem perfekt zurechtgemachten Äußeren. Sie blinzelte mich mit ihren hübschen Augen an, und ich lächelte und sagte: »Oh Gott, nein. Nein.«

Fiona lächelte zurück, dann verabschiedete sie sich, sie wolle nicht zu spät kommen. Ich winkte ihr, ohne mich von Ort und Stelle zu rühren. Erst als ich zum Auto lief, spürte ich, dass meine Schultern schmerzten, und ich merkte, wie angespannt ich das gesamte Gespräch über gewesen war.

Es war alles überraschend gut gelaufen … bis zu der Lüge am Ende. Aber ich hätte ihr die Wahrheit nicht sagen können. Ich war nicht nur immer noch mit einer Person befreundet, die ich für einen schrecklichen Menschen hielt, nein, ich würde sogar bei ihrer Hochzeit Brautjungfer spielen. Was hätte Fiona von mir gedacht? Hätte sie meine Entschuldigung überhaupt noch angenommen?

Ich war wütend auf mich selbst wegen meiner Lüge, aber gleichzeitig fühlte ich mich seltsam beschwingt. Fiona hatte meine Entschuldigung akzeptiert. Sie hatte mich nicht angeschrien oder mich beschimpft oder irgendwas von den Dingen getan, die ich vermutlich verdiente. Die Wahrheit war, dass Fiona ein netter Mensch war. Und ich hatte getan, weswegen ich hergekommen war.

Vielleicht würden diese Entschuldigungen am Ende doch nicht so schwer sein.

8

Just one time and I was hooked
Seeing your face
Light up with abandon

– Jack Moreland, »Abandon«

Drei Jahre zuvor

Mich von Jack Moreland heimfahren zu lassen, war bei Weitem das wohl Unsinnigste, was ich in den letzten siebzehn Jahren gemacht hatte.

Nein, nicht wirklich unsinnig. Unerwartet – so gar nicht ich. Und es sah mir definitiv unähnlich, dass ich es Sarah nicht erzählte. Ich hatte schon immer Geheimnisse vor Lori gehabt, da sie gar nicht in der Lage war, ihre Klappe zu halten. Und vor Amber hatte ich schon Geheimnisse seit dem Tag, als wir uns kennenlernten, am ersten Tag der siebten Klasse, als Sarah und Amber sich für eine Buchbesprechung zusammentun mussten. Bis dahin hatten wir Amber lediglich aus der Ferne bewundert – sie um ihr langes, makelloses glattes Haar beneidet, um ihre teuren Klamotten, uns gefragt, wie es wäre, wenn sie uns bemerken würde. Ich dachte nicht, dass sie es je tun würde. Sie und Sarah verstanden sich auf Anhieb – was möglicherweise damit zu tun hatte, dass Sarah all die Arbeit tat und Amber nur ihren Namen druntersetzen musste –, und ehe wir uns versahen, saßen wir in der Cafeteria am Tisch der beliebten Kids.

Aber um diesen Platz zu behalten, musste ich meine Geheimnisse für mich behalten. Amber mochte es nicht, wenn jemand besser war als sie. Also vermasselte ich ein paar Mathetests mit Absicht, sodass sie mir »helfen« konnte. Sie mochte es, das längste Haar von allen zu haben, also log ich und behauptete, ich hätte die Nase voll von meinem, und schnitt es bis auf Schulterlänge ab. Keine weltbewegenden Dinge vielleicht, aber es summierte sich. Manchmal fühlte es sich an, als würde ich zu einer anderen Person, aber das war es wert. Ich wurde im Sportunterricht nicht mehr als Letzte in die Teams gewählt, auch wenn sich meine körperliche Tüchtigkeit nach wie vor darauf beschränkte, einem niedersausenden Soft- oder Volleyball auszuweichen. Die Kids an der Schule sahen mich mit anderen Augen, Mädchen *und* Jungs. Niemand legte sich mit einer Freundin von Amber Howell an. Und das war es, was ich nun war.

Ich hatte es als eine Art fairen Tausch betrachtet, denn ich hatte immer noch Sarah, und ihr konnte ich alles anvertrauen. Nur nicht diese eine Sache. Ich war mir ja selbst noch nicht sicher, was es war – wenn es überhaut etwas war. Alles, was ich wusste, war, dass sich mit Jack etwas in meinem Inneren veränderte, als würden die Moleküle sich wieder neu ordnen, an die Plätze, an denen sie zuvor gewesen waren. Ich war wieder ich selbst.

Selbst dann, wenn ich etwas unfassbar Dämliches tat, wie zum Beispiel in einen verlassenen Leuchtturm einzubrechen.

Ich wollte mich gerade zur Arbeit aufmachen, als Jack anrief. Es durchzuckte mich wie ein elektrischer Schlag, als ich seine Stimme am anderen Ende der Leitung hörte. »Du musst mir bei etwas helfen«, sagte er. »Ich habe Darcy schon gesagt, dass wir wahrscheinlich ein paar Minuten später kommen.«

»Äh, okay.« Ich mochte es nicht, mich bei der Arbeit zu verspäten. Aber wenn Darcy einverstanden war … »Worum geht es?«

»Das sage ich dir, wenn wir uns sehen. In zehn Minuten?«

Er gab mir kaum die Möglichkeit, etwas zu erwidern, und sagte auch nicht, wo er mich abholen würde. Auf gut Glück lief ich die Sackgasse entlang, in der unser Haus lag, und hoffte, meine Eltern würden nicht aus dem Fenster sehen. Jack kam mit seiner Rumpelkiste um die Ecke gebogen, bremste ab, um mich einsteigen zu lassen, und fuhr dann weiter in Richtung Strand.

»Bist du sicher, dass Darcy einverstanden ist?«

Jack sah zu mir. »Das geht in Ordnung, versprochen. Darcy mag es, dass du dich um die Band kümmerst, und bei der Sache hier geht es um die Band.« Seine Mundwinkel verzogen sich ein kleines bisschen nach oben, als er *um die Band kümmerst* sagte.

Nun, wenn es meine Pflicht war … »Wohin fahren wir?«

Er bog auf die alte Lighthouse Beach Road ab. Es war eine für Touristen weniger attraktive Gegend, da es dort keine Strandpromenade und zu viel Seetang gab. Irgendwann verlief sich der Strand, wir kamen an den grasbewachsenen Dünen vorbei und er bog auf einen Schotterweg ab. Wir passierten ein Schild: PRIVATGRUND, BETRETEN VERBOTEN. ZUWIDERHANDLUNGEN WERDEN BESTRAFT.

Ich drehte mich zu Jack, der seinen Blick auf den Kiesweg gerichtet hielt. »Meinst du das ernst?«

Der Wagen ruckelte über den steinigen Boden und die Scheinwerfer erleuchteten einen großen, unfassbar schönen alten Leuchtturm. Der Ozean lag als schwarzer Streifen dahinter. Es war erst halb fünf am Nachmittag, doch die Sonne war bereits untergegangen. Jack stellte betont lässig den Motor ab.

»Es ist okay, versprochen. Wir sind ständig hier und ich habe hier noch nie einen Bullen gesehen. Na ja, doch, aber nur einmal.«

»Willst du etwa von der Schule fliegen? Oh, warte, ich hab's fast vergessen, dir ist das egal. Aber mir nicht.«

Ich griff nach der mit Spannseilen verkabelten Türklinke, als er seine Hand ausstreckte und mich innehalten ließ. »Komm schon, das ist keine große Sache. Ich muss nur dort rauf und ein Notizheft holen.«

Ich würde nirgendwo hingehen, aber Jack rührte sich nicht. Er hatte immer noch seine Hand auf meiner.

»Ein Notizheft?«

»Voller wichtiger Bandangelegenheiten. Wenn dieses Notizheft in die falschen Hände gerät …« Er sog die Luft ein. »Ich will gar nicht darüber nachdenken.«

Ich verdrehte die Augen. »Wenn es so wichtig ist, was macht es dann da oben?«

Ich neigte meinen Kopf, um den Leuchtturm in seiner vollen Größe in Augenschein zu nehmen. Wir hatten ihn in der Grundschule bei einem Ausflug besichtigt, kurz bevor ein Feuer ihn beinahe zerstörte. Der Geschäftsmann, dem der Leuchtturm gehörte, hatte sich nie die Mühe gemacht, ihn restaurieren zu lassen.

Ich hatte seitdem nie wieder einen Gedanken an das Bauwerk verschwendet, doch jetzt, da ich es wiedersah, mit erfahrenem Blick, erschien es mir plötzlich unbegreiflich, wie jemand etwas derart Magisches verkommen lassen konnte. Obgleich der Leuchtturm auf den ersten Blick mächtig und stark wirkte, erkannte man bei näherer Betrachtung, dass seine rechte Seite zerfallen und beinahe eingestürzt war. Die kleine angrenzende Hütte war intakt, aber mehrere der Holzschindeln waren abgefallen, und die, die noch dran waren, wirkten verwittert und stark mitgenommen.

»Manchmal feiern wir dort oben.«

»Da oben? Warum?«

Er zuckte mit den Schultern. »Ich weiß nicht, es macht Spaß.«

»Es ist auch illegal.«

»Ich sag dir doch, es kümmert niemanden. Außerdem dachte ich, du wolltest mehr Spaß in deinem Leben?«

Nun ja, stimmt, das hatte ich wohl gesagt.

Wir stiegen aus dem Wagen. Jack kam auf meine Seite und reichte mir die Hand. Der Novemberwind an der Küste konnte manchmal brutal sein. Heute war es nicht allzu schlimm, aber die eine oder andere Windböe hätte mich ohne Weiteres aus dem Gleichgewicht bringen können. Der Weg war voller spitzer Steine, und während Jack sie geschickt überquerte, biss ich mir mehrmals in meine Wangen, als mein Fuß wegrutschte und ich beinahe umknickte. Andererseits wäre das auch nicht weiter schlimm, da eine Knöchelverletzung mich vom Cheerleading erlöst hätte.

Jack wehte der Wind das Haar in die Augen. »Und, hast du Spaß?«, fragte er neckend, als ich wieder ausrutschte.

»Wahnsinnig!«

Seinem Lachen nach zu urteilen, fand er das urkomisch.

Ich raffte mich auf und schaffte es irgendwie bis zum Ende des Pfades und zum Leuchtturm. Sein Fundament war geschwärzt von Ruß und Asche. Ich wollte nicht fragen, aber ich konnte es mir nicht verkneifen: »Bist du sicher, dass es da drin sicher ist?«

Er drückte meine Hand ganz kurz, bevor er sie fallen ließ. »Nein, das ganze Ding könnte jeden Moment einstürzen.«

»Jack!«

»Was?« Er lachte wieder. »Wir haben doch Spaß hier.«

»Ich kann mir nichts Spaßigeres vorstellen, als zu sterben, bevor ich überhaupt die Chance hatte, aus Stonebury rauszukommen.«

»Wenn du Angst vor dem Sterben hast, lebst du nicht wirklich«, sagte er spöttisch.

»Ich hatte ja keine Ahnung, dass ich hier mit einem Doktor der Philosophie Hausfriedensbruch begehe.«

Er trat hinein, während ich noch einen Moment auf der Schwelle verharrte. *Wird schon schiefgehen.*

Es war nicht so furchterregend, wie ich es mir vorgestellt hatte. Eigentlich war es überhaupt nicht wild. Es war eine kleine Bruchbude und es roch nach Erde und Salz. In der Mitte des Raumes befand sich jedoch eine kunstvoll geschmiedete Wendeltreppe. Sie sah völlig fehl am Platz aus, wie etwas, das in die Villa eines Ölmilliardärs gehörte. Das Geländer war mit Staub bedeckt, aber als ich mit dem Finger daran rieb, kam darunter ein golden glänzender Fleck zum Vorschein.

Ich pustete den Staub vom Finger. »Und du und deine Freunde, ihr feiert hier Partys?« Es war Welten von Adam Dixons Keller entfernt.

Er kratzte etwas Putz von der Wand. »Wenn wir einen Tapetenwechsel brauchen. Wir chillen hier oben, trinken Bier, spielen Karten, was auch immer.«

Das schien mir ein ebenso guter Grund zu sein wie alle anderen. Biertrinken in einem hundert Jahre alten historischen Bauwerk klang eigentlich nach mehr Spaß als Biertrinken in einem auf alt gemachten Haus im Kolonialstil, Baujahr 1991.

Jack machte sich daran, die Wendeltreppe zu erklimmen, und sah dann zu mir runter. »Kommst du?«

Ich musste daran denken, wo ich jetzt wäre, wenn ich den Job im Nona's nicht angenommen hätte … wenn ich nie mit Jack geredet hätte. Vermutlich bei Amber daheim, in ihrem Zimmer, um ihr dabei zuzusehen, wie sie Klamotten anprobierte. Oder mit Mike und Sarah im Café als fünftes Rad am Wagen. Das hier war so viel besser.

Ich streckte meine Hand aus und er ergriff sie. Er ging voran und bei einigen wirklich wackeligen Stufen machte er besonders langsam, damit ich hinterherkam. Wir schritten über ein gelbes Absperrband, das mich zögern ließ, wenn auch nur für einen Augenblick. »Eine Stufe nach der anderen«, sagte er. Die Treppe wand sich dreimal im Kreis, bis wir den obersten Absatz erreichten.

Jacks schwarz-weißes Notizheft lag ganz hinten neben ein paar leeren Bierdosen, aber er holte es nicht gleich. Er griff wieder nach meiner Hand und führte mich zum Rand des Leuchtturms. Nachdem ich einen winzigen Anfall von Schwindel überwunden hatte, schaffte ich es, die Augen zu öffnen und den Anblick des Ozeans auf mich wirken zu lassen – die Lichter der Boote in der Ferne, die Umrisse der

Hausdächer, die auf der anderen Seite des Gewässers über den Klippen thronten.

»Ist das nicht irre?« Seinen Augen strahlten in der Dunkelheit.

Das Rauschen der Wellen, das Flattern des Windes und das Gefühl, so weit oben zu sein, flößten mir keine Furcht ein. Ich war berauscht davon, die Welt von einem ganz neuen Blickwinkel aus zu sehen. Wie viele andere Dinge da draußen verpasste ich?

»Es ist ganz nett, hier oben zu feiern, aber das ist nicht der wirkliche Grund, warum ich hierherkomme«, sagte Jack. »Ich mag es, weil es mich daran erinnert, dass in Stonebury zu leben nicht die Hölle auf Erden ist. Ich meine, es gibt da all das …«

Er sah auf den Ozean hinaus und dann wieder zu mir. Wir waren uns so nahe, dass ich die Wärme auf meinem Gesicht spürte, wenn er ausatmete. Er sah mich an, ohne Argwohn oder Angst. Sein Blick war neugierig, forschend. Seine Hände ließen meine los und ich fröstelte, aber dann wanderten sie sogleich zu meinen Schultern und blieben dort.

Ich ließ mich an seine Brust sinken, mein Herzschlag schien auf einmal lauter als die Wellen, die sich in der Tiefe unter uns an den Klippen brachen. Ich griff mit meinen Fingern den weichen Stoff seines Pullovers und hörte seinen abgehackten Atem. Würde ich das wirklich tun? War ich gerade drauf und dran, Jack Moreland zu küssen? Ich sah zu ihm auf und sein Blick war immer noch fest auf mich gerichtet. Er öffnete seine Lippen nur einen Hauch, sodass ich einen Schimmer seiner weißen Zähne und seiner Zunge sehen konnte.

Als er mich küsste, schmeckten seine Lippen nach Salz. Ich erwiderte seinen Kuss … zu meiner eigenen Überraschung, und ich denke auch zu seiner. Es gefiel mir, dass ich ihn überraschen konnte, dass ich diese Fähigkeit tief in mir trug. In seinen Armen, mit dem Wind im Rücken und dem wilden Rauschen des Meeres um uns herum fühlte ich mich furchtlos. Ich fühlte mich lebendig.

Die Minuten verstrichen und der Kuss wurde intensiver. Wir bewegten uns instinktiv gemeinsam von dem Vorsprung weg und gegen die bröckelnde Wand des Leuchtturms. Der Geruch des Salzes vermengte sich mit dem des Staubs und Jacks kaffeegetränktem Atem, und noch nie in meinem Leben hatte irgendetwas so gut gerochen.

Meine Schultern schmerzten etwas, als er mich gegen die Betonwand presste, aber es war mir egal. Ich konnte an kaum etwas denken als die Süße seiner Lippen, und als er widerwillig abrückte, schmerzten meine Lippen von der Leere eines Phantom-Kusses.

»Wir sollten zum Café«, murmelte er. Er klang nicht so bestimmt wie sonst.

Ich widerstand dem Drang, meine Lippen zu berühren. »In Ordnung.«

Wir waren bei der Hälfte der Treppen angelangt, als mir einfiel, dass er sein Notizheft schon wieder vergessen hatte. Ich wartete dort, bis er es geholt hatte, dann gingen wir zurück zu seinem Wagen. Ich überlegte krampfhaft, etwas Lustiges, etwas Unverfängliches zu sagen, etwas, das uns zu dem zurückbringen würde, wo wir vorhin noch waren, bevor wir den Leuchtturm bestiegen hatten, aber ich war mir nicht sicher, ob das überhaupt möglich war.

Jack Morelands Lippen hatten meine Lippen berührt.

Ich hatte nie zuvor jemanden ernsthaft geküsst. Da gab es Joey Armstrong, in der sechsten Klasse, bei einer Runde Flaschendrehen, er hatte nach Senf geschmeckt, und ich hatte diesem Würzmittel seitdem abgeschworen. Dann gab es da noch mein schmutziges kleines Geheimnis … Adam Dixon, in der Neunten, auf der Couch im Keller seines Elternhauses. Es war das erste Mal gewesen, dass ich ein Bier getrunken hatte, und es brauchte nicht viel, um mich beschwipst zu machen. Der Kuss war wild und nass, und das nicht auf die gute Art und Weise.

Nicht wie dieser hier.

Ich schwelgte im seligen Glanz dieses Kusses, bis ein Gedanke sich in mein Gehirn brannte: meine Freunde. Sie durften nichts davon erfahren. Schneller als ich *Loser* sagen könnte, würde ich gemeinsam mit Fiona Locke speicheltriefende Papierkügelchen aus meinem Haar pulen müssen.

Sobald wir vor dem Café angekommen waren, aber noch bevor wir aussteigen konnten, biss ich mir auf die Lippe und drehte mich zu ihm um. »Das hat ... echt Spaß gemacht.«

»Ich musste ja etwas unternehmen, um das Ganze ein bisschen aufzupeppen«, sagte er.

»Das ist dir gelungen.« Ich fragte mich, ob mein Gesicht so schrecklich rot war, wie es sich anfühlte. »Da ist nur eine Sache ... ein Gefallen ...«

»Sexueller Natur oder Anderweitiges?«

Ich lachte. »Anderweitiges.«

»Verdammt.«

»Es ist nur ... die Leute, mit denen ich an der Schule abhänge ...« Ich brachte es nicht über mich, *meine Freunde* zu sagen. »Sie sind kompliziert, und ich ...«

Jack legte sich den Finger auf die Lippen. »Keine Sorge, schon kapiert. Mit dir in irgendwelchen Clubs aufzuschlagen, würde ja auch nicht gerade zu meinem Rockstar-Image beitragen, Miss Wissenschafts-AG.«

Ich versuchte, nicht beleidigt zu sein, da ich im Grunde nichts anderes sagte als er. Er war mit meinem Vorschlag einverstanden, und das war ... Ich wusste nicht, was ich davon halten sollte. Ich wollte ihn weiterhin küssen, dessen war ich mir sicher, aber alles andere war plötzlich ziemlich verworren.

»Hör zu, wir haben einfach ein bisschen Spaß. Es muss sonst niemand wissen.«

Und damit warf er einen übertriebenen Blick nach allen Seiten, wie um sicherzugehen, dass niemand auf dem Parkplatz in unsere Richtung schaute, nahm mein Gesicht zwischen seine Hände und küsste mich noch einmal. Jeder Winkel meines Körpers war wie geladen, sprühte vor Elektrizität.

Kurz danach strich ich mein Arbeitshemd glatt und trat durch die Türen vom Nona's, als hätte sich rein gar nichts geändert.

9

Am frühen Sonntagmorgen spazierte ich die Strandpromenade entlang, die parallel zum beliebtesten Strandabschnitt verlief, dessen langer Sandstreifen mit Sonnenschirmen gepunktet war. Ich kam am Rettungsschwimmerturm vorbei und am Imbissstand, der immer noch Adam Dixons Familie gehörte, ging weiter, bis ich die Menschenmassen hinter mir gelassen hatte, und noch ein Stück weiter. Ich folgte einem langen Schotterweg, rutschte in meinen Flipflops auf Steinen aus, spannte meine Wadenmuskeln an. Ich war diesen Weg schon einmal gegangen, mit Jack, der meine Hand hielt und mich zu Orten in meinem Inneren führte, von denen ich selbst nicht gewusst hatte, dass es sie gab.

Doch als ich dieses Mal das Ende des Pfades erreichte, konnte ich nur den Horizont sehen. Alles, was von dem Leuchtturm übrig war, war eine schlichte Steintafel, die ich beinahe übersehen hätte.

STONEBURYS EINZIGER LEUCHTTURM
WURDE IM JAHRE 2005 BEINAHE DURCH
EIN FEUER ZERSTÖRT UND STAND
SEITDEM LEER. EIN JAHRZEHNT SPÄTER
WURDE DAS HISTORISCHE BAUWERK
ABGERISSEN. DIE ERRICHTUNG EINES
MEERESMUSEUMS IST AN DIESER
STELLE GEPLANT.

Es war kein unvorhergesehener Schock, natürlich nicht, der Leuchtturm war schon seit Jahren abbruchreif gewesen. Ein Teil von mir hatte sich dennoch immer an die Hoffnung geklammert, dieser Geschäftsmann könnte sich vielleicht dazu durchringen und ihn retten. Aber nun war der Leuchtturm weg, und die Erinnerungen, die sein Inneres barg, waren schon viel früher verblasst. Ich konnte mich nicht an sie klammern, genauso wenig wie ich mich an das Gefühl klammern konnte, das ich verspürt hatte, als ich mit Jack dort oben war. Damals war es mir erschienen, als habe ich eine ganze neue Welt entdeckt, eine Welt, in der andere Menschen lebten, Menschen, von denen ich nie gehört hatte, in der ich jedoch ebenfalls leben konnte.

Würde ich jemals wieder auf diese Art und Weise empfinden? Oder war alles Gute in meinem Leben bereits vorbei?

***

Es war Sarahs letzte Nacht in unserer gemeinsamen Wohnung, und ich saß mit einem Becher Grüntee an ihrem Bettende und sah zu, wie sie den Inhalt ihrer Kommode in einen weiteren Pappkarton stopfte.

Der Tee schmeckte bitter, aber mehr Zucker würde auch nicht helfen. In den letzten Tagen war jeglicher Hinweis darauf, dass Sarah jemals hier gewohnt hatte, allmählich verschwunden. Ich hatte nie bemerkt, wie viele der Dinge, die ich an dieser Wohnung liebte, ihr gehörten. Der Eukalyptus-Kranz an der Tür, die weißen Schalen, aus denen man so gut Suppe essen konnte, selbst die Kaffeekanne. An diesem Morgen hatte ich alleine in unserer Essecke neben der gläsernen Schiebetür gefrühstückt. Es war immer mein Lieblingsplatz in der Wohnung gewesen, aber ohne den hübschen Tischläufer und die Obstschale, in der ich immer meinen Lipgloss liegen hatte, war es ungleich weniger gemütlich.

Ich war in dem Bewusstsein hierher zurückgezogen, dass ich immerhin mit Sarah zusammenwohnen würde, und nun war dies nicht mehr der Fall. Es spielte keine Rolle, dass sie nur ans andere Ende der Stadt zog, weniger als zehn Minuten entfernt. Dies war lediglich der

Anfang. Bald wäre sie wahrscheinlich verlobt, dann verheiratet. Sie und Amber wären quasi Nachbarinnen. Vielleicht würden sie und Derek eines Tages ein Haus im selben Viertel wie Amber und Peter kaufen. Sie würden zu viert zu Abend essen, gemeinsam in Urlaub fahren. Es war nur natürlich, die Zeit mit anderen Pärchen zu verbringen, wenn man selbst Teil eines solchen war.

Gillian plante, Ende Juli einzuziehen, und so hatte ich wenigstens etwas, worauf ich mich freuen konnte. Ich hatte das Gefühl, dass es lustig werden könnte, mit ihr zusammenzuwohnen – halb Papeterie-Katalog, halb kreatives Chaos, falls man ihren Arbeitsplatz bei der Gazette als Hinweis nehmen durfte. Sarah ordnete ihre Frühstücksflocken alphabetisch und benutzte Klammern für die Verpackungen, damit sie knusprig blieben. Es war perfekt; ich musste mir nie Sorgen machen, dass meine Cheerios labberig wurden.

Ich nippte am Tee, als sie mit Filzstift PYJAMAS auf einen Karton schrieb. »Du wirst jetzt aber nicht Mitglied in einem Country Club, oder?«

Sie klebte den Karton zu, stellte ihn beiseite und machte sich an die nächste Schublade. Sie zuckte mit den Schultern. »Ich weiß nicht, vielleicht. Die haben da echt gute Truthahn-Clubsandwiches.«

»Siehst du, ich wusste es. Schon bald werden du und Amber Brownie-Rezepte austauschen und ehrenamtlich bei der Junior League aushelfen.«

Sie sah mich tadelnd an. »Ja, genau, deswegen mache ich auch meinen Jura-Abschluss.«

»Na ja, ich weiß nicht, Amber hat ein mehrjähriges Studium hinter sich, und Peter findet es völlig normal, dass sie die Hausfrau spielt.«

»Derek ist nicht Peter.«

Ich zuckte mit den Schultern.

Sarah richtete sich auf. »Magst du ihn nicht, oder was ist los?«

»Was? Nein, ich mag ihn.« Er war ein wirklich netter Kerl, er war

Sarah gegenüber immer aufmerksam, so ein Typ, der sich daran erinnerte, was für Blumen man mochte oder, in Sarahs Fall, dass man Blumen überhaupt nicht mochte. Jedes Mal, wenn ich ihn traf, fragte er mich nach meinen Fotos oder wie es meinen Eltern in Iowa gefiel. Es war nur … »Ich habe kein Problem mit Derek als Person. Es ist nur die Art, wie ihr zusammengekommen seid. Als Amber euch verkuppelt hat, war es fast wie eine beschlossene Sache oder so was in der Art.«

Sarah riss ziemlich ruppig ein Stück vom Klebeband ab. »Du willst mir damit jetzt aber nicht sagen, dass ich nur mit ihm zusammen bin, weil Amber es mir befohlen hätte.«

Nun, der Gedanke war mir durchaus gekommen. Ja, er war ein wirklich netter Kerl, aber er spielte an den Wochenenden mit Peter zusammen Racquetball. Welcher Mann von dreiundzwanzig Jahren spielte denn bitte noch Racquetball?

Sie seufzte schwer, warf ein paar Pullis in den Karton und setzte sich dann mit überkreuzten Beinen auf den Boden. Wenigstens redeten wir seit unserer letzten Aussprache nach dem Cafébesuch wieder offener miteinander. Mehr oder weniger. »Okay, ich weiß, dass du und Amber dieses seltsame Konkurrenz-Ding zwischen euch laufen habt. Ich weiß, dass sie dir auf die Nerven geht.«

»Ich konkurriere nicht mit Amber …«

»Aber mal ehrlich, sie ist die letzten Jahre für mich da gewesen. Vor allem nach der ganzen Sache mit Mike. Du erinnerst dich? Ich war so deprimiert, dass meine Eltern mich sogar zwangen, mir professionelle Hilfe zu suchen.«

Ich nahm einen weiteren Schluck Tee und versuchte, den aufkeimenden Schmerz in meiner Brust zu unterdrücken. Dieser Teil der Geschichte war mir nicht bekannt.

»Du bist nicht da gewesen. Du bist zwei Monate zuvor an die Brown gegangen.«

»Sechs Wochen, um genau zu sein.« Es gab da einen Sommerworkshop für Fotografie, den ich unbedingt hatte besuchen wollen. Und ja, so schnell wie möglich aus Stonebury wegzukommen, war ebenfalls ein höchst motivierender Faktor gewesen. Ich war so mit dem beschäftigt gewesen, was mit Jack passiert war, dass ich offenbar nicht genug Aufmerksamkeit darauf verwendet hatte, was Sarah hatte durchmachen müssen. Was mich angesichts der Tatsache, dass ich der Grund für ihr Unglück war, zu einer noch mieseren Freundin machte.

»Wie auch immer …«

»Tut mir leid. Ich weiß, dass es nicht darum geht. Ich hätte für dich da sein sollen.«

Sarah erwiderte nichts darauf und wandte sich den Socken zu. Sie schüttelte den Kopf. »Es spielt keine Rolle. Ich bin das Problem. Seitdem ich Mike wiedergesehen habe, muss ich ständig an die Highschool denken. Das ist so dumm von mir. Ich meine, das ist drei Jahre her, wann komme ich endlich darüber hinweg?«

Ja, genau, wann kommst du endlich darüber hinweg? Wenn sie nur wüsste. »Ich finde nicht, dass das dumm ist. Ihr wart sehr lange zusammen. Hast du denn immer noch Gefühle für Mike?«

»Nein, überhaupt nicht«, sagte sie, und ich hätte Erleichterung verspüren können, wenn ich nicht das leichte Zögern in ihrer Stimme bemerkt hätte.

»Überhaupt nicht?«, wiederholte ich und zog die Beine schützend an mich heran. Wenn sie immer noch Gefühle für Mike hegte, dann verdiente sie, die Wahrheit zu erfahren, und zwar jetzt. Ich hätte keine Ausreden mehr, es ihr nicht zu erzählen.

Sie sah mich eindringlich an. »Ich liebe Derek, das tue ich wirklich. Aber weißt du, an was ich kürzlich denken musste? Erinnerst du dich noch an diese Abenteuerbücher, bei denen man sich das Ende selbst aussuchen konnte?«

»Natürlich.« Wir waren früher richtiggehend verrückt danach gewesen. »Versuchst du, die Giftschlange zu töten? Oder springst du über sie drüber und hoffst das Beste?«

»Genau! Fängst du ein Jurastudium an, wirst Rechtsanwältin und heiratest? Oder brennst du mit dem Jungen durch, in den du mit siebzehn verliebt warst, und machst für den Rest deines Lebens eine … ich weiß nicht, eine Rucksacktour durch Europa.«

Sie hatte einen so abwesenden Ausdruck in ihren Augen, als sie das sagte, dass ich mich unweigerlich fragte, ob sie das immer noch wollte. *Durchbrennen, mit dem Jungen, in den du mit siebzehn verliebt warst …* Was würde sie wohl tun, wenn ich ihr die Wahrheit sagte? Ich wusste, dass ich es tun sollte, aber wie nur?

Wenn mein Leben eines dieser Bücher wäre, bei dem man sich seine Abenteuer selbst aussuchen konnte, hätte ich bis heute ausnahmslos die falschen Entscheidungen getroffen. »Und wenn du dort ankommst, kletterst du auf einen Berg, verlierst den Halt und fällst in eine Schlucht und stirbst.« Solche Dinge waren mir ständig passiert, als ich diese Bücher las. Ich heiratete nie den Prinzen und lebte auch nicht glücklich und zufrieden bis ans Ende meiner Tage.

Sarah lachte, dann wurde sie still. »Vielleicht ist alles so gekommen, wie es kommen musste. Vielleicht ist es nur so, dass deine erste Liebe immer etwas Besonderes bleibt …«

Ich dachte unweigerlich an Jack zurück, wie ich mit ihm in seinem Auto saß, seine Hand auf meinem Schenkel. Ich erinnerte mich an den Geruch seines Zimmers, nach Plastik-CD-Hüllen und dem Duschgel, das er benutzte.

»Tut mir leid«, sagte sie. »Ich weiß, dass du damals dachtest, dass ich mich albern aufführe, und glaub mir, ich weiß, wie dämlich ich war. Ich wünschte, ich wäre mehr gewesen wie du, hätte mich mehr auf die Schule konzentriert. Dann würden mich diese verrückten Gedanken heute nicht plagen … Gefühle … was auch immer es ist.«

Sarah lag falsch. Ich kannte dieses Gefühl. Manchmal kam es mir vor, als hätte ich höchstpersönlich dieses Gefühl *erfunden*, das Gefühl, dass alles so rutschig war, dass ich ständig im Fallen begriffen war.

»Na ja, wie dem auch sei, aber was ist eigentlich mit dir los?«, fragte Sarah und riss mich aus der Vergangenheit und in unser Gespräch zurück.

Ich nahm einen Schluck von meinem Tee. Er war kalt geworden. »Was meinst du?«

Sie klebte einen Karton zu und beschriftete ihn von allen Seiten. »Alles in Ordnung bei der Zeitung?«

»Klar, ist doch nur Arbeit, alles gut.«

»Was ist mit deinen Plänen als freie Fotografin? Ich dachte, du wolltest eine Homepage erstellen, deinen Namen draußen bekannt machen.«

»Ich bin schon dabei«, sagte ich und merkte, wie ich mich in die Defensive begab. Dabei war es nicht ihre Schuld, dass sie ganz genau wusste, was sie wollte, und sich auf dem besten Weg dorthin befand. Dennoch schien es so einfach für sie: Jurastudium, ein Job irgendwo in einer alteingesessenen Kanzlei, und fertig. Sich selbstständig machen war etwas anderes. Ich musste alles alleine machen, und das erschien mir so überwältigend viel, dass es momentan einfacher war, bei der Zeitung auf der Stelle zu treten, als einen Schritt vorwärts zu tun, um mir zu überlegen, wie ich das hinkriegen könnte.

»Hat Lori nicht gemeint, du könntest bei ihr im Salon die Werbetrommel rühren? Sie ist wirklich gut bei allem, was mit Werbung und Marketing zu tun hat.«

»Ja, aber das ist etwas anderes. Lori weiß nicht, wie man etwas von Grund auf neu aufbaut. Sie hat ihren Laden übernommen.«

Sarah riss ein Stück Klebeband ab und sah mich mit hochgezogener Augenbraue an. Ich seufzte. »Es tut mir leid. Ich bin etwas deprimiert, wie alles gelaufen ist. Offenbar habe ich in meinem Abenteuer die falsche Option gewählt«, murmelte ich in meinen Becher.

»Schon in Ordnung, so bist du wenigstens hier gelandet. Und nur weil ich ausziehe, heißt das noch lange nicht, dass ich dich vergessen werde.« Sie stand vom Boden auf und setzte sich neben mich aufs Bett. »Alles wird klappen, okay? Es wird alles gut. Dir geht es doch schon mehr als gut. Ich meine, schau dir nur diese reizenden kleinen Grübchen an, ich war immer total neidisch auf die.« Sie versuchte, mich in die Wange zu kneifen, aber ich wich aus, rutschte seitlich vom Bett und landete lachend auf dem Boden.

Sarah stand auf, löste ihren Pferdeschwanz und band ihn wieder zusammen, während sie das Zimmer in Augenschein nahm. »Lust, mit mir meine Unibücher einzupacken? Das Beste hab ich extra bis zuletzt aufgehoben.«

»Nicht wirklich.« Aber dann setzte ich mich wieder auf, stellte den Becher auf Sarahs Nachtschrank ab, der seiner Fotos, der Lampe und des E-Readers beraubt war, und half meiner besten Freundin beim Packen.

***

Ohne Sarah in der Wohnung wusste ich nicht, was ich mit mir anfangen sollte. Ich hatte davor noch nie alleine gewohnt. Es waren immer meine Eltern oder Mitbewohner oder Freunde da gewesen, aber nun hatte ich nur noch mich. Vielleicht war das der Grund, dass ich einknickte und ein Celebrity-Weekly-Abo abschloss.

Es war eine Art Offenbarung, dieser ganze Promi-Kult, dem ich bis dahin kaum wirklich Beachtung geschenkt hatte. Die Uni hatte mich permanent beschäftigt gehalten, ich hatte überhaupt nicht die Zeit, mich um das Leben anderer Leute zu kümmern. Die Celebrity Weekly hatte ich nur angefangen zu kaufen, weil ich alles sammeln wollte, was über Jack geschrieben wurde, doch sobald ich anfing zu lesen, konnte ich nicht mehr aufhören. Ich hatte alles über diverse Reality-TV-Truppen erfahren. Da gab es die Amischen, die vierjährigen Schönheitswettbewerbsköniginnen, die Gangster-Ehefrauen, Teenagermütter, angeblich gut aussehende Männer, die Vielweiberei praktizierten. Es war irgendwie faszinierend, wie andere Menschen lebten. Es gab ganzseitige Berichte über Popstars, die ich vage noch aus meiner Kindheit in Erinnerung hatte und die nun in der Jury einer Realityshow saßen oder versuchten, eine eigene Sendung zum Laufen zu bringen. Und dann gab es natürlich jede Menge Frauen, die genauso aussahen wie die, denen ich tagtäglich auf den Straßen von Stonebury begegnete, Frauen von makelloser Schönheit, die an ihren Gesichtern rumschnippeln ließen, bis sie sich selbst nicht mehr erkannten.

Ich hatte nicht vorgehabt, ein Abo abzuschließen, aber es war mir langsam peinlich geworden, die Zeitschrift jede Woche bei dem Jungen in der Buchhandlung zu holen. Kürzlich verzog er beinahe unmerklich seine Augenbrauen, als er einen Blick auf die Titelschlagzeile warf: DAS SEXLEBEN DER PROMIS – JETZT ENTHÜLLT! Dann grinste er mich wissend an, und das war das letzte Mal, dass ich eine Zeitschrift in dem Laden kaufte.

Nun, da Sarah weg und meine Wohnung leer war, musste ich mein Leben irgendwie auffüllen. Mich über die letzten Popstar-Affären und -Scheidungen zu informieren schien eine durchaus akzeptable Art, das zu tun. Der wahrscheinlich beste Teil bei dem Abo war, dass er mir einen Gratiszugang zu der App bot – EXCLUSIV IN IHREM ANGEBOT! UNSERE APP MIT DEN AKTUELLSTEN UPDATES, UM SIE AUF DEM LAUFENDEN ZU HALTEN! Mein Lieblings-Feature bei der App waren die Umfragen:

WELCHE »UNSERE KLEINE FARM«-DARSTELLER SIND AM BESTEN GEALTERT?
BRUCE SPRINGSTEEN: IMMER NOCH SO HEISS?
WÄHLEN SIE DEN STAR MIT DEM GESCHMACKLOSESTEN STYLE!

Selbstverständlich war mein iPad – ein Weihnachtsgeschenk meiner Eltern – eigentlich für die Arbeit gedacht. Und eigentlich hatte ich es auch hervorgeholt, um Nachforschungen anzustellen, wie ich am besten eine Website mit einem Online-Portfolio aufbauen konnte, um neue Kunden an Land zu ziehen. Was ich auch tun würde … sobald ich mich dafür entschieden hatte, welcher Reality-Star über den Kleiderschrank verfügte, auf den ich am meisten neidisch war.

Der wichtigste Grund für das Abo war natürlich der beständige Informationsfluss über Jack. In der neuesten Ausgabe hatte es einen kleinen Artikel über seine musikalischen Einflüsse gegeben. Er sprach über all die Konzerte, die er besucht hatte, und wie ihm das geholfen hatte, zu dem Künstler zu werden, der er heute war. Ich kannte einige der Namen, eine der Bands hatten wir sogar gemeinsam gesehen. Ich saß im Bett einer ansonsten fast leer geräumten Wohnung und hielt die Zeitschrift fest, während seine Lieder durch meine Kopfhörer ertönten. Wenn ich die Augen schloss und lauschte, war es beinahe, als wäre er mit mir im Zimmer.

10

The soft curve of your sides
Under my hands
I know the signs
Like reading music

– Jack Moreland, »Palladium«

Drei Jahre zuvor

Reid war wirklich der schlechteste Kartenspieler, den ich je gesehen hatte.

Sobald Jack die ersten zwei Karten ausgeteilt hatte, wagte Reid einen Blick darauf, warf einen Arm in die Luft und murmelte wilde Flüche vor sich hin.

»Ich dachte, bei dem Spiel ginge es vor allem darum, für sich zu behalten, was man für Karten hat«, bemerkte ich.

Jack neben mir kicherte, und mir fiel plötzlich auf, dass ich keinen meiner Freunde je zum Lachen gebracht hatte. Ich war nur lustig, wenn ich mit ihm zusammen war. »Gib ihm bloß keine Tipps. Ich brauche unbedingt …«, er linste in den Topf – »eine Halbdollar-Münze von 1986 … ein Harley-Davidson-Schnapsglas und … was zum Henker ist denn das?«

Er hielt etwas Hubbeliges, Grünes hoch.

»Eine Zuckerschote«, grummelte Reid und ordnete seine Karten.

»Eine Zuckerschote.«

»Ein nahrhaftes und gesundes Gemüse, eignet sich hervorragend für Salate oder roh mit etwas Dip.«

»Meinen Herren, wir sind auf ein neues Tief gesunken«, verkündete Jack.

»Ich gebe auf«, sagte Reid.

»Ach, komm schon. Du hast noch keine einzige Karte abgelegt.«

»Ist mir egal. Das ist doof. Ich streike.«

Er stand auf und nur eine Sekunde später folgte Travis. »Ich geh mal schauen, ob Darcy noch mehr von diesen Scones hat.«

Dann waren Jack und ich alleine. »Sollen wir fertig spielen?«, fragte er.

Ich zuckte mit den Schultern. »Könnten wir schon. Oder wir …« Ich zeigte zum Wandschrank.

Weniger als eine Minute später saß ich auf einem Stapel ungeöffneter Kartons mit Pappbechern und anderen Utensilien und schloss meine Augen, als Jacks Hände durch mein Haar fuhren und dann meinen Mund dem seinen entgegenhoben. Drei Wochen waren seit unserem ersten Kuss im Leuchtturm vergangen. Seitdem hatten wir uns in seinem Auto geküsst, an der Bushaltestelle und in diesem Wandschrank.

Es fiel mir schwer, mein Geheimnis vor Sarah zu bewahren, zumindest am Anfang. Je mehr ich darüber nachdachte, desto unsicherer war ich, ob ich überhaupt etwas zu erzählen hatte. Wir waren nicht wie Sarah und Mike, wir waren kein Paar. Jack war nicht mein Freund, ich würde nicht weinen, wenn er sich nicht bei mir meldete. Es machte einfach Spaß, mit ihm rumzumachen. Was es für mich auch einfacher machte, in der Schule nicht zu ihm zu schauen und so zu tun, als würde ich in den Pausen nicht die ganze Zeit daran denken, wann ich ihn endlich wieder küssen durfte.

Aber ich konnte nicht leugnen, dass es der Gedanke an Jack Moreland war, der plötzlich dafür sorgte, dass ich mich darauf freute, morgens aufzustehen. Obwohl ich in der Schule vorgab, ihn nicht zu kennen, bescherte es mir geheime Schauder, ihn flüchtig im Flur, in der Cafeteria oder in der Bibliothek zu sehen. Am Ende wussten meine Freundinnen doch nicht alles über mich. Vielleicht war ich am Ende gar nicht die Person, für die sie mich hielten – die Person, die ich war, wenn ich mit ihnen zusammen war.

Diese Gedanken beflügelten mich, aber nicht halb so sehr, wie einen winzig kleinen, beengten Raum mit Jack zu teilen.

Ich liebte es, wenn er mir, so wie jetzt, das Haar hinter die Ohren schob und dann mit seinen Fingern fortfuhr, die empfindlichen Teile meines Nackens entlangzuzeichnen, dann seine Hände um meine Taille verschränkte und mich näher an sich heranzog. Mein gesamter Körper verging vor Hitze, vom Kopf bis zu den Zehen. Er biss sanft in meine Unterlippe, und ich zuckte zusammen, wobei mein Kopf gegen den Boden einer Schachtel knallte und kleine Päckchen Salz und Pfeffer auf uns herabregnen ließ. »Scheiße«, wisperte ich und duckte mich. Wir knieten uns auf den Boden, um die Päckchen einzusammeln, die zum Teil unter andere Schachteln und in enge Ritzen gerutscht waren, und klopften uns dann ab.

»Vielleicht sollten wir doch nur Karten spielen«, sagte Jack. Sein Haar war während unserer Fummel-Session etwas durcheinandergeraten. Ich streckte meine Hände aus und brachte sie wieder an ihren Platz. Jack bedachte mich mit einem eigentümlichen Blick, und mir wurde klar, dass das Glattstreichen seiner Haare etwas zu freundinnenmäßig rüberkommen könnte. Ich schob die Hände in die Taschen meiner schwarzen Jeans.

Ich zuckte mit den Schultern und versuchte, cool zu wirken, wohingegen meine Nerven immer noch von seinen Berührungen verrücktspielten. »Klar, warum nicht. Ich hab noch nie eine Zuckerschote gegessen.«

Wir setzten uns an den Klapptisch und Jack teilte die Karten aus.

Zwei Minuten später veranstaltete ich mit einem Full House einen Freudentanz auf meinem Platz. Er schüttelte den Kopf, als ich meinen Gewinn einstrich.

»Anfängerglück.«

»Nur nicht beleidigt sein.« Ich schnüffelte an der Zuckerschote.

»Du willst das jetzt aber nicht wirklich essen.«

Ich zuckte die Achseln und biss hinein. »Ja, das könnte wirklich ein bisschen Joghurt-Dressing vertragen.« Ich warf den Rest in den Mülleimer. »Und Reid lebt wirklich komplett von so Zeug?«

»Er entstammt einer langen Reihe von Vegetariern. Und er hat einen eisernen Willen.«

Ich fischte einen Kaugummi aus meiner Tasche, um den gesunden Geschmack zu vertreiben. »Igitt. Okay, lass uns weiterspielen.«

Während er die Karten mischte, ging ich die Ereignisse der vorangegangenen Nacht durch. Ein Basketballspiel, währenddessen ich geschlagene zwei Stunden in meiner Uniform mit der über die Brust geklatschten Seemöwe verharren und so tun musste, als würde es mich ernsthaft kümmern, ob wir gewannen oder verloren. (Wir gewannen. Wir hatten ein leider sehr kampfbereites Team, was hieß, dass wir es dieses Jahr wahrscheinlich bis in die Endrunden schaffen würden, was wiederum noch mehr Qualen für mich bedeutete. Ich freute mich schon unbändig.) Nach dem Spiel eine Party bei Adam. Ich verbrachte drei Stunden auf dem Sofa im Keller und sah den Jungs dabei zu, wie sie so taten, als wären sie LeBron James auf NBA Live, während Sarah mir wegen Mike die Ohren vollheulte. Er hätte sie nach dem Spiel abholen sollen, aber er verschwand mit seinen Eltern in der Menge und war den ganzen Abend nicht mehr aufzufinden. Er hatte keinen ihrer Anrufe oder SMS beantwortet. Je öfter sie die Vorkommnisse des Abends durchspielte, desto fester war sie davon überzeugt, dass dies das Ende war. Ich tätschelte ihr den Rücken, während sie weinte. Und wo wir schon von rätselhaftem Verschwinden sprachen – Amber und Lori hatten sich aus dem Staub gemacht und es mir allein überlassen, mich um sie zu kümmern.

»Weißt du, was wirklich schlimm ist?«, fragte ich Jack, während ich meine Karten sortierte. Oh – eine Karo Vier, Fünf und Sechs auf den ersten Streich. Nicht übel.

Jack musterte seine Karten mit starrem Pokerface. »Der Irakkrieg, das Welthungerproblem, die Tatsache, dass ich Alice in Chains nie live sehen werde?«

»Nein. Na ja, vielleicht doch. Ich weiß nicht. Wer ist diese Alice?«

Jack sah auf und schüttelte nur den Kopf. »Ich tu jetzt einfach mal so, als hättest du das nicht gesagt.«

»Egal, ich wollte eben sagen, dass es mir viel mehr Spaß macht, mit euch Jungs Karten zu spielen, als mit meinen Freundinnen abzuhängen.«

Er sah über den Rand seiner Karten hinweg auf und verengte die Augen zu Schlitzen. »Warum ist das schlimm?«

»Ich habe das nicht böse gemeint. Ich wünschte nur, ich würde meine Freundinnen lieber mögen. Ich wünschte, wir würden dieselben Dinge mögen. Andere Dinge machen.«

Er konzentrierte sich wieder auf sein Blatt. Ich legte zwei Karten ab und er teilte mir zwei neue aus. Nichts Gutes.

»Was zum Beispiel?«

Ich zuckte mit den Schultern. »Ins Kino gehen oder in ein Museum vielleicht. Alles, was wir tun, ist herumzusitzen und immer dieselben Gespräche mit denselben Leuten zu führen. Und nichts davon ist irgendwie interessant.« Außer man betrachtete ein Ranking der Mädchen unserer Jahrgangsstufe von supergeil bis superhässlich als besonders fesselnd – was für mich nicht zutraf, aber tatsächlich Diskussionsgegenstand des gestrigen Abends gewesen war.

Wir unterbrachen unser Gespräch kurz, als Jack gewann.

»Was unternehmt ihr gemeinsam?«, fragte ich. »Du und deine Freunde? Wenn ihr nicht gerade auf fremdem Privatgrund einbrecht?«

Wir grinsten uns an.

Anstatt die Karten auszuteilen, mischte Jack weiter. »Wenn wir nicht proben? Wir durchforsten Musikläden – nicht dass es noch viele gäbe, aber ein paar sind übrig. Es gibt einen am Kenmore Square in Boston, da fahre ich so oft wie möglich hin. Ich weiß nicht ... manchmal fahren wir auch raus nach Western Mass. Da kann man einiges unternehmen.«

»Wirklich? Konzerte und so?«

»Ja, und Klettern, Seilrutschen. Es gibt da tolle Klippen, von denen man runterspringen kann. Es ist viel besser als hier.«

»Ihr springt zum Spaß von Klippen?«

»Na klar.«

»Ernsthaft? Das ist so ...«

»Krass und gefährlich?«

»Ich wollte eigentlich dämlich sagen.«

Er zuckte mit den Schultern. »Ja, wahrscheinlich. Aber wir sind in der Highschool. Von uns erwartet man nichts anderes, als dass wir dämliche Sachen tun.«

»Die einzige dämliche Sache, die ich die letzten vier Jahre getan habe, war, mit dir auf diesen Leuchtturm zu klettern.« Und auch das Beste, was ich in den letzten vier Jahren getan habe.

Als könne er meine Gedanken lesen, sagte er: »Was machst du morgen?«

»Bestimmt nicht von Klippen springen.«

»Immer mit der Ruhe, Miss Wissenschafts-AG. Wir wollen uns in Worcester ein Konzert ansehen – The Anagram Theory. Eine richtig coole Indie-Band.«

Ich sah ihn ratlos an. Nie von denen gehört.

»Es gibt nur Stehplätze. Wir kaufen die Tickets am Einlass. Fünfzehn Uhr, wenn du Interesse hast.«

Ich betrachtete seine Hände, als er die Karten mischte, und dachte darüber nach, wie sie aussahen, wenn er Gitarre spielte – als wüsste er immer genau, was er tat. Ich musste schlucken. Ich hatte Sarah versprochen, mit ihr einen Kaffee trinken zu gehen, aber ich verspürte keinerlei Lust, mir den gesamten Nachmittag ihr Gejammer über Mike anzuhören. Ich würde mir noch eine Ausrede für meine Eltern einfallen lassen müssen.

Jack sah mich mit einem zweifelnden Ausdruck in seinen Augen an, als sei er sicher, dass ich Nein sagen würde.

Also sagte ich Ja.

***

Er holte mich auf dem Parkplatz der Bücherei ab. Ich hatte diesen Ort ausgesucht, weil keiner meiner Freunde seit den Kindergarten-Vorlesestunden dort gewesen war, außerdem fühlte es sich weniger verlogen an, da ich meinen Eltern erzählt hatte, ich würde zum Lernen in die Bücherei gehen und mich danach mit ein paar Freunden zum Abendessen treffen. Genau genommen war ich ja bei der Bücherei gewesen. Nur nicht um zu lernen. Und dann hatte ich mich mit einem Freund getroffen und wir würden auf dem Weg bestimmt auch was zu essen holen. Also war es eigentlich keine wirkliche Lüge. So oder so hatten sie kaum aufgeblickt, mein Dad nicht von seiner Newsweek und Mom nicht von ihrem Kreuzworträtsel. Ich hatte so viele Jahre damit verbracht, das perfekte, brave Mädchen zu sein, dass sie nie auf die Idee kämen, ich könnte etwas Böses anstellen.

Mein Aufenthalt in der Bücherei erwies sich als sehr produktiv – auf der Toilette tauschte ich meine Sneaker gegen braune Stiefel und legte vorsichtig etwas dunklen Kajal und Wimperntusche auf. Ich trug nie Augen-Make-up, aber für ein Konzert schien mir das angemessen. Außerdem trug das Mädchen, das beim Mittagessen mit der Band am Tisch saß, auch immer welches.

Ich zog ein schwarzes Jäckchen über ein Tanktop – Zwiebelprinzip, falls es im Palladium warm wurde. Dorthin gingen wir nämlich. Ich hatte nie von diesem Ort gehört. Der Club befand sich in der Innenstadt von Worcester, etwa zwei Stunden von Stonebury entfernt, und Jack meinte, viele berühmte Bands hätten dort gespielt. Er rasselte einen Haufen Namen runter, doch alles, woran ich denken konnte, war, wie er mir damals nach dem Leuchtturm gesagt hatte, mit mir in einem Club aufzutauchen, würde seinem Ruf als zukünftiger Rockstar schaden. Im Nona's hatten wir geflirtet und rumgeknutscht, aber nie vor Reid oder Travis, und soweit ich das wusste, hatten sie keine Ahnung. Jetzt gingen wir zusammen aus. Änderte das etwas? Oder war es wie sonst, wenn wir zu viert im Café rumhingen, nur an einem anderen Ort?

Hör endlich auf zu denken. Ich hatte mir geschworen, heute Abend etwas anderes auszuprobieren: mir keine Sorgen zu machen, einfach Spaß zu haben. Als ich die Autotür öffnete, fiel mir der Türgriff beinahe aus der Hand. Ich schloss sie sachte. Dann griff ich nach dem Sitzgurt, bevor mir einfiel, dass es keinen gab. Ich hatte so oft in seinem Wagen gesessen – mittlerweile fuhr er mich immer von der Arbeit nach Hause, unter dem Vorwand, mich vor gruseligen Busfahrern beschützen zu müssen –, aber ich griff immer noch nach dem Sitzgurt. Es mochte kein Sprung von einer Klippe sein, aber für mich war das doch ein ziemlich riskantes Verhalten. »Bist du sicher, dass der Wagen es bis nach Worcester schafft?«

Jack setzte zu einer Antwort an, erstarrte aber, als ich mich zu ihm umwandte.

»Was?« Ich berührte mein Gesicht, mein Haar. »Stimmt was nicht?«

Er schüttelte den Kopf. »Nein, nichts. Du siehst anders aus.«

Ich spürte, wie mir die Hitze ins Gesicht schoss. »Oh ja, anderes Make-up. Sieht es schlimm aus?« Ich streckte die Hand nach dem Beifahrerspiegel aus, aber natürlich war da keiner.

»Nein, nein, überhaupt nicht. Mir gefällt es.«

»Oh, danke.«

Jack umfuhr die Main Street, nahm eine Nebenstraße, die aus der Stadt hinausführte, und schon bald befanden wir uns auf dem Highway. »Was hast du deinen Eltern erzählt?«

»Dass ich zum Lernen in die Bücherei gehe.«

Er nickte. »Was hast du deinen Freundinnen erzählt?«

»Nichts. Ich muss mich nicht bei ihnen abmelden, weißt du.«

Das stimmte nicht ganz. Ich wusste, dass Sarah beleidigt wäre, wenn ich unsere Café-Pläne einfach so sausen ließ, also erzählte ich ihr, dass meine Eltern mich nötigten, meine Bewerbungsaufsätze für die Uni fertig zu machen. Natürlich hatte ich die schon vor Wochen geschrieben.

Nun, da Jack meine Freundinnen erwähnte, hatte ich das Gefühl, etwas sagen zu müssen. Ich hatte es schon die ganzen letzten Monate vorgehabt, aber ich war mir nicht sicher, wie ich anfangen sollte. Ich warf einen Blick auf ihn. Gott, sein Profil war so … Wo zur Hölle hatte ich die letzten vier Jahre eigentlich meine Augen gehabt? Oder war er erst vor zwei Monaten so ein heißer Typ geworden? Nein, ich war es, die es nicht bemerkt hatte … die es nicht hatte bemerken wollen.

Wie auch immer … Ich riss mich von seinem Anblick los und sah geradeaus auf die Straße. »Es tut mir wirklich leid, wegen der blöden Sache mit dem Getränkeautomaten«, presste ich hervor. Letzte Woche war es schon wieder passiert, aber Jack war gegangen, bevor es ausarten konnte.

Es dauerte einen Augenblick, bevor er antwortete. »Warum tut es dir leid?«

»Weil sie dumm sind und weil ich doch dort stand. Ich will nicht, dass du denkst, dass ich damit einverstanden wäre oder es gut fände.«

»Der Zutritt zum Getränkeautomaten ist immerhin das gottgegebene Recht eines jeden Amerikaners.«

Ich legte meine Hand auf seinen Arm, und er sah schnell zu mir, bevor er sich wieder der Straße zuwandte. »Ich meine es ernst, Jack. Sie sind schrecklich, wirklich …« *Und ich stehe an ihrer Seite.*

»Mach dir mal keine Sorgen. Es ist mir egal.«

Ich ließ die Hand in meinen Schoß sinken. Ich hatte zwar endlich begriffen, was für ein großartiger Mensch er war, aber er war trotzdem nur ein Mensch. Wie konnte es ihm egal sein?

»Vielleicht solltest du ihm eine reinhauen. Er ist eine Dumpfbacke. Das ist die einzige Sprache, die er versteht.«

»Wie bitte? Und meine Goldfingerchen riskieren?« Als ich seufzte, lachte er. »Stopp, Miss Wissenschafts-AG. Wir unternehmen hier gerade ein großes Abenteuer. Sag, warst du schon einmal auf einem Konzert?«

»Wenn ich es dir verrate, versprichst du dann, nicht zu lachen?«

Er nickte.

»Ja, ich war auf einem Konzert. Als ich zwölf war, haben mich meine Eltern zu einem Backstreet-Boys-Konzert im TD-Garden-Stadion gefahren.«

Er hielt Wort und verzog keine Miene. »Und? War es eine Erfahrung, die dein Leben verändert hat?«

»Leider nein. Wir saßen ganz hinten auf den billigen Plätzen, ich konnte sie nicht tanzen sehen, und ich schaffte es auch nicht, Nick Carter nach dem Konzert zu treffen und seine Freundin zu werden. Alles in allem würde ich behaupten, dass es eine sehr tragische Angelegenheit war.«

»Ja, es klingt tragisch.«

»Was war dein erstes Konzert?«

»Lustigerweise war ich auch zwölf. Mein Dad ist mit mir nach New Hampshire gefahren und wir haben die Rolling Stones gesehen. Nun, *das* hat mein Leben verändert.«

»Wow.«

»Ja. Mein Dad ist ganz deprimiert, weil das mein letztes Jahr daheim ist, aber wenn ich ihn an all die hammermäßigen Konzerte erinnere, die wir zusammen in der großen Stadt besuchen werden, fühlt er sich gleich besser.«

Die Schwere, die sich auf meine Brust legte, wenn er davon sprach wegzuziehen, ergab keinen Sinn. Ich wollte ja auch unbedingt hier weg, aber Stonebury war der einzige Ort, an dem ich je gelebt hatte. Ob ich es wollte oder nicht, es war meine Heimat. Wo würde ich in einem Jahr sein?

Ich räusperte mich. »Das klingt so, als würdest du ihn jetzt schon vermissen.«

»Ja, für mich ist er so was wie mein bester Freund.«

Ich lächelte still vor mich hin. Wer hätte gedacht, dass der Typ mit den Piercings seinen Dad als besten Freund betrachtete?

»Meine Mom ist auch cool, aber sie kann das mit der Musik nicht wirklich nachvollziehen. Sie ist ziemlich sauer, dass ich nicht aufs College gehe.«

»Sauer? Meine Eltern wären … Ich weiß nicht, wie wütend man sein muss, um spontan in Flammen aufzugehen. Denn ich bin mir ziemlich sicher, dass sie genau das tun würden, wenn ich ihnen sagen würde, dass ich nach New York ziehe und Fotografin werde oder so.«

»Du solltest unbedingt Fotografin werden. Aber ich stimme ihnen zu, du solltest auch dein hübsches Hirn nicht ungenutzt lassen.«

Ich lachte, während es in meinem Bauch kribbelte. Hatte er mich gerade hübsch genannt? Nein – mein Hirn. Nicht mich. Das war etwas völlig anderes. Außerdem meinte er es sowieso nur ironisch.

»Ich hab noch eine Frage an dich, Miss Wissenschafts-AG.«

»Ja, was?«

»Warum hast du deine Hand wieder weggenommen?« Ganz langsam verzog er die Lippen zu einem Lächeln.

Ich legte meine Hand auf seinen Arm, während er weiterfuhr.

*

Wir parkten in einer Seitenstraße und spazierten einen Hügel hinauf zur Main Street von Worcester. Am Straßenrand waren drei oder vier Wohnwagen geparkt, und daneben hatten sich haufenweise Jugendliche versammelt, die für ein Rockkonzert angezogen waren, die meisten in Schwarz. Sie standen in Grüppchen herum, rauchten und redeten, und selbst mit dem Kajal fühlte ich mich fehl am Platz. Ich klammerte mich an Jacks Arm, während wir den Bürgersteig entlangliefen. »Da sind sie ja«, sagte Jack.

Unter dem Palladium-Schriftzug, weit vorne am Eingang, standen Travis und Reid und ein paar andere Typen, die ich noch nie gesehen hatte. Und Mädchen. Zwei kannte ich von Jacks Tisch in der Cafeteria: Talia Roberts, die Naturblondine, die ihre Spitzen pink färbte, und Gwen Thompson, die in der fünften Klasse mit mir im Kurs für fortgeschrittene Leser saß, jetzt aber nur knapp durchkam. Letztes Jahr hatten meine Freunde und ich sie gnadenlos wegen ihrer Nietenhundehalsbänder gepiesackt. Wenn Sarah und Amber und Lori wüssten, dass ich mich mit ihnen traf, würden sie tot umfallen.

Und da wurde mir plötzlich etwas über mein merkwürdiges kleines Geheimleben, das ich abseits meiner Freundinnen führte, klar. Die Gründe, warum ich nicht wollte, dass sie über Jack Bescheid wussten, lagen auf der Hand. Aber dieser Umstand war mir bisher nicht bewusst gewesen: In diesem Leben hier konnte ich tun, was immer ich wollte, reden, mit wem immer ich wollte, tragen, was immer ich wollte. In diesem geheimen Leben war ich tatsächlich frei.

»Du bist gekommen«, begrüßte mich Reid. Er hatte sein Haar nach hinten gegelt und trug einen schwarzen Kapuzenpulli. Irgendwie sah er süß aus.

»Sie wollte nicht in der Gewissheit sterben, dass die Backstreet Boys das einzige Konzert waren, das sie jemals gesehen hat«, sagte Jack.

Ich gab ihm einen Klaps auf den Arm. »Das sollte unter uns bleiben, du Blödmann.«

Travis reichte mir eine Eintrittskarte. »Bitte schön. Und weil dem so ist, geht die hier auf mich.«

»Nein, nein, das musst du wirklich nicht ...«

Jack legte seine Hand auf meine Schulter und drückte sie sanft. Die Berührung sandte einen Schauder bis in meine Zehenspitzen. »Lass ihn nur machen. Du bist gerade dabei, deinen musikalischen Horizont zu erweitern, das ist Belohnung genug.«

»Okay. Danke schön.«

Ein paar von den Typen, die ich nicht kannte, kamen rüber und schüttelten Jack kräftig die Hand, wie es Jungs immer tun. Sie fingen an, über die heutige Band und andere Konzerte, die sie gesehen hatten, zu fachsimpeln, und ich stand verlegen daneben und hörte zu. Es wurde kühl. Ich fröstelte in meinem Jäckchen, während Talia und Gwen und einige der anderen Mädchen lässig in ihren superkurzen Röcken herumstanden. Sie liefen schon seit einer Ewigkeit so an der Schule herum und waren es wahrscheinlich gewohnt. Talia und Gwen drehten sich um und erwischten mich dabei, wie ich sie anglotzte. Sie tauschten einen Blick und versuchten gar nicht erst, ihre Abneigung mir gegenüber zu kaschieren. Ich sah mich schnell nach Jack um, aber der war irgendwo in der Menge verschwunden. Talia und Gwen kamen auf mich zu und stellten sich jeweils rechts und links von mir hin. Panisch verkrampfte sich mein Magen. Ich hatte sie jahrelang mit meinen Freundinnen schikaniert, aber jetzt befand ich mich auf ihrem Terrain.

Talia verschränkte die Arme. »Du gehst auf die Stonebury High, stimmt's?«

Ich nickte.

»Was machst du hier? Solltest du dich nicht mit deinen Freundinnen zum Stricken treffen oder so?«

Talia und Gwen grinsten sich an. Ich wusste aus eigener Erfahrung, dass es eine rhetorische Frage war, und ich fragte mich plötzlich, ob diese ganze Sache nicht von vornherein abgekartet war. Vielleicht mochte Jack mich gar nicht. Vielleicht hatte er mich nur hierhergelockt, zu diesem schrägen Club mit all den Leuten, zu denen ich ganz offensichtlich nicht passte, damit ich eine Kostprobe meiner eigenen bitteren Medizin bekam.

Doch dann sagte Talia: »Du bist mit ihm hier, stimmt's?«

Ich drehte mich um, folgte ihrem Blick und sah Jack, der immer noch mit Travis, Reid und ein paar anderen Typen redete. Er sah zu uns beiden herüber, richtete sein Lächeln jedoch auf mich. Erleichterung durchströmte mich und schwemmte all meine trüben Gedanken fort. Ich erwiderte sein Lächeln.

»Ja, wir, äh, wir arbeiten zusammen.«

Talia würdigte mich keines Blickes, sie sah immer noch an mir vorbei zu Jack, der sich wieder seinem Gespräch zugewandt hatte. Ihr Gesicht zeigte keinerlei Regung, aber ich konnte sehen, wie sich der Ausdruck in ihren Augen änderte, als sie ihn ansah. Es schien, als sei sie den Tränen nahe, doch ihre Augen blieben trocken. Als sie sich mir wieder zuwandte, blähten sich ihre Nasenflügel einen Hauch. »Ich dachte, du wärst Cheerleaderin?«

Mir war nicht klar, was das mit der Tatsache zu tun haben sollte, dass ich mit Jack arbeitete, oder sonst womit. Doch es war ohnehin egal. Sie wartete meine Antwort nicht ab.

Der Club öffnete die Pforten und Gwen nahm Talia an ihrem dünnen Arm und zog sie zum Eingang. Alle strömten gleichzeitig darauf zu, und einen Moment war da niemand mehr um mich herum, den ich kannte. Dann, wie aus dem Nichts, ließ Jack seine Finger zwischen meine gleiten. »Damit ich dich in der Menge nicht verliere«, flüsterte er mir ins Ohr. Und dann führte er mich hinein.

*

Im Palladium war es unglaublich dunkel. »Das machen sie nur, weil es ohne Licht besser aussieht«, sagte Jack.

Angesichts dessen, was ich erkennen konnte, verstand ich, was er meinte. Hinten im Saal gab es ein paar Sitzreihen, aber in jeder Reihe fehlten mindestens zwei oder drei Sitze. Ich beging den Fehler, zur Balustrade hochzusehen, die durchhing, als könne sie jede Minute auf uns runterkrachen. Die Böden und die Wände waren schmuddelig. Es war definitiv ein Ort, den ich nicht bei Licht sehen musste.

Nach fünf Minuten, zusammengedrängt mit Hunderten anderer Jugendlicher, begann ich zu schwitzen. Ich zog meine Jacke aus und knotete sie mir um die Hüften. Nicht mein coolstes Outfit, aber immer noch besser, als an einem Hitzschlag zu sterben. Mein Handy summte und ich erhielt eine SMS von Sarah: *Mike war gar nicht sauer auf mich, nur seine Oma ist gestorben!!* Und dann ein Smiley.

»Alles in Ordnung?«, fragte Jack.

Ich stopfte das Handy zurück in die Tasche meiner Jeans. »Nur so ein albernes Mädchen-Drama.«

Es gab eine Vorband, die für mein Empfinden nicht besonders gut war. Der Sänger schrie mehr, als dass er sang, und die Songs hatten kaum Melodien – nicht so wie bei den Kerouacs. Es gab keine eingängigen Refrains und keines der Lieder weckte irgendein Gefühl in mir. Aber andererseits war ich auch keine Expertin.

»Die waren echt mies«, sagte Jack, sobald sie von der Bühne runter waren.

Ich drehte mich zu ihm. Wir klebten förmlich aneinander, es ging in der Menge gar nicht anders. Ich klebte auch an dem Typen neben mir mit dem weißen buschigen ZZ-Top-Bart, der aussah, als ginge er auf die fünfzig zu. Selbst aus dieser Nähe musste ich brüllen, damit Jack mich über die Pausenmusik hinweg verstand. »Ich finde, ihr drei solltet hier spielen.«

»Unser Publikum wäre nicht annähernd so groß«, entgegnete er, klang aber geschmeichelt.

»Ihr seid so viel besser als diese Typen.«

Er beugte sich näher zu mir vor. »Was?«

»Ich sagte, ihr seid so viel besser als diese Typen!«

Er schüttelte den Kopf, konnte mich wohl immer noch nicht verstehen. Ich legte meine Hand auf seine Schulter, stellte mich auf die Zehenspitzen und streckte mich zu seinem Ohr, als er seinen Kopf drehte, meine Hände packte und mich küsste.

Oh. Mein. Gott.

Jack ließ eine Hand auf meine Hüfte sinken, während die andere meinen Hals unterhalb meines Ohres streichelte. Seine Lippen waren heiß, weich, vollkommen, der Druck seines Mundes und seiner Zunge gerade so groß, um mein schmerzhaftes Verlangen zu lindern und gleichzeitig die Sehnsucht nach mehr zu wecken. Der Kuss war anders als alle unsere bisherigen – tiefer, drängender. Als wir uns voneinander lösten, war ich benommen und mir war schwindelig, aber ich hatte ja ihn, um mich an ihn zu lehnen. Sein Mund wanderte zu meinem Ohr, und als er sprach, verstand ich ihn sehr gut.

»Ich wusste gar nicht, dass die Mädchen aus der Wissenschafts-AG so gut küssen können.«

Ich auch nicht.

*

Wir hatten uns geküsst. In der Öffentlichkeit. Vor seinen Freunden. Reid und Travis taten zwar so, als hätten sie nichts mitgekriegt, aber angesichts der Tatsache, dass sie direkt hinter uns standen, bestand keinerlei Möglichkeit, dass sie uns übersehen haben konnten. Sie hatten quasi Tickets für die erste Reihe unserer Knutsch-Session ergattert.

Nach dem Konzert ließ Jack mich an der Straße zu meinem Haus raus. Ich fuhr mit meinem Daumen über die Knöchel seiner Finger und zurück. Ich brauchte einen Moment, bis mir bewusst wurde, was ich da tat. Es fühlte sich mittlerweile so natürlich an, ihn zu berühren. Etwas unsicher legte ich die Hände zurück in meinen Schoß, aber er griff nach ihnen und holte sie sich zurück. Das Selbstverständnis, mit dem er das tat, ließ mein Herz schneller schlagen, als würde es voller Freude auf etwas zueilen – zu ihm. Ich hatte nichts von alldem geplant, aber es fühlte sich an, als würde ich geradewegs in seine Richtung getrieben werden, wie von einer Strömung, gegen die ich nicht ankam … gegen die ich nicht ankommen wollte.

Aber es gab da noch so viele andere Dinge, die zu bedenken waren.

»Und dir macht es nichts aus, dass deine Freunde Bescheid wissen über …« Ich ließ meine Worte ins Leere laufen. Ich schaffte es nicht, *uns* zu sagen.

Das entlockte ihm ein Lachen. »Ich bin mir ziemlich sicher, dass sie es schon vorher wussten.« Das klang logisch, wir hatten ja nicht explizit versucht, es vor ihnen zu verbergen. »Aber, nein, es macht mir nichts aus. Meine Freunde sind echt cool, sie akzeptieren andere Menschen, so wie sie sind. Außerdem hast du sie sowieso schon herumgekriegt.«

»Wirklich? Wie denn?«

Er zuckte mit den Schultern. »Indem du du selbst warst.«

Er sagte das so einfach, als wäre es das Selbstverständlichste von der Welt. Doch was sagte es über mich und über meine Freunde aus, dass ich in ihrer Gegenwart nicht ich selbst sein konnte? Dass ich immer auf der Hut sein musste, in dem ständigen Bewusstsein, dass jeder meiner Schritte ein Fehltritt sein könnte.

»Meine Freunde sind nicht wie deine.«

Er lachte wieder. »Ach was?«

»Sie würden es nicht …« Ich konnte mich nicht dazu überwinden zu sagen: *Sie würden dich nicht akzeptieren.*

»Mach dir keinen Kopf, Miss Wissenschafts-AG.« Dann überrumpelte er mich, indem er sich vorbeugte, mein Haar aus dem Weg schob und mein Schlüsselbein küsste. Es war nur eine flüchtige Bewegung, aber das hielt mein Blut nicht davon ab, an die Stelle zu rauschen, wo seine Lippen meine Haut berührt hatten. »Ich werde unser Geheimnis weiterhin für mich behalten … Das macht Spaß.« Seine Lippen spielten mit meinem Ohrläppchen. »Hast du denn immer noch Spaß?«

Ich brachte kaum ein Wort heraus, als sein Mund meinen Hals entlangglitt. Ich schaffte es, ein *Ja* zu seufzen. Ja, das würde ich definitiv Spaß nennen.

***

Am nächsten Montagmorgen ging ich zwischen zwei Unterrichtsstunden mit Amber den Flur entlang, als ich Talia erblickte, die uns entgegenkam. Sie lief an Jacks Seite und lachte über etwas, was er sagte. Sie trug einen extrem kurzen Schottenrock, der kaum ihren Hintern bedeckte, und ihre langen, bleichen Beine waren so dürr wie Bleistifte. Sie kamen näher und meine Handflächen begannen zu schwitzen. Das hier war kein Spaß mehr. Mein Magen verkrampfte sich unwillkürlich, als ich die beiden so zusammen sah. Sie waren gerade auf unserer Höhe, und Jack würdigte mich keines Blickes, als ich Ambers Handgelenk drückte, um ihre Aufmerksamkeit auf mich zu ziehen.

»Netter Rock!«, rief ich im Vorbeigehen. Talia wandte sich abrupt in meine Richtung, ebenso Jack. »Kommt immer gut, wenn man der Fantasie rein gar nichts überlässt.«

Der gesamte Flur brach in Gelächter aus, allen voran Amber.

Talias Gesicht war plötzlich so pink wie ihre Haarspitzen und Jack neben ihr richtete endlich den Blick auf mich. Seine zusammengepressten Lippen schnitten mir mitten durchs Herz. »Lass uns einfach gehen«, sagte er zu Talia, und die beiden setzten ihren Weg fort und verschwanden den Flur hinunter.

Amber lachte immer noch und irgendein Idiot aus dem Basketballteam klatschte mich sogar ab, doch durch das Rauschen in meinen Ohren hindurch konnte ich nichts hören. Ich wusste wirklich nicht, warum ich das getan hatte. Ich schätze, damit ich mich besser fühlte.

11

Ihrer Facebook-Seite zufolge war Talia Roberts stellvertretende Filialleiterin von LivingPure, einer Art Kosmetik- und Wellnessbedarf für Veganer. Es war ein junges, aufstrebendes Unternehmen aus der Region, das 2010 erstmals in Cambridge eröffnet und mittlerweile Ableger in Chestnut Hill und auf dem Kenmore Square in Boston hatte. Genau dorthin fuhr ich am Samstag.

Es war sonnig und heiß, mit über dreißig Grad, und in der U-Bahn fiel einem das Atmen schwer. Sobald ich jedoch auf dem Bürgersteig stand, war die Luft weniger stickig und beinahe angenehm. Das letzte Mal, dass ich in diesem Viertel gewesen war, befand sich Jack gerade auf einer Mission, die seltene Aufnahme einer Band zu finden, von der ich nie gehört hatte. Mein Herz schlug unwillkürlich schneller, als ich mich einem bekannten Straßeneck näherte, wo sich der Plattenladen befand. Ich war mir fast sicher, einen Drogeriemarkt oder ein Reformhaus vorzufinden, dasselbe Schicksal, das auch das Nona's ereilt hatte, aber der Laden namens Nuggets war immer noch dort.

Zwei Blocks weiter erreichte ich endlich das LivingPure. Beruhigende Klaviermusik dudelte aus dem Laden auf die Straße. Drinnen schlenderten zwei, drei Kunden zwischen den Regalen herum, rochen an Seifen und probierten Cremes aus. Ich konnte Talia nirgends entdecken, nur einen Typen mit riesigen Flesh Tunnels in den Ohren, der einer silbrig ergrauten Frau von den Vorzügen des »reinen Lebens« vorschwärmte. Er verwendete den Ausdruck immer wieder und tat sein Bestes, damit es so klang, als würde es ganz natürlich in das Gespräch einfließen. Die Frau nickte, während er sprach, und ich fragte mich, ob der Laden zu einer Art Sekte gehörte. »Wenn man rein lebt, fühlt man sich sooo viel besser«, schwärmte er, »als sei man auch in seinem Inneren rein.«

Ich konnte mir ein Schnauben kaum verkneifen. Hinter mir ertönte eine Stimme. »Kann ich Ihnen weiterhelfen?«

Es war Talia. Ihre blonden Haare und pinken Spitzen waren einem kompletten knalligen Fuchsiarot gewichen. Sie hatte immer noch all ihre Piercings und war nach wie vor so dünn wie früher.

Ich brauchte anscheinend zu lange mit meiner Antwort, denn sie wiederholte ihre Frage. »Kann ich Ihnen bei irgendwas behilflich sein?«

»Eigentlich«, sagte ich und musste etwas lachen, »habe ich nach dir gesucht.«

Es kam wohl etwas stalkermäßig rüber, denn Talia machte einen Schritt zurück. »Oh ... okay? Geht es um eine Rechnung oder so? Normalerweise kümmert sich nämlich mein Kollege Ronan um die Buchführung.«

»Nein, nein, nichts dergleichen. Ich bin Natalie ... von der Highschool. Ich weiß nicht, ob du dich an mich erinnerst ...?«

Ihr Mund klappte auf und sie starrte mich an. »Oh Gott, ja, klar erinnere ich mich.« Ihr Ausdruck wirkte etwas gequält, als sie lächelte.

»Super.« Ich räusperte mich. »Ich habe mich gefragt, ob wir vielleicht eine Minute miteinander reden könnten?«

Sie überlegte, wobei sie mich von Kopf bis Fuß musterte, so wie ich es früher bei ihr getan hatte. Dann rief sie zu ihrem Kollegen rüber. »Hey, Ronan! Ich mach ein paar Minuten Pause!«

Wir verließen den Laden und gingen ums Eck hinter das Gebäude, wo die Mülltonnen standen.

»Ich schätze mal, du bist nicht gekommen, um mit mir über das reine Leben zu reden«, sagte Talia.

Ich schüttelte den Kopf. Ein paar Angestellte aus den angrenzenden Geschäften hingen herum und rauchten.

Wir gingen an ihnen vorbei und Talia wedelte in übertriebener Manier den Zigarettenrauch aus ihrem Gesicht. »*Das* ist definitiv kein reines Leben«, sagte sie laut genug, dass es die Raucher hörten. Dann blieb sie stehen und lehnte sich an die Mauer. »Also, Natalie, was führt dich heute hierher?«

Die Art, wie sie mich fragte, war seltsam, gerade so, als hätte sie mich erwartet.

Ich blickte auf meine Hände, die ich so fest umklammert hatte, dass sie anfingen zu schmerzen. Ich zwang mich, sie sinken zu lassen. »Ich habe in letzter Zeit viel über die Highschool nachgedacht«, das war wohl meine Standardeinleitung für Entschuldigungen aller Art geworden, »und ich möchte sagen, dass es mir leidtut, wie ich dich damals behandelt habe.«

Talia sah mich an und kniff die Augen zusammen. Ich hatte das ungute Gefühl, das hier würde nicht so glatt vonstattengehen wie bei Fiona. »Hmm«, machte sie. »Interessant. Du hast also über die Highschool nachgedacht?«

Ich nickte.

»Einfach so, aus dem Blauen heraus?«

Ich öffnete den Mund, brachte aber nichts heraus.

Sie lächelte. »Bist du sicher, dass sonst nichts passiert ist, was dich auf den Gedanken gebracht haben könnte? Ein ganz spezieller Hit zum Beispiel?«

Die Sonne brannte auf meinen Kopf und ich wischte mir über die Stirn. Sie lächelte immer noch. »Also weißt du es.«

»Natürlich weiß ich es.« Ihre Augen verdunkelten sich. »Ich wusste schon damals, was da zwischen euch lief.«

Ich schüttelte den Kopf. »Er sagte, ihr beide hättet nichts …«

»Hatten wir auch nicht.« Sie wandte den Blick ab und starrte an meiner Schulter vorbei ins Leere.

»Es tut mir leid, dass ich so gemein zu dir war. Die Wahrheit ist … Ich war eifersüchtig.«

Nach ein paar Sekunden sah sie mir endlich wieder in die Augen. »Du warst eifersüchtig? Das ist irgendwie witzig. Weißt du, was ich dafür gegeben hätte, wenn er mich einmal so angesehen hätte wie dich?«

Dieses Mal war ich es, die den Blick abwandte. Ich hatte immer vermutet, dass sie in Jack verliebt war, aber er hatte darauf beharrt, dass es nicht stimmte. Jungs konnten manchmal so dämlich sein, ganz besonders siebzehnjährige Jungs.

»Dieses Lied ...« Sie seufzte. »Ich habe mir immer gewünscht, jemand würde ein Liebeslied für mich schreiben.«

»Machst du Witze? Das ist kein Liebeslied.«

»Ach du meine Güte!« Sie legte ihre Finger an die Schläfen. »Bist du wirklich so schwer von Begriff?«

»Wie meinst du das? Ich habe mir jedes Lied auf diesem Album mindestens zwanzigmal angehört, und ich bin mir ziemlich sicher, dass ich ganz gut verstehe, was er damit sagen will.«

»Offenbar hast du nicht gut genug zugehört«, sagte sie.

Ich schüttelte den Kopf. Wenn das ihre Vorstellung von einem Liebeslied war, musste sie genauso viel Glück mit den Männern haben wie ich.

»Ich kann's immer noch nicht glauben«, sagte sie nach einer Weile. »Er hat genau das getan, was er immer gesagt hat. Wie viele von uns können das schon von sich behaupten?«

»Ich nicht.«

»Ja, ich auch nicht. Ist nicht so, dass ich nicht auf Shampoos stehen würde, die nicht schäumen, und all das Zeug. Aber es ist nicht ganz das Leben, das ich mir für nach dem Studium ausgemalt hatte.«

»Wem sagst du das. Wenigstens lebst du nicht in Stonebury.«

Sie verzog das Gesicht. »Würg, sag so was nicht.«

Und da standen Talia und ich nun und bemitleideten uns gegenseitig bei dreißig Grad im Schatten hinter einem veganen Laden am Kenmore Square. Das Leben konnte manchmal wirklich sonderbar sein.

»Ich wusste ja schon viel früher, dass das Lied ein Hit werden würde«, sagte sie.

»Wie meinst du das? Warum früher?«

Sie sah mich wieder an, als stünde ich auf der Leitung. »Wegen dieser kleinen Sache, die man Freundschaft nennt?« Sie seufzte. »Er hat mir und Reid und Travis schon vor längerer Zeit ›Good Enough‹ vorgespielt, und wir drei haben uns nur angeschaut und *wow* gedacht. Ich glaube, dass er das damals nicht einmal selbst wusste, aber wir schon.«

Ich stellte mir vor, wie die vier in einem runtergerockten New Yorker Apartment saßen und Jack beim Spielen lauschten, und bei dieser Vorstellung zog sich mein Herz schmerzhaft zusammen. Ich hätte dort sein und zuhören sollen … ich hätte dort bei ihm sein sollen.

Doch dann hätte es diesen Song nie gegeben.

All diese Gedanken rasten durch meinen Kopf, als mir allmählich klar wurde, was das bedeutete: Er hatte Talia den Song vorgespielt, also waren sie immer noch befreundet. »Hat er … hat er jemals etwas gesagt, du weißt schon … über mich?«

»Oh nein, darauf lasse ich mich nicht ein. Wenn er mit dir reden möchte, liegt es an ihm, das zu tun. Außerdem bist du doch ein kluges Mädchen, du kannst dir die Dinge selbst zusammenreimen.«

Ich hatte keine Ahnung, was sie damit meinte. Es wurde allmählich unerträglich heiß, ich war müde und musste zurück zur U-Bahn. »In Ordnung«, sagte ich. »Danke, dass du mit mir gesprochen hast. Und es tut mir wirklich sehr leid – Lied hin oder her.«

Talia nickte kaum merklich, ein kleines Zeichen der Anerkennung.

Ein schlanker junger Mann in weißem ärmellosem Shirt und bis zu den Handgelenken tätowierten Armen kam herübergeschlendert und unterbrach uns. Er schlang seinen Arm um Talias Schulter und küsste sie auf die Wange. »Hey, Babe, Ronan meinte, du seist hier draußen. Kann ich die Flyer für das Konzert heute Abend haben?«

Talias komplette Haltung veränderte sich. Sie entspannte sich und sah wortwörtlich zu dem Typen auf, und das mit einem Blick, den man nur als grenzenlose Liebe bezeichnen konnte. »Sie liegen in Ronans Büro, in einem großen braunen Umschlag auf seinem Schreibtisch.«

»Du bist unglaublich, weißt du das?«

Sie küssten sich … und küssten sich … und küssten sich weiter. Ich wandte mich ab und fragte mich, ob ich mich unauffällig auf den Weg machen sollte. Aber dann lösten sie sich voneinander und er schlenderte davon.

Talia sah ihm nach und wandte sich dann mit einem Lächeln an mich. »Vielleicht war ich damals gar nicht in Jack verliebt. Vielleicht wollte ich nur in einen Rockstar verliebt sein. Aber wer nicht?«

Ich nickte. Dem konnte ich nicht widersprechen.

***

Die wöchentliche Umfrage auf der Celebrity-Weekly-App sprang mir mit einem Klick entgegen:

> MIT WELCHER HOLLYWOOD-SCHÖNHEIT SOLLTE JACK MORELAND AUSGEHEN?
> *Jack ist erfolgreich als Musiker durchgestartet, indem er über die Liebe sang, aber er ist auffällig ruhig, wenn es um sein aktuelles Liebesleben geht. Wenn dieser Star ein Single wäre, mit wem sollte er ausgehen? Stimmen Sie ab!*

Es gab vier Möglichkeiten. Kirsten Worthington, eine blonde Modedesignerin, die anscheinend die letzte Staffel einer Reality-Design-Sendung gewonnen hatte. Sie war umwerfend und trug ein rotes Kleid, das ihr auf den Leib geschneidert war. *Sie lebt in der Nähe vom East Village,*

Jacks New Yorker Viertel, und nichts verträgt sich so gut wie Fashion & Rock 'n' Roll!

Die zweite Option war Emma Morgan, eine neunzehnjährige britische Schauspielerin, die dafür bekannt war, skurrile, etwas schräge Charaktere zu spielen. In ihrem nächsten Arthouse-Film wäre sie in mindestens zwei Szenen komplett nackt zu sehen. *Nach allem, was man so hört, ist Jack mehr der nette, bodenständige Typ. Emmas unkonventionelle Art, Grenzen auszuloten, könnte die wilde Seite in ihm zum Vorschein bringen!*

Die Nächste war Samantha Lawson, das süßliche Pop-Flittchen mit den Sahnetorten-BHs, das ich auf anderen Fotos schon neben Jack gesehen hatte. *Alle lieben Samantha! Sie ist schon eine ganze Weile im Musik-Business und weiß, was sich verkauft. Sie und Jack gemeinsam wären nicht zu bremsen!*

Die Letzte, die zur Auswahl stand, war ein Victoria's-Secret-Model, das nur mit Vornamen aufgeführt war: Kasie. Sie starrte mir von einem zerwühlten Bett aus mit ihrem vollen roten Schmollmund und einem Schlafzimmerblick entgegen, als stünde sie unter Drogen. *Ein Engel und ein Rockstar? Aber hallo!*

Nun, ich schätze, sie alle waren eine perfekte Partie.

Die App ließ mich die Ergebnisse nicht sehen, bevor ich nicht selbst abstimmte, doch ich konnte mich nicht dazu durchringen, eine von ihnen auszuwählen. Es fühlte sich an, als würde ich sie gewissermaßen eigenhändig verkuppeln, und bei dieser Vorstellung wurde mir ganz schlecht. Dennoch wollte ich unbedingt wissen, wen die Leserinnen favorisierten. Ich schloss die Augen und tippte so lange wahllos auf dem Display herum, bis die Ansicht wechselte und ein Kästchen aufploppte.

Samantha 85 %
Kasie 10 %
Emma 3 %
Kirsten 2 %

Das Kästchen verschwand, um Samantha Platz zu machen, die in etwas gehüllt war, was stark an einen Pfau erinnerte, die Brüste bis unters Kinn gepresst und eine Taille mit dem Umfang meines Zeigefingers. *Die Leser haben gesprochen! Die große Mehrheit von Ihnen kann sich Samantha Lawson und Jack Moreland ganz hervorragend beim gemeinsamen Musik-Machen vorstellen!*

Argh.

Ich konnte mir nicht vorstellen, dass Jack mit jemandem wie Samantha gehen würde, zumindest nicht, falls sie ihrer öffentlichen Persönlichkeit auch nur im Geringsten ähnelte. Aber er verdiente es, glücklich zu sein und mit jemandem zusammen tolle Musik zu machen. Sie müsste natürlich witzig und klug genug sein, um mit ihm Schritt halten zu können, nicht wie die Frauen mit den Schlauchbootlippen, mit denen wir in Stonebury aufgewachsen waren. Ein echter Mensch. Jemand, der ihm gegenüber ehrlich wäre. Jemand, der immer hinter ihm stünde. Jemand, der für ihn da wäre – auf jede erdenkliche Art, so wie ich es ihm nie hatte bieten können. Jemand, der all die Male wettmachen würde, die ich ihn enttäuscht hatte.

Vielleicht war das der wirkliche Grund, warum es zwischen Owen und mir nicht geklappt hatte … weil ich nicht glaubte, eine gute Beziehung zu verdienen, solange ich das mit Jack nicht geklärt hatte. Es musste eine Erklärung geben, warum all meine Freundinnen sich in reifen, erwachsenen Beziehungen befanden, während ich emotional immer noch in der Highschool feststeckte. Jack würde nie wieder auf dieselbe Weise für mich empfinden, und tief in meinem Innern fragte ich mich, ob es je wieder jemanden gäbe, der das tun würde.

Ein plötzlicher Kloß in meinem Hals machte es mir unmöglich zu schlucken. Ich schloss die App und schob das iPad unter mein Kissen. Vielleicht sollte ich mir für eine Weile eine Pause von diesen Umfragen gönnen.

12

Ich versuchte, Gillian zu überreden, mich zu Ambers Bridal-Shower-Party auf dem Howell'schen Familienanwesen in Hyannis zu begleiten. Ich hatte sie bisher von meinen Freundinnen ferngehalten, und ich merkte, dass ich mein Leben schon wieder auf eine Art und Weise aufgeteilt hatte, die mir selbst nicht immer bewusst war, in der ich jedoch viel Übung hatte. Ich vermute, ich hatte Angst, sie könnten sich ein Urteil über sie erlauben. Außerdem wollte ich nicht, dass Gillian mich danach mit anderen Augen sah – so wie ich war, wenn ich mit ihnen zusammen war. Aber jetzt, da sie alles über mich wusste, war sie ziemlich neugierig, meinen alten Freundeskreis kennenzulernen. Zudem wollte ich eine unvoreingenommene Meinung über Amber. Hatte Sarah recht? Gab sie sich wirklich Mühe und ich hatte lediglich ein Problem, das zu sehen? Hing ich immer noch an meiner Vorstellung von ihr als Siebzehnjähriger fest und konnte deshalb nicht anerkennen, was für ein Mensch sie heute war? Doch Gillian konnte leider nicht zu der Party mitkommen. Sie hatte bereits versprochen, ihre Schwester und ihren »Satansbraten« von einem dreijährigen Neffen in Washington D.C. zu besuchen.

Da es als gemischtgeschlechtliche Veranstaltung angedacht war, fuhren Sarah und Derek gemeinsam nach Hyannis, obwohl ich mir nicht vorstellen konnte, was ein Haufen Kerle Anfang zwanzig bei einer Bridal-Shower anfangen sollte. Ich wusste ja nicht einmal, was *ich* da sollte. Lori war bereits zwei Tage früher zu einer Familienfeier dorthin aufgebrochen, also fuhr ich allein. Ich stellte das Radio auf Sunny 101.5 ein und hörte auf der zweistündigen Fahrt ganze drei Mal »Good

Enough«. Nach dem dritten Mal kam Werbung: »Hören Sie gut zu und sichern Sie sich die Gelegenheit, Jack Moreland live zu sehen, gemeinsam mit den Yellow Chevys und Force of Nature im TD-Garden-Stadion! Schalten Sie morgen früh ein, bei Sonny und Kim, um die Einzelheiten zu erfahren!«

Gelobt seien die Rüttelstreifen am Fahrbahnrand, denn ich wäre fast von der Straße abgekommen. Jack im TD-Garden-Stadion? Das war eine Riesensache! Und dann auch noch Force of Nature? Sie waren zwar nicht unbedingt die Band, von der ich erwartet hätte, dass Jack mit ihnen auf Tour geht, aber dennoch, ihre weinerlichen College-Pop-Hits dudelten in Endlosschleife über Sunny 101.5, und das schon seit Jahren. Sie sangen von Besäufnissen und Aufrissen, und wenn ich mir das anhörte, stellte ich mir immer vor, dass Adam Dixon genau so was singen würde, wenn er denn jemals eine Gitarre zur Hand nähme. Sie waren auch eine der begehrtesten Bands der Gegend. Diese Tour würde Jack ein riesiges Publikum bescheren.

»Nur ein klitzekleines bisschen größer als das Palladium«, sagte ich mir laut im Auto. Unwillkürlich berührte ich meine Lippen und legte die Hand schnell wieder aufs Lenkrad.

*

Ich passierte drei Sicherheitskontrollen, bis ich durch das Tor durfte. Ich fuhr eine schmale, gewundene Allee entlang, die von hohen Birken gesäumt wurde, und schließlich kam das Anwesen in Sicht. Als wir noch Teenager waren, hatte Ambers Familie ein Strandhaus in der Nähe von Dennis, aber es war ein normal großer, mit Holzschindeln verkleideter Bungalow am Ende einer ruhigen Anliegerstraße gewesen. Dieser Ort hingegen war ein wahrlich herrschaftliches Anwesen, mit weißen Säulen, wohin das Auge blickte, und einem Springbrunnen wie vor meinem Universitätsgebäude, nur viel hübscher. Ich fuhr bis zum äußersten Ende des Parkplatzes – es war wirklich ein Platz von der Größe, wie man sie von Einkaufszentren kennt –, damit ich sorglos parken und mich nicht zwischen all die Cadillac Escalades und BMWs quetschen musste.

Ich stieg aus dem Wagen, strich mein grünes Kleid glatt und holte Ambers Geschenk aus dem Kofferraum.

Die Decke mit dem Zopfstrickmuster hatte im Laden so hübsch ausgesehen, sie war weich und kuschelig und – das Allerwichtigste – so ungefähr das Einzige, was ich mir aus dem Sortiment leisten konnte. Irgendetwas sagte mir, dass sie neben den anderen Geschenken, die Amber erwartete, billig und kitschig aussehen würde, aber meine finanziellen Mittel waren eben begrenzt. Außerdem, was sollte man einem Mädchen schon schenken, das alles hatte?

Ein Wagen kam neben meinem zum Stehen, und ich war überrascht, als ich Mike aussteigen sah. »Gute Idee«, sagte er und deutete auf unsere Parkplatzwahl. »Das Letzte, was ich brauchen kann, ist, dass einer von diesen Rowdys einen Kratzer in meinen schicken Wagen macht.«

Ich lachte. »Ganz genau.« Wir umarmten uns kurz. Er sah niedlich aus mit der Kakihose und dem blauen Poloshirt, wie er ungelenk eine blaue Schachtel hielt, die ganz offensichtlich professionell verpackt worden war, mit Schleife und gekringeltem Geschenkband und allem Drum und Dran. »Ich hätte nicht gedacht, dass du kommen würdest. Ich meine, ich *muss* hier sein …«

Er zuckte mit den Schultern. »Tja, ich hab mir überlegt, entweder das hier oder ein weiterer Samstag daheim, an dem ich mir nonstop das Genöle meiner Eltern anhören muss.«

Ich schenkte ihm ein gepresstes Lächeln. »Es tut mir wirklich leid. Du wirst bestimmt etwas finden, das weiß ich.«

»Danke.«

Wir spazierten gemächlich auf das Haus zu. In einiger Entfernung, neben dem Pool, konnte ich ein Grüppchen weißer Zelte mit weiß gedeckten Tischen erkennen.

»Nun«, begann er, »wie geht es Sarah denn so?«

Eine leichte Brise wehte mir eine Haarsträhne ins Gesicht, wo sie an meinem Lipgloss kleben blieb. »Gut, es geht ihr gut. Sie studiert Jura.«

»Echt? Das ist ja toll.« Er musste husten und sah starr geradeaus. »Sie ist also mit jemandem zusammen? Schon länger?«

»Ich glaube, sie sind schon ein Jahr zusammen oder so. Sie zieht sogar bei ihm ein.« Den letzten Teil fügte ich ganz schnell hinzu, wie wenn man ein Pflaster abreißt, das dann angeblich nicht so sehr wehtut – ich war mir nur nicht sicher, wem, mir oder ihm.

»Echt? Das ist ja toll«, sagte er noch einmal. Dann sah er sich um. »Oh Mann, dieser Ort hier überlässt aber auch nicht viel der Fantasie.«

Ich lachte. Es war eine passende Art und Weise, es zu umschreiben. Das ganze Familienvermögen und der gesamte Howell'sche Einfluss befanden sich direkt auf dem Präsentierteller, samt Brunnen und Löwenstatuen und dem angebauten Gästehaus. Bedienstete in weißen Hemden und schwarzen Westen hasteten an uns vorbei und brabbelten in ihre Bluetooth-Headsets. Ich sah zu Mike, als wir die Stufen zum Vordereingang hochgingen. Wir beide waren nun durch ein unsichtbares Band verknüpft, indem wir von Kräften nach Stonebury zurückgedrängt worden waren, die sich unserer Kontrolle entzogen. Kriegsveteranen, wie er es so schön ausgedrückt hatte.

Auf der Veranda neben dem Eingang stand eine Staffelei mit einer kunstvollen Gemäldeversion eines der Verlobungsfotos, die ich von Amber und Pete gemacht hatte, auf dem die beiden sich im Garten seiner Eltern tief in die Augen blickten. Echt jetzt? Sie hatten mich nicht darum bitten können, eines der Fotos zu vergrößern? Sie brauchten unbedingt ein Ölgemälde davon?

»Ein bisschen zu viel des Guten, was?«, flüsterte ich.

Mike zog eine Grimasse. »Und das ist erst die Bridal-Shower«, erwiderte er.

Es war eine gefühlte Ewigkeit, die ich stocksteif auf einem mit weißem Seidendamast bezogenen Sofa saß und Amber dabei zusah, wie sie kunstvoll verpackte Toaster, Schatullen mit teurem Besteck und Servierschüsseln mit Martha Stewarts Konterfei auf der Schachtel auspackte. Lori saß in ihrer Rolle als Trauzeugin zur Rechten der Braut und machte detaillierte Notizen für die Dankeskarten. Einige der Geschenke waren tatsächlich interessant, und zwar allein aufgrund ihrer schieren Nutzlosigkeit in irgendeinem normalmenschlichen Leben – wer in unserem Alter würde bitte ernsthaft noch einen Cake-Pop-Maker benutzen? Aber längerfristig konnte das Zeug meine Aufmerksamkeit nicht fesseln. Ich vertrieb mir die Zeit damit, die Male zu zählen, dass jemand im Zimmer *wie süüüß* sagte. Ich hörte bei achtundfünfzig auf. Ich beneidete aufrichtig die Jungs, denn obwohl man sie genötigt hatte mitzukommen, war ihnen wenigstens erlaubt worden, sich im riesigen Multimedia-Raum im Untergeschoss zu verkriechen, um gewaltverherrlichende Videospiele zu zocken. Spätestens zu dem Zeitpunkt, als wir dazu übergingen, Brautkleider aus Toilettenpapier zu basteln, wären mir haufenweise Verwendungszwecke für ein virtuelles Maschinengewehr eingefallen.

Endlich hörten die Spiele auf und das Mittagessen wurde aufgetischt. Die Jungs kamen zum Essen natürlich hoch und wir wurden allesamt nach draußen zu den Zelten gescheucht. Ich verlor Sarah unterwegs aus den Augen und endete schließlich damit, peinlichen Small Talk mit Ambers Mutter zu führen. Als wir noch Teenager waren, war Mrs Howell zwar nett, aber stets distanziert gewesen, und nun versuchte sie es mit einer steifen Umarmung. »Ich freue mich ja so, dass du kommen konntest«, flötete sie und versuchte, ihre Mundwinkel zu einem Lächeln zu verziehen. Sie war eigentlich eine von Natur aus schöne Frau mit weichen, femininen Zügen, so wie Amber, aber auch sie war irgendwann Stoneburys Obsession mit plastischer Chirurgie zum Opfer gefallen. Permanent dem Blick der Öffentlichkeit ausgesetzt zu sein, musste schwer sein. Sie hätte eine schöne ältere Frau abgegeben, stattdessen sah sie aus wie auseinandergeschnippelt und wieder zusammengestückelt, denn die verschiedenen Teile ihres Gesichts schienen nicht richtig zusammenzupassen.

»Es ist schön, hier zu sein.«

»Ich habe immer gesagt, dass Amber sich glücklich schätzen kann, so nette Freundinnen zu haben. Sie hat dich schon immer so gerngehabt.«

Ich versuchte ebenfalls ein Lächeln. »Danke schön.«

Sie tätschelte meine Schulter und ging dann weiter, um den anderen Gästen für ihr Kommen zu danken. Über den Rasen hinweg sah ich zu, wie Amber ihre Großeltern umarmte. Sie sah aufrichtig glücklich aus. Sie hat mich also gerngehabt? Es sei denn, es war eine Floskel, die eine Politikergattin zu jedem sagte. Auch das war sicherlich möglich. Dennoch fragte ich mich abermals, ob Sarah recht hatte, ob ich nicht viel zu hart zu Amber gewesen war.

An den Tischen gab es eine feste Sitzordnung und ich war zwischen Mike und Adam Dixon platziert worden.

Beide saßen schon und tranken Whiskey aus schweren Kristallgläsern. »Da ist sie ja«, sagte Adam, sobald ich Platz nahm, so als hätten sie über mich gesprochen. Er beugte sich zu mir und küsste mich auf die Wange. Sein Mund hinterließ einen feuchten Fleck und ich versuchte, ihn unauffällig mit meinen Handrücken wegzuwischen. Dann wischte ich meine Hand mit einer Serviette ab.

Glücklicherweise erschienen Sarah und Derek einige Momente später. Sarah stellte ihren Freund und Exfreund einander vor und beide tauschten ein höfliches Lächeln. Derek erkundigte sich, wie es mit dem Fotografieren voranging.

»Nicht so richtig. Nur ein paar Auftragsarbeiten hier und da.«

»Nun, ein paar Aufträge hier und da sind schließlich auch Arbeit«, bemerkte Derek freundlich.

»Ich hab sogar den Namen eines Finanzberaters in Boston bekommen und werde einen Termin mit ihm vereinbaren, um meine Möglichkeiten durchzusprechen.«

»Ach ja? Wie heißt er denn?«

Ich kramte die Karte aus meinem Portemonnaie und las den Namen vor.

Derek nickte sofort. »Ja, ich habe von ihm gehört, ein kompetenter Kerl.«

Sarah hatte sich eng an seinen Arm geschmiegt, was witzig war angesichts der Tatsache, dass sie kein großer Fan von öffentlichen Liebesbekundungen mehr war. Ich schätze, zumindest das hatte sie aus der Beziehung mit Mike mitgenommen. »Derek, kennst du eigentlich jeden in Boston?«

»Vielleicht«, erwiderte Derek und küsste sie auf die Nasenspitze.

Mike winkte einen Kellner herbei und nahm sich einen weiteren Drink vom Tablett.

»Wie bist du an seinen Namen gekommen?«, fragte Derek mich. »Eine persönliche Empfehlung?«

»Ja, tatsächlich, von einem Mädchen, mit dem wir in der Highschool waren. Ich hab ganz vergessen, es dir zu erzählen«, sagte ich an Sarah gewandt. »Ich bin vor zwei Wochen Fiona Locke über den Weg gelaufen. Dieser Finanzberater ist ein guter Freund von ihr.«

Diese Neuigkeit entlockte Adam ein dröhnendes Lachen. Er drehte sich zu mir und ließ dabei sein Knie gegen meines stoßen. »Also, den Namen hab ich echt eine Ewigkeit nicht mehr gehört. Popelt sie immer noch Spuckebällchen aus ihrem Haar?«

Derek verzog angewidert das Gesicht. Ich blieb ruhig, sehr ruhig. »Nein, tatsächlich sieht sie sehr gut aus und sie ist erfolgreich. Und nett.« Den letzten Teil fügte ich leise hinzu, fast wie zu mir selbst.

»Wo hast du sie denn getroffen?«, fragte Sarah.

»Lange Geschichte.«

Ein paar andere Gäste gesellten sich an den Tisch und stellten sich uns als Cousins und Cousinen von Amber vor. Das Gespräch nahm eine andere Richtung und Adam drehte sich zu mir. Seine Augen waren blutunterlaufen. Ich fragte mich, ob sie unten beim Spielen schon die ganze Zeit getrunken hatten, so wie damals mit siebzehn. »Kann ich dir einen Drink besorgen?«

»Danke, nein«, erwiderte ich höflich.

Auch das fand er witzig. »Komm schon, wir müssen dich lockerer machen. Hast du auf dem College nicht gefeiert? Oder hast du nur gelernt, wie in der Highschool?«

Ich presste die Kiefer aufeinander und wandte mich an Mike, der eine Serviette auf- und wieder zufaltete. Ich schaffte es, seinen Blick aufzufangen. »Wie geht es deiner Schwester?«

»Gut, sie ist in Connecticut und studiert Pharmazie …«

Mike erzählte weiter und wirkte genauso erleichtert wie ich, ein Thema zum Reden zu haben. Adam warf hin und wieder was ein, aber ich wendete den Blick nicht von Mike, bis jemand mit der Gabel an ein Glas klimperte und es im gesamten Garten still wurde.

Senator Howell stand am Kopfende des Tisches, an dem Amber, Peter, Lori und Peters Trauzeuge saßen. Es schien, als sei die Zeit am Senator spurlos vorübergegangen. Er hatte dasselbe grau melierte Haar, denselben kräftigen Kiefer und den gesunden, strahlenden Teint, genauso wie er auch im Fernsehen aussah, eine stattliche, beherrschte Erscheinung.

»Meine Frau und ich möchten diesen Moment nutzen, um Ihnen allen für Ihr Kommen zu danken und insbesondere dafür, ein solch wichtiger Teil im Leben unserer wunderschönen Tochter zu sein. Denn genau das sind Sie, wenn Sie heute hier sitzen. Als Karen und ich heirateten, damals im finsteren Mittelalter« – er hielt inne, bis das Lachen verstummt war –, »war es unser größter Wunsch, eine Familie zu gründen. Nie hätten wir erwartet, mit einer solch bezaubernden und großartigen Tochter gesegnet zu werden.« Jetzt hielt er inne für den Applaus. »Du bist aber auch ganz in Ordnung«, sagte er als abschließenden Witz an Ambers kleinen Bruder gewandt, der mit seinen zwanzig Jahren das Ebenbild seines Vaters war.

Damit setzte er sich und wie aufs Stichwort wurde das Essen serviert. Es gab frischen Spinatsalat und cremige Muschelsuppe, Shrimp-Scampi mit Pasta und ganze Hummer. Zum Dessert wurden Crème brûlée und kleine Gläschen mit Zitronen- und Erdbeersorbet gereicht. Ich fing Mikes Blick auf, und er hob eine Augenbraue, wie um abermals zu sagen: *Und das ist erst die Bridal-Shower-Party.* Ich konnte mir nicht vorstellen, wie sie das auf der Hochzeit übertrumpfen wollten – das Essen, die Örtlichkeit, auch die Liveband, die im Hintergrund Jazz spielte.

Nach dem Dinner wurden wir dazu eingeladen, den Abend dazubleiben und am Pool zu entspannen. Auf mich warteten eine zweistündige Autofahrt und die neueste Ausgabe der Celebrity Weekly daheim – es erschien mir tatsächlich besser, diesen Tag zu beenden. Doch bevor ich ging, wollte ich mit Amber reden.

Das, was ihr Vater gesagt hatte, ging mir nicht aus dem Kopf. Ich saß heute hier, weil ich wichtig für Amber war. Wir kannten uns seit der siebten Klasse. Wir waren zusammen aufgewachsen. Sie hatte mich gebeten, ihre Brautjungfer zu sein. Und selbst wenn sie das aus einem Gefühl der Verpflichtung heraus getan haben sollte, spielte das eine Rolle? In fünf Wochen würde ich in der Kirche vor dem Altar stehen, um den wichtigsten Tag ihres Lebens zu bezeugen. Sie hatte mich gefragt. Und genauso wie ich war sie keine siebzehn mehr. Ich wollte nicht mehr als die Person beurteilt werden, die ich mit siebzehn gewesen war, aber tat ich nicht dasselbe mit ihr? War es möglich, dass Amber ebenfalls auf meine Liste der Entschuldigungen gehören sollte?

Ich fand sie auf der hinteren Veranda, wo sie mit einer von Peters Schwestern Champagner trank. »Kann ich kurz mit dir reden? Ich muss mich leider gleich auf den Weg machen.«

»Ja, natürlich.«

Wir spazierten über den Rasen zum Parkplatz. »Stimmt etwas nicht?«

»Nein, gar nicht. Ich wollte ... dir nur danken.«

Sie sah mich überrascht an. »Für was?«

»Ich glaube, ich habe mich nie dafür bedankt, dass du mich gefragt hast, ob ich deine Brautjungfer sein will.«

Der Wind frischte auf und sie hielt sich die langen Haare aus dem Gesicht. »Oh. Na ja, wir haben immer gesagt, dass wir vier gegenseitig bei unseren Hochzeiten dabei sein würden.«

Sie sagte das ganz nüchtern, als ginge es um eine Art Vertrag, den sie mal unterzeichnet hatte und mit dessen Konsequenzen sie jetzt klarkommen musste. Plötzlich war ich mir nicht sicher, ob es sie besonders kümmerte, ob ich dabei war oder nicht.

»Ich weiß, dass wir uns die letzten Jahre nicht sehr nahe waren«, sagte ich. »Ich habe mich während des Studiums nicht sonderlich bemüht, den Kontakt aufrechtzuerhalten. Ich glaube, ich habe mich in deiner Gegenwart einfach etwas seltsam gefühlt.«

»Oh«, sagte sie. Sie drehte sich um und sah zurück zur Veranda, die nur noch ein weißer Streifen in der Ferne war. »Ich verstehe nicht ganz, warum du jetzt damit ankommst.«

»Ich schätze, ich wollte ... reinen Tisch machen.«

Sie verschränkte die Arme vor der Brust. »Gut, dann sag, was du zu sagen hast, aber mach schnell. Ich habe Gäste, die auf mich warten.«

Ich wünschte, Sarah wäre hier, damit sie das hörte, damit sie endlich kapierte, dass es nicht nur von mir ausging. Aber ich hatte das Gefühl, dass Amber, wenn Sarah dabei gewesen wäre, wohl nicht so mit mir geredet hätte. Ich spielte kurz mit dem Gedanken, einfach zu gehen, aber jetzt war ich schon so weit gekommen. Und ich war sauer.

»Es gab Dinge, die an der Highschool passiert sind, wegen denen ich mich nicht besonders gut gefühlt habe ... und ich tue es heute noch nicht. Das war der Grund, warum ich keinen Kontakt gehalten habe.«

Ambers Augen verengten sich zu Schlitzen. »Ich habe keine Ahnung, was du meinst.«

»Okay, ich gebe dir ein Beispiel: Mike und Sarah.«

Amber schüttelte den Kopf. »Ich weiß nicht, wovon du redest.«

»Wirklich nicht? Du erinnerst dich also nicht, warum sie Schluss gemacht haben? Was wir damals behauptet haben?«

»Ich habe keine Ahnung, worauf du hinauswillst, aber du benimmst dich reichlich seltsam. Kommst hier mit Sachen an, die vor einer Ewigkeit passiert sind.«

»Das bin nicht nur ich, die mit alten Sachen ankommt. Sarah geht es genauso, auch sie denkt darüber nach. Weißt du, dass sie damals in Therapie musste?«

»Okay, mir reicht's. Das hier ist meine Bridal-Shower-Party.« Amber wandte sich zum Gehen. Als ich sie am Arm packte und zurückzerrte, tat ich es nicht bewusst, es war ein Impuls. Sie geriet in ihren High Heels ins Straucheln, fasste sich jedoch schnell. »Was hast du vor?«

»Ich werde es ihr erzählen. Ich werde ihr erzählen, was wir getan haben … Das habe ich vor.«

Amber zog keuchend die Luft ein. In einiger Entfernung kehrten zwei Gäste zu ihren Autos zurück. »Wenn du etwas sagst, werde ich es abstreiten.«

Wir blickten uns in die Augen, vielleicht das erste Mal seit vielen, vielen Jahren. Ich wusste, dass sie nicht bluffte. Sie würde es bis zum bitteren Ende abstreiten. Das war der Unterschied zwischen ihr und mir.

Ich erwiderte nichts darauf. Amber machte auf dem Absatz kehrt und eilte über den Rasen zurück, wo ihre Familie und ihre Freunde auf sie warteten.

*

Ich brauchte einige Minuten, um mich zu sammeln. Mist. Ich hatte nicht vorgehabt, dass die Sache auf diese Weise eskalierte. Ich wollte nett ein, die Dinge in Ordnung bringen, ihr einen Vertrauensbonus geben. Außerdem war es ihre Bridal-Shower, also wahrscheinlich nicht das beste Timing meinerseits.

Die weißen Tische waren weggeräumt und einer provisorischen Tanzfläche gewichen. Sarah und Derek befanden sich unter den Pärchen, die eng umschlungen tanzten. Ich versuchte ihren Blick einzufangen, um mich von ihr zu verabschieden, aber sie hatte den Kopf auf Dereks Schulter gelegt und sah nicht in meine Richtung. Anscheinend war Mike schon gegangen. Lori und Kurt nippten neben dem Pool an ihren Drinks, aber das Letzte, was ich wollte, war, ein gekünsteltes Gespräch mit ihnen vom Zaun zu brechen. Ich schnappte mir meine Handtasche und beschloss, unauffällig den Abgang zu machen. Ich hatte es kaum um die Veranda geschafft, als jemand meinen Namen rief. Ich blieb stehen.

»Du gehst schon?« Adam kam ums Eck und wir standen alleine vor dem Howell'schen Anwesen.

»Ja, lange Fahrt bis nach Hause.«

»Nicht so lange.« Er hatte die Hände in die Hosentaschen geschoben und sah mir ins Gesicht, dann wanderte sein Blick langsam an mir herunter und wieder hoch. »Du siehst zurzeit ziemlich heiß aus, Nat.«

Wenn ich ihm hier und jetzt in die Eier trat, würde das einen weiteren Skandal für den Senator geben?

»Niemand nennt mich Nat«, erwiderte ich.

»Komm schon«, sagte er, als ich mich zum Gehen wandte. »Warum führst du dich eigentlich die ganze Zeit so auf, als wärst du was Besseres als der Rest von uns?«

Ich blieb abrupt stehen und drehte mich langsam herum. Jeder Atemzug, den ich nahm, war ruhig und gleichmäßig. »Darf ich dir was sagen?«, fragte ich.

Er nickte und verzog seine Oberlippe zu einer anzüglichen Grimasse, als dachte er, ich bereite mich darauf vor, ihm meine sexuellen Fantasien zu gestehen.

Widerlich.

»Du bist und du warst schon immer ein Idiot. Fiona Locke würde in einer Million Jahre nicht einmal daran denken, mit dir auszugehen. Und nur damit du es weißt, wenn jemand einer Prügelei mit dir aus dem Weg geht, dann nicht, weil derjenige Angst hat, sondern weil er menschlich über mehr Größe verfügt. Du bist nur ein fieser Typ, der andere schikaniert und nie erwachsen wird.«

Er stand verdutzt da. Hatte ich das gerade wirklich gesagt, exakt das, was ich all die Jahre über ihn gedacht hatte? Es war gemein – genau die Art von Dingen, die ich mir geschworen hatte, nie wieder zu sagen –, aber wenn man gemeine Dinge zu einer gemeinen Person sagte, hob sich das nicht gegenseitig auf, so wie eine doppelte Verneinung? Das musste es wohl, denn ich fühlte mich gut … leichter. Das Adrenalin strömte durch mich hindurch und verlieh mir das Gefühl, ich könnte alles schaffen. Ich ging zu meinem Wagen und unterdrückte den Drang zu lachen. Dann, etwa zehn Sekunden später, hörte ich ihn hinter mir: »Und du bist eine dumme Schlampe!«

»Schönes Leben noch!«, rief ich, ohne mich umzudrehen.

In diesem Moment schwor ich mir, mich nie wieder für Adam Dixon oder irgendwen wie ihn umzudrehen oder zu verbiegen.

13

Ich verbrachte dreieinhalb Stunden in meinem Büroverschlag mit dem Korrigieren von Zeitungsartikeln, die sich mit den womöglich langweiligsten Ereignissen seit Aufzeichnung der Menschheitsgeschichte befassten. Ein Wohnungsbrand in Riverdale, der durch einen schadhaften Sicherungskasten verursacht wurde. Ein ehemaliger Mitarbeiter der Stadtverwaltung, der eine neue Stelle in der Handelskammer bekam. Senator Howell, der erneut einen Spendenaufruf zur Fischereikatastrophenhilfe startete.

Stonebury's Nachrichten waren nie besonders fesselnd, aber momentan schien es, als wolle man mich für unser nicht gerade überwältigendes Interview mit Jack Moreland abstrafen.

Hilary hatte Gillian und mich in ihr Büro zitiert. Sie hatte ihre Brille tief auf die Nase geschoben, während sie die Ausgabe in ihren Händen durchlas. Sie sah uns über den Brillenrand hinweg an und fragte: »Wollen Sie mich auf den Arm nehmen?«

»Warum?«, fragte Gillian unschuldig.

»Es gibt keine einzige exklusive Neuigkeit in diesem ganzen Exklusivinterview.« Bei dem Wort »exklusiv« machte sie Gänsefüßchen in die Luft.

Gillian rutschte auf ihrem Platz hin und her und blickte Hilfe suchend zu mir.

»Sein Manager hat uns eine ganz lange Liste an Fragen gegeben, die wir nicht stellen durften, und das kam dann dabei heraus«, sagte ich.

»Natürlich hat er das, das ist sein Job. Und Ihr Job als Journalistinnen war es, ihn dazu zu bringen, genau die Dinge zu erzählen, die er von Managerseite aus nicht erzählen sollte.«

Gillian und ich sahen uns wieder an, und ich versuchte, mir eine Entschuldigung einfallen zu lassen, die halbwegs gut klang.

Hilary seufzte. »Ach, wem mache ich etwas vor? Wir wissen doch alle, dass er sein Herz der Celebrity Weekly ausschütten wird, im Austausch gegen einen ordentlichen Batzen Kohle. Wir sind nur das Provinzblatt, das nie jemand liest.«

Wow. Es war eine Sache, das zu denken, eine andere, es meine Chefin laut aussprechen zu hören. Hilary knallte die Ausgabe in die blaue Papiertonne unter ihrem Schreibtisch und machte mehr als deutlich, dass wir verschwinden sollten.

Ich hatte Mühe, mich wach zu halten, und die Worte auf dem Bildschirm verschwammen allmählich vor meinen Augen. Ich brauchte eine Pause. Gillian war für ein Interview außer Haus, also ging ich alleine in unser Café gegenüber. Während ich auf meinen Latte wartete, zog ich mein Handy hervor: ein weiterer verpasster Anruf von Sarah. Ich schob es seit Tagen vor mir her, sie zurückzurufen. Ich war mir sicher, dass Amber unseren kleinen Streit erwähnt und die Geschichte so gedreht hatte, dass sie als Opfer dastand. Ich war nicht bereit, mich zu verteidigen. Und ich war noch lange nicht dazu bereit, mich bei Sarah zu entschuldigen. Ich wusste, ich musste es irgendwann tun, ich musste ihr die Wahrheit sagen. Aber noch nicht jetzt.

Ich bekam mein Getränk, setzte mich ins Eck am Fenster und zog die neueste Ausgabe der Celebrity Weekly aus meiner Tasche. Ich hatte bereits das meiste davon gelesen. Diese Ausgabe war mit einer endlosen Parade überquellender Reality-Star-Dekolletés gefüllt und verriet uns alles über das geheime Innenleben ihrer Handtaschen. Warum las ich das eigentlich? Ich wusste es nicht, aber mittlerweile erschien mir ein Tag ohne dieses unnütze Wissen nicht vollständig.

Es gab einen Artikel, den ich mir bis zuletzt aufgehoben hatte, wenn ich Zeit und Muße hätte, den Text und die Bilder voll auszukosten. Ich blätterte zu der Seite, die mit einem Eselsohr markiert war.

ALLES WAS SIE ÜBER DIE FORCE-OF-NATURE-TOURNEE WISSEN MÜSSEN!

Die Hauptband: Force of Nature, mit ihrem Frontmann Alex Stone, dem Bad Boy mit einem Herz aus Gold, beherrschen die Rock-und-Pop-Charts, seit ihr Debüt »Frat House Rock« im Jahre 2010 voll einschlug. Dies ist ihre zweite US-Tournee, und Stone, der letztes Frühjahr seine große Highschool-Liebe ehelichte, kündigt an, dass es dieses Mal eine noch größere Show geben wird. »Wir haben Pyrotechniker, Jongleure, Kleinwüchsige ... Es wird das totale Cirque-du-Soleil-Erlebnis. Obwohl es letztendlich natürlich nur um die Musik geht.«

Die Vorbands: Dieses Jahr heißen Force of Nature zwei Vorbands willkommen! The Yellow Chevys, deren Sound MuchMusic als »Beach Boys mit E-Gitarren« beschrieben hat, sind in ihrer Heimat Kalifornien schon seit Jahren bekannt. »Wir freuen uns darauf, unsere Fühler auch über die Westküste hinaus auszustrecken«, verrät uns Leadsänger Tyler Harris, »obwohl wir immer unseren unverkennbar kalifornischen Sound beibehalten werden.«

Treue Leser der Celebrity Weekly werden schon alles über den zusätzlichen Act gehört haben – Jack Moreland, der erst nachträglich zu der Tour eingeladen wurde, nachdem Alex Stone durch seine Frau auf Morelands Debüt aufmerksam gemacht wurde. »Um ehrlich zu sein, war ich vollkommen aus dem Häuschen, als ich den Anruf bekam«, gestand Moreland. »Ich hatte immer den Traum, eine Tournee quer durch die USA zu machen, und nun ist er wahr geworden. Es fühlt sich ganz unwirklich an.«

Neben Jacks Aussage war das Cover seines Albums abgebildet. Unwirklich … in der Tat. Ich berührte sein Foto mit meinem Finger und spürte, wie ich wieder langsam im köstlichen Meer der Traurigkeit versank, in dem ich trieb, seitdem ich ihn wiedergesehen hatte. Mein Handy klingelte, bevor ich völlig abtauchen konnte.

Es war Sarah und fast wäre ich nicht rangegangen.

Sie klang zunächst etwas beleidigt wegen meiner Funkstille, aber dann änderte sich ihr Tonfall. »Ich muss dich etwas fragen«, sagte sie zögerlich.

Ich erwog, so zu tun, als sei der Empfang schlecht, aber ich wusste, dass ich nicht ewig davonrennen konnte. Auch wenn das nicht unbedingt ein Gespräch war, das wir am Telefon führen sollten. »Ja?«

»Hast du Adam Dixon gesagt, dass du in ihn verliebt wärst?«

Ich fiel beinahe vom Stuhl. »*Wie* bitte?« Ein älteres Ehepaar, das sich ein Stück Apfelkuchen teilte, starrte mich an. Ich drückte das Handy an mein Ohr und drehte mich zur Wand. »Wovon redest du?«

»Ich dachte mir auch gleich, dass das völlig irre ist. Aber Adam erzählt überall herum, dass du es ihm auf Ambers Party gestanden hättest, und er hätte erwidert, er sei nicht interessiert, und du wärst total hysterisch geworden und hättest die Party überstürzt verlassen.«

Ich starrte mit offenem Mund die mit Sirupflecken besprenkelte Wand des Cafés an. »Du willst mich wohl auf den Arm nehmen. Was für ein elender Lügner! Nein, es war ein *ganz* klein bisschen anders!«

»Das habe ich mir schon gedacht«, sagte Sarah. »Aber das ist seine Version der Geschichte und alle glauben ihm.«

Mein Kopf drehte sich. Ich fühlte mich, als wäre ich wieder an der Highschool. »Es war andersherum. Er hat mich angebaggert und er kann von Glück sagen, dass ich ihm nicht gleich in die …«

Jemand hinter mir räusperte sich lautstark, und ich blickte über die Schulter, wo das ältere Ehepaar mich mit einem missbilligenden Stirnrunzeln bedachte. »Entschuldigung«, murmelte ich.

»Was?«, fragte Sarah.

»Nichts. Du glaubst mir doch, oder?«

»Natürlich glaube ich dir. Erstens weiß ich, dass du es mir erzählt hättest, wenn das stimmen würde. Und zweitens … meine Güte, es ist Adam. Wie widerlich ist das denn! Jedenfalls wollte ich dir Bescheid geben, was los ist.«

Ich drückte meine Finger an die Schläfen. »Ich habe genug von diesem Mistkerl. Wenn Adam zur Hochzeit kommt, bin ich raus aus der Sache.«

»O-kay«, sagte sie langsam, und ich wusste, was ihr durch den Kopf ging: dass Adam Kurts Kumpel war und Kurt Loris Freund war und all die Konsequenzen, die das mit sich brachte. Aber es war mir egal, ich hatte die Schnauze voll.

»Oh, Scheiße«, zischte sie. »Ich muss auflegen, mein Kunde kommt. Letztes Mal kam er zu früh zum Termin, und ich war gerade dabei, meine Fingernägel zu schneiden, und als ich aufsehe, steht er da und glotzt mich an …«

Ich musste lachen. Das klang ganz nach einer Geschichte, die auch von Gillian hätte stammen können. Die beiden würden sich bestimmt blendend verstehen, aber leider gab es Sarah nur im Dreierpack mit Lori und Amber zusammen, und jetzt hatte ich noch viel weniger Lust, Gillian irgendeiner von ihnen vorzustellen. »Okay«, sagte ich. »Danke, dass du es mir erzählt hast.«

»Dafür bin ich doch da.«

Sie legte auf und ich ließ meinen Kopf hängen. Sarah nahm nie Position gegen Amber ein, aber sie gab mir immer Rückendeckung. Ich verdiente es nicht, mit ihr befreundet zu sein.

Als ich ins Büro zurückkehrte, war Gillian wieder an ihrem Arbeitsplatz und hing am Telefon. Sie hielt den Hörer zwischen Schulter und Kinn geklemmt, während sie versuchte, gleichzeitig das Telefonkabel zu entwirren und ein Interview zu führen. Ich setzte mich wieder an meinen Artikel und versuchte, das Chaos an fehlplatzierten Satzzeichen und verlorenen Textzeilen aufzuräumen, als mir jemand auf die Schulter tippte.

Gillian sah seltsam aus, irgendwie blass. »Kopierraum«, formte sie stumm mit den Lippen, und ich folgte ihr wortlos dorthin.

Unser zentraler Drucker war Baujahr 1972 und funktionierte nie. Die meisten Reporter waren eingeknickt und hatten sich ihre eigenen Drucker gekauft, weswegen nie jemand in der Kammer anzutreffen war. »Stimmt was nicht?«, fragte ich sofort. »Ziehst du doch nicht ein?«

»Nein. Ich meine, doch. Ich ziehe ein. Und ich fühle mich geschmeichelt, dass du deswegen so in Panik verfällst.«

Ich zuckte nur mit den Schultern, aber tatsächlich wäre ich in Panik verfallen. Ich wollte unbedingt, dass das mit mir und Gillian klappte. Sie war neben Jack der einzige Mensch auf diesem Planeten, der über alle schlimmen Dinge Bescheid wusste, die ich getan hatte, und im Gegensatz zu ihm wollte sie trotzdem mit mir befreundet sein.

»Nein«, sagte Gillian noch einmal, »eigentlich sind es gute Nachrichten.«

»Gute?«

Sie nickte. Sie zog etwas aus ihrer Tasche und reichte es mir: FORCE OF NATURE – TD-GARDEN-STADION – BOSTON, MASSACHUSETTS – EINLASS FÜR 1 PERSON.

»Ich kann nicht«, sagte ich. Ich konnte nicht. Es war schlimm genug gewesen, mit ihm zu reden. Ich könnte es nicht ertragen, ihn singen zu hören.

Ich wollte gehen, aber sie stellte sich mir in den Weg. Ihr Ausdruck war feierlich und ungewöhnlich ernst. »Natalie, denk daran … ungeklärte Angelegenheiten.«

Ich seufzte und blickte auf das Ticket in meinen Händen. Jack Moreland. TD Garden. Nächstes Wochenende. Es war kaum zu glauben. »Wie bist du da rangekommen?«

Sie lachte. »Schon vergessen? Wir arbeiten für eine Zeitung.«

»Nun, darüber lässt sich streiten.«

Sie lachte wieder. »Ich schreibe den Konzertbericht und du machst die Fotos.«

»Machst du Witze? Hilary lässt uns das ernsthaft noch einmal durchziehen?«

Gillian hob ihre Hände. »Wir sind alles, was sie hat, Schätzchen.«

»Das ist wirklich traurig.«

Sie lehnte sich an den Kopierer und kratzte an einem Fleck auf ihrem Rock. »Ja, ich weiß.« Dann sah sie mich an. »Jack erwartet mich für eine Fortsetzung unseres Interviews. Ich habe das mit Ray im Vorfeld geregelt.« Sie rümpfte die Nase. »Offenbar steht er auf mich, denn er hat mich auch gefragt, ob ich mit ihm ausgehe.«

»Wie bitte?«

»Ja, war ein bisschen schräg.«

»Was hast du gesagt?«

»Ich hab ihm gesagt, vielleicht das nächste Mal, wenn er in der Gegend ist. Glücklicherweise ist er zurzeit mit irgendeiner anderen Band in Kanada. Also behaupte nicht, ich hätte nie etwas für dich getan, okay?«

Ich schüttelte den Kopf. »Niemals.« Dann seufzte ich und starrte auf das erbauliche Schild, das hinter ihrem Kopf hing: WENN DIR ETWAS AUFFÄLLT, IMMER HERAUS DAMIT! »Was soll ich ihm nur sagen?«, fragte ich mit leiser Stimme. »Was soll ich tun?«

Gillian legte ihre Hände auf meine Schultern. »Bring es zu Ende«, sagte sie.

***

Ich schwänzte den üblichen samstagmorgendlichen Cafébesuch und gegen dreizehn Uhr rief Sarah mich an. Ich lag im Bett, hatte den ganzen Morgen an die Decke gestarrt und Jacks Gesang gelauscht. Warum musste er auch so verflucht gute Songs schreiben?

»Geht es dir gut?«, fragte sie.

»Ja, alles in Ordnung. Ich wollte heute kommen, aber ich glaub, ich brauche eine kleine Auszeit.«

»Ich hab allen erzählt, was wirklich mit Adam passiert ist«, sagte Sarah.

Ich konnte ihr an der Stimme anhören, dass es verlorene Liebesmühe gewesen war. »Und niemand hat dir geglaubt.«

»Du weißt doch, wie es hier ist. Außerdem hast du dich in letzter Zeit seltsam benommen.« Dem wollte ich gar nicht widersprechen. Am anderen Ende war ein Nebengeräusch zu hören, das nach Wind klang. Wahrscheinlich hatte sie das Café verlassen und spazierte die Straße hinunter. »Hast du in der Zwischenzeit neue Jobs an Land gezogen?«

»Ich arbeite an meiner Website«, antwortete ich ausweichend, damit es so klang, als ginge es voran. Aber das war eine glatte Lüge. Bisher hatte ich mir lediglich eine WordPress-Domain gesichert und damit angefangen, ein Logo zu designen.

»Hey, hast du Lust, mit mir zur Pediküre zu gehen? Ich kann mich so wirklich nicht mehr in Flipflops in die Stadt wagen.«

Ein Teil von mir wollte, aber der andere wusste, dass ich es nicht übers Herz bringen würde, noch einen Tag mit Sarah zu verbringen, ohne ihr die Wahrheit zu erzählen. Und allein der Gedanke, es ihr zu erzählen, machte mich unfassbar müde. Ich ließ mich zurück in die Kissen sinken und schloss die Augen. »Würde ich gerne, aber ich kann nicht. Ich arbeite heute von zu Hause aus, und danach kommt Gillian, um schon mal ein paar von ihren Sachen vorbeizubringen.«

»Oh, okay.«

»Wir treffen uns aber bald. Versprochen.«

»Ja, bitte. Das Mittagessen mit Lori und Amber war … na ja, es ist einfach schöner, wenn du dabei bist.«

»Ich verspreche es«, sagte ich. Dann legten wir auf.

Ich drehte die Lautstärke wieder hoch, zog mir die Decke über den Kopf und ließ mich von Jack in den Schlaf singen.

***

Eine Woche später kleidete ich mich für das Konzert im TD Garden an und verfluchte den Inhalt meines Kleiderschranks. Nicht dass es von Belang war, wie ich aussah. Ich war schließlich nur da, um Fotos für die Zeitung zu schießen, und dann würde ich mich endlich entschuldigen. Niemand (und mit niemand meinte ich Jack) kümmerte es, ob ich dabei ein grünes oder ein rosa Oberteil trug. Ich nahm das grüne … Ich nahm immer das grüne.

Als ich das Hupen hörte, schnappte ich mir meine Tasche und eilte hinunter, und sobald ich Gillian im Auto warten sah, war ich plötzlich ziemlich zuversichtlich, dass ohnehin niemand auf mich achten würde. Sie zwinkerte mir über die heruntergelassene Fensterscheibe hinweg zu.

Ich streckte meinen Kopf hindurch. »Okay, habe ich etwas verpasst? Sind wir im Jahr 1986 gelandet? Macht Jack die Vorband für Poison?«

Sie grinste, wuschelte ihr bereits sehr wuscheliges Haar durch und überprüfte im Rückspiegel den roten Lippenstift. Ehrlicherweise sah sie toll aus, wie immer, während ich mir die traurige Wahrheit eingestehen musste, dass ich meinen Höhepunkt in der Highschool hatte.

»Du siehst echt sexy aus«, sagte sie.

»Haha.«

»Hey, jetzt wo du schon dein Selbstverbesserungsprogramm durchziehst, könntest du bitte auch daran arbeiten, ein Kompliment annehmen zu können?«

Ich verzog mein Gesicht zu einer Grimasse. »Na gut. Danke schön.«

»Schon besser. Und jetzt steig ein. Wir müssen heute noch auf ein Konzert.«

Die dritte Reihe war weiter vorne, als man hätte meinen sollen.

Als wir näher kamen und alles auf der Bühne größer in Erscheinung trat – und Gillians Quietschen an Intensität zunahm –, wurde auch das flaue Gefühl in meinem Magen schlimmer. Es gab kaum Abstand zwischen der Bühne und den Sitzplätzen. Stoische Security-Männer in gelben T-Shirts standen mit dem Rücken zur Bühne und starrten ungerührt und gelangweilt in die Menge. Alle um uns herum (zumeist Mädels) machten Fotos voneinander, wobei sie neu erworbene Konzert-T-Shirts und Poster in die Höhe hielten. Ich konnte nicht sagen, wie viele der Leute wegen Jack hier waren. Force of Nature waren eine große Nummer. Aber das war egal. Selbst wenn sie nicht wegen ihm gekommen waren, würden sie für ihn wiederkommen. Während sich die Plätze um mich herum füllten, fühlte auch mein Herz sich an, als würde es gleich überquellen.

Gillian grapschte nach meinem Arm. Ich muss erschrocken dreingeblickt haben, denn sie entschuldigte sich. »Tut mir leid«, sagte sie. »Ich versuche echt, nicht auszurasten, aber das ist echt, echt schwierig.«

»Ich hoffe stark, Hilary erwartet keine nüchterne Berichterstattung«, sagte ich trocken.

»Komm schon, lass uns was zu trinken holen. Wenn wir jetzt loslegen, kriegen wir zwei Pinkelpausen unter, bevor die Show losgeht.«

»Ich wusste nicht, dass es so etwas wie einen Pinkel-Zeitplan für den Abend gibt.«

Nach ein paar Schlucken Cola fühlte ich mich besser, und es blieb noch Zeit für eine Extrarunde zur Mädchentoilette, bevor das Konzert losging. In jeder Minute, die verstrich, füllten sich die Sitzplätze im Stadion, und der Lärm der allgemeinen Aufregung brachte auch mein Blut in Wallung. Das hier war wie das Nona's, nur auf Steroiden. Ich konnte beinahe den Kaffee mit Haselnussaroma riechen, den Tee mit Honig. Ich fragte mich, ob Darcy irgendwo in der Menge war.

Plötzlich, wie aus dem Nichts, wurde das Licht gedimmt. Überall um mich herum erhob sich Gekreische und schwirrte durch den Saal. Die Leute in den Reihen vor uns sprangen auf ihren Plätzen auf und ab. Gillian war ebenfalls nicht zu bremsen und griff nach meiner Hand, doch ich konnte mich nicht rühren, es war, als würde mich der Knoten in meinem Magen an den Boden ketten.

»Oh mein Gott! Oh mein Gott! Oh mein Gott! Da ist er!«, kreischte Gillian.

Er war jetzt nur einige Meter entfernt und betrat die Bühne, und ich vergaß beinahe, dass ich da war, um Fotos zu machen. Gillian schubste mich sanft in den Gang, und ich kroch vorwärts und hob die Kamera vor mein Auge. Ich drückte ab, als er eine Hand hob, um der Menge zuzuwinken. Ich drückte ab, als er seine Gitarre in Position brachte. Ich drückte ab, als er vor das Mikrofon trat und zu singen begann.

Ich machte ein paar gute Aufnahmen und schob mich rückwärts in die dritte Reihe neben Gillian zurück. Die ganze Zeit über konnte ich die Augen nicht von ihm lösen. Damals, als ich ihn kannte, hatte er auf der Bühne schon Charisma versprüht, aber dies hier war Charisma hoch zehn. Er wirkte entspannt, gelöst. Seine Stimme war weich und rau zugleich, gefühlvoll und vielschichtig. Die Worte, die er sang, bedeuteten ihm etwas, sie waren es, die ihn von den Nullachtfünfzehn-Stimmen im Radio abhoben.

Er redete nicht viel zwischen den Songs. Als er sich vorstellte, jubelte die Menge, und er quittierte es mit einem Lächeln. Ich konnte nicht anders, als in seine Augen zu starren, und meine Glieder wurden ganz schwach, als ich kurz den Eindruck gewann, dass er meinen Blick erwiderte. Aber dann erinnerte ich mich daran, was er mir einst gesagt hatte, dass der Künstler bei all der Bühnenbeleuchtung nur Farben und Formen in der Menge ausmachen konnte. So oder so währte dieser Moment nur kurz, und schon quietschten die Mädchen um mich herum los, in der Überzeugung, er meine sie.

Jack sagte während des Konzerts kaum etwas, außer in der Mitte des

Sets, als er eine Pause einlegte, um etwas Wasser zu trinken. Er stellte die Flasche auf der Bühne ab und schlug dann seine Gitarre an, während er den Blick über die Menge schweifen ließ. »Nun, da bin ich also in Massachusetts«, sagt er. »Es ist ein ganz besonderes Gefühl, zurück zu sein.«

Alle jubelten, als habe er das nett gemeint, dabei hatte er sich genauso wie ich danach gesehnt, hier fortzukommen. Und obgleich diese Heimkehr zu seinen Bedingungen stattfand, wusste ich, dass er diesbezüglich gemischte Gefühle hegen musste. Er klimperte ein paar Sekunden weiter, sah in die Menge … oder ins Nichts. Schließlich lächelte er. »Danke, dass ihr gekommen seid.« Es folgte noch mehr Jubel und er begann mit dem nächsten Song.

Er endete – natürlich – mit »Good Enough«. Die Menge sang jedes Wort mit. Womöglich war ich die einzige Person im Saal, die nicht sang, doch auch ich kannte jedes einzelne Wort und sagte es stumm in meinem Kopf auf, zusammen mit Jack und seinen Fans.

*

Als Jack die Bühne verlassen hatte, ergriff Gillian meine Hand und führte mich zu einem der gelb gewandeten Security-Männer.

»Presse«, sagte sie und zeigte unsere Ausweise vor. »Von der Stonebury Gazette. Wir sind hier, um Jack Moreland zu sehen.«

Der Mann beriet sich mit einem anderen Security-Angestellten, der etwas auf einem Klemmbrett überprüfte, dann kam er zurück und nickte uns zu. »Folgt mir.«

Er winkte uns aus dem Sitzbereich und seitlich an der Bühne vorbei zu jener mysteriösen Tür, die die Zuschauer nie passieren durften. Wir folgten ihm einen gefliesten Gang entlang, an langhaarigen Roadies vorbei, die Equipment durch die Hintertür raustrugen. Ich bewegte mich mit dem Gefühl vorwärts, automatisch angetrieben zu werden – ich konnte jetzt nicht stehen bleiben, nicht einmal, wenn ich wollte.

Am Ende des dunklen Korridors bogen wir um die Ecke, und ein anderer Gang eröffnete sich vor uns, nicht viel anders als der Flur einer Highschool. Der Bodyguard blieb vor einer geschlossenen Tür stehen, auf der ein Schild prangte: DARSTELLER II.

»Dann noch einen schönen Abend, Mädels«, sagte er und ließ uns stehen.

»Nette Security haben die hier«, sagte Gillian. »Gut, dass wir keine irren Stalker-Mädchen sind.«

Ich drehte mich von plötzlicher Panik gepackt zu ihr um. »Was ist, wenn er denkt, dass ich eine durchgeknallte Stalkerin bin, wenn ich da reingehe? Was wenn …?«

Gillian umfasste meine Schultern. »Okay«, sagte sie, »das hier ist es, worauf du so lange gewartet hast. Geh und sag ihm, was du zu sagen hast. Ich werde hier sein, wenn du mich brauchst.«

»Gut, dass du eine Erste-Hilfe-Ausbildung hast«, versuchte ich es mit einem Witz. Sie fand es offenbar lustig, gab sich aber Mühe, ernst zu bleiben. Ich nickte. Sie hatte recht. Deswegen war ich hierhergekommen.

»Du schaffst das!«, sagte sie, und wir stießen die Fäuste gegeneinander. Sie nahm mir die Tasche mit der Ausrüstung und die Kamera ab und drehte mich zur Tür.

Langsam drückte ich die Türklinke und erwartete halb, dass sie verschlossen wäre, aber das war sie nicht. Die Tür öffnete sich mit einem leisen Quietschen. Der Anblick, der sich mir bot, war recht unspektakulär, schmutziger Boden und weiße Wände, ein Kartentisch mit Klappstühlen, ein Sixpack Bier und die Überreste eines Sandwichs auf dem Tisch. Es war wie der Pausenraum im Nona's – nicht unbedingt eines Rockstars würdig. Jack hatte mir den Rücken zugewandt. Er stand neben einem Tisch mit Wasserflaschen und einer Obstplatte und überlegte, was er sich herauspicken sollte.

Mit einem letzten Blick zu Gillian trat ich ein und schloss die Tür hinter mir.

Prompt drehte er sich mit einer Orange in der Hand um. »Du bist nicht Gillian«, sagte er.

Ich hielt meinen Presseausweis wie eine Art Schutzschild hoch. »Nein, aber ich bin offiziell im Auftrag der Stonebury Gazette hier«, erwiderte ich mit zittriger Stimme. »Ich bin keine durchgeknallte Stalkerin.«

Er lächelte schwach. »Gut zu wissen.« Er deutete auf die Obstplatte. »Willst du was?«

»Nein, danke.«

Er schälte die Orange mit seinen Fingern und schob sich ein Stück in den Mund. »Setz dich doch«, sagte er, und wir gingen beide zum Klapptisch.

»Hast du noch andere Interviews?«, fragte ich und war stolz, so normal zu klingen.

»Hatte erst gestern Abend zwei«, sagte er. Er aß noch eine Orangenspalte und ich versuchte, mich nicht von seinen Lippen ablenken zu lassen. »Und? Was für Fragen hast du heute für mich, Miss Wissenschafts-AG?«

Wirst du mir je vergeben? Hältst du mich immer noch für einen schrecklichen Menschen? Könntest du mich je wieder lieben? Alles höchst professionelle Fragen, die einer Journalistin mit einem Abschluss an der Brown University absolut würdig waren.

»Okay, also die Wahrheit ist«, sagte ich. »Ich bin zwar offiziell im Auftrag der Zeitung hier, aber das ist nicht der Grund, warum ich gekommen bin.«

Er hob eine Augenbraue. »Hattest du nicht gesagt, du würdest mich nicht stalken?«

»Das tue ich nicht, versprochen. Ich wollte dir etwas sagen.«

»Du hast das Wort«, sagte er.

»Okay, gut, ich habe mich entschuldigt, so wie ich es gesagt habe. Bei Fiona und bei Talia.«

»Wirklich?« Er schien aufrichtig überrascht.

»Dachtest du, dass ich es nicht tun würde?«

Er zuckte mit den Schultern. »Ich weiß nie, was ich denken soll, wenn es um dich geht.«

Der Ernst in seinen Augen, als er das sagte, ließ mich auf meine Lippe beißen. Es war nicht ganz der Blick, den er vor einem Kuss hatte, aber er war nahe dran. Eine Röte überzog meinen gesamten Körper vom Kopf bis zu den Zehenspitzen. Auch höchst professionell. »Danke. Du hast mir geholfen herauszufinden, was ich tun muss.«

Er nickte. »Arbeitet Talia immer noch in diesem schrägen Laden?«

»Dann bin ich also nicht die Einzige, die den komisch findet? Ja, sie arbeitet da noch. Sie hat mir auch erzählt, dass sie mit dir und der Band in Kontakt geblieben ist. Was machen Travis und Reid eigentlich? Siehst du sie oft?«

Er lächelte bei der Erwähnung ihrer Namen. »Trav ist in Connecticut und macht irgendwas mit Zahlen. Reid ist Musiklehrer. Er wohnt nur ein paar Blocks von mir entfernt. Wir verbringen viel Zeit miteinander. Es geht ihm gut. Beiden.«

Mir gefiel die Vorstellung, wie sie als Erwachsene gemeinsam Karten spielten, mit richtigem Geld statt mit Gemüse. »Und deine Eltern? Dein Dad muss völlig aus dem Häuschen sein.«

Jacks Kiefer zuckte. »Er ist vor zwei Jahren gestorben. Herzinfarkt. Dabei war er immer so aktiv. Ich schätze, es war einfach ein unglücklicher Zufall. Es passierte, kurz nachdem er in Rente gegangen war und sie nach Florida zogen. Er hat es nicht einmal geschafft, einen Sommer im Süden zu erleben.«

Seine dunklen Augen verdunkelten sich noch mehr und ich senkte betroffen den Blick. Wieder war ich nicht für ihn da gewesen. Am Ende war es nur das, was zählte. Der Rest waren Kleinigkeiten. »Es tut mir leid. Ich …«

»Es braucht dir nicht leidzutun. Nicht deine Schuld, es war höhere Gewalt.«

Ich schüttelte den Kopf. »Ich meine nicht nur das. *Alles* tut mir leid. Mir tut es leid, was ich dir angetan habe.« Ich schaffte es, ein Lächeln zustande zu bringen. »Du stehst auf meiner Liste … für meine größte Entschuldigung.«

Ich wartete darauf, dass er etwas erwiderte – *Ich vergebe dir* oder *Es reicht nicht, es ist zu spät* –, etwas, irgendetwas, aber das tat er nicht. Ich streckte meine Hand aus, aber dieses Mal traute ich mich nicht, nach seiner zu greifen, also legte ich sie nur auf der Tischplatte ab. Da lag sie, so nutzlos wie meine Entschuldigung.

Jack stand abrupt auf und nahm noch einmal die Obstplatte in Augenschein. Eine unglaubliche Schwere überkam mich. Ich musste mich förmlich dagegenstemmen, um aufzustehen und zu ihm rüberzugehen.

»Weißt du«, sagte er und nahm einen Bissen von einem Apfel, »dass ich morgen um diese Zeit in Philadelphia sein werde? Dann Washington D.C., Atlanta, Jacksonville. Nächste Woche stehen Chicago, Omaha und Houston an. Zum Ende des Monats werde ich in Seattle, L. A. und San Diego gewesen sein. Nicht schlecht für einen Jungen, der es nur bis nach New York schaffen wollte.«

Jetzt betrachteten wir beide die Obstplatte. »Das erste Mal, als ich dich im Nona's singen hörte, begriff ich, dass du etwas Besonderes bist. Ich fühlte mich so dumm, weil ich es nicht früher gesehen hatte. Und heute, heute sieht es die ganze Welt.«

Er wollte wieder in seinen Apfel beißen, seine Abwehr aufrechterhalten, das war an seinem Blick abzulesen. Ich konnte es ihm nicht verübeln, aber ich konnte es genauso wenig zulassen.

Ich nahm ihm den Apfel aus der Hand und legte ihn auf den Tisch, damit er nichts mehr hatte, auf das er sich konzentrieren konnte, außer auf mich. Ich wartete, bis er mich ansah, und dann sagte ich: »Bitte, ich will alles tun, um die Dinge in Ordnung zu bringen, um alles wiedergutzumachen. Sag mir, was ich tun soll, und ich werde es tun …«

Ich klang verzweifelt, fast schon verrückt, und meine Stimme brach am Ende. Jack stand da und sah mich an, und ich hatte keine Ahnung, was er gerade dachte.

»Okay«, sagte er. »Ich nehme deine Entschuldigung an.« Er zuckte zwar nicht mit den Schultern, aber das hätte er genauso gut tun können. Die Nüchternheit seiner Antwort schmerzte und ich machte einen Schritt zurück. Er lehnte sich an den Tisch. »Das ist es doch, was du hören willst, oder?«

Natürlich. Ich hatte Jahre gewartet, um diese Worte zu hören, aber nun war ich mir nicht sicher, ob sie etwas bedeuteten. »Nicht, wenn sie nichts bedeuten«, sagte ich.

Er lachte trocken, ohne einen Funken Humor, und warf die Hände in die Luft. »Was genau willst du?«

Das, was ich wirklich von ihm wollte, konnte ich ihn niemals fragen. »Ich will ... ich will nur, dass wir Freunde sind« war alles, was ich hervorbrachte.

Er blickte wieder zu Boden, dann zu mir, und ich hätte schwören können, so etwas wie Enttäuschung in seinem Gesicht ausmachen zu können. Ich hatte ihn wieder enttäuscht, obwohl ich nicht wusste, warum oder wie. Er wollte etwas sagen, als sein Telefon summte und auf dem Tisch neben den Früchten vibrierte. Er las die Nachricht und hob überrascht eine Augenbraue.

»Was ist?«, fragte ich.

Er sah nicht vom Display auf. »Anscheinend ist ein Reporter vom Rolling Stone hier. Sie sind gekommen, um Force of Nature zu interviewen, aber sie wollen mich auch sehen. Ich muss in fünfzehn Minuten im Boston Harbour Hotel sein.«

Er fuhr sich mit den Fingern durchs Haar und schob das Handy in seine Hosentasche. Seine Augen strahlten vor Aufregung, und es war wie einen Blick auf den alten Jack zu erhaschen – den Jack, der Autogramme im Nona's gab und wegen eines dummen Notizhefts in verlassene Leuchttürme einbrach. Es erinnerte mich auch an mich selbst, damals, als alles noch neu und voller Möglichkeiten schien.

Bevor er wieder davonrennen und im Boston Harbour Hotel aus meinem Leben verschwinden konnte, stellte ich mich vor ihn. Ich zog ein Stück Papier aus meiner Tasche. Dann öffnete ich seine Handfläche und hielt seine warme Hand, so lange, wie ich konnte. Seine dunklen Augen waren unsicher, aber auch neugierig. Ich legte das Papier in seine Hand und schloss seine Finger darum.

»Falls du je wieder in der Gegend sein solltest«, sagte ich.

Ich ließ seine Hand los, und er öffnete den Zettel, auf dem ich meine Telefonnummer und Adresse notiert hatte. Nicht dass er sie nicht auch aus dem Internet oder durch einen Anruf bei der Gazette hätte bekommen können, aber das hier fühlte sich mehr wie ein Statement an: *Ich will nicht, dass das hier endet.*

Jack starrte den Zettel länger an, als er benötigt hätte, um ihn zu lesen. Dann faltete er ihn zusammen und steckte ihn in seine Tasche. Eine Sekunde rührte er sich nicht. Ein kleiner Funken Hoffnung entflammte in mir, als er mein Gesicht musterte. Ich betrachtete seine Augen, als sein Blick von meinem Gesicht zu meinem Hals bis hinunter zu meinem Schlüsselbein wanderte, und dann wieder zu meinen Augen. Er sah mich lediglich an, aber ich war mir sicher, seinen Blick wie eine Berührung auf meiner Haut spüren zu können. Sein Handy summte abermals. Er sagte, er müsse gehen, und die Hoffnung verpuffte.

Bevor er die Tür erreichte, drehte er sich zu mir um. »Alles, was ich mir gewünscht habe«, sagt er, »war, dass dein Wunsch, mit mir zusammen zu sein, stärker wäre als deine Angst vor dem, was deine Freunde denken könnten.«

Das hatte ich immer gewusst, aber noch nie hatte er es so deutlich gesagt. Und jeder, der behauptete, Worte könnten nicht verletzen, war offenbar niemals verliebt gewesen.

Es gab Dinge, für die man sich nicht entschuldigen konnte. Dazu gehörte, jemandem, der dir vertraut, der sich dir anvertraut, der dich behandelt, als seist du was Besonderes, das Gefühl zu geben, nicht gut genug zu sein. Solche Dinge verfolgten einen das ganze Leben.

Es war der Stoff, aus dem Lieder gemacht wurden.

»Es gibt also nichts, was ich tun kann?«, platzte es aus mir heraus.

Als er sich dieses Mal umdrehte, sah er traurig aus. »Kannst du die Zeit zurückdrehen?«

Dann öffnete er die Tür.

Gillian purzelte fast herein, als die Tür aufflog. Jack nickte ihr zu, und sie begrüßte ihn mit einem etwas zu lauten »Oh! Hi!«, als sei seine Garderobe der letzte Platz auf Erden, an dem sie ihn erwartet hätte.

Ich wartete an der Tür, ließ ihm einen Vorsprung und blickte ihm mit Gillian hinterher. Dann griff ich ihre Hand und wir eilten den Gang entlang. Musik dröhnte durch die Wände, während draußen im Saal die Yellow Chevys ihren Auftritt hatten. Ein paar Leute hingen im Flur herum, Grüppchen von Mädchen mit bauchfreien Tops, die ihre zusammengerollten Poster umklammerten und miteinander kicherten. Wir bogen in einen langen Gang und kamen an einem Mann mit schulterlangem braunem Haar und Cowboyhut vorbei, der seine Arme um zwei Blondinen geschlungen hatte. Er taxierte sowohl Gillian als auch mich von Kopf bis Fuß und nickte anerkennend im Vorbeigehen. Er war fort, bevor ich begriff, dass es Alex Stone war, der liebende Ehemann mit einem Herzen aus Gold und Sänger von Force of Nature.

*

Erst als wir sicher in Gillians Auto saßen, wagte eine von uns, etwas zu sagen.

»Und?«, fragte Gillian.

Ich schüttelte den Kopf und schloss die Augen. »Ich weiß nicht.«

»Was meinst du mit *Ich weiß nicht*?«

Ich erzählte ihr alles. »Und dann … ist er einfach gegangen.«

Sie ließ ihr aufgebauschtes Haar gegen die Kopflehne sinken und seufzte. »Männer.«

Ich dachte, nach diesem Abend würde ich so etwas wie einen Schlussstrich gezogen haben, aber ich war nur noch verwirrter. *Du hast vor ein paar Wochen meine Hand gehalten … es war seltsam und viel zu schnell vorbei, aber es ist passiert! Du hast meine Entschuldigung angenommen, aber es klang nicht, als hättest du es so gemeint. Du hättest mich bitten können, mit dir zum Hotel zu fahren, aber du hast es nicht getan. Du bist gegangen. Nun willst du, dass ich die Zeit zurückdrehe, vor den Punkt, als ich alles vermasselt habe, aber das ist unmöglich. Du hast mich nicht berührt, aber du sahst aus, als wolltest du es tun. Was bedeutet das alles? Hat meine Entschuldigung dir irgendwas bedeutet? WAS DENKST DU?*

Die Gedankenfetzen schwirrten durch meinen Kopf wie einer dieser verrückten Celebrity-Weekly-Artikel.

»Nun«, sagte Gillian langsam, »wenigstens hat er dich nicht rausgeschmissen. Und er hat den Zettel eingesteckt. Das ist doch gut! Wenn er es nicht …«

»Es war nicht genug«, unterbrach ich sie. Ich spürte Gillians Blick auf mir, aber ich konnte nur geradeaus starren, auf die grauen Betonwände des Parkhauses. »Ich muss etwas anderes tun«, sagte ich. Zumindest was diese eine Sache anging, war ich mir hundertprozentig sicher. »Ich kann die Zeit nicht zurückdrehen, aber ich muss *irgend*was unternehmen. Etwas Großes, damit er weiß, dass ich mich wirklich geändert habe.«

»O-kay«, sagte Gillian gedehnt. »Und was?«

Ich schloss abermals die Augen. Ich wünschte, wenn ich sie nur lange genug geschlossen hielt, würde ich als jemand anderes aufwachen. Als jemand Besseres.

»Ich habe keine Ahnung«, sagte ich.

14

No matter what I say
Or how I say it
How close we get
You're still too far away

– Jack Moreland, »Breakdown«

Drei Jahre zuvor

Es war, als würde ich ein Doppelleben führen.

An den Freitagabenden standen die Basketballspiele an und danach die Partys bei Adam. Samstags die Arbeit, Karten spielen und Platten mit Gebäck zusammenstellen. Die Band, Musik. Jack.

Er erwähnte nie auch nur mit einem Wort, was ich im Flur zu Talia gesagt hatte, und ich sprach es ihm gegenüber nie an. Ich war dumm gewesen, gemein, eifersüchtig. Eifersüchtig! Wie konnte ich eifersüchtig sein? Es war nichts Ernstes zwischen uns. Es war nichts, bloß Spaß. Doch in letzter Zeit schien es, als sei der Rest meines Lebens, alles, worin ich mich die letzten Jahre gestürzt hatte – lernen und gute Noten bekommen und meine Freunde und der ganze Rest –, lediglich zu einem Mittel geworden, die Zeit zwischen unseren Küssen zu überbrücken. Und ich konnte nicht einmal meinen Freundinnen davon erzählen. Ich war mir nicht einmal mehr sicher, ob ich das überhaupt noch wollte. Je tiefer ich mich in die Sache mit Jack verstrickte, desto mehr wollte ich die Person sein, die ich in seiner Gegenwart war. Das war mein echtes

Ich. Das andere Mädchen, das die Flure der Stonebury Highschool entlangwandelte, als gehöre sie dorthin, sie war die Betrügerin. Vielleicht wusste das sonst niemand, aber Jack schon. Ich wollte sie, die wahre Natalie, und ihn aus der Griffweite der anderen heraushalten.

Mitte Dezember war der Höhepunkt der Basketballsaison, was wiederum bedeutete, dass ich freitags in Cheerleaderuniform in den Unterricht ging. Ich persönlich empfand es als entwürdigend und war das einzige Mädchen im Team, das eine Strickjacke drüber trug, um die bescheuerte Seemöwe zu verstecken, die alle von meiner Brust aus anstarrte. Später dann, als ich in der Turnhalle Aufwärmübungen machte, suchte ich die Tribünen nach Jack ab. Nicht dass er sich je bei einem Basketballspiel hätte blicken lassen. Er war an dem Tag nicht einmal in der Schule gewesen.

»Na, siehst du dir all deine bewundernden Fans an?«, fragte Sarah und schubste mich mit ihrer Hüfte.

»Von wegen.« Ich bemerkte abermals, wie perfekt die Uniform sich an ihren Oberkörper und um die Taille schmiegte. Ich hätte einiges gegeben, eine Figur wie sie zu haben.

Sie berührte mit ihren Fingern die Zehenspitzen und kam wieder hoch. »Ich habe übrigens über etwas nachgedacht«, sagte sie viel zu beiläufig, doch bevor sie fortfahren konnte, kamen Amber und Lori von den Spinden herübergeschlendert.

»Ich hab's schon von drüben rauchen gesehen«, witzelte Amber.

»Haha. Das hier ist ernst.«

»Ach so?« Lori horchte bei Sarahs Tonfall auf. Wir bildeten zu viert einen kleinen Kreis, es war die Formation, in der wir uns am häufigsten wiederfanden. Es gab zwar noch andere Mädchen im Team, aber das waren diejenigen, die Amber Randfiguren nannte – diejenigen, die außen stehen mussten und versuchten, einen Blick nach innen zu ergattern.

»Todernst.«

»Lass mich raten.« Amber verdrehte die Augen. »Es geht um Mike.«

Auch ich hatte langsam genug, bei dieser Achterbahn-Beziehung zuzuschauen. Die ganze Sache bereitete mir nur noch Kopfschmerzen.

Obwohl ein Teil von mir mittlerweile ihre Sehnsucht nach ihm verstand, das Bedürfnis, die Hälfte eines Ganzen zu sein. Letzten Samstag, im Pausenraum vor dem Konzert, hatte Jack mich im Wandschrank zwischen den Kartons mit Zuckertütchen und Kamillentee geküsst, und alles, was ich mir wünschte, war mit ihm zu verschmelzen, für immer so zu bleiben.

»Also, was ist los?«, wollte Lori wissen.

»Na ja, er hat erfahren, dass er vorzeitig eine Zusage für das Siena College bekommen hat.« Sie biss sich auf die Lippe und Tränen stiegen ihr in die Augen. Er hatte alle seine Freunde damit überrascht, als er verkündete, sich dorthin bewerben zu wollen, an eine Uni oben im Norden des Bundesstaates New York, und nicht an die University of Massachusetts oder die University of New Hampshire, so wie alle anderen.

»Und?!«, sagte Lori und klang bereits gelangweilt. Wer an welche Uni ging, war nun wirklich kein weltbewegender Tratsch, wenn es nicht gerade um einen armen Trottel ging, der sich nur an einer Uni bewarb und nicht genommen wurde, was einem der Randfiguren-Jungs aus dem Basketballteam letztes Jahr passiert war. Er hatte das Jahr, in dem er eigentlich frischgebackener Student sein sollte, damit verbracht, in Stonebury herumzuhängen und deprimiert in die Gegend zu schauen.

»Und deswegen habe ich überlegt … mich vielleicht auch dort zu bewerben …«

Amber brach in ihr typisch heiseres Lachen aus und Sarahs Unterlippe zitterte. Lori begann damit, eine Liste an Leuten herunterzurasseln, die ihre Uniwahl abhängig von ihrem jeweiligen Partner getroffen hatten, und legte überzeugend dar, wie das in fast allen Fällen zur Trennung geführt hatte. Sarah sah nur mich an, als suche sie in meinem Blick nach einer Antwort.

»Du hast dir doch immer gewünscht, ans Bay State College zu gehen. Denk an den Folklorekurs, den sie in ihrem Katalog anbieten. Du wolltest da seit der siebten Klasse mitmachen.«

»Das ist ein dummer Grund, um ein College auszusuchen«, sagte sie und versuchte unauffällig, ihre Tränen abzuwischen.

Die Tribünen füllten sich, und in jeder Sekunde würde die Mannschaft auf das Feld gerannt kommen.

Ich legte ihr meine Hände auf die Schultern und zwang sie, mich anzusehen. »Nein, es ist eigentlich ein guter Grund. Die haben Kurse, die dich interessieren. An irgendeine Uni zu gehen, weil dein Freund dorthin geht, das ist ein dummer Grund.«

Sie schloss kurz die Augen, und als sie sie wieder öffnete, nickte sie. »Ich weiß, du hast recht. Es wird nur plötzlich alles so real. Was werde ich nur ohne ihn tun?«

Als wäre das ihr Stichwort, betrat die Mannschaft das Spielfeld und »Lose Yourself« von Eminem ertönte durch die Lautsprecher. Wir drehten uns beide gleichzeitig um, um zu Mike zu sehen, der in seliger Ahnungslosigkeit einen Ball abfing und einen Wurf auf den Korb wagte.

»Alles wird gut«, sagte ich, obwohl ich mir da nicht ganz sicher war. Mikes Wurf ging daneben.

***

Am nächsten Tag wachte ich mit fürchterlichen Kopfschmerzen auf, und ich brauchte eine Minute, bis ich wieder wusste, warum.

Ich schälte mich langsam aus dem Bett und ging nach unten, um mir ein Glas Wasser und Schmerztabletten zu holen. Gott sei Dank waren meine Eltern bei einem Fakultätsfrühstück, denn ich war mir ziemlich sicher, dass ich total hinüber aussah. Mein Kopf war vernebelt, ich hatte kaum geschlafen, aber die Ereignisse des vorangegangenen Abends begannen in meinem Kopf Gestalt anzunehmen. Das Basketballspiel … Sarah und Mike hatten sich wegen Siena gestritten. Wir gingen danach zu Adams Party, und die beiden brachen einen Jahrhundertstreit vom Zaun, brüllten sich an und knallten mit den Türen, und eine der teuren Vasen von Adams Mom ging auf der Veranda zu Bruch. Dann Amber, die sich zu mir umdrehte und mich ansah, als gäbe es nur sie und mich allein gegen den Rest der Welt. »Wir müssen etwas unternehmen«, hatte sie gesagt.

Ich schaffte es, die Treppe wieder hinaufzusteigen, und krabbelte zurück ins Bett. Ich hatte mich zusammengerollt und den Kopf ins Kissen gekuschelt, als eine SMS auf meinem Handy aufleuchtete.

Jack: Reid hat die Grippe. Kein Konzert heute Abend.

Ich: Wie schade.

Jack: Ich wette, Darcy würde dir den Abend freigeben.

Ich: Was könnten wir stattdessen unternehmen?

Jack: Spaß! Abenteuer ;)

Ich lächelte das Handy an, als könnte er mich sehen.

*

Anscheinend gab es da einen tollen Plattenladen namens Nuggets am Kenmore Square in Boston.

»Mein Dad ging dort schon hin, als er in unserem Alter war«, erklärte Jack, als er fuhr. Er hatte eine Hand auf dem Lenkrad, die andere auf meinem Knie.

Alle Bands aus der Gegend hingen dort herum, und es war der Ort, um das obskure Zeug zu finden, das Jack so liebte. Selbst jetzt, da er alles, was er wollte, innerhalb von zwei Sekunden aus dem Internet bekommen konnte, zog er es vor, zum Nuggets zu fahren. »Du glaubst gar nicht, wie viele Leute ich dort kennengelernt habe, und wenn mein Dad mit dabei ist, kennt er praktisch jeden.«

Obwohl mein Kopf immer noch schmerzte, genoss ich es, ihn reden zu hören. »Keine Ahnung, warum, aber ich hätte nicht gedacht, dass du so scharf drauf bist, neue Leute kennenzulernen.«

Er blickte zu mir rüber und ließ dabei seine Hand meinen Schenkel hochgleiten. »Du machst wohl Witze, Miss Wissenschafts-AG? Das ist mein Leben!«

Ich ließ den Kopf gegen den Sitz sinken und wandte mich ihm etwas zu, damit er sich nicht so weit strecken musste, um mich zu berühren. Es war mittlerweile so selbstverständlich geworden, und wenn wir zusammen waren und uns nicht berührten, fühlte sich das irgendwie falsch an.

»Alles in Ordnung bei dir?«, fragt er.

Ich seufzte. »Ich will wirklich nicht darüber reden«, murmelte ich.

»Okay, ich weiß vielleicht nicht viel über Mädchen – ich meine, ich weiß ein bisschen was«, fügte er hinzu und grinste, »aber ich bin mir ziemlich sicher, wenn Mädels sagen, dass sie nicht über etwas reden wollen, heißt das, dass sie über nichts anderes reden wollen.«

»Nicht bei mir.«

Vor meinem inneren Auge tauchte das Bild auf, wie Amber mir bedeutete, unter vier Augen mit mir sprechen zu wollen. Also hatten wir ein paar Mädels aus der Elften aus Adam Dixons Hobbykeller geworfen und die Tür geschlossen. »Wir müssen etwas unternehmen«, wiederholte sie.

Warum genoss ich es so sehr, wenn sie so tat, als wäre ich ihre beste Freundin, die Einzige, die ihr wirklich ebenbürtig war?

»Sie kann so nicht weitermachen. Sie wird nächstes Jahr fix und fertig sein und niemand wird was mit ihr anfangen wollen.«

Die gesamte Zeit, die wir über sie redeten, sagten wir kein einziges Mal Sarahs Namen.

»Aber was können wir tun?«, erwiderte ich. »Sie ist besessen von ihm.«

Amber sah eine Weile nachdenklich drein. Dann sagte sie: »Wir müssen sie dazu bringen zu glauben, dass es ihre eigene Entscheidung ist. Das ist die einzige Möglichkeit.«

»Ist gestern Abend irgendwas passiert?«, riss Jack mich aus meinen Gedanken.

Ich antwortete nicht. Stattdessen fragte ich ihn, ob er jemals bei einem Basketballspiel war.

Das brachte ihn zum Lachen.

»Hätte ich auch nicht gedacht«, sagte ich.

»Trotzdem mag ich es, wenn du diese Uniform im Unterricht trägst.«

Ich schlug mir die Hände vor die Augen. »Oh Gott, das Ding ist die reinste Heimsuchung.«

Er schmunzelte. »Wegen dem Ding freu ich mich schon seit einer ganzen Weile auf die Freitage.«

Ich ließ die Hände in den Schoß fallen. »Aha? Und wie lange beobachtest du mich schon, du Spanner?«

Er zuckte mit den Schultern und war plötzlich ganz und gar auf den Verkehr konzentriert.

Ich musste lachen. »Ernsthaft, wie lange?«

»Du erinnerst dich wahrscheinlich nicht daran, aber in der Neunten hatten wir dieselbe Freistunde.«

In der Neunten? Alles, woran ich mich aus der Neunten erinnern konnte, war, dass ich einmal in Biologie nur neunundsiebzig Punkte bekommen hatte. »Ich erinnere mich nicht«, sagte ich leise.

»Es war aber so. Dritte Stunde. Und du hast jeden Freitag diese Uniform getragen. An keinem Freitag habe ich vor der vierten Stunde geschwänzt.«

Wow, ich war völlig überwältigt. »Wir haben nie miteinander geredet«, sagte ich.

»Und doch sitzen wir jetzt hier«, sagte er.

*

Jack fand einen Parkplatz in einer Seitenstraße zum Fenway-Stadion. Das riesige orange-rote Citgo-Schild überragte die Straßen, ein kultiger Anblick, den ich jedoch nur aus dem Fernsehen kannte. Mein Dad war nie ein großer Sportfan gewesen und Mom machte sich nichts aus Großstädten, deswegen konnte ich, obwohl wir nur knapp eine Autostunde von Boston entfernt lebten, alle meine Besuche hier an einer Hand abzählen. Jack hingegen schien sich in der Stadt gut auszukennen, zumindest da, wo wir hingingen. Es war ein kalter grauer Tag und der Himmel sah um dreizehn Uhr bereits dämmrig aus, aber ich trug eine dicke Fleecejacke mit Reißverschluss, einen Schal und Handschuhe, und es machte mir überhaupt nichts aus. Es war nett, draußen zu sein, an der frischen Luft, in den Straßen einer großen Stadt. Zu Hause hätten wir nie so zusammen herumlaufen können.

Sobald wir den Laden betraten, verstand ich, warum Jack ihn so sehr liebte. Die Menge an CDs, Platten, Postern und T-Shirts, die überall herumhingen, war überwältigend, und überall wuselten Kunden herum. Ich hatte keine Ahnung, dass derart viele Leute ihre Musik immer noch in solchen Läden kauften. Zwei Typen begrüßten Jack, beides ältere Männer, die entweder hier arbeiteten oder Stammkunden waren.

»Freunde von meinem Vater«, erklärte Jack. Er befand sich ganz klar auf einer wichtigen Mission, als er einen Stapel CDs in der Angebotskiste durchwühlte. »Es gibt da diese Band aus den Achtzigern, auf die mein Dad abfährt … The Law Gnomes.«

»Und ich dachte, es gäbe keinen dämlicheren Bandnamen als Dirt Soup.«

Er zerstrubbelte mein Haar und ich lachte und lehnte mich für einen Moment an ihn. Nichts hatte sich je so gut angefühlt. »Jedenfalls haben die richtigen old-school Synthie-Pop gemacht, und sie haben ein Album herausgebracht, das mein Vater nie hat auftreiben können …«

Wir wechselten zu einer Abteilung namens *Raritäten* und begannen, sie zu durchforsten. »Kannst du die Typen nicht fragen, ob sie die Platte dahaben?«

»Könnte ich schon. Aber der Reiz liegt in der Jagd. Abenteuer, du weißt schon? Außerdem bin ich mir ziemlich sicher, dass die von der Hälfte, die hier rumliegt, selbst keine Ahnung haben.«

Wir sahen weiter CDs durch, und Jack hielt ab und an inne, um sich die Rückseite eines Albums durchzulesen oder eines beiseitezulegen. Zwanzig Minuten später hatte er zwar die Law Gnomes immer noch nicht gefunden, aber dafür sieben CDs für seine eigene Sammlung.

»Was machen wir jetzt?«, fragte ich, als wir aus dem Laden traten.

»Ich weiß nicht. Herumlaufen. Schauen, was kommt. Hattest du je einen Nachmittag, der nicht durchgeplant war?«

»Nicht so richtig. Hey … ich bin in echt vielen AGs, wie du weißt, und ich habe einen Job.«

»Eine viel beschäftigte junge Frau.«

Ich mochte Pläne irgendwie. Ich mochte die Befriedigung, die damit einherging, etwas zu Ende gebracht zu haben und es von einer Liste streichen zu können. Ich mochte es zu wissen, was geschehen würde. Aber das hier war auch schön.

Wir kauften uns zwei Becher Kaffee zum Mitnehmen in einem schmierigen Imbiss und spazierten die Commercial Avenue entlang. Überall gab es Statuen und anderes historisches Zeug, das man sich anschauen konnte, und obwohl es Dezember war und die Blätter längst von den Bäumen gefallen waren, war der Park immer noch hübsch. Ich stellte es mir abends mit Weihnachtsbeleuchtung vor, mit weißen glitzernden Zweigen in der Dunkelheit. Das würde ein schönes Bild abgeben. »Ich will später mal in der Großstadt wohnen«, beschloss ich laut.

»Ja, ich auch. In New York.«

»Warst du je dort?«

»Ein paar Male mit meinem Dad auf Konzerten.«

»Es ist aber riesig, oder? Viel größer als Boston.« Ich sah mich um und dachte, Boston müsse die schönste Stadt der Welt sein.

Er nahm einen Schluck Kaffee aus seinem Styroporbecher und leckte einen Tropfen von seinen Lippen. »Das ist ja das Tolle daran. Niemand kennt dich. Du kannst ganz du selbst sein und niemanden kümmert es. Ich kann es kaum erwarten, aus Stonebury rauszukommen und alles hinter mir zu lassen.«

Ich erhaschte einen Blick auf seinen abgeblätterten schwarzen Nagellack, als er den Deckel wieder auf den Becher steckte. Ich nahm es ihm natürlich nicht übel, ich freute mich ja selbst darauf, aus Stonebury wegzukommen, hatte aber gleichzeitig Angst. Jack schien kein bisschen hin und her gerissen. Er würde alles hinter sich lassen – hieß das auch mich? Ein kribbelndes Gefühl der Panik stieg bei diesem Gedanken in meiner Brust auf, und da wurde es mir klar … So also musste Sarah sich gefühlt haben.

Letzten Abend nach dem Streit war Sarah gegangen. »Ich muss eine Runde spazieren, ich bin bald wieder zurück.«

Ich hatte sie gefragt, ob ich sie begleiten solle, doch sie hatte den Kopf geschüttelt. »Ich muss allein sein.« Das sah ihr nicht ähnlich, und es war vielleicht das erste Mal, dass sie etwas tat, was mich überraschte.

Als sie weg war, kreuzte Ambers Blick den meinen. »Wenn sie zurückkommt, sagen wir es ihr.«

Jack und ich gingen den ganzen Weg bis zum Boston Common Park zu Fuß. Ich war hier schon ein-, zweimal mit meinen Eltern gewesen, vor langer Zeit. Er markierte den Anfang des Freedom Trail, einer Besichtigungsroute, die zu Bostons historischen Sehenswürdigkeiten führte, daran erinnerte ich mich noch. Wir waren im Frühjahr hier gewesen, als es warm war und von Verkäufern nur so wimmelte, die Essen und T-Shirts verkauften, und es gab einige ältere Herren, die Saxofon spielten. Heute war der Park beinahe leer bis auf vereinzelte Spaziergänger in Kapuzenpullis und mit Ohrstöpseln. Wir fanden einen Mülleimer, wo wir unsere Kaffeebecher entsorgten. »Lass uns mit der U-Bahn zum Kenmore Square zurückfahren.«

Ich hatte nie zuvor die U-Bahn genommen, aber das würde ich ihm nicht auf die Nase binden, auch wenn ich mir ziemlich sicher war, dass er das bereits ahnte. Er kaufte uns am Automaten Tickets und ließ mich zuerst das Drehkreuz passieren. Der Park war menschenleer gewesen, doch der Zug war mit Weihnachtseinkäufern samt Tüten und Taschen vollgestopft. Wir quetschten uns hinein, und Jacks Hand lag auf meinem Rücken, bis wir einen Platz zum Stehen gefunden hatten. Der Fahrer sagte irgendwas, das so gedämpft durch den Lautsprecher kam, dass ich kein Wort verstand. »Die sollten das mal reparieren lassen«, sagte ich und drehte mich zu Jack, gerade als er sich zu mir vorbeugte und mir eine Haarsträhne hinters Ohr schob. Ich begriff immer noch nicht, wie eine solch simple Geste mir das Gefühl geben konnte, mit ihm zu verschmelzen.

Er schlang seinen Arm um mich. »Es ist irgendwie gruselig, dass das Ding unter Wasser fährt, oder?«

»Das wusste ich gar nicht. Vielen Dank auch.«

»Oh, sorry.« Er grinste. »Also, es fährt nicht direkt hindurch, glaube ich. Aber es soll da diesen Tunnel geben, der durchs Wasser führt.«

»Blödmann.«

»Was für ein gemeines Mädchen du doch bist, nicht wahr?« Doch seine Stimme klang, als würde er genau das Gegenteil meinen, und er musterte liebevoll mein Gesicht.

Aber genau das war ich. Ein gemeines Mädchen.

Nachdem Sarah zur Party zurückgekehrt war, führten Amber und ich sie in eines der unbenutzten Gästezimmer und sorgten dafür, dass sie sich setzte. Und dann sah ich zu, während Amber log. »Hör zu, wir wollten dir das nicht erzählen«, begann sie. Sarah wandte ihren Blick zu mir, doch ich hielt meinen auf den Boden geheftet. »Wir sind vor zwei Wochen zum Shoppen gefahren, und wir haben Mike gesehen … mit einem anderen Mädchen.«

Sarah starrte sie an, ohne zu blinzeln. »Wohin gefahren?«

Amber verzog keine Miene. »Natalie und ich sind ins Einkaufszentrum nach Burlington gefahren. Ich bin sicher, er dachte, dort würde sie niemand zusammen sehen.«

Sarah drehte sich zu mir. »Wann seid ihr nach Burlington gefahren? Ihr geht nie dorthin. Ihr habt mir nichts davon erzählt.«

Ich öffnete den Mund, aber ich brachte nichts hervor. Amber übernahm. »Es war ein spontaner Ausflug, und keine von uns hat dir was davon erzählt, weil wir nicht wussten, was wir sagen sollten. Ob wir was sagen sollten.«

»Wie wollt ihr das wissen … Vielleicht war es eine Freundin seiner Schwester …«

Amber setzte sich neben sie aufs Bett und legte den Arm um ihre Schultern. »Es war nicht nur eine Freundin«, sagte sie sanft. »Es war … ziemlich offensichtlich.«

»Ich … ich will es nicht wissen.«

»Wir wollten dir gar nichts davon erzählen, aber als du anfingst, über Siena zu reden, wussten wir, was zu tun war. Du musst es jetzt beenden. Entweder jetzt oder in sechs Monaten. Du solltest wenigstens die letzten Monate deines Abschlussjahres glücklich sein.«

Wow, sie überzeugte ja beinahe schon *mich*, und ich kannte die Wahrheit.

Sarah sagte, sie wolle mit Mike reden. Wir folgten ihr, als sie wie betäubt aufstand und nach unten ging, um ihn zu suchen. Wir sahen zu, als Mike den Videospiel-Controller abgab und mit einem gequälten

Ausdruck im Gesicht mit Sarah im Fitnessraum verschwand. Die Tür schloss sich hinter ihnen und öffnete sich zwanzig Minuten später wieder. Mike forderte mit bleichem Gesicht und glasigen Augen seinen Controller zurück und fuhr mit dem Spiel fort.

Wir drei fanden oben in einem der Gästezimmer einen ruhigen Ort.

»Er sagt, er hat es nicht getan«, begann Sarah und zupfte am losen Faden einer Wolldecke. »Aber dann sagte er, dass alles viel zu anstrengend wird und wir so oder so Schluss machen sollten.«

Sie erzählte uns das sehr ruhig. Sie weinte nicht. Ich sagte mir, dass das ein gutes Zeichen sei.

Jack und ich stiegen an der Station Kenmore aus und legten einen Zwischenstopp in ein paar Lädchen ein. In einer Buchhandlung fand ich einen wunderschönen Bildband mit dicken Hochglanzseiten voller Fotografien von Boston und Interviews mit örtlichen Fotografen. »Das muss ich für Darcy kaufen«, sagte ich, obwohl das Buch mich etwa ein Monatsgehalt kostete.

Als wir wieder in Jacks Wagen saßen und uns auf den Heimweg machten, blätterte ich durch die Buchseiten. Den Mangel an warmer Luft aus den Lüftungsschlitzen bemerkte ich kaum noch. »Wer braucht schon Sitzgurte«, sagte ich, als ich einen seltsamen Ausdruck auf Jacks Gesicht bemerkte. »Was …?« Und dann den Geruch nach etwas Verbranntem.

»Scheiße«, sagte er.

Er schaffte es gerade noch, den Wagen auf den Seitenstreifen zu lenken, dann stieg er aus und klappte die Motorhaube hoch.

»Und?«, fragte ich, als er wieder einstieg.

Er rieb die Hände aneinander. »Keine Ahnung. Ich hab öfter mal gesehen, dass Leute unter die Motorhaube gucken, also dachte ich, ich sollte das auch probieren. Hab nichts gefunden.«

Wir befanden uns immer noch in der Stadt, auch wenn ich keine Ahnung hatte, wo genau, und saßen in Jacks schäbigem, kleinem kaputten Wagen fest, der womöglich jeden Moment in Flammen aufgehen würde. Dann fing es an zu schneien.

Ich musste lachen. Und sobald ich angefangen hatte zu lachen, konnte ich nicht mehr damit aufhören. Ich hielt mir die Seiten und bekam kaum Luft. Ein paar Minuten später hatte mein Lachen nachgelassen und ich fing an zu weinen.

Vielleicht war ich es ja, die gleich zusammenbrechen würde. Nicht der Wagen.

»Was …? Äh, Natalie, alles in Ordnung?«

Ich nickte. Ich war eigentlich keine schlimme Heulsuse, aber die Tränen waren nicht zu übersehen.

Er streckte seine Hand aus und berührte meine Schulter. »Mach dir keine Sorgen wegen dem Wagen«, sagte er schnell. »Ich kenne einen Typen …«

»Das ist es nicht.«

»Oh.«

Nach ein paar Sekunden riss ich mich zusammen. Ich weinte kaum jemals, und ich weinte nie vor anderen Leuten, nicht einmal vor meiner Mom. Weinen erschien mir immer als etwas Schwächliches, etwas, was Mädchen wie Sarah taten, nicht ich. Aber da war etwas an Jack, das mir das Gefühl gab, dass es in Ordnung war, vor seinen Augen zu weinen. Das war womöglich albern von mir, aber so empfand ich nun mal.

»Ich bin ein schlimmer Mensch«, sagte ich. »Und eine schlechte Freundin.«

»Was ist passiert?«

Ich schüttelte den Kopf und wischte die restlichen Tränen weg. »Das willst du nicht wissen.« *Und ich will es dir nicht erzählen.*

Er nahm meine Hände in seine. Seine waren ebenfalls kalt, aber irgendwie schafften sie es trotzdem, mich aufzuwärmen. Dann führte er meine Finger an seine Lippen und küsste sie.

Ich schauderte und wollte mich an ihn lehnen, aber im Auto war das schwierig. »Ich muss dir etwas sagen.«

Er legte unsere Hände in seinen Schoß und behielt sie dort. »Du klingst so ernst.«

»Meine Freunde … sie nennen dich Jack Moreland und seine Wandergitarre«, murmelte ich.

Zu meiner Überraschung lachte er auf. »Das ist … nicht besonders witzig.«

Ich blinzelte noch mehr Tränen zurück. Alles, was ich wollte, war, mich an ihn zu schmiegen und ihn tief in mich einzuatmen. Er roch immer so gut, der seifige Duft von jemandem, der frisch aus der Dusche kam. Amber war so eine Idiotin. »Nichts, was sie sagen, ist witzig. Das glauben bloß sie.«

»Willst du wissen, warum ich meine Gitarre überallhin mitnehme?«

Ich nickte.

»In der Neunten benutzten wir nach der Schule ein paarmal die Woche den Musiksaal zum Proben. Eines Tages machten wir eine Pause und spazierten zu Wendy's rüber, um uns Pommes zu holen. Als wir zurückkamen, merkte ich, dass jemand alle Saiten meiner Gitarre durchgeschnitten hatte.«

»Jemand?«

»Offenbar Adam. Am nächsten Tag in der Schule erwähnte er mir gegenüber etwas in der Richtung.«

»Warum hast du es niemandem erzählt, einem Lehrer oder sonst wem?«

»Ich bitte dich. Ich hatte keinerlei Beweis, und wer würde schon mein Wort über Adams stellen?«

»Er hätte trotzdem dafür bezahlen sollen!«

Jack lachte. »Es waren nur die Saiten. Es war kein Problem, sie zu ersetzen. Aber der Gedanke, dass er sie berührt …« Er brach ab, als könne er den Gedanken nicht ertragen.

Es war nicht fair, dass jemand wie Adam in der Schule das Sagen hatte und jemand wie Jack, der in jeder Hinsicht besser war, wie Müll behandelt wurde. Es war nicht fair, und doch war ich genauso wie jeder andere daran schuld, dass unsere Schule so war, wie sie war.

Im Wagen wurde es kalt – richtig kalt. Jack holte sein Handy hervor und rief jemanden an. »Dieser Typ, Paul, er weiß eine Menge über Autos.« Aber Paul ging nicht ran. »Ich schätze, ich werde den Abschleppdienst rufen müssen«, seufzte er.

»Ich zahle dafür.«

Er lachte. »Ich habe dir die Geschichte mit der Gitarre nicht erzählt, damit du dich schuldig fühlst, Miss Wissenschafts-AG. Noch ist mein komplettes Geld nicht für Gitarrensaiten draufgegangen.«

»Warum hast du sie mir dann erzählt?«

Er berührte meine Wange mit dem Rücken seines Zeigefingers. »Erzähl mir etwas, was niemand von dir weiß. Außer der Tatsache, dass wir … Freunde sind.«

War es das, was wir waren? Ich schluckte, als seine Finger an meinem Gesicht hinabstrichen, über meine Schulter, den Arm, die Seite, wo sie verharrten und kleine Kreise um die Lücke machten, wo der Saum meines Pullovers auf meine Jeans traf. »Äh … nun, ich habe dir schon von dem Backstreet-Boys-Konzert erzählt, und das war schon was Großes.« Ich überlegte. »Na gut, manchmal denke ich, dass ich gar nicht an die Brown will, aber meine Eltern waren beide an der Uni, und ich weiß, dass sie schrecklich enttäuscht wären, wenn ich es nicht täte. Außerdem habe ich vier Jahre darauf hingearbeitet, also wäre es eine immense Verschwendung, wenn ich nicht hinginge. Ich werde wahrscheinlich gar nicht angenommen, also wird das alles ohnehin keine Rolle spielen.«

»Was würdest du tun, wenn sie dich nicht nehmen?«

Ich zuckte mit den Schultern. »An eine andere Uni gehen, die mich nimmt.«

»Nein, ich meine, was würdest *du* gerne tun? Wenn du tun könntest, was auch immer du wolltest.«

Für immer mit dir in diesem Wagen bleiben und an Unterkühlung sterben klang etwas dick aufgetragen. Dabei konnte ich meine Beine allmählich wirklich nicht mehr spüren, und es erschien mir nicht die schlechteste Art, das Zeitliche zu segnen. »Ich weiß nicht«, sagte ich schließlich. »Sie müssen mich einfach nehmen.«

Er lächelte bei diesen Worten und ich kuschelte mich enger an ihn. »Weißt du noch, dieses Lied von dir, ›The Sun in Summer‹?«, fragte ich. »Du hast es geschrieben, weil du wütend warst, dass deine Familie diese Ausflüge nicht mehr macht. Warum nicht?«

Er zögerte einen Augenblick. »Meine Mom hat eine Art Problem, manchmal wird sie … traurig. Und aus irgendeinem Grund wirkt dieser Ort bei ihr wie ein Auslöser. Also fahren wir nicht mehr hin.«

»Oh.«

Ich hatte keine Ahnung, was ich darauf sagen sollte. Er blinzelte mit seinen langen Wimpern, dann klingelte sein Handy. Es war Paul. Jack schilderte ihm die Situation, dann stieg er aus dem Wagen und verschwand erneut unter der Motorhaube. Zwei Minuten später saß er wieder im Wagen. »In Ordnung, lass es uns versuchen. Wenn es nicht klappt, ruf ich den Abschleppdienst.«

Er drehte den Schlüssel um und der Motor sprang an. Er stieß einen kleinen Jubelruf aus und ein Teil von mir war erleichtert. Der andere Teil war enttäuscht. Unsere Stunde der Wahrheit war beendet. Wir verließen die Stadt und fuhren Richtung Heimat, wo Sarah und all die anderen Fehler, die ich begangen hatte, auf mich warteten.

15

Den Samstagvormittag wieder mit Amber im Café zu verbringen, war nicht unbedingt die Art und Weise, wie ich ins Wochenende starten wollte, aber ich hatte das Gefühl, keine andere Wahl zu haben. Ich konnte nicht die gesamte Stadt im Glauben lassen, dass ich mich versteckt hielt, weil Adam Dixon mir angeblich eine Abfuhr erteilt hatte. Natürlich wusste ich, dass mein neues und verbessertes Ich sich nicht darum kümmern sollte, was diese Leute dachten, aber das hier war einfach zu ungeheuerlich. Ich marschierte ins Café, bereit, mich zu verteidigen, und fand die drei bereits am Tisch sitzend und in ein Gespräch vertieft vor. Ein altbekannter Gedanke schoss mir durch den Kopf: *Vielleicht reden sie über mich.*

Noch bevor ich mich setzte, sagte ich: »Alles, was Adam behauptet hat, ist Schwachsinn.«

Sarah ergriff meine Hand und zog mich auf den Platz neben sich. »Das wissen wir doch«, sagte sie und blickte die anderen an. »Stimmt's?«

Lori nickte nachdrücklich, während Amber »Natürlich!« rief und mich dabei mit einem Blick bedachte, der das genaue Gegenteil besagte.

Sarah schlang den Arm um mich und drückte mich. Sie roch immer noch nach dem Limonen-Verbenen-Wäschespray, das sie in jedem Zimmer unserer Wohnung versprüht hatte. Gegenüber von uns bemerkte ich, wie Lori zu Amber blickte, bevor sie mich breit anlächelte. Amber schwang ihren Zopf von der einen Schulter zur anderen und verdrehte die Augen. »Wir haben dich so lange nicht mehr gesehen, dass wir schon dachten, du wärst nach Boston zurückgezogen«, sagte sie mit ihrer falschen Ich-mache-doch-nur-Spaß-Stimme. Ich konnte nicht glauben, dass ich sie so lange ertragen hatte.

»So viel Glück hatte ich nicht«, sagte ich mit ebenso künstlicher Süße.

Ich bestellte einen Kaffee und nippte daran, während die anderen das Gespräch wieder aufnahmen, das sich selbstverständlich um Ambers bevorstehende Hochzeit drehte. Das Bananenkleid hing immer noch in meinem Kleiderschrank, eine hässliche Erinnerung an all die falschen Entscheidungen, die ich getroffen hatte. Ambers Einladung zu ihrer Hochzeit anzunehmen, gehörte zu den schlimmsten Verfehlungen, aber ich konnte mir keinen Ausweg aus der Sache vorstellen, ohne dass ich wie die Böse dastand. Vielleicht war das noch so eine Sache, um die sich mein neues Ich nicht kümmern sollte, aber ich tat es.

Es stellte sich heraus, dass ich mir um das letzte Großereignis in Ambers Hochzeitsparade keine Sorgen mehr machen musste. Auf dem Weg nach draußen blieb sie abrupt auf dem Bürgersteig stehen, drehte sich um und setzte ihre beste Trauermiene auf. »Oh, hat Natalie es euch schon gesagt? Sie wird es leider nicht schaffen, auf meinen Junggesellinnenabschied zu kommen.«

Lori sah nicht besonders erstaunt aus, aber Sarah wandte sich zu mir um und runzelte die Stirn. »Wie bitte? Ich dachte, wir wollten uns ein Zimmer teilen.«

Amber konnte ihre Junggesellinnenparty nicht einfach wie ein normaler Mensch feiern, in der Stadt ausgehen oder so etwas in der Art. Stattdessen hatte sie uns allen für über fünftausend Euro Zimmer in einem Wellness-Resort in Berkshire gebucht. Ich hatte ihr nicht gesagt, dass ich nicht kommen konnte.

Mir blieb nur eine Sekunde, um zu überlegen, wie ich diese Karte spielen wollte. Ich setzte mein unschuldigstes Gesicht auf. »Wie meinst du das?«, fragte ich Amber. »Das habe ich doch gar nicht gesagt.«

Ambers Mund klappte kaum merklich auf, bevor sie sich wieder fasste. »Ich dachte, du hättest gesagt, du müsstest arbeiten? Dieser Auftrag? Oh, warte, vielleicht hast du den Job gar nicht bekommen. Ich weiß ja, dass du Probleme hattest, an Aufträge zu kommen.«

Wenn ich nur den Wert des menschlichen Lebens nicht so hoch schätzen würde ... denn in diesem Moment hätte ich sie mit bloßen Händen erwürgen können. »Tatsächlich habe ich in letzter Zeit ein paar Aufträge an Land gezogen, aber nicht an diesem Wochenende.« (Hatte ich zwar nicht, aber in diesem Fall war die Lüge gerechtfertigt.) Ich sah zu Sarah, die uns vollkommen verwirrt ansah. Womöglich war es nicht nett, Amber so vorzuführen, aber das hier war vielleicht meine einzige Chance zu zeigen, was für ein Mensch sie wirklich war. Also biss ich mir auf die Lippe, verschränkte die Arme und versuchte, gekränkt dreinzuschauen. »Wenn du mich nicht dabeihaben willst, hättest du mich anrufen können. Du hättest es nicht vor allen sagen müssen.«

»Warum solltest du sie nicht dabeihaben wollen?«, sagte Sarah aufrichtig empört.

Lori ihrerseits sah einfach nur interessiert zu und versuchte wahrscheinlich, die diebische Freude angesichts unseres albernen Mini-Dramas auf der Main Street zu verbergen.

Zum ersten Mal in all den Jahren war Amber um Worte verlegen. »Ich? Das habe ich nicht ... Ich habe wahrscheinlich das Datum verwechselt.«

Sarah drehte sich zu mir um, und ich konnte ihr ansehen, wie sehr sie ihr glauben wollte, wie sehr sie immer noch an diesem harmonischen Bild von uns vieren festhielt. Plötzlich fühlte ich mich müde. Auch ich hatte mich viel zu lange an Dinge geklammert, die schon vor langer Zeit geendet hatten.

»Ist schon in Ordnung«, sagte ich. »Ich habe mir ohnehin überlegt, dass es das Beste wäre, das Wochenende daheim zu bleiben. Ich habe einen Haufen Arbeit mit meiner Website, und während der Woche finde ich keine Zeit dafür.«

Das war keine Lüge. Ich hatte mein Logo fertiggestellt und mein Portfolio auf der *Über mich*-Rubrik hochgeladen, zusammen mit einer E-Mail-Adresse, unter der mich potenzielle Kunden erreichen konnten. Ich hatte daran gedacht, auf Loris Angebot zurückzukommen, in ihrem Salon Werbung zu machen, aber aus diversen Gründen erschien mir das wie eine Art Zugeständnis, das ich nicht gewillt war zu machen.

»Nun, wenn du deine Meinung ändern solltest, würden wir uns freuen, dich dabeizuhaben«, sagte Amber. Wenn ich es nicht besser wüsste, hätte ich ihr womöglich glauben können. Ob Sarah das tat oder nicht, war mir nicht klar.

»Okay«, erwiderte ich. Ich hatte keine Energie, noch mehr Geschütze aufzufahren.

»Ich begleite dich noch ein Stückchen«, sagte Sarah.

»Wie ist die neue Wohnung?«, fragte ich, als wir im Gleichschritt die Straße entlangliefen.

»Oh, es ist nett. Zumindest ist alles ausgepackt. Dereks Mom ist letztes Wochenende vorbeigekommen und hat fast alles allein eingerichtet, sie hat sogar die Bilder aufgehängt. Irgendwann hat sie aufgehört, mich zu fragen, wo das Zeug hinsoll. Ich glaube, sie war etwas genervt von mir, aber ich stecke mitten in diesem Fall, und die Entscheidung darüber, ob die Leuchtturmuhr über den Kamin sollte oder doch lieber ins Schlafzimmer, schien mir eine Verschwendung meiner Geisteskräfte.«

Ich lachte.

»Im Ernst jetzt«, sagte sie und schob sich die Sonnenbrille auf die Nase, »ich mache nichts mehr außer essen, schlafen und arbeiten, und ich bin mir fast sicher, dass ich momentan weniger arbeite, als wenn ich erst einmal von der Uni runter bin. Ich finde das schade. Warum wollten wir überhaupt unbedingt erwachsen werden?«

Ich lachte. »Zum einen, um aus Stonebury rauszukommen, und dann natürlich, um zu erleben, wie dieser Traum Wirklichkeit wird.« Ich redete von mir. Sarah hatte es in Stonebury immer gefallen.

Wir waren an ihrem Wagen angelangt, der an der Kreuzung Main Street und Surf Drive stand. Bevor sie einstieg, berührte sie wieder meine Schulter. »Hey, alles in Ordnung? Du siehst irgendwie … durch den Wind aus.«

Sag es ihr. Steig in den Wagen, erzähl ihr alles und bring es hinter dich. Ich zuckte mit den Schultern. »Nur die Arbeit.«

Ich konnte hinter der Sonnenbrille ihre Augen nicht erkennen, aber als sie nur langsam nickte, war ich mir ziemlich sicher, dass sie mir nicht glaubte oder zumindest vermutete, dass etwas anderes im Busch war. »Ja, ich verstehe, aber ich vermisse dich. Und ich wollte unbedingt mit dir reden.« Sie beugte sich näher zu mir vor und sagte mit einem kaum hörbaren Flüstern: »Ich habe Mike gesehen, im Supermarkt. Ich schwöre dir, ich war wieder komplett wie siebzehn. Ich bekam schwitzige Hände und wurde nervös. Keine Ahnung, wieso! Ich dachte, ich würde mich daran gewöhnen, ihn wieder um mich zu haben, und dass er mich nicht mehr so durcheinanderbringen könnte.« Sie zuckte mit den Schultern. »Ich wollte nur mit dir darüber reden. Du bist die Einzige, die das verstehen kann.«

Hätte ich nur etwas Mumm, würde ich ihr die Wahrheit sagen. Und zwar jetzt. Das einzige Problem war, dass ich kein Wort herausbrachte.

»Es ist schon okay. Ich weiß, dass du im Stress bist. Ruf mich an, wenn es wieder geht, okay? Ich vermisse unsere Gespräche. Wir müssen uns bald wieder treffen.«

»Ich weiß. Ich melde mich. Bis dann.«

Wir umarmten uns und sie stieg in den Wagen. Ich stand auf dem Bordstein, winkte und machte mich dann auf den Heimweg.

***

Am nächsten Nachmittag kam Gillian vorbei und brachte eine Wagenladung Kartons mit. Sie zog nach und nach um, sodass beim offiziellen

Einzugstermin so gut wie alles schon eingerichtet wäre. Ich saß in der Essecke und trank Wein und sah Gillian beim Pizzabacken zu. Ich hatte keine Ahnung gehabt, dass sie kochen konnte, aber es schmeckte köstlich, und sie musste den Rauchmelder nur zweimal abschalten. Während wir aßen, umriss sie ihr neuestes Fan-Fiction-Werk, und ich schilderte ihr einige Ideen für die Bilder, die sie sich für ihre Website wünschte.

»Weißt du, was wir tun sollten?«, sagte sie, während sie sich abmühte, einen widerspenstigen Käsefaden zu bezwingen. »Wir sollten unbedingt ein Buch zusammen machen. Ich schreibe und du machst die Bilder.«

»Es müssten aber definitiv Fotos sein, ich kann nicht gut genug zeichnen.« Ich hatte mindestens fünfmal Dr. Hotties Nase wegradiert und neu gezeichnet, aber trotzdem sah er weniger wie ein neuseeländischer Hengst aus, sondern eher wie ein gruseliger Vogelmensch.

»Geht in Ordnung. Was könnten wir machen … ein Reisebuch … ein Kochbuch?«

»Was kannst du sonst noch außer Pizza?«

»Eigentlich nichts.«

»Das könnte ein Problem werden.«

Wenn ich mich nur auf den Vogelmenschen konzentrieren könnte und nicht ständig über Sarah nachdenken müsste, dann würde sich dieses ungute Gefühl, das sich in meinem Magen festgesetzt hatte, vielleicht irgendwann auflösen. Stattdessen spürte ich, wie mit jeder Minute ein diffuses Gefühl von Furcht in mir aufstieg, das jenem nicht ganz unähnlich war, das ich während der Highschool an den Sonntagabenden verspürte, wenn mir bewusst wurde, dass ich in nur wenigen Stunden aufstehen und zur Schule gehen müsste. Nur war dies hier schlimmer. Immerhin endete die Schule irgendwann. Doch das mit Sarah würde nicht enden, bis ich es ihr erzählt hatte, und dann wäre das Einzige, was noch zu beenden war, unsere Freundschaft.

»Einmal«, begann ich an Gillian gewandt, »hat dieses Mädchen, Fiona, von der ich dir erzählt habe, ein wunderschönes Selbstporträt im Kunstunterricht gezeichnet. Der Lehrer war völlig aus dem Häuschen. Ich dachte, meines wäre schon ganz gut, aber als ich ihres sah …« Ich schüttelte den Kopf. »Weißt du, was ich da getan habe? Als wir aufräumten, ging ich zu ihr rüber und sagte ihr, das Porträt sehe aus wie sie. Sie dachte, ich würde ihr ein Kompliment machen, und bedankte sich. Und dann sagte ich ihr, es sei genauso unansehnlich wie sie.«

Gillian hielt beim Kauen inne.

»Ja, ich habe dir doch gesagt, dass Jack nicht übertrieben hat.«

Gillian schluckte und bediente sich an meinem Weinglas, da sie ihres schon geleert hatte. Nachdem sie die Geschichte verdaut hatte, sagte sie: »Ich werde jetzt nicht sagen, dass das nicht gemein war, denn du weißt bereits, dass es das war. Aber dein eigentliches Problem ist, dass du es dir selbst nicht erlaubst, das Ganze hinter dir zu lassen. Du bist zwanzig und nicht mehr siebzehn. Wie lange kann man Leute für das zur Rechenschaft ziehen, was sie in der Highschool getan haben? Wie Jack schon sagte, du kannst die Zeit nicht zurückdrehen, du kannst nur nach vorne blicken, vorwärts gehen.«

Bei diesen Worten machte es Klick in meinem Kopf. Ich starrte Gillian so lange an, dass sie ganz nervös wurde. »Was? Hab ich was zwischen den Zähnen?«

Ich schüttelte den Kopf. »Ich hab eine Idee«, sagte ich, »für eine Geschichte, die wir zusammen schreiben werden.«

»Wirklich?«

Ich nickte sehr ernsthaft. Das Unbehagen, das ich monatelang mit mir herumgeschleppt hatte, begann sich langsam aufzulösen, und ich war mit einem Mal ganz ruhig.

Gillians Augen blickten mich groß an, während sie darauf wartete, dass ich etwas sagte.

Wir waren bis um zwei Uhr morgens wach und saßen bei mir auf der Couch. Gillian gähnte und blätterte durch die Seiten des Notizbuchs, das auf der Decke auf ihrem Schoß lag. Sie streckte die Finger, bevor sie noch einmal zum Stift griff. »Gibt es noch irgendwas, das wir hinzufügen sollten?«, fragte sie mit krächzender Stimme.

Ich schüttelte den Kopf. »Nur den Titel, denke ich.« Ich war Redakteurin, und Überschriften gehörten zu meinem Job, aber es erschien mir ein bisschen merkwürdig, einen Titel für eine Geschichte vorzuschlagen, in der es um mich selbst ging.

Gillian blickte auf ihr Notizbuch, dann wieder zu mir. Sie lächelte den Hauch eines Lächelns, dann schrieb sie etwas nieder. Sie hob das Notizbuch so hoch, dass ich es lesen konnte.

NO GOING BACK.

Ich nickte nur, da ich bestimmt kein Wort hervorbringen konnte. Selbst ich musste zugeben, dass es ein sehr prägnanter Titel war.

*

Das Einzige, was noch zu tun blieb, war, es an Hilary vorbeizuschleusen, und das war keine leichte Aufgabe. Sie war ein notorischer Morgenmuffel und benötigte mindestens drei Tassen Kaffee, bevor jemand es wagte, an ihre Tür zu klopfen. Gegen elf Uhr gewährte sie Gillian und mir Einlass in ihr Büro. Ich erzählte ihr alles.

Wäre ihr Gesicht noch in der Lage zu einem Mienenspiel gewesen, hätte es mit Sicherheit das gesamte Spektrum menschlicher Gefühle abgedeckt, während sie mir zuhörte. Unter den gegebenen Umständen jedoch weiteten sich lediglich ihre Augen an den unglaublichsten Stellen. Als ich geendet hatte, sagte sie nicht sofort etwas. Gillian und ich sahen uns an und wappneten uns für das schlimmste Szenario – dass Hilary uns für zwei hoffnungslose Irre halten und uns auf der Stelle kündigen würde.

»Sie wussten also die ganze Zeit, über wen Jack Moreland singt, und Sie hätten es in dem Artikel bringen können, wie ich es Ihnen aufgetragen hatte, aber Sie haben es nicht getan.«

Ich schluckte schwer. Vielleicht würde Lori mir einen Job als Putzkraft in ihrem Salon geben, aber höchstwahrscheinlich hasste sie mich auch. Nun, ich konnte immer noch zu meinen Eltern nach Iowa ziehen. »Ja«, sagte ich. »Ich war nicht bereit, es öffentlich zu machen. Ich würde das normalerweise auch nie tun.« Ich schluckte wieder. »Aber ich habe schreckliche Fehler gemacht. Es ist jetzt sehr spät dafür, aber ich möchte mich entschuldigen. Der Artikel ist meine Chance.«

Hilary verschränkte ihre dünnen Arme über ihrem Nadelstreifen-Blazer und wandte sich an Gillian. »Und dieser Artikel ist schon geschrieben?«

Gillian zog das Blatt aus einem Umschlag und reichte es ihr. »Ich kann es Ihnen auch mailen …«

Hilary setzte ihre Brille auf und las es aufmerksam durch. »Bringen Sie es zum Korrekturlesen – lassen Sie es jemand anders machen –, ich will es bis vierzehn Uhr zurück, damit es in die morgige Ausgabe kann. Wir werden heute Abend noch einen Teaser ins Netz stellen …« Sie sah uns beide an. »Gibt es irgendeinen Beweis? Bilder, Schriftliches, irgendwas?«

Ich schüttelte den Kopf. Ich hatte nichts, außer meinem Wort, obwohl das in der Vergangenheit nicht viel wert gewesen war. Es war alles, was mir jetzt blieb.

Hilary seufzte und überlegte noch einmal. »In Ordnung.« Gillian und ich sahen uns an und rührten uns nicht. Hilary nahm ihre Brille ab und seufzte abermals. »Ich sagte doch, bis vierzehn Uhr soll es fertig sein.«

Ich hörte, wie Gillian ein Quieken unterdrückte. Ich konnte nicht aufhören zu lächeln. »Vielen Dank.«

»Noch eine Sache, Natalie, wir werden ein Foto von Ihnen brauchen.«

Jetzt verfiel ich doch in Panik. »Von mir? Warum?«

»Die Leser werden wissen wollen, wie Sie aussehen«, erwiderte sie.

Gillian zerrte mich aus dem Büro, wahrscheinlich damit Hilary ihre Meinung nicht doch noch änderte. »Wir besorgen das Foto«, sagte sie. »Vielen Dank!«

Hilary zuckte auf ihre typisch blasierte Art und Weise mit den Schultern. »Nun, ich hatte die Wahl – entweder das oder den Bericht über diesen Laden auf der Main Street, der eine Abschaffung der Parkuhren fordert.«

An dem Funkeln in ihren Augen war sehr gut zu erkennen, dass sie wusste, dass sie etwas Großes an der Angel hatte.

***

Stonebury Gazette, Ausgabe Nr. 617, 5. August

NO GOING BACK – FRAU AUS STONEBURY GESTEHT: »ICH BIN DIE INSPIRATION HINTER JACK MORELANDS ›GOOD ENOUGH‹«

von Gillian Butler

Vor drei Jahren verliebte sich eine Zwölftklässlerin der hiesigen Highschool, Natalie Jamison, Hals über Kopf – doch niemand wusste davon.

Der Junge war das Ziel zahlreicher Schikanen an der Stonebury High, und die Täter waren Natalies Freunde. Sie sahen ihn nicht so, wie sie ihn sah: »Süß, klug, talentiert … romantisch. Der ehrlichste Mensch, den ich je treffen durfte.«

Sie brachte es nicht über sich, ihren Freunden die Wahrheit zu erzählen, und sie verlor auch später nie ein Wort darüber. Bis jetzt.

»Ich dachte, er hätte mich vergessen«, erzählt sie heute. »Aber dann hörte ich sein Lied ›Good Enough‹, und ich wusste sofort, es ging um mich – und dass er nichts vergessen hatte.«

Es schmerzte sie, das Lied zu hören, aber es war auch der Auslöser für einige Änderungen in ihrem Leben, die seit langer Zeit fällig waren. »Mir wurde klar, dass ich mich bei den Leuten entschuldigen musste, die ich damals verletzt habe«, sagt sie. »Und da habe ich eine Liste aufgesetzt.«

Es gab vier Menschen, bei denen sie ganz besonders das Gefühl hatte, um Vergebung bitten zu müssen, und in diesem Sommer machte sie sich auf, um sie aufzusuchen. Die Liste beinhaltete auch Jack Moreland.

Aber eine Entschuldigung, das spürte sie, war nicht genug.

»Bis ich dieses Lied hörte, war mir nicht ganz klar gewesen, was ich ihm angetan habe. Ich hatte ihm das Gefühl gegeben, nicht gut genug zu sein, und das quält mich, denn er ist so viel mehr als gut genug. Ich war es, die versagt hat. Ich war böse und gemein und habe Menschen verletzt. Ich habe ihn verletzt. Ich tat so, als würde ich ihn nicht kennen, weil ich zu viel Angst hatte, was die anderen Leute denken könnten. Und das ist der Grund, warum ich mich auf diesem Wege bei ihm entschuldigen muss – damit es jeder da draußen hört und jeder die Wahrheit über ihn erfährt, über mich. Die Wahrheit ist, ich habe ihn damals geliebt, und ich liebe ihn noch heute, und ich will, dass auch das jeder weiß.«

Natalie sagt, dass sie sich bei noch jemandem entschuldigen muss, einer Person, die ihr sehr nahesteht. »Ich habe es vor mir hergeschoben, weil ich Angst habe, wie sie reagieren wird. Aber ich bin es ihr schuldig, die Wahrheit zu sagen, und das werde ich auch tun.«

Sie weiß, dass sie die Zeit nicht zurückdrehen kann, um das wiedergutzumachen, was sie getan hat, und sie hat ihren Frieden damit geschlossen. No going back! Das ist von nun an ihre Devise. »Ich will nicht mehr dieses verängstigte, unsichere Mädchen von früher sein, ich will ein besserer Mensch werden.« Sie betrachtet diese Entschuldigung als eine Art offenen Brief, und möchte damit gleichzeitig einige Versprechen geben, und das schwarz auf weiß:

»Ich will nicht länger das Schlimmste von Leuten erwarten. Ich werde Leute nicht länger nach ihrem Äußeren beurteilen. Ich möchte ihnen vorurteilsfrei begegnen.

Ich verspreche, für die Menschen und die Dinge einzustehen, an die ich glaube.

Ich verspreche, nicht länger andere Leute für meine eigenen Fehler verantwortlich zu machen – ich einzig und allein bin verantwortlich für mich.

Ich verspreche, wenn ich kein freundliches Wort zu sagen habe, werde ich lieber überhaupt nichts sagen.

Ich verspreche, nett zu sein.«

***

Celebrity Weekly Online ... Ihre Promi-Nachrichten aus erster Hand!

BRANDAKTUELL! Natalie Jamison, 20 Jahre, hat sich gemeldet, um zu gestehen, dass sie die Muse hinter Jack Morelands Hit »Good Enough« ist. Celebrity Weekly hat ein Jahrbuch der Stonebury High aus dem Jahr 2013 aufgetrieben (siehe Foto rechts), der Beleg dafür, dass die beiden an dieselbe Highschool gingen. Noch fehlt der Beweis, dass sie sich tatsächlich kannten. Lesen Sie unten das vollständige Bekenntnis von Jamison, das erstmals in Stoneburys Tageszeitung erschienen ist. Ein echter KNÜLLER ... weitere Details folgen!

***

Mein Handy begann zu klingeln, während ich noch unter der Dusche stand. Als ich in ein Handtuch gewickelt aus dem Bad geeilt kam und das Wasser aus meinem Haar auf den Parkettboden tropfte, summte das Handy ununterbrochen mit eingehenden SMS. Sie kamen allesamt von Reportern aus dem ganzen Land, einige sogar von der Celebrity Weekly. Ich zog mich an und ging in die Küche, wo Gillian bereits mit ihrem Laptop am Tisch saß, während die Frühstücksflocken in der Schüssel neben ihr matschig wurden.

Sie starrte mich mit offenem Mund an. »Heilige Scheiße ...«

Es war erst halb sieben. Die Zeitung war wahrscheinlich noch nicht einmal komplett ausgeliefert, aber die Story ging manchmal über Nacht direkt online.

Ich ließ mich mit nassem Haar neben ihr auf den Stuhl plumpsen. »Meine Mailbox quillt über vor Nachrichten.«

»Ja, meine auch.« Sie gab sich Mühe, nicht allzu aufgeregt zu klingen. »Hast du gesehen, dass die Celebrity Weekly den Artikel gebracht hat?«

Oh Mann. »Nein«, sagte ich.

»Sie haben sogar meinen Namen genannt«, sagte sie.

»Wow.«

»Ich weiß!« Sie dämpfte ihre Aufregung. »Entschuldige, ich weiß, dass das alles gerade ziemlich überwältigend für dich ist.«

»Ich habe nicht damit gerechnet, dass es so schnell draußen ist, ich meine, überall!«

Und *wie* es draußen war. Als wir die Wohnung verließen, um zur Arbeit zu gehen, wartete ein unbekannter Typ mit weißem Hemd und grauer Anzughose im Hauseingang und lief auf und ab. Zuerst dachte ich mir nichts dabei, doch sobald er uns sah, blieb er abrupt stehen. »Sind Sie Natalie Jamison?«

»Hmhmm.«

»Rick Peterson von der Celebrity Weekly.« Er hielt mir seinen Presseausweis vor die Nase, aber ich hatte weder die Zeit noch die Nerven, zu überprüfen, ob er der war, für den er sich ausgab. Er hatte die blauesten Augen, die ich je gesehen hatte. »Wäre es möglich, dass ich mich eine Minute mit Ihnen unterhalte?«

»Ähm, wir sind auf dem Weg zur Arbeit«, erwiderte ich nervös. Ich drehte mich Hilfe suchend zu Gillian, aber sie war fast genauso starr vor Bewunderung wie damals, als sie Jack traf.

»Das ist okay, es dauert nur ein paar Sekunden.« Er ließ ein Lächeln aufblitzen. Er war ziemlich attraktiv, und das war wahrscheinlich der Grund, warum man ihn eingestellt hatte. Es war einfach schwer, Nein zu sagen.

Aber ich kam damit klar. Ich schüttelte den Kopf. »Sorry, aber nicht heute.«

»Ach, kommen Sie. Ich bin extra aus der Stadt hergefahren, ich bin seit vier Uhr wach.« Er lächelte wieder.

»Wirklich?«, fragte Gillian. »Nur um Natalie zu interviewen?«

Rick lenkte sein Lächeln auf Gillian, und ich musste sie am Arm packen und an ihm vorbei aus der Haustür schleifen. Auf dem Parkplatz war es auffällig ruhig, nur das Rauschen einer Meeresbrise war in den Baumkronen zu hören. An solchen Tagen ging ich normalerweise zu Fuß zur Arbeit, aber heute eilte ich schnurstracks zum Wagen.

In den Büros der Stonebury Gazette herrschte an jenem Morgen eine Aufregung wie in einer echten Zeitungsredaktion. Jason vom Sport kam auf uns zugeeilt, sobald wir eintrafen. »Mädels, eine Vorwarnung wäre nett gewesen.«

»Warum?«, fragte Gillian.

»Seit ich hier angekommen bin, haben die Telefone nicht aufgehört zu klingeln.« Seine gestresste Miene wich einem sanfteren Ausdruck, als er zu mir sah. »Du kleine Herzensbrecherin, du.«

Ich verdrehte die Augen und drängte mich an ihm vorbei zu meinem Schreibtisch, wo Hilary mich erwartete.

»Sie haben ja keine Ahnung, wie viele Klicks unsere Homepage bis jetzt hatte. Wir haben bereits den Rekord von damals übertroffen, als wir die Story von dieser Frau brachten, die behauptete, das Gesicht von Jesus in ihrer Pizza gesehen zu haben.«

»Wow«, sagte ich und ließ mich auf den Stuhl sinken. »Was für eine zweifelhafte Ehre.«

Gillian und ich sahen ihr hinterher, als Hilary förmlich zu ihrem Büro tänzelte. »Heiliger Bimbam«, wisperte Gillian, »ich habe das Gefühl, wir sind ihre neuen Lieblinge.«

Ich lächelte matt. Das Telefon auf meinem Tisch blinkte aufgeregt rot. Als ich meine E-Mails in Outlook öffnen wollte, erhielt ich sofort eine Benachrichtigung, dass mein Posteingang voll sei. Ich durchsuchte meine Nachrichten ungeduldig nach einer E-Mail von Jack, aber es schien fast, als sei er die einzige Person auf diesem Planeten, die nicht versuchte, mit mir in Kontakt zu treten. Es gab jedoch drei von Sarah.

Nachricht eins

NATALIE!! WAS zum Teufel ist los???

Nachricht zwei

Bist du mir deswegen aus dem Weg gegangen?

Nachricht drei

Und was meinst du mit »noch einer Entschuldigung«? Was ist passiert? RUF MICH AN!!

Ich würde mich heute Abend um Sarah kümmern, sobald ich Zeit und Muße hätte, einen klaren Gedanken zu fassen. Ich verbrachte den Vormittag damit, meine Handy-Mailbox und meine Outlook-Nachrichten durchzuforsten, bis Gillian gegen elf Uhr mit einem seltsamen Gesichtsausdruck auf ihrem Stuhl herumwirbelte. »Ähm, warst du schon auf unserer Homepage?«

»Ich geh gleich online.«

»Oh.« Ihr Ausdruck schwankte irgendwo zwischen Angst und Mitleid. »Na ja, lies nicht die Kommentare, okay?«

Die Kommentare. Als ich anfing, fleißig die Celebrity Weekly zu lesen, wurde ich sofort in die schreckliche Welt anonymer Kommentar-Boards geworfen – den Ort, an dem sich jegliches menschliche Wohlwollen zum Sterben zurückzog.

Da Gillian mir geraten hatte, die Kommentare nicht zu lesen, scrollte ich natürlich sofort nach unten.

»Ach du liebe Güte …«, hörte ich sie murmeln.

Es gab 116 Kommentare – fünf ganze Seiten.

Madison411: Sorry, aber ich glaub das nicht. Das Mädchen ist nicht hübsch genug, um mit ihm zusammen zu sein, weder damals noch heute. Sie ist FETT! Das ist definitiv eine ENTE!

luvJM: Ich glaub das nicht! JM sagt, in GE ginge es um keine reale Person. Ich glaube ihm. Wer auch immer das ist, sie will doch nur Aufmerksamkeit.

yourmomsez: Wenn juckt's? Morehuhns »Musik« ist Mist.

hippiechic: Leute, ihr seid so primitiv. Sie ist echt süß. Ich glaube, sie ist es. Schaut euch die Augen und die Grübchen an. Erinnert ihr euch, dass er in BREAKDOWN ihre grünen Augen erwähnt, und in CAFÉ NIGHTS die Grübchen?!? Oh, und nur weil eine nicht Size Zero trägt, ist sie noch lange nicht fett!

kikidee523: Diese Tussi sieht aus wie eine Schlampe. F… dich, wenn du das Jack wirklich angetan hast! Schätze, jetzt, da er ein Star ist, ist es dir nicht mehr zu peinlich zuzugeben, dass er toll ist! Falls das stimmt, hoffe ich, dass Jack dir einen Arschtritt gibt! Du bist ein Stück Scheiße!

Ich musste schlucken. »Hast du alle fünf Seiten gelesen?«

»Ja. Auf Seite drei hast du auch ein paar Leute, die dich unterstützen. Sag mal … Bist du okay?«

»Mir geht's gut.«

»Du solltest dir eine Pause gönnen. Willst du was essen gehen?«

»Nein, schon in Ordnung.« Jetzt, da ich angefangen hatte, konnte ich nicht anders als weiterlesen.

dansinggurl101: Ähm, hallo? Hab die Tussi gegoogelt, und da steht, sie lebt immer noch in derselben Stadt, in der sie aufgewachsen ist! Wahrscheinlich bei ihren Eltern!

loveslifexoxo: LOL … echt jetzt … klingt für mich nach einer aufmerksamkeitsgeilen Nutte!

Nett.

Mein Handy klingelte und ich schreckte auf. Aber es war nicht Jack. Es waren meine Eltern. Meine Mutter wartete nicht einmal mein Hallo ab. »Natalie! Was ist los? Warum rufen mich ständig Reporter an? Dein Vater wurde heute früh in der Bank abgefangen, von jemandem, der ein Exemplar von deinem Jahrbuch wollte …«

»Ernsthaft? Sie haben euch in Iowa aufgespürt?«

»Wer hat uns aufgespürt? Was ist los?«

»Es ist eine lange Geschichte. Geh einfach auf die Website der Celebrity Weekly und dann wirst du schon sehen.«

»Celebrity … was? Das ergibt doch keinen Sinn.«

Ich hatte bei der ganzen Sache keinen Gedanken an meine Eltern verschwendet. Mir fiel ein, wie Jack sich Sorgen gemacht hatte, dass seine Eltern allen erzählen müssten, dass er ein Schulversager sei, doch das schien mir um einiges besser als eine Tochter, die allem Anschein nach eine fette, aufmerksamkeitsgeile Nutte war. Und eine Lügnerin dazu. »Geh einfach ins Internet. Wahrscheinlich ist es mittlerweile schon auf Yahoo! News. Oh … und Mom? Falls irgendwer anruft, beantwortet bitte keine Fragen, okay?«

Ich legte auf und klickte Yahoo! News an. Da war es ja, direkt auf der Aufmacherseite, samt einem kleinen Foto von mir in der Seemöwen-Cheerleaderuniform. Ich würde diesen gottverfluchten Polyesterfetzen wohl nie loswerden, egal was ich tat.

Gillian musste während der Mittagspause ein Interview machen, und ich begleitete sie hinaus, um sicherzustellen, dass Rick Peterson uns nicht bis zur Arbeit gefolgt war. Alles auf der Straße schien normal, Touristen führten ihre Hunde Gassi und schwangen ihre Einkaufstüten, und die Einheimischen waren auf dem Weg zum Postamt oder zum Baumarkt.

Jack hatte immer noch nicht angerufen. Mich beschlich das ungute Gefühl, meine grandiose Idee einer öffentlichen Entschuldigung als Wiedergutmachung dafür, ihn so lange geheim gehalten zu haben, könnte nach hinten losgegangen sein. Er war wahrscheinlich sauer, dass ich ihn als Lügner hatte dastehen lassen. Ich erwog sogar die Möglichkeit, dass ich ihm damit eventuell geschadet hatte – immerhin hatte er die letzten Monate durchgehend behauptet, dass es mich hinter diesen Liedern nicht gab. Und ich hatte geglaubt, es in die Welt hinauszuposaunen – wortwörtlich –, könnte alles wieder in Ordnung bringen. Vielleicht war das nur ein weiterer Fehler in meiner langen, langen Liste.

»Möchtest du was essen gehen, wenn ich zurück bin?«, fragte Gillian.

»Ich glaube, ich mache meine Pause jetzt. Ich muss ein Weilchen raus aus dem Büro.«

Sie nickte und unsere Wege trennten sich am Ende der Pine Street, wo sie rechts auf die Main Street abbog und ich mich nach links wandte. Das Diner war leer bis auf zwei weißhaarige ältere Herren, die auf Hockern vor Tellern saßen, die mit frittiertem Fleisch beladen waren, und mit einer Kellnerin flirteten, die jung genug war, um ihre Enkelin zu sein. Ich bestellte ein Sandwich und einen Kaffee und setzte mich ans Fenster. Vielleicht wollte ich mich versichern, dass ich nicht träumte, denn ich nahm mein iPad hervor und klickte die Celebrity Weekly-App an. Da war es ja schon, ganz oben auf der Seite: BRANDAKTUELL! FRAU AUS STONEBURY BEHAUPTET …

Ich stopfte das iPad zurück in die Tasche. Das war alles verrückt, völlig unglaublich. Vielleicht war es der Stress, der Schlafmangel oder beides, aber ich musste plötzlich lachen. Ich saß alleine an meinem Tisch und lachte mit mir selbst. Die Kellnerin blickte mich aus dem Augenwinkel an, vielleicht weil ich lachte, vielleicht weil sie mich erkannte, wer weiß. Wenn jetzt irgendjemand von draußen reinblicken und mich so sehen sollte, würde er denken, ich wäre komplett durchgeknallt.

Nach dem Essen und dem Koffein fühlte ich mich etwas mehr wie ein Mensch, und ich beschloss, den langen Weg zurück zur Arbeit anzutreten. Draußen war ein wundervoller Tag. Ich war überhaupt nicht dazu gekommen, den Sommer zu genießen, dabei waren die Sommer in Stonebury besonders schön. Die frische Meeresbrise, der Geruch von Salz in der Luft. Vielleicht wäre alles okay, wenn …

»Uuuff!«

Ich stieß mit einem Mann zusammen, der eine Red-Sox-Cap trug. Sein Ellbogen traf mich am Mund, und ich war mir sicher, meine Tage als stolze Besitzerin von Schneidezähnen waren gezählt. Ich betastete sie, um mich davon zu überzeugen, dass sie noch da waren.

Als ich dazu ansetzte, mich bei dem Mann zu entschuldigen, hob er eine Kamera vor mein Gesicht. Erst dachte ich, wie nett, meine Kamera muss mir aus der Tasche gefallen sein und der Mann hebt sie für mich auf – bis ich mich daran erinnerte, dass ich meine Kamera gar nicht dabeihatte. Dann begann er zu knipsen.

Grundgütiger.

Ich weiß nicht, woher sie kamen oder ob sie die ganze Zeit schon auf mich gelauert hatten, aber drei oder vier andere Fotografen umschwärmten mich plötzlich und zingelten mich ein, um einen Schnappschuss zu ergattern. Ich hob die Hand, um mein Gesicht abzuschirmen, und eilte zum öffentlichen Parkplatz drei Blocks weiter, denn natürlich war ich heute Morgen zu knauserig gewesen, die Parkuhr in der Stadt zu bezahlen. Die Fotografen bewegten sich mit mir, als wären wir Teil eines durchchoreografierten Tanzes. Touristen blieben stehen und ließen alles links liegen, um zuzuschauen. Wahrscheinlich dachten sie, ich sei eine Schauspielerin bei einem Dreh oder Teilnehmerin eines Flashmobs.

Die Paparazzi brüllten Fragen, wie ich sie schon Hunderte Male im Fernsehen gehört hatte.

»Natalie, ist die Geschichte wahr?«

»Warum haben Sie so lange gewartet, um an die Öffentlichkeit zu gehen?«

»Warum, glauben Sie, hat Jack Moreland gelogen?«

»Wie hat es sich angefühlt, nach all den Jahren mit ihrer Beziehung ins Reine zu kommen?«

»Sind Sie ein Groupie?«

»Oder eine pathologische Lügnerin?«

»Glauben Sie, die Gerüchte, dass Jack Moreland eine einstweilige Verfügung gegen Sie angestrengt hat, sind wahr?«

»Was haben Sie Jacks Fans zu sagen?«

»Haben Sie irgendeinen Beweis für Ihre Beziehung?«

Die Fragen kamen in einem fort, wobei jeder Fotograf den anderen übertönte. Sie stießen sich mit den Ellbogen aus dem Weg, um den besten Schnappschuss wetteifernd. Sie umzingelten mich selbst dann noch, als ich endlich meinen Wagen erreichte. Ich hatte es gerade hineingeschafft, als eine Stimme aus all den anderen hervorstach – die einzige weibliche Fotografin in dem ganzen Haufen –, und ich beging den Fehler, Augenkontakt mit ihr aufzunehmen. Sie war hübsch, etwa in meinem Alter, und für einen Moment glaubte ich, es gäbe da so etwas wie eine Verbindung … junge, weibliche Fotografen, die es zu etwas bringen wollten. Ich hätte schwören können, so etwas wie Zögern in ihrem runden Gesicht zu erblicken. Doch dann erschallte ihre Frage über den beinahe verwaisten Parkplatz.

»Natalie? Lieben Sie Jack Moreland?«

Die Paparazzi verstummten, wenn man von dem unaufhörlichen Klicken ihrer Kameras einmal absah. Ich hielt dem Blick der Fotografin lange genug stand, um das hoffnungsvolle Funkeln in ihren Augen zu sehen. Dann knallte ich die Wagentür so fest zu, wie ich nur konnte. Das Gebrüll schwoll wieder an, selbst als ich den Rückwärtsgang einlegte. Mit zitternden Händen schaffte ich es, das Lenkrad zu drehen – diese Leute waren verrückt, aber bestimmt nicht so verrückt, dass sie sich einem fahrenden Wagen in den Weg gestellt hätten. Ich kroch langsam zurück, wobei ich das Gaspedal kaum mit dem Fuß berührte und die ganze Zeit mein Gesicht mit einer Hand abschirmte. Endlich machten die Fotografen Platz, und es war natürlich nur ihrer Herzensgüte zu verdanken, dass ich es aus dem verdammten Parkplatz und auf die Straße schaffte.

Meine erste Paparazzi-Attacke … und Gillian war nicht einmal da, um sie mitzukriegen.

*

Ich musste ihr die Geschichte auf der Fahrt nach Hause in allen Details immer wieder erzählen. Unsere beiden Handys klingelten ununterbrochen durch. Jeder Anruf kam von irgendwelchen Nummern, die wir nicht erkannten. Und dann, als wir uns unserem Wohnhaus näherten und das Schild mit Stonebury Heights in Sicht kam, schnappte Gillian nach Luft.

Eine Traube von Fotografen stand um unsere Eingangstreppe herum. Sie sprachen und lachten und rauchten, wobei sie unverfroren die riesigen Rauchverbotsschilder ignorierten, die den Eingang flankierten und an beinahe jedem Parkplatzpfosten angebracht waren.

»Das soll wohl ein Witz sein.« Gillian streckte ihren Hals, um besser sehen zu können. »Wie sollen wir in unser Haus kommen?«

»Wir gehen einfach rein«, sagte ich und klang zuversichtlicher, als ich mich fühlte. »Was sollen sie schon tun? Uns den Weg versperren?«

Offenbar war es genau das, was sie vorhatten.

Sie brüllten noch mehr Fragen auf mich ein, während Gillian und ich versuchten, uns einen Weg um sie herum zu bahnen. Es gelang mir recht gut, ruhig zu bleiben und sie zu ignorieren, bis jemand rief: »Ist das alles ein ausgeklügelter Plan, um vom Erfolg eines Mitschülers zu profitieren?«

Ich blieb stehen und Gillian umklammerte meinen Arm. »Ist schon okay, lass uns gehen …«

Es war Rick Peterson, der mich unverschämt angrinste. Er war immerhin den ganzen weiten Weg von der großen Stadt hierhergefahren … ich schuldete ihm etwas. Er bekam meinen Mittelfinger zu sehen.

Gillian schubste mich vorwärts und wir hasteten die Stufen zur Eingangstür hinauf. Wir warteten nicht auf den Aufzug. Ich nahm zwei Stufen auf einmal, und als wir es endlich in unsere Wohnung geschafft hatten, gaben meine Beine fast unter mir nach.

Wir steuerten beide das Wohnzimmer an und brachen auf dem Sofa zusammen. Ich hatte schon immer gewusst, dass ich es hasste, auf der anderen Seite der Kamera zu stehen, aber das war wirklich extrem. Diese Fotografen gebrauchten ihre Kameras wie Waffen.

Zehn Minuten später lagen wir immer noch dort, als mein Telefon klingelte. Diesmal war es Hilary.

»Haben Sie heute wirklich ein paar Fotografen den Stinkefinger gezeigt?«, fragte sie ohne Umschweife.

»Meinen Sie das ernst? Das ist keine fünf Minuten her!« Ich bedeckte die Augen mit meinem Unterarm. »Wenn Sie mich feuern wollen, nur zu, ich kann's verstehen.«

»Sie feuern?« Sie lachte. »Sie machen Witze. Das ist großartig! Wir können aus dieser Story eine ganze Serie machen. Wir sprechen uns morgen.«

Sie legte auf. Ich rührte mich nicht. Ganz toll, jetzt gab es da draußen ein Foto von mir, auf dem ich der Welt den Stinkefinger zeigte, ein Foto, das für immer und ewig im Internet überdauern würde … in bester Gesellschaft mit Jacks Album.

Offenbar hatte das Foto bereits den Weg nach Iowa zurückgelegt. »Ich kann das nicht glauben«, brabbelte meine Mutter aufgeregt drauflos. »Was ist los? Ich wusste nicht einmal, dass du an der Highschool einen Freund hattest.« Sie wartete keine Antwort ab. »Dein Vater und ich werden einen Bodyguard für dich engagieren.«

Ich musste lachen. »Mom, mir geht's gut. Sie sind schon wieder weg. Ich gehöre in die Schublade Z-Promis. Die belagern sie nicht so lange.«

Das entlockte ihr ein müdes Seufzen. »Meine Tochter, ein Z-Promi. Das war genau das, was wir vor Augen hatten, als wir die Schecks für die Studiengebühren an der Brown unterschrieben haben.«

Hinter ihr ertönte ein missmutiges Brummen, dann wurde das Geräusch im Hörer gedämpft. Eine Sekunde später war mein Dad dran. »Natalie, sie ist nur etwas aufgeregt. Es hat uns nie etwas ausgemacht, für deine Ausbildung aufzukommen, auch wenn du Englisch als Hauptfach hattest.«

»Oh, toll! Danke, Dad.«

»Gern geschehen. Pass auf dich auf, ja?«

»Mach ich.«

Ich erzählte Gillian wortwörtlich, was meine Eltern gesagt hatten.

»Tut mir leid, dass ich lachen muss, aber ich kann nicht anders.« Sie lachte weiter und nach einer Weile stimmte ich mit ein. Es gab ja sonst nichts für uns zu tun.

***

An diesem Abend rief ich Sarah an.

Sie klang zögernd, beinahe verängstigt, als seien wir Fremde. »Was ist los? Ist das alles wahr? Natalie, warum hast du mir nichts …?«

Ich schloss die Augen. »Ich weiß. Und ja, es ist wahr. Ich werde es dir erklären, ich verspreche es dir. Können wir uns morgen treffen?«

»Ich treffe mich morgen vor Feierabend noch mit dem Richter, aber ich könnte es auf 19 Uhr schaffen, da ist Derek beim Raquetball.«

»Gut, ich komme bei dir vorbei«, sagte ich.

»In Ordnung.« Sie hielt inne. »Ich bin hier ziemlich am Durchdrehen«, sagte sie.

»Alles wird gut. Wir sprechen uns morgen.«

Meine Stimme war ruhig, gefasst, sie stand in völligem Gegensatz zu dem, wie ich mich fühlte. Aber Sarah verdiente es, die ganze Wahrheit zu erfahren, und nun war die Zeit gekommen, sie ihr zu erzählen.

16

Black and white all over tonight
You're dancing with him
And I can't stand how you lie
Like you believe it

– Jack Moreland, »Prom Night (Your Lies)«

Drei Jahre zuvor

Die gesamte Schule war wie besessen vom Abschlussball. Selbst die Kerouacs.

Travis hatte eine Verabredung für den Abend, und diese Neuigkeit war das große Thema im Pausenraum des Nona's. Es war ein Mädchen, das er im Sommercamp kennengelernt hatte. Sie war von Rhode Island und ihre Eltern wollten sie eigens zu diesem Anlass hierherfahren. Travis versuchte nicht einmal, seine Aufregung zu verbergen. Er wollte meinen Rat zur farblichen Abstimmung seiner Klamotten, zu den Blumen und außerdem einen Tipp, wie er sein Haar tragen sollte. Jack saß dort und lauschte eine Weile, dann stand er auf und ging, um seine Gitarre zu stimmen.

Später, während Travis und Jack aufbauten, ließ sich Reid auf den Stuhl mir gegenüber plumpsen, und ich sah den niedergeschlagenen Ausdruck auf seinem Gesicht.

»Eine Runde Black Jack?«, fragte ich.

Mürrisch teilte er die Karten aus und war beleidigt, als ich auf Anhieb gewann. »Natürlich, nicht einmal ein bescheuertes Kartenspiel krieg ich gebacken.«

Beim Mischen war er so wütend, dass er die Karten verbog. Ich zog sie ihm aus den Händen und legte sie auf meinen Schoß. »Was ist los?«

Er schmollte einen Moment und seufzte dann tief. »Ich kann nicht glauben, dass Travis vor mir eine Verabredung für den Abschlussball hat. Ich weiß, das ist gemein von mir, aber trotzdem …« Wieder seufzte er. »Und was noch schlimmer ist, das Mädchen, das ich fragen will, wird in einer Million Jahren nicht mit mir hingehen.«

Nun, wenn es sich bei dieser Person um Amber handelte, mochte er recht haben. Aber Reid war ein netter Typ, wirklich clever und sogar süß, wenn er sich Mühe gab. »Ich glaube, du übertreibst etwas. Wen willst du denn fragen?«

Er sah mich verlegen an, und für einen kurzen, schrecklichen Moment dachte ich, er würde sagen, dass ich es sei. Er murmelte etwas, das ich nicht verstehen konnte.

»Wer? Was? Muddi?«

Er verdrehte die Augen. »Maddie.«

Nun, das war tatsächlich ein Schock. Madeline kam ab und an im Café vorbei, um mir einen bösen Blick zuzuwerfen und mit der Band zu schäkern, aber ich hatte nie etwas zwischen ihr und Reid bemerkt. Obwohl, nun, da ich darüber nachdachte, fiel mir ein, dass er immer rot wurde, wenn sie ihn aufzog. Doch Madeline war wie eine Schwarze Witwe, sie würde Reid mit Haut und Haaren verschlingen – und das nicht auf die gute Art und Weise.

Dennoch mochte sie ihn ganz offensichtlich, zumindest als Kumpel. Außerdem waren schon verrücktere Sachen geschehen.

Anscheinend hatte ich zu lange mit meiner Antwort gewartet, denn Reid warf mir einen finsteren Blick zu (der dem von Madeline nicht unähnlich war) und sagte: »Tja, ich hab's dir doch gesagt, nicht der Hauch einer Chance.«

»Das stimmt nicht. Ich habe nur gezögert, weil ich überrascht war. Sie ist nicht unbedingt … der netteste Mensch.«

»Das denkst du nur, weil du sie nicht kennst. Und, na ja, weil sie dich nicht mag.«

Ich zog eine Grimasse. »Wohl wahr. Aber sie mag dich. Das ist mehr als offensichtlich. Du bist nett, du bist klug und du siehst gut aus. Du hast blondes wuscheliges Haar … Mädchen lieben blondes wuscheliges Haar. Außerdem spielst du echt gut Gitarre.«

Sein gesamtes Gesicht war noch röter angelaufen als sonst. »Wirklich?«

»Ja, klar. Du musst sie wenigstens fragen. Sonst wirst du es bereuen. Was ist schon das Schlimmste, was passieren könnte?«

»Sie sagt Nein und ich sterbe tausend Tode?«

Ich sah ihn an. »Und was dann?«

»Ähm … dann bin ich tot?«

»Dann wird es dich ja nicht mehr kümmern. Also musst du sie fragen. Okay?«

»Ja, okay.« Er nahm mir die Karten wieder ab und teilte ein weiteres Blatt aus.

Als ich wieder aufblickte, sah ich, dass Jack in der Tür lehnte und uns lauschte.

***

Am nächsten Montag in der Schule schien es kein anderes Wort mehr zu geben als »Prom« – »Abschlussball«.

Adam und Amber wollten zusammen gehen, nicht weil sie ein Paar waren, sondern weil sie die beliebtesten Schüler waren und keiner von ihnen sich in festen Händen befand. Lori und Kurt äußerten sich nicht dazu, aber alle wussten, dass sie zusammen kommen würden. Sarah hatte verkündet, sie wolle überhaupt nicht gehen. Mike hatte bereits

Holly McCarthy, eines der Randfiguren-Mädchen aus der Elften, gefragt und ich nahm das als Beweis, dass Amber und ich das Richtige getan hatten. Wie verzweifelt konnte er schon sein, wenn er ein anderes Mädchen zum Abschlussball einlud? Sarah hingegen hatte drei Typen einen Korb gegeben.

Ich für meinen Teil wollte ebenfalls nicht hingehen. Ich überlegte, mit Sarah daheim zu bleiben, Pizza zu bestellen und den Abend zusammen zu verbringen, nur wir zwei, so wie früher. Amber war allein bei dem Gedanken entsetzt, »die wichtigste Nacht unseres Lebens« verpassen zu können. Sie beäugte mich. »Stehst du überhaupt auf Jungs?«, fragte sie, und der gesamte Cafeteriatisch prustete los.

Zwei Tage später nahm ich eine Einladung von Eddie van Husen an. Er gehörte nicht zur ersten Riege der beliebten Kids, so wie die Jungs aus dem Basketballteam, aber alle mochten ihn. Er kam mit dem Skateboard zur Schule, trug geflochtene Armbändchen und war zu jedem nett. Er war eine sichere Wahl.

Zwei Wochen vor dem Abschlussball saßen wir wieder mal beim Mittagessen in der Cafeteria, und ich löffelte einen Becher Erdbeer-Wackelpudding, während ich einen Katalog der Brown University durchblätterte (ich hatte mein Aufnahmeschreiben die Woche zuvor im Briefkasten gefunden), als Lori jemanden zu unserem Tisch winkte. Ich sah kaum auf, bis ich aus dem Augenwinkel den Blick auf eine Gestalt in kariertem Flanellhemd erhaschte, die sich unserem Tisch näherte. Mein Herz pumpte mit irrsinniger Geschwindigkeit Blut durch meine Adern. Hatte Lori es irgendwie herausgefunden? Ich traute es ihr durchaus zu, uns in Gegenwart der gesamten zwölften Klasse gnadenlos bloßzustellen.

Jack zog einen Stuhl heran. Es gab noch Platz am anderen Tischende rechts neben Sarah, doch er schob seinen Stuhl zwischen Lori und mich und machte es sich darauf gemütlich, als säße er immer da. Er hatte ein Tamburin in der Hand.

»Geht's noch schwuchteliger?«, fragte Adam. Er grapschte nach dem Tamburin, aber Jack hielt es außer Reichweite.

Das Tamburin war seine neue Leidenschaft. Er hatte natürlich immer noch seine Gitarre, die sicher auf einem Stuhl neben Reid am anderen Ende der Cafeteria thronte. Als er mir das erste Mal von dem Tamburin erzählte, war ich skeptisch. Ich hatte es nie als richtiges Instrument betrachtet, sondern immer mit so Dingen wie Triangeln und Blockflöten in einen Topf geworfen. Doch dann sah ich die Kerouacs im Nona's spielen und hörte das Lied, für das er es verwendete, und merkte, wie wunderbar es dazu passte. Ich fühlte mich dumm, weil ich an ihm gezweifelt hatte.

»Sorry, aber das letzte Mal, als ich mich erkundigt habe, war das hier noch nicht der Losertisch«, schnaubte Amber.

Jack schenkte ihr ein Lächeln. »Ja, das muss wohl stimmen, immerhin bist du hier die Tischpolizei.«

Ambers Augen verengten sich zu Schlitzen. »Was soll das heißen?«

Ich würde ihn umbringen. Vor ein paar Abenden waren wir bei Jack zu Hause gewesen, in seinem Zimmer. Seine Mom war Krankenschwester und hatte immer Spätdienst, und sein Dad, Bauleiter auf einer Baustelle außerhalb der Stadt, kam nie vor 22 Uhr zurück. An den Tagen, an denen ich keine AG oder Cheerleader-Training hatte, ging ich zu ihm. Ich nahm einen Umweg und passierte keine der Straßen, in denen jemand von meinen Freunden wohnte. Wir hörten Musik, knutschten herum und redeten, und irgendwann erwischte ich mich dabei, wie ich ihm von einem Vorfall aus der elften Klasse erzählte, als Amber aus irgendeinem Grund sauer auf mich war – ich konnte mich nicht einmal erinnern, worum es bei dem Streit gegangen war – und alle aufforderte aufzustehen, als ich mich an den Tisch setzen wollte. Das ging drei Tage lang so und selbst Sarah machte mit. Und obwohl sie am ersten Abend in Tränen aufgelöst bei mir zu Hause vorbeikam und mir versicherte, dass sie das nicht hatte tun wollen, war ich nicht sicher, ob ich ihr seitdem je wieder vollständig vertraute.

Jetzt grinste Jack Amber an. »Nur dass du in der Schule das Sagen hast. Oder stimmt das etwa nicht?«

Nach einer Sekunde erwiderte sie sein Lächeln. »Nun, das stimmt«, sagte sie und schwang ihr Haar über die Schulter.

»Okay«, unterbrach Lori seufzend. »Hör zu, ich muss dich etwas fragen.«

»Tut mir leid, ich bin schon vergeben«, sagte Jack.

Sie sah ihn entsetzt an. »Oh Gott, nein! Ich wollte fragen, ob deine Band auf dem Abschlussball spielen könnte.«

»Was?«, geiferte Adam. »Wir lassen eine Schwuchtel-Band auf dem Abschlussball spielen?«

»Ich hab keine andere Wahl, okay?« Lori war extrem angespannt, seit die Ballsaison begonnen hatte. Sie und Amber saßen beide im Organisationskomitee, doch Lori hatte die Aufgabe, sich um den Veranstaltungsort und die Band zu kümmern, und sie nahm beides sehr ernst. »Ich hab nur ein begrenztes Budget zur Verfügung. Hast du überhaupt eine Ahnung, was es kostet, den Saal im Lighthouse Beach Club zu mieten?« Sie nahm einen tiefen Atemzug und wandte sich wieder an Jack. »Hör zu, ich hab gehört, ihr Jungs hättet diesen komischen Bandwettbewerb gewonnen, und Miss Helmen meinte, ihr hättet vielleicht Lust aufzutreten. Also, was sagst du?«

Jack drehte das Tamburin in seinen Händen. Es war so seltsam, ihn hier neben mir sitzen zu haben, ohne dass er mich anschaute. Besonders angesichts der Tatsache, wie gerne ich ihn in diesem Moment küssen wollte. »Hm, ich bin nicht sicher, ob so ein Abschlussball unser Ding ist.«

Ich wusste, dass das nicht stimmte. Travis hörte gar nicht mehr auf, darüber zu reden, und Reid hatte endlich Madeline gefragt. Sie hatte Ja gesagt.

Was Jack anging, war ich mir da nicht so sicher. Er hatte den Ball mit keinem Wort erwähnt.

»Ihr werdet auch bezahlt«, schob Lori schnell hinterher. »Ich weiß noch nicht, wie viel, aber ein Honorar ist auf jeden Fall drin.«

»Dann sind wir dabei«, sagte er.

Lori wirkte erleichtert. »Super!«

Gerade, als ich dachte, er wolle los, sah er zu mir. »Und? Wer wird das Vergnügen haben, dich zum Ball auszuführen?«

Ich hätte ihn umbringen können. Gleich noch einmal. Mein Hals schnürte sich zu, als alle meine Freunde mich anschauten. Ich hatte ihm noch nicht von Eddie erzählt, dem ich vor ein paar Tagen zugesagt hatte. Aber wie sollte man das auch einem Menschen sagen, der einem in seinem Bett gerade den Hals küsste?

»Uuh«, machte Amber und rettete mich. »Was geht das dich an?«

Jack öffnete den Mund, aber bevor er etwas erwidern konnte, klingelte es zum Pausenende. Ich drängte mich an ihm vorbei, ohne ihm in die Augen zu blicken, und eine Minute später saß ich erleichtert in Wirtschaftskunde. Dennoch war da ein mulmiges Gefühl in meinem Magen, das ich nicht loswurde … das wachsende Bewusstsein, dass ich mich zu tief in etwas vorgewagt hatte, etwas, aus dem ich nicht wieder herauskommen und dabei derselbe Mensch bleiben konnte wie zuvor.

***

Am Donnerstag vor dem Abschlussball ging ich nach der Schule zu Jack. Sein Zimmer war so gar nicht wie meines. Mein Schreibtisch war absolut sauber und ordentlich, und normalerweise bügelte ich sogar meine Klamotten, bevor ich sie aufhängte. Sein Schreibtisch versank unter einem Stapel CDs, Plektren, Notizheften und Bleistiften, die bis auf einen Stummel aufgebraucht waren. Klamotten lagen überall, auf dem Bett, auf dem Schreibtischstuhl, auf dem Boden. An der Wand über seinem Bett hing ein Kalender, auf dem jeder Tag bis zum heutigen mit einem roten Kreuz markiert war.

»Jack, was glaubst du, wie es nach der Schule weitergehen wird?«

Er lehnte an der geschlossenen Zimmertür und kritzelte in einem Anfall von Inspiration in sein Notizheft. Eine Sekunde später schob er sein Haar hinters Ohr und sah zu mir. Sein Mund verzog sich zu einem Lächeln. »Du gehst auf die Brown und ich bekomme einen Plattenvertrag bei einem großen Label und werde reich und berühmt.«

Er kannte die Wahrscheinlichkeit, das Letzteres passieren würde – sie ging ungefähr gegen null –, aber er ignorierte mich beharrlich, wenn ich ihn davon zu überzeugen versuchte, wenigstens einen normalen Job in Betracht zu ziehen, um über die Runden zu kommen. Tatsächlich wurde sein Ehrgeiz immer intensiver, je näher das Ende des Schuljahres rückte. Bis zum letzten Schultag war es weniger als einen Monat hin. Sein Dad hatte ihm bereits eine Wohnung in New York vermittelt, bei ein paar Typen, mit denen er früher zusammengewohnt hatte, und letztes Wochenende hatten die Kerouacs ein paar Songs in einem kleinen Studio in Boston aufgenommen – eine weitere der alten Connections seines Vaters aus den Tagen, als er noch selbst Musik machte. Aber Reid und Travis hatten es beide ans College geschafft. Das Mini-Album war der letzte Streich der Kerouacs.

Aber darüber redete ich gerade gar nicht, und ich war mir ziemlich sicher, dass er das wusste. Wie würde es mit uns weitergehen? Gab es überhaupt ein »uns«? Irgendwie hatte sich der Spaß im Lauf der letzten Monate in etwas mehr verwandelt. Aber was hieß das schon? Es schien unmöglich, dass das, was auch immer wir hatten, die Distanz zwischen Providence und New York City überbrücken könnte (295 Kilometer, um genau zu sein), und ich war mir nicht einmal sicher, ob er das überhaupt wollte. Alles, wovon er sprach, war, hier wegzukommen, nach New York zu gehen und Musik zu machen. Aber durfte ich überhaupt mehr von ihm verlangen, wenn ich vor meinen Freunden nicht einmal zugeben konnte, dass wir uns kannten?

Also verdrehte ich nur die Augen und wandte meinen Blick ab, der an zwei verknickten Fotos hängen blieb, die über dem Bett hingen. Ich erinnerte mich nicht, sie zuvor gesehen zu haben.

»Das sind mein Dad und ich beim Foo-Fighters-Konzert vor zwei Jahren«, sagte Jack und trat hinter mich.

»Ihr beide seht euch total ähnlich.« Sie trugen sogar ähnliche Flanellhemden. Nur hatte sein Dad kurzes Haar und keine Piercings.

Er ließ seine Hand an meiner Hüfte hinabgleiten. »Danke schön.«

»Wer sind die anderen auf dem Foto?«

Er lachte mir in den Nacken. »Die Band.«

»Oh, echt?« Der bärtige Typ in der Mitte kam mir irgendwie bekannt vor.

»Ja, mein Dad spielte früher mit dem Schlagzeuger.« Als er sprach, strich er das Haar von meinem Hals und hielt es mit der Hand fest, um die Haut darunter zu entblößen. Er legte seinen Mund auf meinen Nacken und ich biss mir auf die Lippe.

»Oh, äh. Was … was für Musik haben sie gespielt?«

Er lachte wieder. »Rock … Grunge, bevor es Mainstream wurde.«

Er setzte sich aufs Bett, ergriff meine Hand und zog mich auf seinen Schoß. »Findest du nicht, wir sollten zusammen auf den Abschlussball gehen?«

Ich versuchte, kokett zu klingen, als ich antwortete. »Ich denke, das würde unsere Deckung auffliegen lassen.«

Jacks Blick blieb ernst. »Für mich wäre das in Ordnung.«

»Ich wusste gar nicht, dass du überhaupt hinwillst«, entgegnete ich.

Er zuckte mit den Schultern. »Wollte ich auch nicht, aber jetzt, da wir für die Unterhaltung zuständig sind … warum nicht mit dem heißesten Mädchen der Schule hingehen?«

Ich versuchte zu lachen, mir eine selbstironische Antwort einfallen zu lassen, aber ich bekam kein Wort heraus, das ihm die Antwort geben konnte, die er sich wünschte. Also beugte ich mich stattdessen über ihn und angelte mir ein Fläschchen schwarzen Nagellack, das neben einem Stapel CDs und Kassetten stand. Ich bedeutete ihm, sich ans Kopfende zu lehnen, und setzte mich rittlings auf seinen Schoß. Ich rieb die Flasche zwischen den Handflächen, nahm dann seine Hände und spreizte seine Finger auf meinen Knien. »Halt still. Du hast wirklich schöne Nägel. Meine sind ganz runtergekaut.«

Seine Fingerkuppen hingegen waren das genaue Gegenteil, ganz hart und schwielig von den Gitarrensaiten. Ich lackierte jeden Nagel ganz behutsam, ein Pinselstrich in der Mitte, dann einen auf jeder Seite. Ich kleckerte ein winziges bisschen daneben und wischte es vorsichtig mit meiner Fingerspitze weg.

Als ich fertig war, begutachtete er meine Arbeit. »Also wenn das mit der Brown nichts wird, kannst du dich definitiv für einen Job im Nagelstudio bewerben.«

»Vielen Dank.«

»Ich würde dir dein Oberteil ja gerne sofort ausziehen, aber meine Nägel sind noch nicht trocken.«

Ich verwuschelte sein Haar, sodass es in alle Richtungen abstand. »Das ist ja so was von Rock 'n' Roll.«

»Nur keine Sorge, in zwei Minuten sind sie trocken.«

Mein Atem stockte und ich blickte zur Seite, zu seinem Schreibtisch, und studierte die Titel seiner Mixtapes: PIXIES MIX, EARLY NIRVANA, LIEBLINGS-B-SEITEN.

»Ich finde es cool, dass du Mixtapes machst«, sagte ich. »Wer macht heutzutage schon noch Mixtapes? Ich meine, von den unter vierzigjährigen.«

Ich versuchte, ihn in die Rippen zu stupsen, aber er wich mir aus. »Also gehst du wirklich mit diesem Skateboard-Kerl zum Ball?«

So viel zu meinem Ablenkungsmanöver. »Mit wem geht denn Talia?«, fragte ich unschuldig, und sogleich verkrampfte sich mein Magen bei der Vorstellung, dass sie zusammen hingehen könnten.

»Sie will nicht auf den Ball. Sie ist viel strikter in ihrer Haltung gegen das Establishment als ich.«

Talia war ein siebzehnjähriges Mädchen. Natürlich wollte sie auf den Abschlussball!

»Wird er dich auf seinem Skateboard abholen?«, fragte Jack. Er küsste mein Schlüsselbein.

»Haha.«

»Ernsthaft, macht er das? Vielleicht bringt er dir ja dein eigenes mit? Für Sie und Ihn?«

»Weißt du schon, wie viel sie euch für den Auftritt zahlen wollen?«

»Eigentlich gar nicht so wenig. Dreihundert für uns zusammen.«

»Das ist gut. Die Leute werden hin und weg sein von deiner stimmlichen Darbietung.«

»Und du wirst so tun müssen, als hättest du sie nie zuvor gehört.«

Darauf erwiderte ich nichts. Er klang verärgert, fast vorwurfsvoll, aber dann war sein Nagellack getrocknet und er umfing mein Gesicht mit seinen Händen und küsste mich ganz zart.

Als wir uns voneinander lösten, nahm ich seine Hand in meine und berührte die schwarzen, glänzenden Fingernägel. Ich liebte es, dass er, egal wie sehr Adam und die anderen Jungs ihn deswegen piesackten, nie seinen Nagellack entfernte. Die einfache Wahrheit war, dass Jack so viel selbstbewusster war als ich. Warum wollte er überhaupt mit mir zum Ball gehen? »Ich war nicht immer so wie jetzt«, sagte ich schließlich. »Früher gab es nur Sarah und mich. Wir waren nicht gerade beliebt.«

»Oh Graus!«, sagte Jack

Ich verzog das Gesicht. »Ich meine es ernst. Eine Zeit lang war es wirklich schlimm. Ich war … etwas dicker als jetzt. Die anderen Kinder waren grausam, vor allem im Schulbus. Sie sagten immer so gemeine Dinge und manchmal warfen sie auch mit Sachen. Ich hasste die Busfahrten. Der Fahrer unternahm nie etwas dagegen. Einmal sah ich sogar, wie er grinste, als fände er es witzig.«

»Was für ein netter Geselle«, sagte Jack und wurde ernst.

Ich konnte ihn kaum ansehen. Ich hatte das nie jemandem erzählt. Die Leute an der Schule hatten es vergessen, aber ich nicht.

»Ich dachte, dass der komplette Rest der Schulzeit so wird, aber dann nahm ich ab und Sarah lernte Amber kennen … Ich konnte es kaum glauben, als sie mit mir befreundet sein wollte.«

Er strich mit seiner Hand meinen Arm entlang. »Was ist mit dir? Wann hast du beschlossen, ihre Freundin zu sein?«

»So läuft es nicht. Wenn sie beschließt, deine Freundin zu sein, widersprichst du nicht. Wir hatten plötzlich all diese Macht. Aber Macht ist etwas, das man ständig beweisen muss, man muss … Gebrauch davon machen. Wenn du auf den anderen rumhackst, hacken sie nicht auf dir herum. Es ist eine ziemlich simple Gleichung. Man muss nicht in der Wissenschafts-AG sein, um dahinterzukommen.«

»Das stimmt wohl«, sagte Jack. »Aber es geht so viel Energie dabei verloren, gemein zu sein, findest du nicht?«

Er wusste nicht annähernd, wie viel. »Manchmal muss man tun, was zu tun ist. Manchmal ist es einfacher, gemein zu sein.«

Jack richtete sich auf, sodass er mir mit den Fingern durchs Haar streichen konnte. Ich wunderte mich, dass ich ihn noch nicht vergrault hatte. Ich war immer noch nicht sicher, was genau er in mir sah. »Was ist so beängstigend daran, nett zu anderen Menschen zu sein?«, fragte er.

»Ich weiß es nicht. Vielleicht will ich nicht, dass jemand sieht, dass ich auch Gefühle habe.«

»Warum?«

Ich wandte meinen Blick ab und sah zur Decke. Ich war mir seiner Finger in meinem Haar nur allzu bewusst, sie sandten kleine Funken der Lust bis hinab in meine Zehen. »Weil es manchmal einfacher ist, wenn die Leute denken, dass einen nichts berühren kann.«

»Weil ...«

»Weil ... wenn die Leute deine Schwächen kennen, nutzen sie die aus.«

»Wow.« Er klang traurig und fuhr mir wieder durchs Haar, dann strich er mit den Knöcheln seiner Finger an meinen Wangen auf und ab. »Ich glaube nicht, dass alle so sind. Ich glaube, nur deine Freunde ticken so.«

Er lächelte und ich musste zurücklächeln. »Ja, vielleicht.«

»Also ist das vielleicht auch das Problem.«

Ich sagte nichts. Ganz offensichtlich war es das Problem.

Er beugte sich noch weiter vor und diesmal nahm er mich mit sich, sodass ich ausgestreckt auf meinem Rücken lag und zu ihm aufschaute.

»Ich halte dich nicht für gemein, und ich glaube auch nicht, dass du keine Gefühle hast«, sagte er. »Du bist kein gemeines Mädchen, Natalie, das garantiere ich dir. Ich habe dich mit Trav und Reid und Darcy gesehen, selbst mit Madeline. Du magst Menschen. Und die Menschen mögen dich, wenn du du selbst bist. Alles, was ich mir für dich wünsche, ist, dass du du bist.«

»Madeline mag mich nicht«, versuchte ich einzuwenden, aber Jack beugte sich herab und küsste mich. Ich hielt den Atem an und wartete auf mehr, aber er hielt inne und stemmte sich wieder hoch.

Ich sah ihn an, seine Augen, seine Wimpern, seine Lippen. Ich berührte den kleinen Metallring, der seine Augenbraue durchbohrte. »Vielleicht möchte ich diese Sachen nur Leuten zeigen, die mir wirklich wichtig sind.«

Er ließ sich auf mich herabsinken, sodass jeder Teil meines Körpers einen Teil von ihm berührte. Als er meinen Hals küsste, schluckte ich schwer und schloss die Augen. Im Hintergrund lief Bushs »Comedown«. Irgendetwas heute fühlte sich anders an als an den anderen Tagen, die wir in diesem Zimmer verbracht und die uns zu dem hier geführt hatten. Ich hatte das Gefühl, in einem Wagen zu sitzen, über den ich die Kontrolle verloren hatte. Vielleicht hatte ich sie überhaupt noch nie gehabt und es mir nur eingebildet.

Seine Finger spielten am Bund meiner Jeans, und ich ließ zu, dass er den Reißverschluss öffnete. Er fuhr mit den Händen an meinen Schenkeln entlang – sie waren schon zuvor dort gewesen – und dann weiter hoch. Mein Atem stockte. Das hier war nicht aufzuhalten, nicht einmal, als er kurz innehielt, vielleicht, weil er mein Zögern spürte, als er mein Oberteil hochschob. Ich zögerte nicht, weil ich das hier beenden wollte – dies war womöglich die einzige Sache in meinem Leben, von der ich wusste, dass ich sie wollte –, sondern weil wir nie zuvor so weit gegangen waren. Ich hatte Angst, dass er mich so sah, wie ich war.

»Ist alles in Ordnung? Wir müssen nicht …«

»Mir geht's gut. Es ist nur …« Mein Hals war rau und das Sprechen fiel mir schwer. Ich hatte mich noch nie zuvor in solch eine Situation begeben, in der ich mein Innerstes offenbaren und jemandem enthüllen würde. Niemandem, niemals. Aber mit Jack fühlte es sich an, als sei dies der einzig richtige Weg. Ich schluckte abermals. »Ich … ich habe Angst, dass du mich dick findest.«

»Nein.« Er schüttelte den Kopf und küsste meinen Hals. »Das bist du nicht. Du bist perfekt.«

Und dann sah er mich … vollständig und zum ersten Mal.

*

Das erste Mal. Ich war die Letzte unter meinen Freundinnen, die ihr erstes Mal hatte. Ich hatte so viel über die ersten Erfahrungen der anderen gehört – zu viel in Sarahs Fall mit Mike –, dass ich irgendwann zu dem Schluss kam zu wissen, wie es sein würde, wie es sich anfühlen würde. Schmerzhaft, hatte Lori gesagt. Langweilig, hatte Amber behauptet und ihr Haar über die Schulter geschwungen. Worte können es nicht einmal annähernd beschreiben, hatte Sarah mir verraten, wobei ihre Augen feucht wurden … und sie dann damit fortfuhr, Unmengen von Worten dafür zu finden. Ich hörte mir all ihre Berichte an, teils neidisch, teils abgestoßen, und verspürte keinerlei Eile, eine eigene Geschichte zum Erzählen zu haben.

Worauf ich also überhaupt nicht vorbereitet war, als ich hier in Jacks Bett lag, war, wie richtig sich alles anfühlte. Wie unbefangen ich war, als er endlich mein Top komplett auszog, und dann alles andere. Ich war überrascht, wie mühelos ich mich unter seinen Berührungen entspannte, die überall gleichzeitig zu sein schienen. Ich spürte, wie sich alles in mir löste, als würde ich alles loslassen, woran ich mich mein ganzes Leben geklammert hatte. Es erinnerte mich daran, wie ich an seiner Seite auf dem Leuchtturm stand und von dort oben auf den Ozean hinausschaute. Die Wellen, die heranrauschten und sich entfernten bis in alle Ewigkeiten, das Gefühl, so klein zu sein in einem endlos weiten Meer, und dennoch ohne die geringste Angst hineinzufallen.

***

Später dann ging ich ins Badezimmer, um mich zurechtzumachen. Jacks Vater würde bald nach Hause kommen und auch ich musste heim. Ich war benommen und erschöpft und fühlte mich etwas verkrampft. Es hatte nicht sehr geblutet, aber es tat immer noch ein bisschen weh.

Als ich wieder rauskam, saß Jack auf der Bettkante und blätterte in einer Gitarrenzeitschrift. »Alles okay?«

»Ja, mir geht's gut.« Ich überspielte mit einem Lachen, wie zittrig ich mich fühlte.

»Bist du sicher? Du siehst etwas blass aus.«

Ich grinste. »Ich bin immer blass.«

Er stand auf und schlang die Arme um mich. Ich barg mein Gesicht zwischen seinem Hals und seiner Schulter und sog seinen Duft ein. Er roch nach Schweiß, genau wie ich. Ich war überrascht, dass sich all das kein bisschen komisch anfühlte. Überhaupt war ich verwundert, wie wohl ich mich fühlte, und das in einer Situation, die meinen Freundinnen zufolge das genaue Gegenteil sein konnte. Wie bei Sarah, die es mit Mike in seinem Hobbyraum gemacht hatte, während seine Familie bei einem Sportwettkampf seiner Schwester war, und die noch Tage später Abdrücke von dem Futonsofa auf dem Rücken hatte. Selbst Amber, bei der ich gedacht hätte, dass alles perfekt ablaufen würde, hatte bei der Wiedergabe der Ereignisse die Nase gerümpft und sich über Mundgeruch und komische Winkel beschwert. Hier, mit Jack, war nichts davon zu spüren gewesen – nur ein Gefühl von Ruhe und Frieden, das ich von nirgendwo sonst kannte.

»Ich kann dich abholen«, sagte er. »Ich kann mir keine Limousine leisten, aber in meiner Karre lässt es sich nett fahren, findest du nicht?«

Ich brauchte einen Moment, bis ich begriff, wovon er sprach. Ja, ich wollte mit ihm zum Abschlussball gehen. In diesem Moment wollte ich es mehr als alles andere. Zum Teufel mit meinen Freundinnen. Wen kümmerte es schon, was sie dachten? Die Schule wäre ohnehin bald um. Dort, in seinem Zimmer, in seinen Armen, während seine Hände die Haut meines Rückens versengten, nickte ich zur Antwort. Er wich einen Schritt zurück, um sich meiner Zusage zu versichern, und das Lächeln, das sein Gesicht erhellte, ließ alles erstrahlen und reichte bis zu meinen kussverrückten Lippen. Für einen Moment glaubte ich wirklich, dass ich es tun würde.

***

Zurück in der Schule, unter dem grellen Neonlicht der Cafeteria und den laserscharfen Blicken von Amber, fühlte ich mich wie eine dieser Amöben, die wir in der Zehnten unter dem Mikroskop untersucht hatten. Alles, woran ich mich noch erinnern konnte, war, dass sie keine feste Gestalt hatten. Da war ich also und saß herum und gab vor, normal zu sein, wo ich doch keine Ahnung hatte, was normal bedeutete.

Rückgratlos. Formlos. Von den anderen um mich herum geformt und erschaffen. Ich war, wie sie mich haben wollten.

»Was ist dein Problem?«, sagte Amber so laut, dass alle am Tisch verstummten und sich zu uns umdrehten.

»Was? Nichts.«

»Du hast dein Mittagessen nicht angerührt. Das sieht dir gar nicht ähnlich.« Amber lachte.

Ich biss in ein Stück Pommes, als würde das etwas beweisen.

Ich konnte Jacks Gegenwart am anderen Ende der Cafeteria spüren, obwohl ich nicht den Mut aufbrachte, zu ihm hinüberzuschauen. Er nahm meinen Wunsch, unsere Beziehung geheim zu halten, immer noch hin – vorerst. »Ich will nur die Gelegenheit haben, in Ruhe mit ihnen zu reden«, hatte ich gesagt, als ich erst einmal aus dem Bann seines Zimmers getreten war und in meinem saß. Ich hatte geduscht und war dabei, mein Outfit für den nächsten Schultag zu bügeln.

Wieder in meinem Zimmer zu sein, umgeben von meinen Schulbüchern und Klamotten und den Fotos meiner Freundinnen, die an der Pinnwand über meinem Schreibtisch hingen, dämpfte die Entschlusskraft, die ich hatte, als ich noch mit ihm allein war.

Und am nächsten Tag hatte sich meine Entschlossenheit beinahe gänzlich in Luft aufgelöst.

Meine Freundinnen hörten gar nicht mehr auf, über den Ball zu reden, darüber, wie wir den Sommer über miteinander ausgehen und überhaupt von jetzt bis August so viel Zeit wie möglich miteinander verbringen wollten. Denn das war es gewesen, das war das Ende. Alle waren ganz nostalgisch gestimmt und schwelgten in Erinnerungen an Basketballspiele und Partys, und obwohl ich die Zeiten vielleicht nicht so großartig fand wie sie, so bedeuteten sie trotzdem etwas, denn es waren unsere gemeinsame Zeiten. Auch ich war dabei gewesen, hatte in der Sporthalle gejubelt und das Team angefeuert, hatte die Reste des Howell'schen Kühlschranks um zwei Uhr morgens geplündert, nachdem wir vier die halbe Nacht aufgeblieben waren, um uns romantische Komödien anzuschauen und uns gegenseitig die Nägel zu lackieren. Wenn ich mit meinen Freundinnen zusammen war, fühlte ich mich sicher, beinahe unantastbar. Man sah zu mir auf und respektierte mich. Ich hatte mich geirrt, als ich glaubte, die wahre Natalie sei die, die in Leuchttürme einbricht und mit Eyeliner geschminkt in anrüchige Clubs geht. Der echten Natalie war es nämlich wichtig, was ihre Freunde über sie dachten, auch wenn sie ganz genau wusste, wie albern das war … und auch wenn sie nicht alle ihre Freunde sonderlich gut leiden konnte.

Das wurde mir klar, als wir am nächsten Tag vor dem Unterricht in der Cafeteria herumstanden und Jack mit einem Dollarschein in der Hand in unsere Richtung gelaufen kam. Ein Teil von mir dachte: *Warum? Warum jetzt, warum schon wieder?* Adam stellte sich ihm wie üblich in den Weg. »Alter, ich dachte, du hättest es mittlerweile kapiert«, sagte er. Er schnappte sich den Dollarschein aus Jacks Hand und stopfte ihn die Tasche seiner eigenen Jeans.

Jack sah nicht zu mir, als er antwortete, aber das musste er gar nicht. »Ich dachte, vielleicht wäre es heute anders.«

Alle lachten. Amber beugte sich zu mir und flüsterte: »Was für ein Loser.«

»Hat dein schwuler kleiner Freund dir die Nägel lackiert?«, fragte Adam.

Ich erinnerte mich daran, wie ich in Jacks Zimmer saß, seine Nägel mit schwarzem Lack bemalte, wie er meinen Hals küsste und mir sagte, dass ich perfekt sei. Nun standen wir hier, im grellen Licht unserer Schule, und ich fühlte mich nicht wie dasselbe Mädchen. Wie man unschwer erkennen konnte, war ich weit davon entfernt, perfekt zu sein – sah er das nicht auch? Ich wartete darauf, dass Jacks Blick in meine Richtung flackerte, aber er blickte starr geradeaus, als würden wir uns nicht kennen.

***

An diesem Abend, während Jacks Eltern noch bei der Arbeit waren und meine dachten, ich würde mit Sarah zusammen am Strand ein Eis essen, ging ich zu seinem Haus und klopfte.

»Hey«, begrüßte ich ihn mit einem Lächeln. Wenn ich mich normal benahm, würde er es womöglich auch tun.

Seine Miene war undurchdringlich, aber er machte einen Schritt zur Seite und ließ mich eintreten. »Hey.«

Ich warf mich um seinen Hals und wartete, dass er meine Umarmung erwiderte, doch seine Arme blieben an seinen Seiten hängen. Ich wich zurück. »Du bist sauer auf mich.«

Sein Kiefer zuckte. »Hör zu, am Anfang habe ich es wirklich noch verstanden. Du wusstest nicht, was aus uns werden würde, und ich auch nicht. Aber jetzt ist es anders. Da ist etwas zwischen uns, oder nicht?«

»Doch. Ja«, sagte ich verzweifelt.

»Dann kapier ich nicht, was dein Problem ist. Die Schule ist fast vorbei. Wen kümmert es noch, was diese Leute denken? Was für eine Rolle werden sie in in ein paar Jahren noch in deinem Leben spielen, was glaubst du?«

Er hatte recht. Er hatte ja so recht … logisch betrachtet. Wer waren diese Leute schon? Die gleichzeitig wichtigsten und unwichtigsten Menschen in meinem Leben. Außerdem ging es nicht darum, was in fünf Jahren war. Es ging um das Hier und Jetzt. Was sie heute über mich dachten, spielte eine Rolle.

»Ich will nicht, dass jemand darüber Bescheid weiß – über uns. Ich will dich getrennt von alldem haben … nur für mich.«

Er schüttelte den Kopf. »Sorry, so geht das für mich aber nicht mehr.«

»Warum nicht?«

»Weil es nicht *geht*!« Seine Stimme überschlug sich, es war das erste Mal, dass ich ihn wirklich wütend erlebte. »Weil …« Er hielt inne und schüttelte den Kopf.

»Das ist nicht fair. Wir hatten eine Vereinbarung und du änderst plötzlich die Regeln, und das soll jetzt meine Schuld sein?«

Er überrumpelte mich, als er nicht darauf einging, sondern ganz ruhig wurde und nach meiner Hand griff. Er zog mich eng an sich, sodass ich seinen Atem hören konnte. »Verrat mir eins, Natalie. Warum hast du solche Angst, mit mir gesehen zu werden?«

Ich mochte es nicht, wie er mich ansah, als könne er geradewegs in mich hineinblicken. Ich blinzelte und konzentrierte mich auf sein Ohr. »Ich … ich habe keine Angst. Du kennst sie. Du weißt, wie sie sind. Sie erwarten bestimmte Dinge von mir. Ich weiß, dass du das dumm findest. Du bist, wer du bist, und so ist es nun mal. Aber ich bin nicht so. Ich kann das nicht.«

Das kam einer Erklärung am nächsten, um all die widerstreitenden Gefühle zu beschreiben, die seit jenem ersten Tag in mir wüteten, als ich begriff, dass die Highschool kein Ort war, um Spaß zu haben, sondern ein Ort, an dem man überleben musste. Wenn jemand das verstehen konnte, dann er.

Als ich ihm endlich wieder in die Augen sehen konnte, hatte sich sein Blick wieder verhärtet. Er klang völlig gefasst und ruhig, als er sagte: »Okay, Natalie.«

»Was heißt das? Ist alles in Ordnung mit uns?«

Er ließ mich los. Ohne seine Arme, die mich umfingen, war mir kalt und ich fühlte mich allein. »Nett, dass du dich hergeschlichen hast, aber ich habe noch einige Dinge zu erledigen. Wir sehen uns.«

Ich wollte ihn fragen, was er damit meinte, aber ich wusste, dass ich kein Wort herausbringen konnte, ohne in Tränen auszubrechen. Er wandte sich sowieso schon zum Gehen und ohne ihn hatte ich in seiner Küche nichts verloren. Also ging ich.

***

Lori hatte auf ein sicheres Motto für den Abschlussball gesetzt: Schwarz-Weiß-Filme. Die Tische im Lighthouse Beach Club waren mit glänzendem weißem Stoff und einem schwarzen Band bedeckt. Weiße Kerzen flackerten in schwarzen Kerzenhaltern, weiße Rosen steckten in schwarzen Vasen. Die Wände waren mit Fotos alter Schwarz-Weiß-Filme dekoriert und auf jedem Tisch stand ebenfalls ein Filmfoto. Am anderen Ende des Ballsaals eröffneten bodenlange französische Fenster den Blick auf den Ozean. Ich wusste, dass Lori sich mächtig ins Zeug gelegt hatte, aber ich hätte nie gedacht, dass der Raum so toll aussehen würde.

Eddie jedoch schien nicht so begeistert. »Mann, ist das Scheiße! Wird das jetzt etwa ein Schwarz-Weiß-Foto, oder wie?«

Der Kameramann nickte, als koste es ihn unglaubliche Mühe, den Kopf zu heben und zu senken. Eddie wandte sich zu mir. »Mist, in Schwarz-Weiß wird dir das Teil hier nicht viel bringen.«

Er trug völlig ironiefrei einen knallblauen Smoking mit gerüschtem Hemd, und das, obwohl ich ihm gesagt hatte, ich würde ein smaragdgrünes Kleid anziehen. »Glaub mir, es wird mir für immer in Erinnerung bleiben.«

Wir stellten uns für das Foto auf. Eddie legte einen Arm um meine Taille und wir neigten die Köpfe zueinander. Nachdem der Blitz losging, musste ich mehrmals blinzeln, um wieder sehen zu können.

Seit zwei Tagen fühlte ich mich nicht mehr wie ich selbst, seit meinem Streit mit Jack bei ihm zu Hause. Es war das letzte Mal, dass ich ihn gesehen hatte. Ich hatte ihm mehrere SMS geschickt, ohne eine Antwort zu bekommen. Auch an der Schule hatte er sich nicht blicken lassen. Er war offensichtlich wütend auf mich, aber wie sehr? Unwiderruflich? Es schien mir unmöglich, und doch war diese entsetzliche Möglichkeit alles, woran ich denken konnte.

Es war geradezu absurd, dass ich ihn nicht dazu bringen konnte, mit mir zu sprechen, denn sobald Eddie und ich den Ballsaal betraten, war

Jacks Stimme das Erste, was ich hörte. Er sang Lieder aus berühmten Filmen. Sie gingen offenbar über das Schwarz-Weiß-Repertoire hinaus, denn ich erkannte einen Song vom Breakfast-Club-Soundtrack. Die Anzüge der Kerouacs hielten sich an das Farbschema – schwarze Sakkos und Hosen, weiße Hemden, schwarze schmale Krawatten.

Ich folgte Eddie zur Bar, um uns Softdrinks mit Limettenscheiben zu holen. Während wir warteten, nickte er zur Bühne. »Die Band klingt echt gut.« Er reichte mir ein beschlagenes Glas.

»Ja.« Ich nippte an meiner Limo, in der Hoffnung, mein Magen möge sich beruhigen. Bevor wir uns auf den Weg zum Ball machten, hatten wir uns alle daheim versammelt, um Fotos zu schießen. Meine Eltern wiederholten in einem fort, wie hübsch ich doch aussähe und wie sehr sie sich freuten, dass ich diesen Abend mit all meinen wundervollen Freunden verbringen würde, und ich spielte abermals meine Rolle der lächelnden Highschool-Cheerleaderin, die alles hatte, was man sich nur wünschen konnte. Niemand von ihnen ahnte im Entferntesten, wie leer ich mich in meinem Inneren fühlte.

Wir überquerten die Tanzfläche und gingen auf die Tische zu, die alle einen Filmtitel trugen. Unser Tisch war dem Klassiker *Denn sie wissen nicht, was sie tun* gewidmet. Aus einem versilberten Rahmen lächelte uns James Dean in Lederjacke entgegen. Lori plapperte gleich drauflos: »Okay, bevor ihr irgendwas sagt, *Denn sie wissen nicht, was sie tun* war ursprünglich als Schwarz-Weiß-Film gedacht, erst später beschlossen sie, ihn in Farbe zu drehen. Also gilt das.«

Ich zuckte mit den Schultern. »Ich wollte doch gar nichts sagen.«

Lori warf Adam einen vorwurfsvollen Blick zu, und der murrte: »Das war doch gar nicht persönlich gemeint, ich hab nur gesagt, was sowieso klar ist, dass *Denn sie wissen nicht, was sie tun* ein Farbfilm ist, nicht schwarz-weiß.«

»Also, ich finde, das geht durch«, sagte ich.

»Egal.« Adam warf die Hände in die Luft.

Amber seufzte. »Und die Band spielt Lieder aus den Achtzigern, also hat sich die ganze Diskussion ohnehin erübrigt.«

»Ich liebe dieses Lied«, sagte Sarah schwärmerisch. Nach heftigen Protesten hatte sie sich breitschlagen lassen, mit Scotty Lansing aus dem Basketballteam zum Ball zu gehen. Er war ruhig und gehörte zu den nettesten Typen der Jahrgangsstufe, dennoch erwischte ich sie dabei, wie sie sehnsüchtige Blicke zum Westside-Story-Tisch warf, wo Mike mit Holly saß.

»Hast du Lust zu tanzen?«, fragte Scotty sie.

»Nein.« Sie schob ihre Unterlippe vor und seufzte. »Aber danke.«

»Und du?« Eddie wandte sich zu mir und streckte die Hand aus.

»Ich mach mir nichts aus Tanzen.«

»Oh Mann, was ist nur mit uns los?«, fragte Lori, als sie und Kurt aufstanden. »Werden wir in unserem Alter schon langweilig?«

»Na gut, okay«, sagte Sarah. Sie griff nach Scottys Hand, und als sie ihn auf die Tanzfläche zerrte, bemerkte ich, wie sie ihn unauffällig in Mikes Blickfeld manövrierte. Amber und Adam folgten ihnen und ließen mich und Eddie allein am Tisch zurück.

Die Band begann mit dem Song »Take My Breath Away«. Es war womöglich der kitschigste Song, der je geschrieben wurde, aber so wie die Kerouacs ihn spielten, mit der rauen, herben Note in Jacks Stimme, klang er anders, beinahe bewegend.

»Und, genießt du den Abend?«, fragte Eddie. Es interessierte ihn anscheinend wirklich – er war dieser Typ Junge. Ich hätte ihn vielleicht einem Mädchen überlassen sollen, das sich ernsthaft für ihn interessierte.

»Klar.« Ich räusperte mich. »Ich meine, ja.«

»Ich habe übrigens mit Adam gesprochen und er hat mir von der Hütte seiner Eltern in Rockport erzählt. Klingt, als würde das nachher eine echt irre Party werden.«

Alle meine Freunde wollten die Nacht in Adams Sommerhaus verbringen, fünfzehn Meter vom Strand entfernt. »Ja, obwohl es mehr ein Zweitwohnsitz ist als eine Hütte. Es gibt zwei Whirlpools, eine riesige Küche und ein Wohnzimmer mit einem gigantischen Fernseher.«

»Und einen Haufen Gästezimmer …« Er sagte es etwas zu beiläufig, als dass es beiläufig gemeint sein könnte. Aber dachte er wirklich, wir würden …

Nach allem, was in den letzten 48 Stunden passiert war, konnte ich nicht einmal daran denken. Ich hatte das Gefühl, neben mir zu stehen, während wir uns unterhielten, als würde ich mir selbst von der Seite zusehen. »Ja, das stimmt. Ich war letztes Jahr auf der Party zum Unabhängigkeitstag dort, und da haben sie dieses Feuerwerk veranstaltet, das war wirklich cool …«

Als das Lied endete, kehrten die anderen zum Tisch zurück und Jack sprach ins Mikro. »Wir machen eine kleine Pause, aber wir sind nach dem Essen zurück.« Er schwang sich von der Bühne und kam geradewegs auf unseren Tisch zu. Er blieb stehen und zwinkerte Amber zu. »Halt dir ein Tänzchen für mich frei, ja?«

Adam schnaubte. »Träum weiter.«

Jack lachte nur und ging davon.

Adam sah ihm mit funkelndem Blick nach. »Der Typ legt's echt darauf an.«

Sarah zwirbelte eine Locke um ihren Finger und seufzte übertrieben. »Oje, ich glaube, diese Achzigerjahre-Musik lässt die Emotionen hochkochen.«

»Ja, Adam«, pflichtete Lori ihr bei, »was willst du tun, dich nach dem Ball mit ihm prügeln?«

Alle lachten. Adam rückte beleidigt seine Ansteckblume zurecht.

Ich beging den Fehler, mich nach Jack umzuschauen, und erblickte ihn ein paar Tische weiter mit Talia, die ganz offenbar ihre Meinung über den Ball geändert hatte. Sie sah wirklich hübsch aus. Ihr blondpinkes Haar fiel ihr in sanften Wellen bis zu den Schultern. Ihr Kleid war kurz und schwarz und – ich musste nach Luft schnappen ... War es wirklich aus Klebeband gemacht? So sah es zumindest aus. Sie sah süß aus und gleichzeitig punkig, eine perfekte Ergänzung zu Jack. Sie mussten zusammen gekommen sein.

Jack lachte über etwas, das Talia sagte. Er sah nicht zu mir. Er hatte seit meiner Ankunft nicht in meine Richtung gesehen, aber dafür war ich mir seiner Gegenwart mehr als bewusst. Ich machte keine Bewegung, ohne darüber nachzudenken, was für einen Anblick ich abgäbe, falls er doch zu mir rüberschauen sollte.

Neben ihnen am Tisch saßen Reid und Madeline. Reid sah gut aus in seinem Smoking und mit dem zurückgegelten Haar. Madeline, in einem engen schwarzen Kleid, fing meinen Blick auf und sah mich finster an. Dann rückte sie näher an Reid heran, der mich in dem Moment bemerkte und seine Hand zu einem kleinen Wink hob. Ich vergaß plötzlich, wo ich mich befand, und winkte zurück.

»Was war denn das?« Amber sah mich mit spöttischem Blick an und lachte. »Hast du gerade diesem Trottel zugewunken?«

Alle sahen mich an. »Was? Nein. Ich hatte was im Auge.«

Ich betete, Reid möge es nicht gehört haben, aber natürlich hatte er das. Ich sah, wie er den Kopf einzog und sich von uns abwandte.

*

Der Ball zog sich ewig. Irgendwann hörten die Kerouacs auf zu spielen und der Direktor übernahm. Jack und die Band standen an seiner Seite, die Hände brav vor sich verschränkt, und heuchelten gespanntes Interesse. Der Direktor hörte gar nicht mehr auf mit seiner Pflichtrede, wie wundervoll doch dieser Abschlussjahrgang sei – das gleiche Zeug, das er vermutlich jedes Jahr von sich gab, seit er diese Stelle vor Ewigkeiten angetreten hatte. Jack nickte versonnen vor sich hin. Schließlich nahm er das Mikrofon wieder an sich.

»Vielen Dank, Mr Walters, für diese weisen Worte. Und nun

kommen wir zum aufregendsten Teil des Abends. Sehen Sie diesen Umschlag, den mein geschätzter Kollege Reid Leblanc mir reicht? In diesem Umschlag befinden sich die Namen des Ballkönigs und seiner Königin. Vielen Dank, Reid. Okay, los geht's. Gleich ändert sich das Leben für zwei schöne Menschen da draußen.«

Er legte eine kunstvolle Pause ein, um die Spannung zu erhöhen. Aus dem Augenwinkel konnte ich sehen, wie Amber sich anspannte und bei Adam unterhakte, um sich zu ihrem königlichen Gang aufzumachen.

Jack räusperte sich. »Nun gut, Stonebury High, eure königlichen Oberhäupter sind gemäß dem Willen des Volkes ... Natalie Jamison und Eddie van Husen! Kommt her, Leute, und holt euch eure Kronen ab!«

Ich konnte mich nicht rühren. Alle jubelten und Eddie streckte den Arm nach mir aus. Sarah und Lori kreischten und klatschten, während Ambers Kiefer herunterklappte. »Das ist wohl ein Witz«, hörte ich sie Adam zuzischen, der nur mit den Schultern zuckte.

»Komm schon hoch, Natalie!« Jacks Stimme dröhnte durch den Saal.

Irgendwie schaffte ich es, von meinem Stuhl aufzustehen, und ergriff Eddies Hand. Er führte mich auf zittrigen Beinen die vier Stufen hoch und auf die Bühne. Die anderen Kerouacs lächelten, aber Jacks Miene hatte sich verhärtet. Er reichte mir eine glitzernde Krone, die, wie ich wusste, Lori ganze 15 Dollar beim Partybedarf gekostet hatte. »Sorry, für dich hab ich keine Krone, Skater-Schlumpf«, sagte er zu Eddie.

»Wie hast du mich genannt?«

»Er macht nur Spaß«, sagte ich.

»Mach schon, setz deine Krone auf«, sagte Jack.

»Ich mach das für dich.« Eddie strich mir das Haar hinter die Ohren, bevor er mir die Krone aufsetzte. Die rauen Enden piksten mich in die Schläfen und bescherten mir fast augenblicklich Kopfschmerzen.

Sobald ich sie aufhatte, sah ich zu Jack. Seine dunklen Augen blickten leer. »Sehr hübsch«, sagte er.

Dann wandte er sich wieder an die Menge. »Nun wird das reizende Königspaar den nächsten Tanz eröffnen, der auch der letzte des heutigen Abends sein wird. Ich hoffe, ihr habt euren Abschlussball und die Kerouacs in vollen Zügen genossen. Danke schön.«

Jack begann das Lied aus Teen Lover zu singen, an der Stelle, wo John Cusack den Gettoblaster vor dem Zimmerfenster des Mädchens hochhält. Es war alles, was ich noch von dem Film wusste. Ich legte widerstrebend die Arme um Eddie Hals. Ich wollte weinen, aber stattdessen lächelte ich und redete betont munter drauflos. »Ich finde, das Motto des Abends hätten die Achtzigerjahre sein sollen.«

»Ich weiß, aber Lori hat sich Mühe gegeben.«

»Ja, das hat sie.«

»Ich kann kaum glauben, dass wir gewonnen haben.«

»Ich auch nicht. Ich hab keine Ahnung, warum jemand für mich stimmen sollte.«

»Also nein, das kann ich vollkommen nachvollziehen«, sagte Eddie und grinste dann. »Was ich nicht kapiere, ist, dass ich uns keine Stimmen gekostet habe. Ich meine, hast du gesehen, was ich anhabe?«

»Ich schätze, das hat erst den Ausschlag gegeben.«

Als wir uns drehten, hob ich das Gesicht und versuchte, Jacks Blick einzufangen. Er sang weiter und mein Magen verkrampfte sich schmerzhaft.

Sobald die Musik endete, versuchte ich, mich von Eddie loszumachen, aber er hielt mich fest. »Also … wegen der Hütte«, sagte Eddie. Und dann zwinkerte er mir zu.

Dachte er wirklich …? Oh Gott. »Hör zu«, sagte ich. »Es tut mir leid, aber ich kann nicht mit zur Hütte, okay?«

»Warum nicht?«

Ich hatte keine Antwort parat. Ich drängte mich einfach an ihm vorbei und versuchte, die Krone von meinem Kopf zu kriegen. Ein paar Haarsträhnen verhedderten sich zwischen den Plastikdiamanten, und mein Kopf schmerzte, als ich sie herunterzerrte.

Ich hatte keine Ahnung, was ich tun sollte. Ich wusste nur, dass ich diesen Ort nicht verlassen konnte, ohne mit Jack geredet zu haben.

Er stand neben dem Vorhang auf der Bühne und packte seine Gitarre ein. Als ich mir sicher war, dass niemand herschaute, griff ich nach seinem Arm und zog ihn entschlossen auf den Hinterausgang zu. Wir landeten in einer dunklen Gasse, die an der Küche vorbeiführte und mit überquellenden Müllcontainern vollgestellt war.

»Nette Krone«, sagte Jack.

Er meinte es nicht neckisch. Er sah überhaupt nicht mehr aus wie er selbst mit dem angespannten Kiefer und den über der Brust verschränkten Armen.

Ich warf die Krone in eine der Mülltonnen. »Die blöde Krone ist mir egal.«

»Ach ja?«

»Ja! Ist sie. Aber … ich … ich weiß nicht, wie es so weit kommen konnte. Ich dachte, zwischen uns wär alles gut.«

Er rieb sich die Wange. »Ganz ehrlich? Ich weiß nicht, was ich darauf überhaupt noch sagen soll.«

»Sag … sag, dass du mich immer noch magst.«

Denn ich bin mir ziemlich sicher, dass ich dich liebe.

Er schüttelte den Kopf. »Was für eine Rolle spielt das schon?«

»Jack …«

»Nein. Es tut mir leid, Natalie, aber du hast mich monatelang verarscht. Ich denke, es ist besser, wenn wir das jetzt beenden.«

»Aber das wollte ich nicht«, sagte ich kleinlaut.

Ich wusste, wie jämmerlich ich klang. Wenn er mich doch nur erklären ließe, vielleicht könnte ich …

»Genieß den Rest des Abends mit deinen Freunden«, sagte er.

Dann ging er davon.

Ich stand wie eine Idiotin in der Gasse und starrte die Mülltonnen an.

*

Drinnen neigte der Ball sich seinem Ende zu. Sarah saß alleine vor dem James-Dean-Foto, hatte das Kinn auf die Hand gestützt und stocherte geistesabwesend mit einer Gabel in einem Stück Erdbeerkuchen herum. Die Musik war verstummt, die Bühne leer.

»Ich bin nicht in der Stimmung für die Hütte«, sagte Sarah.

»Ich auch nicht.«

Wir beschlossen, zu ihr nach Hause zu gehen, uns zusammen ins Bett zu kuscheln und Filme zu schauen, so wie früher. Amber und Lori erklärten uns für komplett übergeschnappt. »Am Abend des Abschlussballs?«, fragte Lori immer wieder, bis Amber schließlich einschritt. »Wen juckt's, lass die beiden doch kneifen. Wir fahren.«

Und das taten sie. Sarah und ich gingen die anderthalb Kilometer vom Ballsaal zu ihrem Haus zu Fuß. Sie borgte mir eine Jogginghose und ein ausgeleiertes T-Shirt. Wir machten es uns im Bett bequem, ohne viel zu reden. Sie zappte durch die Sender, aber im Fernsehen lief nichts Gutes.

Wir lagen schweigend da, und die ganze Zeit dachte ich: *Was habe ich nur getan?*

Ich musste es jemandem erzählen. Ich brauchte meine beste Freundin.

Erst als ich mich zu ihr drehte, merkte ich, dass sie zitterte. »Sarah, was ist?«

Auch wenn der Fernseher Schatten auf ihr Gesicht warf, konnte ich sehen, dass ihre Wangen tränenverschmiert waren. »Ich vermisse ihn, ich vermisse ihn so sehr«, sagte sie. Dann umarmte sie mich und klammerte sich an mir fest, als sei ich die Antwort auf all ihre Probleme.

Irgendwann beruhigte sie sich und bettete ihren Kopf an meiner Schulter. Wir starrten in den Fernseher, über den irgendein alter Kriegsfilm aus den Achtzigern flackerte. Er schien mir so viel passender für den Abend als jede der Romanzen, die Lori ausgesucht hätte. Wir zogen die Decke bis unters Kinn und schliefen in der Nacht unseres Abschlussballs zum Klang von Maschinengewehren und explodierenden Bomben ein.

17

Am nächsten Abend schaffte ich es zu Sarahs Wohnung, obwohl ich von einem Trupp wild gewordener Fotografen verfolgt wurde. Man konnte nur über die Gegensprechanlage in den Wohnkomplex eingelassen werden, und so ließ ich die Meute dürrer Typen mit ihren Kameras auf dem Parkplatz zurück.

Sarah öffnete die Tür in einem T-Shirt der juristischen Fakultät und einer schwarzen Yogahose. Ihr Haar war zu einem straffen Pferdeschwanz hochgebunden und sie blickte besorgt. »Komm rein«, sagte sie, als sei sie sich gar nicht sicher, ob sie das wirklich wollte.

Sarahs und Dereks Wohnung war locker doppelt so groß wie die, die sie mit mir geteilt hatte. Es gab einen riesigen gemauerten Kamin im Wohnzimmer, eine Küche mit nagelneuen Gerätschaften und ein separates Esszimmer. Zusätzlich zu einem Schlafzimmer und Gästezimmer hatte sie auch ihr eigenes Arbeitszimmer, das geräumig genug für einen Schreibtisch und zwei Regale war – eine richtige Erwachsenenwohnung. Sarah war tatsächlich erwachsen geworden. Sie machte weiter, entwickelte sich. Das war alles, was ich mir für mich selbst wünschte. Aber um das zu tun, musste ich all den Ballast hinter mir lassen, der mich zurückhielt.

»Willst du etwas trinken? Wein?«

»Nein, danke.«

Sie holte sich ein Glas Wasser aus dem Kühlschrank, eines von diesen schicken Teilen mit eingebautem Eiswürfelbereiter in der Front. Ich wette, sie vermisste unseren Wasserhahn nicht, der nicht aufhören wollte zu tropfen, obwohl der Vermieter dreimal den Klempner vorbeigeschickt hatte.

Ich folgte ihr ins Wohnzimmer, wo wir uns in beträchtlichem Abstand zueinander aufs Sofa setzten. Ich legte meine Hände in den Schoß und drehte mich zu ihr. »Also, ich weiß, dass du durcheinander bist. Und es tut mir wirklich leid, dass ich dir nicht früher davon erzählt habe. Ich habe versucht zu vergessen, was damals mit Jack passiert ist. Ich wollte so tun, als wäre es nie geschehen. Aber dann … habe ich das Lied gehört.«

Sarah blinzelte. »Und darin geht es um dich?«

»Ja. Alles was ich in dem Artikel geschrieben habe, ist wahr. Ich weiß, dass es seltsam klingt, und ich werde dir alles erklären, aber erst … erst muss ich dir etwas sagen.«

»Etwas *anderes*?«, fragte sie, als fiele es ihr schwer, sich vorzustellen, dass noch mehr kommen könnte.

Ich nickte.

»Okay.« Sie schluckte. »Ich kann dir ansehen, dass es etwas Schlimmes ist.« Sie hatte schon immer dazu geneigt, den Teufel an die Wand zu malen, doch dies hier war eine der wenigen Gelegenheiten, bei denen sie recht hatte.

»Ja, es ist schlimm.«

Sie blinzelte nervös und ihre Augen wurden bereits feucht. »Es geht um die andere Entschuldigung. Sie ist an mich gerichtet, stimmt's?«

Ich nickte wieder.

Ein nervöses Lachen entfuhr ihr. »Okay, dann ist es also etwas, was in der Highschool passiert ist. Haben wir in der Highschool nicht alle schlimme Dinge gemacht?«

Okay, vielleicht würde sie es doch verstehen. Wir waren damals schließlich alle jung und dumm gewesen.

»Erinnerst du dich daran, wie Mike und du zum letzten Mal Schluss gemacht habt? Endgültig?«

»Ja, natürlich. Zwei Monate vor dem Abschlussball, der Mistkerl, dabei hatte ich schon die Eintrittskarten gekauft.«

»Richtig. Nun … du erinnerst dich doch, wie Amber und ich sagten, wir hätten ihn im Einkaufszentrum gesehen …«

Ihr Kopf schnellte hoch. »Ja, in Burlington, was echt seltsam war, weil wir nie zum Shoppen dorthin …«

»Richtig«, unterbrach ich sie. »Also, ihr hattet damals in der Zwölften schon ungefähr ein Dutzend Mal Schluss gemacht, erinnerst du dich? Und dann hat er die Zusage für Siena bekommen, und du warst drauf und dran, all deine Uni-Pläne über Bord zu werfen, um mit ihm zu gehen. Wir wussten, dass es ein Fehler gewesen wäre. Und falls du ihm nicht gefolgt wärst und ihr eine Fernbeziehung geführt hättet, war uns damals schon klar, dass du nicht damit klargekommen wärst. Also haben wir … Wir haben gelogen.«

»Ihr habt gelogen?«

»Wir haben ihn nie mit einem anderen Mädchen gesehen. Wir dachten … wir dachten, es wäre das Richtige«, schloss ich kläglich.

»Also habt ihr einfach gelogen. Ihr habt euch eine Geschichte ausgedacht, die ich geglaubt habe. Zu meinem eigenen Wohle.«

Es klang noch schlimmer, wenn sie es sagte. Wer waren wir schon, um zu wissen, was für jemand anderen gut war? Glaubten wir damals wirklich, wir würden sie retten?

Sie starrte mich an und wartete auf meine Antwort.

»Amber …«, begann ich herumzustammeln, »… sie … sie hat mir eingeredet, dass es das Richtige sei. Sie meinte, er sei nicht gut für dich, und wir haben uns Sorgen um dich gemacht und …«

»*Sorgen* habt ihr euch um mich gemacht.« In ihren Worten schwang keinerlei Gefühl oder Tonfall mit – sie klang wie ein Roboter. »Also habt ihr mich glauben lassen, dass mein Freund – der einzige Mensch, von dem ich glaubte, dass er mich liebt –, ihr habt mich glauben lassen, er hätte mich betrogen.«

»Du warst von ihm besessen. Das war nicht mehr gesund.«

»Ich kann mich glücklich schätzen, Freundinnen zu haben, denen so viel an meiner Gesundheit liegt.«

»Amber meinte ...«

»Hör auf, alles auf Amber zu schieben! Ich hab nie gesehen, dass sie dir eine Pistole auf die Brust gesetzt hätte, um dich zu etwas zu zwingen!«

Okay, sie war wütend. Wirklich wütend.

»Hier geht es nicht um Amber und dich«, sagte sie. »Es geht nicht einmal mehr um Mike und mich. Es geht um dich und mich. Und darum, dass ich glaubte, du seist meine beste Freundin.«

»Es tut mir leid, es tut mir schrecklich leid. Deswegen bin ich heute Abend hergekommen ... um mich zu entschuldigen.«

Sie verschränkte die Arme. »Warum jetzt, nach all der Zeit? Nur wegen diesem Lied? Wenn es das Lied nie gegeben hätte, hättest du mich dann bis in alle Ewigkeiten belogen?«

Ich schüttelte den Kopf. Ich hätte es ihr erzählt, irgendwann. Ich weiß, dass ich es getan hätte. Das Lied war nur der Auslöser. »Ich hätte dir die Wahrheit erzählt, denn ich bin zwar wieder hier, aber ich bin nicht mehr das Mädchen von damals. Ich möchte eine echte Freundschaft mit dir haben.«

Sarah starrte mich mit glasigem Blick an. Ich sah darin keine Tränen, nur Verwirrung und Zorn. »Und was war das dann, die letzten dreizehn Jahre?«

»Wir sind Freundinnen«, sagte ich leise. »Beste Freundinnen.«

Sie lachte, und ich konnte nichts entgegnen, denn ich wusste, dass wir es nicht wirklich waren.

»Na klar, beste Freundinnen, damals wie heute. Eine beste Freundin, die sich das Herz ausschüttet, und die andere, die nur dasitzt, zuhört und lügt.« Sie sprang vom Sofa auf.

Ich sah zu ihr auf. »Was kann ich tun?«

»Nichts. Nun ja, du könntest mich allein lassen. Ich schätze, das ist das Einzige, was du tun könntest.«

Ich stand auf und ging in Richtung Tür.

»Weißt du was, Natalie?«, sagte sie und ließ mich innehalten. »Ich glaube nicht, dass diese Entschuldigungen für die Leute sind, die du verletzt hast. Ich denke, sie sind für dich, damit du dein Gewissen reinwaschen kannst. Du bist dasselbe selbstsüchtige Mädchen wie damals. Doch damals konnte ich darüber hinwegsehen, weil ich glaubte, dass wir Freundinnen wären. Aber das sind wir nicht mehr.«

Zum womöglich ersten Mal in all den Jahren war ich es, die weinte, während Sarah völlig gefasst dastand. Immer wenn sie früher geweint hatte, so erinnerte ich mich, hatte ich bei mir gedacht, dass ich nie solch eine Heulsuse sein wollte. Ich hatte geglaubt, die Art, wie sie ihre Gefühle permanent auf dem Präsentierteller herumtrug, würde sie schwach und angreifbar machen. Aber jetzt wusste ich, dass der wahre Kern der Schwäche darin bestand, die Dinge in sich hineinzufressen, Heimlichkeiten zu horten. Ich weinte den gesamten Weg bis nach Hause.

***

Am folgenden Wochenende zog Gillian offiziell ein. Wir verbrachten den Freitagabend und den gesamten Samstag mit dem Auspacken von Kartons und dann mit Einkäufen, um unser Heim mit neuem Geschirr und ausgewähltem Kitsch zu verschönern. Wir gingen zum Bastelbedarf und kauften einen Kranz für die Eingangstür und Eukalyptus für die Vasen im Bad. Wir taten all das mit dem vagen Gefühl, verfolgt zu werden, obwohl wir nie eine Kamera oder ein Blitzlicht sahen.

Am Sonntagnachmittag hatte ich immer noch nichts von Jack gehört. Vielleicht hatte ich mich verkalkuliert. Nun, das wäre ja nicht das erste Mal.

Ich hatte auch nichts von Sarah gehört, aber das hatte ich auch nicht erwartet. Letzte Nacht hatte ich ihr eine SMS geschickt – *Geht es dir gut?* –, aber keine Antwort bekommen.

Während Gillians Brokkoli-Quiche-Experiment im Backofen vor sich hin schmorte, saß ich in der Essecke und blätterte durch die neueste Ausgabe der Celebrity Weekly.

»Also ich glaube ja, Lacie Merlin und Ashton Levine werden ihre Verlobung auflösen«, sagte Gillian. »Das mit den Fernbeziehungen funktioniert doch nie, oder?«

Ich nickte zustimmend, als würden wir die beiden persönlich kennen.

»Wir können die Quiche definitiv in unser Kochbuch aufnehmen«, sagte ich später. Ich war so vollgegessen, dass ich kaum stehen konnte.

Und da klingelte es an der Tür.

Die Türklingel hatte seit dem Artikel immer wieder geläutet, da Reporter ein »Kein Kommentar« nicht als Antwort akzeptierten. Doch die Möglichkeit, dass Sarah vor der Tür stehen könnte, ließ mich durch den Flur hasten. Ich sah durch den Spion. »Scheiße.«

Es war Amber.

»Wer ist es?«, rief Gillian aus der Küche, die gerade dabei war abzuspülen.

»Mein schlimmster Albtraum.«

»Ich kann dich hören«, sagte Amber mit ihrer heiseren Stimme.

»Schön für dich.«

»Lass mich rein. Es dauert nicht lange. Ich habe dir etwas Wichtiges mitzuteilen.«

Sie wusste, was sie sagen musste und wie sie es sagen musste, damit ich ihr Folge leistete.

Ich öffnete die Tür, und sie kam hereinstolziert, perfekt gestylt wie immer, in Jeans und Leoparden-Ballerinas. Ich selbst trug natürlich eine ausgeleierte Jogginghose und ein Uni-T-Shirt aus meinem ersten Semester.

Sie musterte die Wohnung und rümpfte die Nase. »Sarah ist zu aufgewühlt, um persönlich mit dir zu sprechen, also hat sie mich geschickt, um dir eine Nachricht zu übermitteln: Hör auf, ihr SMS zu schicken.«

Ich stand da und starrte sie ungläubig an, doch sie lächelte nur. »Du hast doch nicht wirklich geglaubt, dass sie mir die Schuld geben würde? Ich meine, womöglich wurde ich ja in diese ganze hässliche Sache mit hineingezogen, aber ich war schließlich nicht ihre angeblich *beste* Freundin, die ständig eifersüchtig auf sie war und auf ihre Beziehung mit Mike. Es war schon schlimm für dich, immer das fünfte Rad am Wagen zu sein, nicht wahr?«

Ich dachte mir schon, dass Amber versuchen würde, die Geschichte zu verdrehen … aber dass Sarah ihr glaubte? Andererseits hatten sie die gesamte Zeit zusammen verbracht, die ich am College war. Sie teilten eine Freundschaft, die ich nicht ergründen konnte und nicht verstand. Sarah hatte sie schon zuvor vor mir in Schutz genommen. Trotzdem … war es möglich, dass sie ihr mehr glaubte als mir? War ich die Einzige, die sehen konnte, was für ein Mensch Amber wirklich war?

Ich beschloss, sie herauszufordern. »Nun, ich glaube nicht, dass sie dich wirklich zu mir geschickt hat, um mir das zu sagen.«

Amber lächelte. »Glaub, was du willst, Süße. Es ist mir egal. Und Sarah übrigens auch.« Es war fast schon erschreckend, was für einen krassen Gegensatz ihr gehässiger Tonfall zu dem Lächeln auf ihrem Gesicht bildete. »Was ich nicht verstehe«, fuhr sie fort, »ist, warum du diese andere dämliche Geschichte erfunden hast. Leidest du an einer Art Geisteskrankheit? Oder kannst du einfach nicht in einer Welt leben, in der sich nicht ständig alles um dich dreht?«

»Oh, richtig. Nennt man das in der Psychologie nicht Übertragung?«

Sie ignorierte mich. »Und falls das, was du herumerzählst, wirklich passiert sein sollte, so erscheint mir deine plötzliche Erleuchtung ziemlich gelegen, findest du nicht auch? Urplötzlich ist der Typ ein berühmter Rockstar, und du hast endlich den Mumm, der Welt von eurer geheimen Beziehung zu erzählen? Das ist ja so was von … mutig.«

Noch während sie sprach, verfluchte ich den Teil in mir, der darüber nachdachte, wie er Amber wieder auf meine Seite bringen konnte. In all den Jahren, die ich damit verbracht hatte, um ihre Anerkennung zu ringen, hatte sich das in eine hässliche Angewohnheit verwandelt – eine, die ich beenden musste.

Also sah ich ihr in die Augen. »Vielen Dank.«

Ihr Mund öffnete sich und sie starrte mich an. Überraschung flackerte in ihren Augen auf, und während sie mich musterte, huschte da noch etwas anderes über ihr Gesicht, und für eine Sekunde dachte ich, es sei vielleicht Respekt.

Etwas hinter mir lenkte ihre Aufmerksamkeit auf sich. Ich drehte mich um und erblickte Gillian, deren Hände in schaumtriefenden Gummihandschuhen steckten. Amber entblößte ihre Zähne. »Wer bist du?«

Gillian verschränkte die Arme. »Gillian. Und du?«

»Ah«, Amber nickte, »das Mädchen von der Arbeit? Die, mit der du rumhängst, weil du Mitleid mit ihr hast?«

Ich musste lachen, weil es so albern war, aber als ich zu Gillian blickte und das Entsetzen und den Schmerz in ihrem Gesicht sah, wurde ich nur noch wütend. »Sie lügt«, sagte ich zu Gillian. »Sie denkt sich ständig so einen kranken Mist aus, im Ernst«, fügte ich hinzu und gewann an Schwung, als ich zu Amber herumwirbelte. »Du bist immer noch siebzehn Jahre alt, oder?«

Amber zuckte nur mit den Schultern. Sie lächelte unbeirrt. »Oh, und noch eine Sache … Deine Dienste bei meiner Hochzeit sind nicht mehr erforderlich. Also lass dich ja nicht blicken.«

»Sehr schön! Ich wollte nämlich nie bei deiner unglaublich überspannten, lächerlichen Hochzeit dabei sein – vor allem da Peter, wenn er erst einmal kapiert, was für ein durchtriebenes Miststück du bist, dir sowieso den Laufpass geben wird … wenn er dich nicht eh schon betrügt.«

Das wischte Amber endgültig ihr Lächeln aus dem Gesicht. Es hätte sich toll anfühlen sollen, ihr endlich die Meinung zu sagen – so wie bei Adam –, aber das tat es nicht. Es fühlte sich einfach nur gemein an.

Eine unangenehme Stille breitete sich in der Wohnung aus, und die arme Gillian drehte sich um und verschwand in der Küche. Jetzt wusste sie, was für eine Hexe ich war.

Ohne ein weiteres Wort wandte Amber sich zur Tür. Ich fuhr mir mit den Fingern durchs Haar – warum hatte ich das mit Peter unbedingt sagen müssen? Sie war immer schon empfindlich gewesen, was solche Sachen anging, nach allem, was zwischen ihren Eltern passiert war. Ich wollte kein Mensch sein, der jemandes wunden Punkt fand, um darin herumzustochern. »Amber …«

Sie drehte sich um, die Hand am Türknauf, und warf mir ein schmallippiges Lächeln zu. »Ach, noch was, das Kleid ist vom Umtausch ausgeschlossen.« Dann knallte sie die Tür hinter sich zu.

Ich starrte eine Weile die geschlossene Tür an und sammelte mich, bevor ich in die Küche zurückkehrte. Gillian war wieder dabei, das Geschirr zu spülen. Ich schnappte mir ein Tuch und begann abzutrocknen. »Nur für den Fall, dass du es nicht schon gemerkt hast, das war Amber.«

Sie steckte bis zu den Ellbogen im schäumenden Wasser. »Ja, das habe ich mitbekommen.«

»Du weißt aber, dass ich nie etwas Derartiges über dich gesagt habe, oder?«

»Ich weiß.« Und sie schien keinerlei Zweifel daran zu haben. Ein weiteres Zeichen dafür, dass sie mich nicht aus der Highschool kannte.

»Sie scheint ernsthafte psychische Probleme zu haben. Ich kann mir gar nicht vorstellen, dass du mit ihr befreundet warst.«

»Tja, ich wünschte, mir ginge es genauso.«

***

Keine 24 Stunden später stand ich mehr oder weniger auf demselben Fleck in der Küche, und mir kam der Gedanke, dass die Dinge vielleicht allmählich eine Wendung nahmen. Weder Sarah noch Jack hatten mich angerufen, aber immerhin war Amber aus meinem Leben verschwunden. Außerdem war ich diesen Morgen aufgewacht und hatte zwei Nachrichten in meinem *Photos by Natalie*-Posteingang gefunden, und am Nachmittag hatte ich zwei neue Aufträge unter Dach und Fach.

Gillian und ich hatten die Reste der Quiche verschlungen und eine Flasche Wein geleert und diskutierten, was wir uns im Fernsehen anschauen wollten. Nun, da sie einen Kabelanschluss bestellt hatte, gab es eine riesige Auswahl. Wir kamen zu dem Schluss, dass eine alberne Komödie angebracht sei. Wir wollten uns gerade ins Wohnzimmer zurückziehen, als Gillian ihr Handy checkte und ihr Gesicht leichenblass wurde.

Ich seufzte. »Oh Gott, was ist denn nun schon wieder?«

Sie reichte mir ihr Telefon.

Celebrity Weekly Online … Ihre Promi-Nachrichten aus erster Hand!

Celebrity Weekly freut sich, Ihnen die neueste EXCLUSIV-Meldung in der endlosen Jack-Moreland/Natalie-Jamison-Geschichte bringen zu dürfen!

»Es ist absolut unmöglich, dass diese Geschichte stimmt«, erklärt Amber Howell, eine sehr enge Jugendfreundin von Natalie und Tochter des langjährigen Senators von Massachusetts, Troy Howell. »Ich kenne sie, seit sie zwölf ist. Wir leben immer noch in derselben Stadt. Hier passiert nichts, ohne dass die anderen es erfahren. Die Wahrscheinlichkeit, dass diese Geschichte der Wahrheit entspricht, liegt exakt bei null Prozent.«

Auf die Frage hin, warum ihre beste Freundin solche Lügen erzählen könnte, kann Amber nur Vermutungen anstellen: »Sie macht zurzeit eine schwere Phase durch. Sie hat versucht, ihr eigenes Unternehmen auf die Beine zu stellen, aber ich fürchte, es läuft nicht gut. Ich weiß nicht, warum sie sich eine derart absurde Lügengeschichte ausgedacht hat … Vielleicht braucht sie das Geld? Ich habe ihr schon oft angeboten, ihr finanziell unter die Arme zu greifen, aber sie lässt sich nicht helfen. Sie hat auch begonnen, andere Lügen zu verbreiten. Meine Freundinnen und ich machen uns tatsächlich große Sorgen um sie. Wir glauben, dass sie vielleicht langsam den Verstand verliert. Es ist wirklich sehr traurig.«

Jack Moreland wiederum weigert sich nach wie vor, eine Stellungnahme abzugeben. Sämtliche Nachfragen bei Natalie bleiben unbeantwortet.

Was für ein gemeines Biest.

Dies war ganz klar Ambers Rache dafür, dass ich Sarah von unserer Lüge erzählt hatte, dafür, dass ich ihr in meiner Wohnung die Stirn geboten hatte, für meine unschöne Unterstellung am Ende und womöglich für hundert andere Dinge, mit denen ich über die Jahre ihren Zorn auf mich gezogen hatte. Soweit ich das beurteilen konnte, hatte sie ihr halbes Leben nur auf diese Gelegenheit gewartet.

***

Ich schätze, es war Ambers Artikel, der mich letztendlich dazu brachte, mit Rick Peterson zu reden.

Jack hatte sich immer noch nicht gemeldet, und ich wusste, dass er es auch nicht mehr tun würde. Tatsächlich kamen die einzigen Anrufe – Reporter ausgenommen –, die ich in den 48 Stunden seit Ambers Artikel erhielt, von den beiden Kunden, die mir einen Auftrag angeboten hatten – und beide riefen sie an, um abzusagen. Sie fanden, es sei nicht der richtige Zeitpunkt für den Beginn einer Geschäftsbeziehung mit mir. Natürlich hofften sie auf mein Verständnis.

Rick Peterson erwischte mich also im richtigen Moment. Ich saß an meinem Schreibtisch und las mir abermals Ambers Interview durch. Selbst jetzt schaffte sie es, die Oberhand zu behalten.

»Natalie?« Jason von der Sportrubrik stand neben meiner Bürozelle. »Da ist ein ziemlich schmieriger Typ am Empfang, der nach dir fragt.«

Rick stand da, als gehöre ihm die Redaktion persönlich. Er strich seine Krawatte glatt und plauderte mit unserer Teilzeit-Empfangsdame.

»Sie können nicht genug kriegen, wie?«, fragte ich.

Er schenkte mir ein spitzbübisches Lächeln, von dem ich vermutete, dass es ihn aus der einen oder anderen brenzligen Situation mit irgendwelchen Freundinnen gerettet hatte. »Ich weiß, dass Sie wütend sind, und das tut mir leid. Aber ich kann Ihnen helfen.«

Ich führte ihn in unseren einzigen Besprechungsraum, der eher die Funktion einer Abstellkammer erfüllte. Es hatte mal eine Uhr an der Wand gegeben, aber niemand wusste, wohin sie verschwunden war, und nur die einsame Schraube erinnerte noch daran. Rick bedachte mich mit einem schmalen Lächeln, als er den Raum musterte. Seine Krawatte und die glänzenden Lackschuhe wirkten komplett fehl am Platz.

»Ich bin sicher, Sie sind reizvollere Räumlichkeiten gewohnt«, sagte ich.

»Das geht schon. Kleine Provinzblättchen haben durchaus was Inspirierendes an sich.«

Wie gnädig. Ich verkniff es mir, die Augen zu verdrehen. »Nun, warum sind Sie hier?«

»Lassen Sie mich zuallererst eines sagen: Ich mag Sie.«

»Warum sollten Sie mich mögen? Ich habe mich geweigert, mit Ihnen zu sprechen, und dann habe ich Ihnen noch den Mittelfinger gezeigt.«

Er deutete mit dem Zeigefinger auf mich und schnalzte mit der Zunge. »Ganz genau. Ich bin es gewohnt, mich mit Promis herumzuschlagen, die behaupten, sie würden nicht reden wollen, dabei wollen sie in Wirklichkeit nichts anderes.«

»Okay, erstens bin ich kein Promi. Und zweitens reden Sie sich das nur schön, damit Sie sich nicht schlecht fühlen müssen, wenn Sie Leuten auflauern, die nur mal die Straße überqueren wollen.« Wie diese arme, kaum dreizehnjährige Sängerin aus der letzten Casting-Staffel, die kürzlich mit einem riesigen Pickel auf dem Kinn vor dem Biosupermarkt abgelichtet wurde. Die dazugehörige Schlagzeile lautete: CASSIDY MONROE GEHT UNGESCHMINKT EINKAUFEN!

»Da liegen Sie falsch. Sie sind ein Promi. Und Sie müssen die Fans auf Ihre Seite bringen.«

Ich lachte. »Ich habe keine Fans. Das weiß ich dank der Kommentare.«

»Das meine ich ja! Diese Leute müssen Sie kennenlernen. Sie sind eine ganz normale Frau, das nette College-Mädchen, das immer noch versucht herauszufinden, wer sie ist, und in eine Geschichte geraten ist, die ihr über den Kopf wächst. Sie, Natalie, sind wie unsere Leserinnen da draußen … aber die wissen das noch nicht. Bisher sieht es für den Rest der Welt so aus, als seien Sie eine notorische Lügnerin oder ein besessenes Groupie.« Witzig, das war genau das, wovon ich geglaubt hatte, dass Gillian es von mir denken würde. »Nun, ich weiß, dass das nicht stimmt«, fuhr Rick fort, »aber die dort draußen? Sie müssen erst überzeugt werden.«

Seine Worte waren so aalglatt, so selbstsicher. Er musste dieselbe Ansprache schon früher gehalten haben. Aber mich musste er erst noch überzeugen. »Ich weiß nicht, warum mich das überhaupt kümmern sollte. Irgendwelche fremden Leute hassen mich. Na und? Selbst meine Freundinnen hassen mich.«

»Also wollen Sie wirklich, dass Ihre Freundin das letzte Wort behält? Denn ich muss schon sagen, sie wirkt auf mich nicht wie eine besonders gute Freundin, wenn sie Sie eine Lügnerin und Schlimmeres nennt.«

Er wusste genau, auf welche Knöpfe er drücken musste. Vielleicht war Rick Peterson mit seinen babyblauen Augen ein besserer Reporter, als ich dachte.

»Alles was Ihnen bleibt, ist Ihr Ruf«, fuhr er fort. »Hören Sie, ich glaube Ihnen. Und Sie müssen zugeben, dass es im ersten Schritt Sie waren, die an die Öffentlichkeit gegangen sind. Ihre Freundinnen verbreiten jetzt Tratsch. Diese Stadt weiß nicht, was sie denken soll. Unsere Leser wollen mehr über Sie erfahren. Jetzt ziehen Sie das Publikum auf Ihre Seite! Dann, früher oder später, wird sich auch Jack dazu äußern müssen. Seine Fans werden das von ihm verlangen.«

Sie kennen ihn nicht, wollte ich entgegnen. Doch gleichzeitig wollte ich glauben, dass er recht hatte. »Werden die anderen Reporter dann verschwinden?«

Rick war bereits dabei, seine Ärmel hochzukrempeln, und klickte die Voice-Memo-App auf seinem Smartphone an. »Aber sicher. Wir sind hier die Großen im Geschäft. Sobald Sie mit uns gesprochen haben, sind die weg vom Fenster.«

Davon war ich zwar nicht hundertprozentig überzeugt, aber der Wunsch, das schreckliche Bild von mir geradezurücken, war stärker als meine Zweifel. »Bevor wir anfangen, sagen Sie mir die Wahrheit. Ich und meine sogenannten Fans sind Ihnen doch egal. Sie tun das hier nicht, um mir zu helfen. Sie wollen einfach nur eine gute Story, stimmt's?« Ich weiß nicht warum, aber wenn ich ihn dazu brachte, es zuzugeben, würde ich mich bei der ganzen Sache vielleicht wohler fühlen.

Er lächelte. »Natalie, wir sind Journalisten, das ist unser Job.«

Eine Gemeinsamkeit finden – guter Schachzug, Rick. »Okay, noch etwas. Ich will nicht, dass das eine riesige Sache wird, als würde ich nach Aufmerksamkeit gieren …«

»Ich denke auch eher an einen kleinen Aufmacherartikel auf einer der vorderen Seiten«, sagte er und nickte. »Ein kleiner Leckerbissen vorneweg.«

»Ein Quick Shot also?« So nannten sie bei der Celebrity Weekly die Rubrik, in der sie Updates zu Babys und Hochzeiten und den neuen Projekten der Promis brachten. Ich konnte mir meine Story dort gut vorstellen: NATALIE RÜCKT DIE DINGE INS RECHTE LICHT. Und dann könnten wir alle uns endlich wieder anderen Dingen im Leben zuwenden.

Rick wirkte beeindruckt angesichts meines fundierten Wissens über die Celebrity Weekly. »Ja, ganz genau. Dann lassen Sie uns mal loslegen.« Er war plötzlich ganz fahrig, was so gar nicht zu seinem sonstigen coolen Gebaren passte, und wieder fragte ich mich, was er hier eigentlich für ein Süppchen kochte. Rick hatte recht, er war Journalist, genau wie ich, und als Journalistin wusste ich, dass es nichts Wichtigeres gab, als eine gute Story zu ergattern. Dennoch wirkte er allmählich etwas zu gierig. Eine leise Stimme – eigentlich eine ziemlich laute – riet mir, aufzustehen und aus dem Raum zu rennen.

Eine andere, noch lautere Stimme jedoch sagte mir, dass die ganze Sache schon bald ausgestanden sein konnte. Und außerdem, was konnte schon über mich gesagt werden, was nicht bereits gesagt worden war?

Rick klickte seine Voice-Memo-App an und wir legten los.

18

Ich war auf dem gottverdammten Titelblatt der Celebrity Weekly gelandet.

Mein Gesicht auf der einen Seite, Jacks auf der anderen. Uns trennte eine weiße Linie, und quer darüber prangten die Worte: ER SAGT/SIE SAGT – WER LÜGT HIER?

Ich würde Rick Peterson eigenhändig erwürgen.

Ich musste meinen Blick sofort wieder abwenden – hätten sie nicht ein noch schlimmeres Foto von mir nehmen können? Ich rollte die Zeitschrift zusammen und flüchtete mich ins Haus, wo ich sofort dazu überging, den Wein, den Gillian für ein Wochenende mit Käse- und Weinverkostung mitgebracht hatte, direkt aus der Flasche zu trinken. Ich nahm die Flasche mit zum Sofa und starrte eine Weile an die Wand. Schließlich rollte ich die Zeitschrift wieder auf.

Das Bild war noch schlimmer, als ich dachte. Es war von der Straße aus aufgenommen worden, mit den Glastüren des Diners hinter mir. Tiefe Schatten lagen unter meinen Augen. Es war definitiv nicht das Foto, das ich Rick gegeben hatte, jenes, das Gillian für unseren Artikel in der Gazette verwendet hatte. Ich stierte missmutig vom Cover einer der landesweit meistverkauften Zeitschriften, während Jack neben mir perfekt aussah – natürlich.

Scheint so, als stünde Natalie Jamison nicht nur mit Jack Moreland auf Kriegsfuß. Nachdem eine Highschoolfreundin der Celebrity Weekly exklusiv erzählt hatte, sie glaube, Natalie würde lügen, hat auch Natalie etwas über diese Freundin zu sagen, bei der es sich um

Amber Howell handelt, Tochter des Senators von Massachusetts und Natalies beste Jugendfreundin. »Amber hat es sich zum Lebensziel gesetzt, mich unglücklich zu machen«, behauptet Natalie. »Schon an der Highschool tat sie ihr Bestes, und jetzt versucht sie, sich selbst zu übertreffen, indem sie mich in unserer Stadt völlig zur Außenseiterin stempelt.«

Mein ganzer Körper stand in Flammen. Ich hatte Amber Rick Peterson gegenüber mit keinem Wort erwähnt, sondern nur gesagt, dass wir eine komplizierte Vergangenheit hätten und ich sie nicht als Freundin betrachtete. Er hatte sich meine angeblichen Zitate von vorne bis hinten aus der Nase gezogen. Ich wusste, dass dieses »Magazin« ständig unbestätigte Meldungen brachte, aber ich hätte niemals gedacht, dass sie sich die Zitate wortwörtlich aus den Fingern sogen. Ich war ja so dumm. Ja klar, ich hatte Journalismus studiert, aber es war ja nicht so, als hätte das Einmaleins der Klatschmagazine auf dem Lehrplan gestanden.

Während Miss Howell andeutete, Jamison habe sich die ganze Geschichte womöglich des Geldes wegen ausgedacht, meldet die Celebrity Weekly, dass Miss Jamison jedwede Bezahlung für dieses Interview abgelehnt hat.

Danke, Richard, für diese kleine Gnade. Hätte ich gewusst, dass das hier geschehen würde, hätte ich mich definitiv bezahlen lassen. Wenigstens hätte ich etwas davon gehabt. Wahrscheinlich hatten sie Rick von dem an meiner Blödheit gesparten Geld einen Bonus ausgezahlt.

Warum schaltet sich Jack Moreland nicht ein? Eine dem Star sehr nahestehende Quelle behauptet, Jack hülle sich in Schweigen, um Natalies Gefühle nicht zu verletzen. Eine andere Quelle aus seinem Umfeld jedoch bestreitet das und meint, Jack lege keinen Wert darauf, Kom-

mentare zu seinem Privatleben abzugeben. »Er konzentriert sich voll und ganz auf seine Musik und hofft, seine Fans machen dasselbe.« Wir jedoch hoffen, dass Jack unserer Bitte nach einer Stellungnahme nachkommt und diesem Rätselraten ein Ende setzt. Nehmen Sie in der Zwischenzeit an unserer Umfrage teil und verraten Sie uns Ihre Meinung: WER VON DEN BEIDEN LÜGT?

Die Umfrage … natürlich. Ich hastete zum Esstisch und riss das iPad vom Aufladekabel. Ich öffnete die App und schon blickte mir mein Ebenbild in seinem ganzen bleichgesichtigen Glanz entgegen. Ich verspürte den Drang, Rick Peterson eine E-Mail zu schreiben und ihm die mangelhaften Punkte seines idiotischen Artikels aufzuzeigen. Es gab hier kein Er sagt/Sie sagt-Spielchen – Jack sagte nämlich gar nichts! Dennoch hatte ich das Gefühl, auch ich hätte in meiner eigenen Geschichte etwas zu melden. Also stimmte ich ab. Ich tippte ungeduldig mit meinem Finger herum, bis der kleine Kasten endlich aufploppte: WER LÜGT?

94 % sagen NATALIE!

Mein Plan, die Öffentlichkeit auf meine Seite zu ziehen, war gründlich nach hinten losgegangen. Mein größter Trost hatte sich in das Gegenteil verkehrt. Nach kurzem Zögern löschte ich die Celebrity Weekly-App.

Ich wanderte durch die Wohnung, sammelte alle gedruckten Exemplare ein, die ich aufgehoben hatte, und legte sie auf einen Stapel. Hätte ich einen Kamin gehabt, hätte ich den Scheiterhaufen des Jahres errichtet, trotz des sommerlichen Wetters, das draußen herrschte. Stattdessen stopfte ich den Haufen in eine Mülltüte, wuchtete sie über meine Schulter, stapfte hinaus und knallte sie in die Papiertonne.

Sofort fühlte ich mich um einiges leichter.

***

Heute Abend fand Ambers Hochzeit statt.

Ich nahm einen Schluck Wein und streckte mich auf dem Sofa aus. Ich sah gerade die Marathon-Sonderausgabe von America's Design Challenge, mit niemand anderem als Kirsten Worthington als Stargast, der Celebrity Weekly zufolge eine von Jacks vielversprechendsten Zukünftigen. Sie erklärte soeben ihre Materialauswahl für eine Avantgarde-Challenge – sie plante einen Hosenanzug aus Radiergummis, was aufregend geklungen hätte, wenn ich nicht bereits ein Mädchen gekannt hätte, das ein Kleid aus Klebeband gebastelt hatte und nicht einmal Kandidatin bei einer Modedesign-Show war –, als es an der Tür klingelte.

Im Lauf der letzten Wochen hatte meine Türklingel sich für mich zu einem Vorboten des Verderbens verwandelt … oder zumindest von neugierigen Reportern. So viel zu Ricks Behauptung, ein Gespräch mit seiner unterirdisch schlechten Zeitschrift würde den Rest seiner Zunft davon abhalten, es weiterhin bei mir zu versuchen. Ich war mir ziemlich sicher, dass ich die Situation verschlimmbessert hatte.

Es klingelte wieder und ich wickelte eine Decke um mich und schlurfte zur Tür. Als ich mich zum Spion vorbeugte, sah ich erst einmal niemanden, doch dann blickte mir Gillians blaues Auge entgegen und mein Herz blieb kurz stehen.

Ich öffnete die Tür und scheuchte sie herein. »Du hast mich halb zu Tode erschreckt.« Ich lugte nach links und rechts den Flur entlang, nur um sicherzugehen, dass ihr niemand folgte. »Warum zum Henker klingelst du?«

»Tut mir leid, ich habe die Schlüssel vergessen. Oh, da sind sie ja.« Sie hingen am Haken neben der Eingangstür – an dem Brettchen, wo »Schlüssel« draufstand. »Ich bin hundemüde.«

Sie ließ sich aufs Sofa fallen und schleuderte ihre High Heels von den Füßen, warf einen Blick auf den Fernsehbildschirm und wandte sich mit sorgengezeichnetem Gesicht zu mir. »Hast du das Wochenende eigentlich überhaupt etwas anderes gemacht, als fernzusehen?«

Ich zuckte mit den Schultern. »Ich glaube nicht.«

Sie tätschelte meine Hand und angelte sich ganz beiläufig die Fernbedienung hinter mir.

»Hey, das ist deine Schuld«, sagte ich. »Du hast auf dem Kabelanschluss bestanden.«

Sie ignorierte mich und zappte durch die Sender, bis sie bei einer Kochsendung hängen blieb. Die Nahaufnahme einer Auflaufform mit Lasagne erinnerte mich daran, dass ich den ganzen Tag nichts gegessen hatte. Also stand ich auf, um mir eine Kleinigkeit zu holen.

»Ich muss dir was erzählen«, begann Gillian und atmete tief durch. »Heute ist etwas Krasses passiert.«

Ich setzte mich umgehend wieder hin.

»Ich habe ein Jobangebot bekommen. Von der Celebrity Weekly. In Los Angeles.«

War ja klar, als hätte diese Zeitschrift mein Leben nicht schon zur Genüge zerstört. Der Wein brannte mir in der Kehle. »Oh, wow … das ist … das ist ja super. Eine echte Zeitschrift, eine, die sogar Leser hat.«

»Ich weiß.« Aber so ganz wollte ihr das Lächeln nicht gelingen.

»Was hast du geantwortet?«

»Dass ich darüber nachdenken muss. Ich habe bis Ende des Monats Zeit. Du glaubst ja nicht, was für ein Angebot sie mir gemacht haben, mit Umzugskostenerstattung und allem Drum und Dran, und das Gehalt … es ist echt super.«

Ich zwang mich zu einem Lächeln, aber ich fürchtete, ich sah eher so aus, als versuchte ich, mich nicht zu übergeben.

Dennoch, Gillian war meine Freundin, und ich sollte mich für meine Freundin freuen. »Ich wette, du wirst sogar diesen Neuseeländer aus Hospitals & Housewives treffen.«

Ihre Augen leuchteten für einen Moment auf. »Ja, daran habe ich auch schon gedacht.«

Wir saßen eine Weile schweigend da. »Na gut, ich will ehrlich sein. Wenn du gehst, wird es hier total doof. Für mich. Aber hier geht es nicht um mich, sondern um dich. Wenn du dich also entschließen solltest zu gehen, freue ich mich für dich.« Ich umarmte sie und ermahnte mich, mich nicht wie ein kleines Baby aufzuführen. Dabei schloss ich die Augen, bis ich meine Tränen zurückgedrängt hatte.

»Ach ja, du wirst es nicht glauben: Meine letzte Fan-Fiction-Geschichte hat 95 Kommentare, außerdem bin ich mittlerweile bei 1000 Followern. Die doppelte Anzahl in nur ein paar Monaten!«

»Das ist ja großartig. Damit und mit deinem neuen Job hast du im Handumdrehen einen Vertrag für ein Buch.«

Sie lächelte, wirkte aber traurig. »Okay, lass uns nicht mehr darüber reden. Willst du was essen? Ich mach uns was Leckeres.«

Wir hatten es die ganze Woche nicht zum Supermarkt geschafft, daher hatten wir nicht viel da. Sie toastete ein paar englische Muffins und beschmierte sie dick mit Erdnussbutter und Konfitüre. Während wir aßen, spielten wir Poker. Es war meine Idee. Gillian spielte schrecklich, viel schlimmer noch als Reid. Ich konnte die Karten, die sie bekommen hatte, sofort an ihrem Gesicht ablesen, auch wenn sie sich Mühe gab, es zu verbergen. »Wenn du deine Lippen so nach vorne und wieder zurück bewegst, weiß ich, dass du ein gutes Blatt hast.«

Tatsächlich legte sie ihre Karten ab, nur um ein Full House zu enthüllen. »Tut mir leid«, seufzte sie. »Ich bin einfach nicht gut darin, mich zu verstellen.« Und sie sagte es auch noch in einem entschuldigenden Tonfall.

Gillian ging gegen zehn Uhr ins Bett, aber ich war nicht müde. Ich fühlte mich eher aufgekratzt, was seltsam war, weil Wein mich normalerweise schläfrig machte. Es war die Angst, die mich wieder befiel. Ich hatte es geschafft, alle meine alten Freundinnen zu verlieren, und nun würde ich auch Gillian verlieren. Denn dem musste ich mich stellen: Sie würde den Job sicher annehmen, natürlich würde sie das. Vielleicht konnte ich ja mit ihr nach Kalifornien ziehen. Immerhin gab es hier nichts, was mich noch hielt. Und an einem Ort wie Los Angeles wäre ich unsichtbar. Die Stadt quoll über vor richtigen Stars, und niemand würde mich wahrnehmen.

Vielleicht sollte ich es überhaupt aufgeben, ein besserer Mensch werden zu wollen, und mich einfach als Paparazza bewerben.

Ich spülte gerade die Gläser vom Abendessen und überlegte, ob rein statistisch betrachtet nicht doch mehr botoxbehandelte Frauen in Stonebury herumrannten als in L. A. – ich wette, es war zumindest ein Kopf-an-Kopf-Rennen –, als es abermals an der Tür klingelte. Jetzt reichte es aber wirklich, Reporter um elf Uhr nachts? Ich schleuderte den Schwamm in die Spüle und stapfte zur Tür. Ich hatte genug. Ich wollte endlich mein Leben zurück.

»Wer ist da?«, blaffte ich.

»Pizzaservice.«

Ich verdrehte die Augen. Sehr clever. »Sie sind ungefähr drei Stunden zu spät dran. Und jetzt hauen Sie ab und steigen Sie einem echten Promi nach!«

»Ich bitte um Entschuldigung, Ma'am. Ich habe eine Bestellung für eine große Käsepizza an diese Adresse.«

Ich schloss ein Auge und beugte mich vor, um durch den Spion zu lugen. Da stand ein Kerl mit Baseballcap, Drahtgestellbrille und einem dichten braunen Schnauzbart. Er hielt tatsächlich eine Pizza in der Hand, aber ich erinnerte mich sogleich, was ich online über Paparazzi gelesen hatte, was für einen Aufwand sie betrieben, um an eine gute Aufnahme zu kommen. Ein paar von denen hatten sich erst letzte Woche komplett mit Armee-Tarnanzügen verkleidet und im Gebüsch vor dem Haus irgendeines MTV-Sternchens verschanzt. Kreativ waren sie, das musste man ihnen lassen.

»Tut mir leid«, sagte ich, »aber ich habe nichts bestellt.«

Draußen vor der Tür seufzte der Mann schwer. »Bitte, Ma'am, ich krieg Ärger, wenn ich zurückkomme, ohne die Pizza ausgeliefert zu haben.«

»Dann lassen Sie sie vor der Tür stehen.«

Draußen war es kurz still. »Okay … aber ich dachte, also … ein Trinkgeld …«

Dieser Typ ließ echt nicht locker.

Vielleicht war er wirklich ein Pizzalieferant, der seinen Job erledigen wollte. »Na schön, warten Sie einen Moment. Ich weiß nicht, ob ich überhaupt Bargeld dahabe.« Ich fand einen Zwanziger in meinem Portemonnaie. Nun, immerhin hätte ich am nächsten Tag was zu essen und müsste nicht einkaufen gehen. Ich entriegelte die Tür und machte sie ganz langsam auf.

»Bitte sehr.«

Der Mann blickte auf das Geld in meiner Hand, dann in mein Gesicht. Er machte keine Anstalten, es zu nehmen, und ich schüttelte den Kopf. »Sie haben also doch gelogen. Dabei haben Sie sich ganz schön Mühe gegeben, damit es echt wirkt.«

Der Mann sagte nichts, verzog nur den einen Mundwinkel zu einem Lächeln.

Ich war sicher, in diesem Moment hörte mein Herz auf zu schlagen.

Sein Schnurrbart löste sich an der einen Seite. Er nahm die Brille ab und ließ sie in seine Hemdtasche gleiten.

Es war Jack, der mich angrinste. »Lässt du mich jetzt rein oder was?«

19

Because I'm not good enough
Not good enough for you

– Jack Moreland, »Good Enough«

Drei Jahre zuvor

Jack tauchte die gesamte Woche nach dem Abschlussball nicht in der Schule auf. Alle meine SMS blieben unbeantwortet, auch als ich anrief, ging niemand dran. Freitags nach der Schule wagte ich sogar einen heimlichen Spaziergang an seinem Haus vorbei. Sein Auto stand nicht in der Einfahrt. Ich hätte mir nicht träumen lassen, wie sehr ich diese klapprige Todesfalle vermisste, aber so war es.

Den Samstag sollte ich eigentlich für die Abschlussprüfungen lernen, aber ich war zu nichts zu gebrauchen, was irgendwie Konzentration erforderte. Um vierzehn Uhr, eine Stunde bevor meine Schicht im Nona's begann, rief Sarah an. »Lust auf ein Eis am Strand?«

Als wir jünger waren, war das unsere Lieblingsbeschäftigung gewesen, damals, als es nur mich und Sarah gab und wir noch tun und lassen konnten, was wir wollten, ohne dass eine Amber dazwischenfunkte. Sie fand es kindisch – der Strand war nur zum Sonnen da –, und somit waren Sarah und ich eine lange Zeit nicht mehr dort gewesen.

Es war verlockend, aber ich wäre nicht mit Herzen bei der Sache. »Sorry, aber ich muss zur Arbeit«, sagte ich.

»Oh, stimmt ja. Hey, ich könnte doch vielleicht da vorbeischauen …«

»Nein! Ich meine … meine Chefin ist echt streng. Sie würde ausflippen.«

Sarah stockte. »Du hast mir doch erst neulich Abend erzählt, wie cool sie sei.«

»Na ja, schon, aber nur, weil sie mich mag, weil ich meine Arbeit gut mache und sie ernst nehme. Ich kann nicht den ganzen Abend mit meinen Freundinnen rumhängen, wenn ich Kunden bedienen soll.«

»Okay, ist ja gut, beruhige dich. War nur eine Idee.«

»Entschuldige«, sagte ich.

Sie seufzte. »Ist schon in Ordnung. Findest du nicht, dass das alles so wahnsinnig schnell vorbeigeht? Drei Wochen Schule und dann … Ich weiß nicht … Ich habe einfach das Gefühl, dass sich alles ändern wird.«

»Ja, das stimmt wirklich«, sagte ich.

***

Ich schenkte Kaffee ein, machte Latte Macchiatos und gab Käsekuchen aus, während ich mir bei alldem Mühe geben musste, mich nicht zu übergeben. Um zwanzig vor fünf öffnete sich die Tür und die Band traf ein. Das letzte Konzert der Kerouacs wurde im Schaufenster mit einem neuen Plakat beworben – ein Ergebnis des Computers von Reids Mutter. KOMMT TSCHÜSS SAGEN!, stand da in dicken Buchstaben als Überschrift. Das war's mit der Band. Nächste Woche standen die Abschlussprüfungen an, die Woche darauf die Zeugnisse. Jack war aufbruchbereit, um Stonebury sofort nach der Zeugnisvergabe zu verlassen, und ohne Jack gab es keine Kerouacs.

Darcy war den ganzen Nachmittag still gewesen und lächelte nur traurig, wann immer unsere Blicke sich begegneten. Als die drei auf dem Weg zum Pausenraum an uns vorbeikamen, Travis und Reid mit einem Winken, Jack mit einem Hallo, das er demonstrativ nur an Darcy richtete, legte sie die Hand auf meine Schulter und schniefte. »Ich werde die Jungs vermissen.«

Ich musste längst nicht mehr so vorsichtig balancieren, als ich das Tablett mit dem Tee und den Cookies in den Pausenraum brachte. Die Band spielte nicht Karten, als ich hereinkam. Jack saß im Eck und stimmte seine Gitarre. Travis und Reid saßen am Kartentisch, wo Travis einen Comic las und Reid unser riesiges Physikbuch auf dem Schoß liegen hatte.

Niemand nahm meine Gegenwart zur Kenntnis. »Hi«, sagte ich laut.

Travis blickte auf und nickte. Reids Nase und Ohren liefen rot an und er murmelte eine Art Hallo. Ich presste die Kiefer aufeinander, damit mir die Tränen nicht in die Augen stiegen, und fragte mich, wie viel Jack ihnen erzählt hatte.

Es wäre einfach gewesen, rauszurennen, Darcy zu sagen, ich sei krank, heimzugehen und nie wieder einen von ihnen zu sehen. Es wäre einfach und zugleich unmöglich gewesen.

Ich ging zu Jack und stellte mich vor ihm auf. Er hatte den schwarzen Nagellack entfernt, aber ich erkannte die Ränder, wo er sich in der Haut um das Nagelbett festgesetzt hatte. Während er spielte, tappte er leise mit dem Fuß auf den Boden.

Ich stupste ihn leicht mit meinem Fuß an. »Hi«, sagte ich.

»Hi.« Er sah nicht auf, sondern spielte weiter, als wolle er mir damit das Herz herausreißen.

»Wollen wir gar nicht darüber reden?«

Ein scharrendes Geräusch hinter mir verriet, dass Travis und Reid ihre Sachen zusammenpackten und hinausgingen. Ich wartete, bis sich die Tür hinter ihnen schloss, bevor ich lauter fragte: »Willst du mich etwa für alle Ewigkeiten ignorieren? So tun, als wäre alles, was … passiert ist, nie passiert?«

Daraufhin blickte er auf, ohne dass seine dunklen Augen etwas verrieten. »Ich weiß nicht. Und du?«

Ich wollte mich setzen, doch er stand auf und ging davon. Also folgte ich ihm.

Er legte seine Gitarre so behutsam wie immer in ihren Koffer. »Was erwartest du denn von mir?«

»Ich will, dass du sagst, dass zwischen uns alles in Ordnung ist.« Ich legte die Arme um seinen Nacken und stellte mich vor ihn, sodass er mich ansehen musste. »Die anderen verdienen es nicht, über uns Bescheid zu wissen. Ich will nicht, dass sie das zwischen uns kaputt machen.«

»Das hast du auch ganz gut allein hingekriegt«, sagte er, und seine Augen sahen aus, als würde sich Eis auf ihrer Oberfläche bilden.

Normalerweise war ich so gut darin, mich aus Sachen herauszureden, Leuten Dinge zu erzählen, die sie hören wollten – meinen Eltern und meinen Lehrern und meinen Freundinnen. Aber aus dieser Sache konnte ich mich nicht herauswinden. Er kannte mich zu gut, er merkte es, wenn ich Mist verzapfte. Ich legte meine Hände an seine Wangen. »Ich wusste nicht, was mir alles fehlte, bis ich dich getroffen habe.«

Er sah mich ernst an, dann legte er seine Hände auf meine Schultern und schob mich sanft von sich. »Die ganze Sache … es war ein Fehler. Als wir drei dich das erste Mal trafen, da hielten wir dich für diese arrogante Spießerin, doch das warst du nicht. Aber alles andere, was ich glaubte, in dir zu sehen … Du bist einfach nicht der Mensch, für den ich dich gehalten habe. Und das ist auch in Ordnung so. Nur nicht für mich.«

Mein Mund öffnete sich, aber es kam kein Laut heraus. Falls es eine mathematische Gleichung für das Schlimmste gäbe, was er mir hätte sagen können, dann wären exakt diese Worte das Ergebnis gewesen. »Ich glaube einfach … Wenn du mir noch eine Chance geben …?«

Und in diesem Moment vepuffte all seine Ruhe und Gefasstheit, und ich begriff, dass er selbst nach allem, was passiert war, versuchte, nett zu bleiben. Damit war es nun vorbei. Er sah mich an, sah mir direkt in die Augen, damit es kein Missverständnis zwischen uns gab. »Ich will dich nie wieder sehen. Okay?«

Ich stolperte rückwärts gegen den Kartentisch und warf ihn auf dem Weg zur Tür beinahe um.

Hinter dem Tresen riss ich mir die Schürze herunter und schnappte mir meine Handtasche. Darcy war gerade dabei, einen Cappuccino umzurühren. »Es tut mir schrecklich leid«, sagte ich ihr, »aber ich muss nach Hause. Ich fühle mich nicht gut.«

»Ach, Schätzchen, das tut mir leid. Du wirst das letzte Konzert verpassen. Gute Besserung, ja?«

Ich raste aus der Tür und rannte beinahe ein Pärchen mit Kinderwagen um. Ich schaffte es gerade noch bis zur Bushaltestelle, bevor ich in Tränen ausbrach. Ich wollte nicht, aber ich konnte nicht anders. Ich hasste es, wie schwach ich mich fühlte, wenn ich weinte, wie verletzlich und albern, wie ein kleines Mädchen. Er hatte mir gesagt, bei ihm könne ich ganz ich selbst sein, aber letztendlich war es egal. Wer kümmerte sich schon um eine Cheerleaderin, die das Gefühl hatte, nirgends hinzugehören? Vielleicht hatte es ihn für einen Moment gekümmert, aber das war ein Moment mehr, als ich verdiente – und nun war alles vorbei.

***

Jack kam die nächsten zwei Wochen überhaupt nicht mehr zur Schule, und da wir keinen gemeinsamen Kurs belegten, wusste ich, dass ich ihn auch bei den Abschlussprüfungen nicht sehen würde. Normalerweise hätte ich die vierzehn Tage ohne Unterbrechung durchgelernt, aber ich konnte mich schlichtweg auf nichts mehr konzentrieren. Ich brachte die Prüfungen ordentlich hinter mich, aber es gab Fragen, die ich theoretisch hätte wissen sollen, bei denen ich jedoch passen musste, besonders in Physik, der letzten Klausur, die ich je an einer Highschool schrieb. Sobald sie vorbei war und mein Kopf noch von all den Fragen schwirrte, von denen ich wusste, dass ich sie falsch beantwortet hatte, schleppte ich mich wie ein Zombie zu meinem Spind und räumte ihn aus. Der menschenleere Flur war still, und ich stopfte meine Bücher in die Tasche und fragte mich, wie all diese Mitschriften und Tests, die mir so wichtig erschienen waren, plötzlich so nutzlos werden konnten. Die Schule war vorbei.

Ein paar Spinds weiter öffnete sich eine Tür, und ich erblickte Reid, der den Inhalt in seinen Rucksack leerte. Es war niemand da, daher ging ich zu ihm rüber. »Und, hasst du mich jetzt auch?«

Seine Nase lief rot an, als er eine Handvoll verstreuter Plektren in seine Tasche warf. »Nein.«

»Aber er tut es«, sagte ich.

»Ich habe keine Ahnung.« Er war ein schrecklicher Lügner. Er konnte nie ein Pokerface wahren.

»Ist er immer noch in der Stadt?«

»Die nächsten zwei Tage nicht. Er kommt auch nicht zur Zeugnisvergabe. Ich habe keine Ahnung, was passiert ist, und ich will es auch nicht wissen. Viel Glück an der Brown.«

Und damit schloss Reid seinen leeren Spind und ging davon.

*

Nach meinem miesen Abschneiden bei den Prüfungen fiel mein Notenschnitt um fünf Zehntel Punkte (ja, das ist viel in der mörderischen Welt der überambitionierten Streber) und ich machte meinen Abschluss lediglich als Drittbeste der Stufe. Melissa, Fiona Lockes Freundin, die ich bis dahin für stumm gehalten hatte, wurde Jahrgangsbeste. Daraufhin verblüffte sie alle, als sie die Abschlussrede vor der gesamten Stufe hielt – eine ziemlich gute Rede darüber, dass wenn man ein Kapitel im Leben schloss, ein anderes begann, und dass wir nicht traurig sein müssten, denn all die vorangegangenen Kapitel würden für immer als Erinnerungen in uns weiterleben. Es war ein netter Gedanke, und wenn ich mich in einer besseren Gemütsverfassung befunden hätte, hätte ich ihr vermutlich zugestimmt. Aber dann überlegte ich, dass die alten Kapitel vielleicht nicht für immer weiterleben mussten. Vielleicht konnten wir sie löschen, wenn wir nur wollten.

Also beschloss ich, dass die Highschool ein Kapitel in meinem Leben sein würde, das ich auslöschen würde, sodass alles, was ich je getan hatte, um andere zu verletzen, und alles, was irgendjemand getan hatte, um mich zu verletzen, nicht passiert wäre.

Und es war auch wirklich so, als wäre es nie passiert, denn der einzige Mensch, der darüber Bescheid wusste, war gegangen, und niemand würde je davon erfahren. Niemals.

20

Jack Moreland saß in meiner Küche. Ich schenkte ihm eine Cola ein, weil wir sonst nichts mehr dahatten, während er seinen falschen Schnurrbart entfernte und sich in die Essecke setzte. Er zog die Brille aus der Hemdtasche und legte sie vorsichtig auf den Tisch, dann öffnete er die Pizzaschachtel und nahm sich ein Stück heraus. Er sah etwas verkommen aus mit seinen Bartstoppeln und dem Haar, das wieder länger wurde und sich um seine Ohren und im Nacken lockte.

Etwas an ihm war anders als die letzten zwei Male, die ich ihn dieses Jahr gesehen hatte. Er wirkte leichter, unbeschwert. Die alberne Verkleidung trug ihren Teil dazu bei, aber es waren hauptsächlich seine Augen.

Ich musste kichern, aber leise, damit Gillian nicht aufwachte. Es fühlte sich alles so unwirklich an. Ich war mir nicht sicher, ob ich nicht träumte. »Da ist wirklich Pizza drin? Ich dachte, das sei eine Attrappe.«

»Oh ja, und ob da Pizza drin ist! Ich bin am Verhungern.« Er nahm den Pappteller, den ich ihm reichte. »Was ist los?«

»Ich glaube, ich bin einfach nur durcheinander, dass du hier aufgetaucht bist, mit einer Pizza, verkleidet als …?«

»Ein typischer Dad aus den Siebzigern«, sagte er mit einem Anflug gespielter Enttäuschung.

»Ach ja, wie dumm von mir. Aber wenn du wirklich wie ein Dad aus den Siebzigern ausschauen willst, musst du Schlaghosen tragen, nicht Skinny-Jeans.«

»Weißt du, auch daran habe ich gedacht, aber ich hatte nur die hier.« Er nahm einen Bissen von der Pizza. »Du musst zugeben, dass es eine ziemlich gute Verkleidung ist. Ich stand in der Schlange beim Pizzaladen und die hatten keinen blassen Schimmer.«

Ich kicherte wieder.

»Willst du was essen?«

Ich setzte mich und nahm ein schmales Stück. »Ich mag die Baseballcap. Steht dir, der Look.«

»Findest du?«

Ich nickte. Doch ihm würde jeder Look stehen. Ehrlicherweise gingen sogar der falsche Schnurrbart und die Brille für mich in Ordnung. »Bist du … bist du geschäftlich in der Stadt?«, fragte ich.

Er lehnte sich zurück und legte die Arme auf den Stuhllehnen ab. »Nein.«

»Oh.«

Er sah mich mit diesen dunklen Augen an und ich räusperte mich und wischte die Hände an meiner Yogahose ab. Plötzlich war mir heiß, sehr heiß.

»Nun, Miss Wissenschafts-AG«, begann er, »dieser Artikel, der hat wirklich Mumm erfordert. Ich bin stolz auf dich.«

»Wirklich?«

Er nickte und ich biss mir auf die Lippe. »Das heißt, du bist nicht wütend?«

»Warum sollte ich wütend sein?«

»Weil du nicht wolltest, dass irgendwer erfährt, dass ich es bin, über die du singst.« Jack nickte, aber er sagte nichts. »Ich hoffe, ich habe nichts falsch gemacht oder dir Probleme bereitet. Ich wollte nur … ich wollte ein großes Statement abgeben. Ich wollte, dass du merkst, dass mir nichts im Leben wichtiger ist. Und mir ist klar, dass ich das, was ich dir damals angetan habe, nie wirklich wiedergutmachen kann, aber ich musste es versuchen …«

Ich hätte weiterstammeln können, und das hätte ich auch getan, wenn er nicht seine Hand ausgestreckt und mein Handgelenk berührt hätte. Ich schloss die Augen und gab mich der Berührung hin. Seine Finger wanderten meinen Arm hinauf, als ich hörte, wie sich die Tür öffnete und Gillian in die Küche getapst kam.

Ihre Augen waren halb geschlossen und sie kratzte sich am Kopf, wo ihre Schlafmaske über der Stirn thronte und ihr Haar in alle Richtungen abstand. Sie trug ihr liebstes Hello-Kitty-Nachtshirt und winzige Shorts. »Natalie? Ich hab Stimmen gehört und dachte schon, du wirst ausgeraubt …« Sie blieb wie angewurzelt stehen und war plötzlich hellwach. »Heiliger Bim … Jesus …«

Er hatte seinen Arm nicht mehr auf meinem, aber wir saßen sehr nah beieinander.

»Ähm, Jack, du erinnerst dich an Gillian, Reporterin bei der Stonebury Gazette und meine Mitbewohnerin?«

»Natürlich«, sagte er mit einem Lächeln und gelassen wie immer. »Wie geht es dir?«

»Oh mein Gott«, sagte sie, die Hand an die Brust gepresst. »Dir geht's gut, ich meine, mir geht's gut. Ich bin nur … oje … okay, also ich geh zurück ins Bett.«

»War nett, dich wiederzusehen«, sagte Jack.

Sie wich langsam rückwärts aus dem Raum und hastete dann den Flur entlang. Ich hörte einen dumpfen Knall, der klang, als sei sie gegen die Wand gerannt, dann hörte man das Klicken ihrer Tür, die sich schloss.

»Sie scheint wirklich nett zu sein«, sagte Jack.

»Ich bin sicher, du hast ihr gerade einen Herzanfall beschert.«

Er grinste. Dann stand er auf und streckte die Hand aus. »Komm schon, wir sehen später nach ihr.«

Ich ließ meine Hand in seine gleiten und er half mir aufzustehen. »Wohin gehen wir?«

»Du hast hier schon auch ein Schlafzimmer, oder?«

Oh. Ja. So etwas hatte ich.

Ich schloss die Tür hinter uns und lehnte mich dagegen, während Jack sich umsah. Mein Handy lag auf dem Schreibtisch. Er hob es auf. »Darf ich?«

»Wozu?«

»Ich muss immer nachsehen, was die Leute heutzutage so hören.«

»Bitte schön.«

Er scrollte durch und verzog anerkennend das Gesicht. »Bruce Springsteen, Damien Rice, Ryan Adams ... also, wenn ich's nicht besser wüsste, würde ich behaupten, du hast eine Schwäche für männliche Singer-Songwriter. Schau einer an, du hast sogar Jack Moreland drauf. Ich hab gehört, der soll ganz gut sein«

»Eigentlich ist er sogar richtig genial«, sagte ich und blieb immer noch an der Tür stehen.

Er kam durch den Raum auf mich zu. »Wirklich? Das ist aber ein ziemlich gewichtiges Wort, das du da benutzt.«

Als ich nickte, berührte er mein Gesicht unterhalb meines Ohres, so wie an jenem Abend, als wir uns im Palladium küssten. Ich ließ mich gegen seine Brust sinken, aber er wich etwas zurück.

»Ich muss dir ein Geständnis machen«, sagte er. Sein Atem fühlte sich warm an auf meinem Hals, meinem Gesicht. Seine Lippen waren so nah, dass ich sie beinahe schmecken konnte.

»Was für eins?«, fragte ich, während mein eigener Atem mir in der Kehle stockte. »Lass mich raten, du hast die ganze Zeit nur die Lippen zu Playback-Musik bewegt.«

Er grinste. »Ja, ich bin das dritte Mitglied von Milli Vanilli.«

»Ich wusste es.«

»Eigentlich geht es um was Ernsteres.«

Ich schluckte. »Okay.«

»Ich habe ›Unterwegs‹ nie gelesen.«

Ich starrte ihn an. »Wie bitte?«

»Du weißt schon, das Buch von Kerouac, das ich immer mit mir herumgetragen habe. ›On the Road‹. Ich habe es nie gelesen. Ich hatte es immer vor, aber ich hab's nie getan. Ich hab es nur mit mir herumgeschleppt, damit ich schlauer wirke.«

Ich schüttelte den Kopf. Ich konnte nicht anders. Das war sein größtes Geständnis? Und außerdem … wer gab schon damit an, Bücher zu lesen?

»Mir gefiel einfach die Idee … die Romantik und die Poesie bei dem Ganzen.« Er schob mir das Haar hinter die Ohren und ich schmiegte meine Wange in seine Hand. Diese Berührung würde immer etwas Besonderes bleiben.

»Ich dachte, er sei dein großer Held«, sagte ich schwach.

»Ja, ich weiß, ich hab ein paar Abschnitte über ihn auf Wikipedia gelesen.«

Ich konnte nur noch den Kopf schütteln. Schließlich musste ich lachen. Und auch er lachte.

»The Kerouacs war ein genialer Name«, sagte er. »Ich hab mir immer gewünscht, er wäre mir selbst eingefallen.«

»Na, ist er doch. Wenn man der MuchMusic glauben will.«

»Das ist wahr.«

Ich hob den Kopf, um ihn anzusehen. »Warum hast du das getan? Warum wolltest du nicht verraten, dass es in deinen Liedern um mich geht?«

Er wich ein Stück zurück, und ich hatte Angst, er würde gehen, daher griff ich nach seiner Hand und zog ihn zurück. Er seufzte. »Na gut, die Wahrheit ist, ich hatte das alles nicht geplant. Nichts davon. Ich hab diese Lieder für mich geschrieben, weil ich nichts anderes schreiben konnte. Als ich anfing aufzutreten, spielte ich im Schnitt für … ich weiß nicht, fünf Leute am Abend. Ich hatte keine Ahnung, dass jemand aus dem Musikgeschäft es je zu Ohren kriegen würde. Und danach passierte alles so schnell. Ich wusste schlicht nicht, was ich sagen sollte. Mein Manager riet mir, möglichst vage zu bleiben, du weißt schon, damit es ein kleines Mysterium blieb. Wenn man gleich alles rausposaunt, interessiert es die Leute nicht so sehr. Sie wollen glauben, dass da eine Geschichte dahintersteckt, aber sie wollen nicht alles erfahren. Wenn man es erst einmal weiß, was bleibt da noch zu entdecken?«

Also hatte er es doch nicht getan, um mich zu kränken.

»Aber es wäre eine Lüge, wenn ich behaupten würde, ich hätte nicht gehofft, dass du dich an mich erinnerst, wenn du das Album hörst«, sagte er.

»Mich an dich erinnern? Ich habe drei Jahre mit dem Versuch verbracht, dich zu vergessen. Es hat nicht geklappt.«

»Nicht?«

Ich schüttelte den Kopf.

Er schloss die winzige Lücke zwischen uns und schob mich gegen die Tür. Seine eine Hand streichelte die Haut hinter meinem Ohr und die andere schlüpfte unter mein T-Shirt, umfing meine Taille und presste mich gegen ihn. So viel Zeit war vergangen, seitdem wir das letzte Mal so zusammen gewesen waren, und ich fragte mich unwillkürlich, ob ich mir das alles nur eingebildet hatte – wie gut ich mich in seinen Armen fühlte, wie perfekt wir zueinander zu passen schienen –, doch sobald er seine Lippen auf meine senkte, wusste ich, wie real all das gewesen war. Aber eines war sicher, meine Erinnerungen kamen nicht gegen das Hier und Jetzt an.

Wir bewegten uns gemeinsam Richtung Bett, wo ich schnell meine Klamotten, vereinzelte Socken und meine Arbeitstasche zusammenraffte und auf den Boden warf. Ich war von den Ereignissen der letzten Zeit so durch den Wind gewesen, dass ich mein Wäsche-bügeln-und-sofort-aufhängen-Programm hoffnungslos aufgegeben hatte. »Sorry, ich hatte keine Gäste erwartet.«

»Na, das ist doch schön für mich«, sagte er.

Er setzte sich, griff meine Hand und zog mich zu sich herunter. Ich schob ihm die Kappe vom Kopf, warf sie auf den Haufen, wo meine Sachen lagen, und kniete mich über ihn. Seine Hände waren überall, und es fühlte sich an, als würde ich unter ihnen zergehen. Mich all meiner Klamotten zu entledigen, fiel mir diesmal leicht. Ich hatte keine Angst, was er sehen könnte – ich wollte, dass er alles sah.

»Du hast ja keine Ahnung, wie lange ich auf das hier gewartet habe«, murmelte er. Aber ich wusste es. Er ließ erst seine Finger, dann seine Lippen über mein Ohr, meinen Hals und mein Schlüsselbein wandern, so wie damals. Ein vielbereister Pfad, meine Seite hinab und noch tiefer, wobei er auf seinem Weg all meine Geheimnisse bloßlegte, bis es keine verborgenen Orte mehr zu entdecken gab und es keiner Worte mehr bedurfte.

*

Es war zwei Uhr morgens und die Welt außerhalb dieser Wohnung hätte wegbrechen können und ich hätte es nicht bemerkt.

»Ich bin heute Morgen nach Riverdale gefahren«, sagte Jack, wobei er mit seinen Fingern an meinem Haar herumspielte. Seine dunklen Augen waren schläfrig, sein Haar lag verwuschelt auf meinem Kopfkissen. Auf *meinem* Kopfkissen. Er war hier, bei mir. »Ich wollte nachsehen, ob das Nona's noch da ist … Aber ein Laden für Nahrungsmittelergänzung? Was für ein Quatsch.«

»Ich weiß. Es war einer der ersten Orte, die ich aufgesucht habe, als ich zurückgezogen bin. Hast du immer noch Kontakt zu Darcy?«

»Ja, wir schreiben uns ab und zu. Sie hat den Laden vor zwei Jahren verkauft und ist nach Kalifornien gezogen. Das nächste Mal, wenn ich drüben bin, wollen wir uns treffen.«

Ich fragte mich, wie sie heute wohl aussah, ob sie immer noch Fotos machte. Ich fragte mich, was sie von alldem hier dachte, was sie von mir dachte.

»Sie wusste die ganze Zeit, dass da was zwischen uns war«, sagte

Jack, als hätte ich es laut gedacht. »Eines Abends hat sie mich beiseitegenommen und mir eingeschärft, dich ja nicht zu verletzen. Ich glaube, du warst so etwas wie ihre Lieblings-Barista.«

»Ich hatte ja nicht besonders viel Konkurrenz.«

»Das stimmt.«

»Weißt du das vom Leuchtturm?« Er schüttelte den Kopf. »Er ist weg. Irgendwann werden alle Orte unserer Kindheit und Jugend verschwunden sein.«

Er lachte. »Ach komm, das ist nicht so schlimm. Es gibt doch immer noch uns, oder nicht?«

Für wie lange?, wollte ich fragen. Aber ich tat es nicht. Ich wollte diesen Moment nicht zerstören, der sich so zart anfühlte, als könnte die leichteste Brise ihn davonwehen. Ich wollte für immer in diesem Augenblick verharren.

Aber noch in diesem einen Herzschlag, den es mich kostete, darüber nachzudenken, rührte sich Jack, nahm seine Hand aus meinem Haar, und der Moment war verloren. Die Zeit drängte voran, ob ich es wollte oder nicht. »Nun, ich habe auch ein paar Neuigkeiten.«

»Oh?«, hauchte ich, und auf meinem Herzen lastete plötzlich ein schwerer Druck. Das verhieß nichts Gutes.

»Ich werde mein zweites Album aufnehmen.«

»Wirklich? Das ist ja großartig!«

Er rieb sich die Wange. »Ja, ich bin total aufgeregt. Meine Plattenfirma lässt mich nach London fliegen. Um genau zu sein, muss ich in vier Stunden los.«

Ich setzte mich kerzengerade auf, als könnte mich eine aufrechte Haltung vom Ansturm des Kummers bewahren, der von allen Seiten auf mich herabstürzte. Ich probierte ein Lächeln, aber die Muskeln in meinem Mund wollten mir nicht gehorchen. »Stunden …?«

Er drückte sanft meinen Schenkel. »Ich hätte es früher erwähnen sollen, aber wir hatten andere Dinge, über die wir reden mussten.«

»Ich bin eigentlich ganz froh, dass du es nicht getan hast.« Ich biss mir auf die Lippe. »Wann kommst du zurück?«

Ich mochte den gequälten Ausdruck nicht, der auf seinem Gesicht erschien. »Ich werde um die Weihnachtszeit wieder in New York sein.«

Ich schluckte, aber ich konnte die Tränen nicht aufhalten. »Entschuldige. Ich freue mich total für dich. Das ist wirklich cool.« Ich wischte mir mit dem Handrücken übers Gesicht. Mir schien, alles, was ich in den letzten 24 Stunden getan hatte, waren halbherzige Versuche, mich für andere Leute zu freuen.

Er wischte die Tränen weg, die ich nicht erwischt hatte, dann fuhr er sich mit den Fingen durchs Haar und seufzte hörbar. Ein weiteres schlechtes Zeichen. »Es ist nur so, dass ich die nächsten Wochen ziemlich mit dem Album und allem beschäftigt sein werde, und ich weiß nicht …«

»Es ist in Ordnung. Du musst es nicht sagen. Was auch immer passiert, wir werden Freunde sein, stimmt's?«

Er lächelte schwach. »Klar«, sagte er. »Freunde.«

Er küsste mich, und ich versuchte, mich auf seine Lippen zu konzentrieren statt auf den Schmerz, der sich in meiner Brust breitmachte. Es war dumm, mich darüber aufzuregen. Was hatte ich gedacht? Dass ich mit ihm nach New York durchbrennen würde? Nun, vielleicht war mir der Gedanke durch den Kopf gegangen, aber es würde nicht passieren. Das hier war das Ende, das hier war alles, der Abschluss unserer ungeklärten Angelegenheiten.

Fast.

»Jack, ich wollte dir nie dieses Gefühl geben«, sagte ich und blickte in seine Augen, um sicherzugehen, dass er mir auch wirklich zuhörte. »Ich wollte nie …«

Er legte mir den Finger auf die Lippen. »Keine Entschuldigungen mehr«, sagte er und küsste meine letzten Worte einfach fort.

Ich hatte nicht vorgehabt einzuschlafen, obwohl ich wusste, dass ich um sechs für die Arbeit aufstehen musste. Es war mir egal. Ich wäre lieber wie ein Zombie im Büro erschienen, als meine letzten Minuten mit ihm zu verschlafen. Aber ich hatte es nicht geschafft, wach zu bleiben, nicht einmal diese einfache Sache war mir gelungen. Und als ich beim ersten Piepsen meines Weckers aus dem Schlaf aufschreckte, war Jack bereits weg.

21

Den ganzen Weg zur Arbeit über löcherte Gillian mich nach Details. Ein paar Fotografen lungerten noch um die Wohnung herum und schlichen durch das Gebüsch auf der gegenüberliegenden Seite der Gazette, aber sie versuchten nicht länger, Antworten aus mir herauszupressen, und schienen auch nicht besonders interessiert daran, überhaupt hier zu sein. Schon bald würden sie abhauen, mutmaßte Gillian, denn Reporter wie diese seien es gewohnt, in New York oder L. A. zu wohnen, und starben in Stonebury wahrscheinlich schon vor Langeweile.

»Oh, ich weiß genau, wie sich das anfühlt«, sagte ich. Ich konnte mir ein Gähnen nicht verkneifen.

Gillian hob eine Augenbraue und stieß mich mit dem Ellbogen in die Seite, während wir zu unseren Schreibtischen gingen. »Ach wirklich? Hast du dich heute Nacht wirklich so gelangweilt?«

»Oh Mann, würdest du bitte aufhören?« Ich ließ mich an meinen Tisch fallen. Wie konnte es möglich sein, dass ich wieder hier saß, in dieser kleinen, banalen Zelle, wo doch vor nur ein paar Stunden … Ich seufzte und machte meinen Computer an. Immer noch derselbe alte Benutzername, dasselbe Passwort, derselbe Windows-Standard-Bildschirmhintergrund, dieselben unfassbar langweiligen Geschichten, die darauf warteten, von mir geschrieben, bebildert und korrigiert zu werden.

Das war es. Das war das Leben. Nach der Highschool und dem Studium bestand es vor allem darin, jeden Tag immer wieder dasselbe zu tun – zu arbeiten und einem Traum hinterherzujagen, der nie in Erfüllung gehen würde. Außer für einige wenige Leute, die jedoch außergewöhnliche Menschen waren. Ich war nicht außergewöhnlich. Ich war eine einfache Redakteurin, und nicht einmal eine gute, angesichts der Tatsache, dass ein Drittel der Artikel zu mir zurückkam, nachdem der Redaktionsassistent sie nochmals durchgesehen hatte.

Gillian schwang auf ihrem Stuhl herum. »Das heißt, du wirst mir also wirklich nichts verraten?«

Ich zuckte nur mit den Schultern. Womöglich war ich nicht normal, aber ich wollte nicht darüber reden. Ich wollte mich nur in meinem gemütlichen Zimmer mit jemandem einkuscheln, der nach Seife und einem ledernen Gitarrenkoffer roch. Doch das würde nicht passieren.

*

Auch auf dem Nachhauseweg von der Arbeit redete ich nicht viel. Gillian tat ihr Bestes, um mich aufzumuntern. Sie erzählte mir alles über den neuesten Skandal bei Hospitals & Housewives, und als das nicht zog, suchte sie einen 80er-Jahre-Sender und sang aus vollem Hals bei Boy George mit. »Oh, jetzt weiß ich's! Ich mach uns heute Abend Pizza. Klingt das gut?«

Ich zuckte mit den Schultern. Jack hatte mir den Appetit auf Pizza womöglich für immer vermiest. »Ich glaube, eine Tütensuppe reicht mir.« Falls ich überhaupt etwas zu Abend aß. Vielleicht ging ich auch gleich ins Bett.

Aber als wir vor unserem Haus eintrafen, wartete Sarah dort auf mich. Sie saß auf den Eingangsstufen und tippte auf ihrem Smartphone herum, und ich sagte Gillian, sie solle schon mal vorgehen.

Ich konnte nicht genau sagen, ob sie mich anlächelte oder nur in die Sonne blinzelte. Sie schien einen Sonnenbrand auf ihren bleichen Schultern zu haben, und ich fragte mich, wie lange sie schon da saß.

»Du hier«, sagte ich.

»Ich wusste, dass sie dich aus gutem Grund an der Brown angenommen haben.« Sie kramte einen Lipgloss aus ihrer Handtasche und trug ihn auf, dann stopfte sie ihn zurück und rutschte ein wenig zur Seite, um Platz für mich zu machen.

»Ich bin froh, dass du hier bist«, sagte ich.

Sie starrte über den Parkplatz hinweg. »Du weißt schon, dass ich meine Freundschaft mit dir nicht gleich aufgekündigt hätte, wenn du es mir damals gesagt hättest, oder?«

Ich war nicht sicher, ob ich ihr das glaubte, aber ich wusste, dass sie daran glaubte.

Hinter uns ging die Tür auf und zwei Teenager-Mädchen mit Strandtüchern kamen herausspaziert. Vor gar nicht allzu langer Zeit hätten das Sarah und ich sein können. Aber es war bereits der dritte Sommer, seit die Highschool vorbei war, und jedes Jahr schien schneller vorbeizugehen als das davor.

»Ich dachte, du wärst meine beste Freundin«, sagte Sarah. »Dabei hattest du ein komplettes anderes Leben, von dem du mir nie etwas erzählt hast. Ich finde nicht, dass echte Freundinnen solche Geheimnisse voreinander haben sollten.«

Da hatte sie recht – das sollten sie nicht. »Ich wusste damals nicht, wie man eine gute Freundin ist, aber ich weiß es jetzt. Ich will gerne deine Freundin sein, und zwar eine gute.«

»Gute Freundinnen haben keine Geheimnisse«, wiederholte sie. »Du musst mir versprechen, dass du das nie wieder tust.« Mein Herz machte einen Satz. »Das heißt nicht, dass ich nicht mehr wütend auf dich bin. Ich bin immer noch wütend. Stinkwütend. Und nur damit du's weißt, ich bin auch auf Amber wütend. Ich hab das mit der Hochzeit nur durchgezogen, weil es sich so gehört. Und, na ja, weil sie mich förmlich darum angebettelt hat.«

Amber und betteln? Das war eine Vorstellung, die ich so gar nicht vor meinem inneren Auge heraufbeschwören konnte. Wahrscheinlich hatte sie sich auch umgehend nach einem Ersatz für mich umgeschaut, einer von den Randfiguren, die darauf warteten, in die erste Reihe befördert zu werden. Ich wollte Sarah schon danach fragen, aber ich verkniff es mir. Sie redete ohnehin weiter.

»Sie gibt immer noch nicht zu, was sie getan hat, aber ich weiß, dass sie ihren Teil dazu beigetragen hat. Ich bin nicht dumm. Ich bin ziemlich sauer auf euch beide. Und ich weiß nicht, wann sich das ändern wird.«

»Okay«, sagte ich. Das war fair. Es war mehr als fair. Ich konnte mich glücklich schätzen, dass es überhaupt so was wie ein *wann* gab. Aber es gab da noch etwas, was mich belastete, und ich wusste, dass ich mich dem stellen musste. »Sarah, glaubst du, dass wir überhaupt noch etwas gemeinsam haben?«

Sarah runzelte die Stirn. »Du hast es dich also auch schon gefragt?«

Meine Kehle schmerzte plötzlich. Das Leben bestand darin, Zeit mit Leuten zu verbringen, mit denen einen etwas verband, nicht darin, sich an Orte zu zwingen, an die man nicht gehörte. Und es war nicht nur ich, die sich verändert hatte. Früher war es Sarah gewesen, die bei mir Rat suchte, doch heute war sie es, die ihr Leben im Griff hatte. Vielleicht hatte sie mittlerweile genug von mir gehabt. Oder vielleicht mussten wir einander ganz neu kennenlernen.

Ich wandte mich zu ihr. »Ich habe das ernst gemeint, was ich vorhin sagte. Ich will, dass wir wieder Dinge miteinander unternehmen, so wie wir es früher getan haben. Einfach nur nette kleine Sachen wie Milchshakes am Strand trinken und so.«

»Oh ja, das hat echt Spaß gemacht. Ich habe seit einer Ewigkeit keinen Erdbeer-Shake mehr getrunken.«

Ich starrte in den blauen Himmel, während die Sonne meine Nase und meine Hände wärmte. »Heute wäre doch ein schöner Tag für einen Milchshake.«

»Heute Abend kann ich nicht. Ich treffe mich mit Derek zum Essen. Ich muss eigentlich schon los.« Sie machte sich bereit aufzustehen und ich richtete mich ebenfalls auf. »Vielleicht nächstes Wochenende?«, fragte sie.

»Ja, gerne«, sagte ich.

Kurz sah es so aus, als wollte sie mich umarmen, aber im letzten Moment traten wir beide einen Schritt zurück und sie hob nur die Hand. Ich winkte ebenfalls und sah ihr nach, und dann ging ich die Treppen hinauf, um Gillian zu fragen, was sie von einem Eis am Strand hielt.

22

Celebrity Weekly Online … Ihre Promi-Nachrichten aus erster Hand!

KIND DER LIEBE – NATALIE JAMISON SCHWANGER VON JACK MORELAND!

Brandaktuell! Obwohl Jack Moreland immer noch nicht bestätigt hat, dass sein platingekröntes Debüt »Good Enough« von seiner heimlichen Highschool-Liebelei mit Journalistin Natalie Jamison inspiriert wurde, kann Celebrity Weekly von einer schockierenden Wende in der Geschichte berichten!

Eine Quelle, die dem Paar sehr nahesteht (ja, sie sind zusammen, auch wenn sie ein Geheimnis draus machen), hat bestätigt, dass Natalie in der achten Woche schwanger ist – von Jack! Anbei das Foto einer ungeschminkten Jamison, die versucht, ihren Babybauch mit einer Handtasche zu verbergen. Es ist für beide das erste Kind, und unsere Quelle hat uns geflüstert, dass Jamison noch vor der Geburt des Babys nach New York ziehen wird. Bleibt auf dem Laufenden für weitere brandaktuelle News in dieser heißen Story!

Oh. Mein. Gott.

Zuerst bemühten sie sich noch, etwas halbwegs Neutrales zu schreiben, aber als Jack sich immer noch weigerte, einen Kommentar abzugeben, brachten sie Zitate von meinen angeblichen Freundinnen, die besagten, ich hätte eine Art Nervenzusammenbruch erlitten. Danach ergriffen sie wieder Partei für mich. Nun erfanden sie völlig aus der Luft gegriffene Storys, zitierten »Quellen«, die es nicht gab, und veröffentlichten Fotos von mir – wohin war ich auf diesem Foto nur unterwegs? –, auf denen ich *kein* Make-up trug. Dafür einen Babybauch? Anscheinend sollte ich aufhören, Gillians hausgemachte Pizza in mich reinzustopfen.

Und ich sollte womöglich mein Abo kündigen.

Mein Handy klingelte. Meine Eltern. Ich ging nicht ran.

»Das ist nicht wahr, oder?« Gillian klang skeptisch, aber gleichzeitig auch ein ganz kleines bisschen hoffnungsfroh.

»Nein, es ist nicht wahr. Ich habe ihn seit jener Nacht nicht mehr gesehen.« Das war bereits einen Monat her. »Und ich bin nicht schwanger, nur fett.«

»Du bist nicht fett«, erwiderte Gillian.

»Du solltest sie verklagen«, meinte Sarah. »Ich werde dich vor Gericht vertreten.«

Ich hatte sie zu Gillians selbst gebackener Pizza eingeladen, und wie ich es vermutet hatte, verstanden sich die beiden auf Anhieb. Ich hätte mir Sorgen machen können, sie könnten bessere Freundinnen werden, als sie es mit mir waren, aber ich war nicht mehr das Mädchen, das sich über derartige Dinge sorgte.

»Ich will nicht klagen. Ich will einfach, dass sie mich in Ruhe lassen und vergessen.« Ich nahm mir noch ein Stück Pizza. Scheiß drauf. Sie war einfach zu lecker.

»Es ist allein schon gruselig, wie diese Artikel geschrieben sind«, bemerkte Sarah. »Ich meine, die reden von sich in der dritten Person! ›Celebrity Weekly kann bestätigen …‹ Also, für mich klingen die ziemlich nach Möchte-gern-aber-kann-nicht.«

Ich musste kichern und Gillian schüttelte den Kopf. »Nun, das macht mir meine Entscheidung nur leichter.«

Ich hielt beim Kauen inne. »Welche?«

Sie seufzte. »Ich bleibe hier. Ich kann nicht mit gutem Gewissen für eine Zeitschrift wie diese schreiben. Außerdem, wie sollen wir an unserem gemeinsamen Kochbuch arbeiten, wenn wir auf verschiedenen Seiten des Kontinents leben?«

»Bist du dir sicher?«

Sie nickte und streckte ihren Arm aus, und wir stießen die Fäuste gegeneinander. »Jetzt mal im Ernst«, sagte Gillian, »ich hab die Schnauze voll vom Umziehen. Außerdem gefällt es mir in Stonebury.«

Ich wäre nie auf die Idee gekommen, jemand anderem als Touristen oder meinen Freundinnen könnte es hier gefallen. Seit dem Moment, als ich eintraf, hatte ich mir überlegt, wie ich hier schleunigst wieder wegkommen könnte. Aber nun blieb Gillian hier. Ich hatte die Person hinter mir gelassen, die ich mit siebzehn war – also konnte ich vielleicht auch das Bild hinter mir lassen, das ich immer noch von Stonebury hatte, und es in einen Ort verwandeln, an dem ich leben wollte.

»Ihr beide schreibt ein Kochbuch?«, fragte Sarah und schnappte sich ein zweites Stück Pizza.

»Und ob«, sagte ich. »Bisher haben wir genau ein Rezept.«

Aber es war ein gutes Rezept, und jemand sagte mir einmal, irgendwo müsse man schließlich anfangen.

***

Stonebury blieb jedoch eine Kleinstadt, und ich wusste, irgendwann würde ich Amber zwangsweise über den Weg laufen. Ich hatte nur gehofft, das würde in frühestens fünf Jahren passieren, nicht an einem sonnigen Septembermorgen. Sarah zufolge, die immer noch ab und zu mit ihr Kontakt hatte, war sie mit Peter in den Flitterwochen gewesen und hatte danach einige Zeit im Ferienhaus ihrer Eltern verbracht. Doch nun war sie zurück. Ich spazierte auf dem Weg zur Buchhandlung die Main Street entlang und blieb hin und wieder stehen, um ein Bild zu schießen. Früher hasste ich diese Zeit des Jahres. Das Verfärben der Blätter kündigte immer den Beginn eines neuen Schuljahres an, was mich traurig und ängstlich stimmte. Aber nun wollte ich mir all das zurückholen, all diese negativen Gefühle in schöne Bilder verwandeln.

Die Touristen hatten die Stadt verlassen, doch die Straßen waren immer noch bevölkert, da die Einheimischen das perfekte Jeans-und-Pulli-Wetter genossen. Die Menschen strömten in und aus den Läden und im ersten Moment wäre Amber fast in der Menge untergegangen. Doch dann sah ich, wie sie ihr Haar nach hinten schwang, und ich erstarrte und überlegte fieberhaft, wie ich ihr aus dem Weg gehen konnte.

Aber auch jetzt gab es keine Möglichkeit, Amber aus dem Weg zu gehen.

Wir blieben beide stehen, als wir nur wenige Schritte voneinander entfernt waren, direkt vor dem Eingang zum Park. *Ich werde mich nicht verstellen, aber ich werde höflich sein.* »Hi«, sagte ich.

»Hallo.«

»Wie geht es dir?«

»Gut.«

Also, eine derart erquickliche Konversation könnte ich genauso gut mit der Parkbank treiben. »Tja, war nett, dich wiederzusehen.« Ich schenkte ihr das beste Lächeln, das ich aufbringen konnte – kein allzu breites –, und wandte mich zum Gehen.

»Ich schätze, du hast gewonnen, oder?«

»Wie bitte?«

Sie schürzte ihre makellosen pinken Lippen und ich drehte mich wieder zu ihr. »Du hast es endlich geschafft, mir alle meine Freunde wegzunehmen.«

Ich starrte sie an. »Ganz ehrlich, ich habe keine Ahnung, wovon du redest.«

»Das ist doch mehr als klar, Natalie. Seit jeher, seit ich dich getroffen habe, musste ich auf der Hut sein. Immer warst du auf Konkurrenz aus. Ich bekam eine Eins … du musstest eine Eins plus bekommen. Jedes Mal, wenn ich Sarah ein bisschen näherkam, versuchtest du, sie wieder von mir wegzuzerren. Nun, herzlichen Glückwunsch. Es ist dir endlich gelungen, mir mein Leben zu vermiesen.«

Ein Mann in einem Anzug wählte exakt diesen Moment, um mit dem Handy am Ohr an uns vorbeizulaufen. Ganz toll … Ich konnte bereits die Schlagzeile sehen: *Krankhafte Lügnerin zerstört das Leben einer unschuldigen jungen Frau!*

Ich wartete, bis er weg war. »Es überrascht mich wirklich, dass du das so empfindest, denn, um ehrlich zu sein, hatte ich in der Highschool tagtäglich genau dieses Gefühl.«

Sie schwang ihr Haar über die Schulter. »Das ist doch lächerlich.«

Ich hätte ihr einfach recht geben können, mich entschuldigen, davongehen und für immer und ewig damit abschließen. Und ein Teil von mir – der feige Teil – wollte genau das. Aber ich hatte hier endlich die Gelegenheit, ihr zu sagen, was für ein Gefühl sie mir all die Jahre vermittelt hatte.

Außerdem waren wir hier in Stonebury, ich würde ihr im Laufe der Woche womöglich noch fünfhundertmal über den Weg laufen.

»Nein, das ist es nicht.« Ich beugte mich zu ihr vor und blickte ihr fest in die Augen, als sie schon dazu ansetzen wollte, sie zu verdrehen. Ihre Lippen bebten kaum merklich, und das erste Mal fragte ich mich, ob das Augenrollen nur eine Art Selbstschutzmechanismus war. »Du allein hattest an der Highschool das Sagen. Du hast ständig an allem und jedem herumkritisiert. Ich habe Stunden damit verbracht, ein Oberteil auszusuchen, immer mit dem Gedanken, ob du es gut finden würdest oder nicht …«

»Nun, das ist ja wohl nicht meine Schuld.«

»Das behaupte ich auch nicht, zumindest nicht ganz. Ich habe einen nicht unwesentlichen Teil dazu beigetragen. Heute ist mir das klar. Ich war wahrscheinlich das unsicherste Mädchen in unserer ganzen Klasse. Ich wollte immer deine Anerkennung. Ich wollte immer nur, dass du mich magst.«

Amber sah weg, und wir schwiegen beide, als eine Gruppe von vier Mädchen laut lachend an uns vorbeilief. »Ich musste immer so hart für alles arbeiten«, sagte sie schließlich. »Du musstest nie lernen und bist trotzdem fast Jahrgangsbeste geworden. Ich hab euch immer erzählt, ich wäre beim Shoppen oder am Strand oder wo auch immer, dabei hockte ich allein in meinem Zimmer und machte Übungstests oder Zusatzaufgaben. Und trotzdem hast du mich immer geschlagen.«

Sie hatte die Augen weit aufgerissen und ihre Stimme bebte. Noch nie hatte ich sie in all den Jahren so gesehen.

»Und dann der Abschlussball ... Ich war bei allen Komitees dabei. Ich hatte die Idee mit den Schwarz-Weiß-Filmen, ich ließ nur Lori die Lorbeeren einheimsen. Ich hatte so hart dafür gearbeitet, aber du warst es, die Ballkönigin wurde. Dabei hast du sogar noch so getan, als wolltest du gar nicht hingehen. Egal, was es war, alles flog dir nur so zu ...«

Ich lachte. »Zufliegen? Hast du mir eigentlich je beim Cheerleading zugesehen?«

Doch Amber lächelte nicht. Die Sonne verschwand hinter den Wolken, und der Wind schüttelte die ersten Blätter von den Bäumen, die die Main Street säumten. »Weißt du, was mich wirklich wütend gemacht hat? All die Male, die du dich über deine Eltern beschwert hast – dass sie dich dies oder jenes nicht machen ließen, dass sie dich zwangen, für einen gemeinsamen Spieleabend zu Hause zu bleiben. Ich habe immer so getan, als fände ich das total öde, während mein eigener Vater seine Praktikantin vögelte und meine Mutter sich jeden Abend um sieben im Bett verkroch. Sie hat die ersten Schönheits-OPs gemacht, da war sie noch keine fünfzig, nur um ihn an sich zu binden. Das ist so verrückt! Sie behauptete immer, sie würde alles tun, um die Familie zusammenzuhalten, aber ich glaube, es ging ihr nie um die Familie. Es ging nur um ihn.«

Ich sog die Luft ein. »Ich weiß, dass wir nie darüber geredet haben, als die Geschichte mit deinem Dad aufkam, aber doch nur, weil wir dachten, du wolltest es nicht.«

In ihren Augen schimmerten Tränen. »Ich kam zu dem Schluss, es wäre am einfachsten, wenn ich so tat, als würde es nicht passieren. Dabei habe ich immer darauf gewartet, dass eine meiner Freundinnen kommt und mir sagt, dass alles wieder gut wird.«

Das haben wir nie getan. Vielleicht glaubten wir, es wäre ihr peinlich oder würde sie nur noch trauriger machen. Vielleicht hatten wir Angst, sie könnte wütend werden, wenn wir die Sache erwähnten. Vielleicht war es auch nur bequem für uns gewesen, es nicht anzusprechen und davon auszugehen, dass nichts sie je wirklich berührte, dass sie damit klarkam.

»Es tut mir leid«, sagte ich. »Ich weiß, wie es ist, allen ständig etwas vorzuspielen. Ich dachte, es ginge ums Überleben, dabei war es nur die Highschool.«

Amber wischte sich über die Augen. »Es ist nicht nur die Highschool. So ist das Leben.«

Ich sah sie an, aber sie schaute immer noch zur anderen Straßenseite. Wir sahen der Besitzerin von Cupcakes & More dabei zu, wie sie Krümel von der Fußmatte vor ihrem Laden fegte. Wir betrachteten ein paar College-Mädchen mit Leggins und Sonnenbrillen dabei, wie sie das Diner betraten. Ich fragte mich, ob Amber sich daran erinnerte, wie oft wir in diesem Diner waren, nach einer von Adams Partys oder einem Cheerleader-Training. Ich fragte mich, ob sie überhaupt eine gute Erinnerung an die Highschool hatte.

Und da wurde mir klar, dass ich diese Erinnerungen hatte: wie Amber Stunden damit verbrachte, mit ihrem Designerzubehör mein Haar zu glätten, wie sie mit den Fingern hindurchfuhr und mir sagte, sie wünschte, ihr Haar würde so glänzen. Warum also rümpfte sie am nächsten Tag die Nase, wenn ich durch die gläserne Eingangstür der Schule trat, und bemerkte lautstark vor allen anderen, dass meine Jeans zu eng wurde?

»Nun …«, sagte ich langsam, »vielleicht könnten wir uns nächste Woche mal zum Mittagessen treffen oder so.«

Ambers Gesichtsausdruck verhärtete sich blitzartig. »Ich habe nächste Woche einen ziemlich vollen Terminkalender. Am Montag koordiniere ich die Spielzeug-Aktion im Krankenhaus, dann steht mein erstes Bibliothekstreffen an – ich sitze jetzt im Vorstand –, und danach müssen Peter und ich die Farbmuster für das Gästezimmer aussuchen.«

»Okay, dann vielleicht ein anderes Mal.«

»Bestimmt.« Sie klang wie ein Vertreter vom Kundenservice, der versuchte, mich aus der Leitung zu kriegen. Wir richteten uns gleichzeitig auf, und ich überlegte, ob ich sie zum Abschied umarmen sollte, als sie sagte: »Da gibt es nur eine Sache, die ich nicht kapiere. Warum hast du dir diese verrückte Lüge mit diesem Jack Moreland ausgedacht?«

Selbst jetzt noch sprach sie seinen Namen mit einem abfälligen Unterton aus, und ich musste mir in Erinnerung rufen, dass sie ihn nicht kannte und nie gekannt hatte.

»Es war keine Lüge«, erwiderte ich.

Sie stand einfach nur da und starrte mich an, als hätte ich soeben zugegeben, jemanden ermordet zu haben.

Ich entschied mich gegen die Umarmung. »Wir sehen uns«, sagte ich und ließ sie dort stehen.

23

Während der Monate, in denen Jack in London an seinem zweiten Album arbeitete, wurden zwei weitere Singleauskopplungen von »Good Enough« veröffentlicht. »Palladium« wurde in gleich zwei Kino-Trailern verwendet, und »Prom Night« kam direkt nach Thanksgiving raus und stieg sofort auf Platz eins der Billboard-Charts ein. Ein paar Male rief oder simste Jack mich an, nach einem anstrengenden Tag im Studio für ihn und langen, ruhelosen Tagen für mich. Das Leben verlief wieder in relativ normalen Bahnen, seit es keine Neuigkeiten mehr gab und andere Storys an unsere Stelle getreten waren.

Eines Samstagmorgens in der Woche vor Weihnachten saßen Gillian und ich in der Küche, tranken Tee und vertilgten die Reste der Brokkoli-Quiche vom Vortag. Wir hatten die Türrahmen mit Lichterketten geschmückt, und ich hatte sogar einen rot-grünen Tischläufer aufgetrieben, um den zu ersetzen, den Sarah mitgenommen hatte. Gillian machte Notizen für ihre neueste Fan-Fiction-Story, und ich blätterte durch mein kärgliches Portfolio, um mich zu inspirieren. Montagmorgen hatte ich einen Termin mit Justin Hanscomb, der mir hoffentlich dabei helfen würde herauszufinden, wie man ein erfolgreiches Geschäft aufbaute.

Ich füllte gerade den Wasserkocher wieder auf, als mein Handy summte. Eine SMS von Jack, die erste, die ich seit einer ganzen Weile bekommen hatte.

Mach Sunny 101.5 an.

Ich runzelte die Stirn und betrachtete das Display. Soweit ich das wusste, spielte Sunny 101.5 tagein, tagaus Weihnachtslieder, und das durchgängig bis zum 25. Dezember, genauso wie die Läden im Einkaufszentrum, jedes einzelne Geschäft in der Main Street und sogar die Büros der Stonebury Gazette.

»Wer ist es?«, fragte Gillian, die immer noch vor sich hin kritzelte.

Ich starrte auf Jacks Nachricht und fragte mich, was er nun wohl für mich auf Lager hatte.

Sie sah von ihrem Notizheft auf und strich sich mit dem Handrücken das Haar aus dem Gesicht. »Alles in Ordnung?«

»Ja, ähm, hast du ein Radio?«

»Nein, ich habe ein iPhone.«

Das hatte ich mir schon gedacht. Sarah hatte eines für Notfälle in der Abstellkammer gehabt, aber das war schon lange weg.

Doch dann kam mir eine Idee. »Kommst du bitte kurz mit mir?«

Sie stand ohne eine Frage auf und folgte mir aus der Wohnung. Wir hielten uns nicht damit auf, unsere Mäntel anzuziehen, sondern liefen direkt zu meinem Wagen. Gillian saß geduldig da, bis ich den Motor anließ. Sie fummelte am Heizungsregler herum, während ich das Radio anmachte: keine Weihnachtsmusik, nur ein Force-of-Nature-Song, der gerade zu Ende ging.

Dann dröhnte die Stimme des Moderators durch meinen Wagen.

»Und jetzt haben wir einen wahren Ohrenschmaus für Sie! Superstar Jack Moreland ist live in unserem Studio zu Gast, hier in der Main Street von Stonebury!«

Gillian drehte sich mit großen Augen wie in Zeitlupe zu mir um. Dann starrten wir beide das Radio an, als würde es geradewegs zu uns sprechen.

»Jack, vielen Dank, dass du in deine Heimatstadt gekommen bist, um diesen schönen Morgen mit uns zu verbringen.«

»Ich freue mich auch, hier zu sein, Mick.«

»Nun, ich weiß ja, dass du nur auf der Durchreise bist, und das ist es, was diesen Abstecher zu etwas ganz Besonderem macht. Außerdem willst du uns eine Neuigkeit erzählen, etwas wirklich Cooles, das deine Fans hier in Stonebury und in der ganzen Welt freuen wird.«

Jack gab einen kehligen Laut von sich, irgendwas zwischen einem Seufzer und einem Lachen, und ich konnte mir den Blick vorstellen, mit dem er den überaus enthusiastischen Mick bedachte. »Ja, das stimmt. Danke, dass ich das live in eurer Show tun darf. Ich will einen brandneuen Song vorstellen, und wir werden ihn heute, hier in diesem Studio zum ersten Mal spielen.«

»Genau! Was für eine coole Sache für all die Fans aus deiner Heimatstadt, die dich vergöttern … Und glaub mir, es gibt Tausende davon. ›Good Enough‹ ist mein meistgewünschter Song.«

»Oh, wirklich? Das ist echt cool.«

Gott, er war immer noch so nett. Er hätte den Moment nutzen könne, um anzumerken, dass niemand in Stonebury sich für ihn interessiert hatte, als er noch keine Berühmtheit war. Aber das wäre nicht Jack gewesen. Und es war nur ein weiterer Grund, warum ich ihn liebte.

»Liebe Zuhörer, es hat noch etwas Besonderes mit diesem Lied auf sich. Jack, du warst in London, um ein neues Album aufzunehmen, aber dieses Stück ist nicht von diesem neuen Album. Was Sie gleich hören werden, meine Damen und Herren, ist eine brandneue B-Seite. Nun, B-Seiten sind heutzutage nicht besonders üblich, aber du hoffst, sie wieder aufleben zu lassen. Stimmt das?«

»Das stimmt, Mick. Wobei ich anmerken muss, dass das Lied, da es nicht mit dem ursprünglichen Album veröffentlicht wurde, theoretisch keine wirkliche B-Seite ist. Aber wir werden ›Good Enough‹ noch einmal mit diesem elften Song herausbringen. Und man kann es sich selbstverständlich auch auf iTunes runterladen.«

»Nun, das klingt doch fantastisch! Was hat dich dazu inspiriert?«

»Ich war schon immer ein großer Fan von B-Seiten. Als ich noch jünger war, war eine Sammlung für mich nicht vollständig, wenn ich nicht den kompletten Plattenladen bis zur letzten danach durchstöbert hatte. Ich glaube, B-Seiten sind eine vergessene Kunst. Oftmals waren die B-Seiten sogar besser als die Tracks, die das eigentliche Album ausmachten. Sie dürfen künstlerischer sein, düsterer … nicht unbedingt radiotauglicher. Sie können eine gute Platte abrunden, aber sie verlangen auch ein bisschen mehr Arbeit von einem. Mir gefällt das.«

»Das finde ich toll, wirklich! Die vergessene Kunst der B-Seiten. Das ist fantastisch! Okay, bevor wir also den neuen Song spielen, der, da bin ich mir sicher, ein Megahit wird, kannst du unseren Zuhörern vielleicht sagen, wie deine zukünftigen Pläne aussehen?«

»Nun, meine Tournee mit Force of Nature liegt hinter mir, und wie du schon sagtest, hatte ich das Glück, in den letzten zwei Monaten mein neues Album in London aufnehmen zu dürfen. Es müsste Anfang nächsten Jahres herauskommen, aber im Moment hoffe ich nur, ein bisschen durchzuatmen und zu entspannen.«

»Das kling fantastisch!«

Gillian und ich wechselten einen Blick. Kannte Mick eigentlich noch ein anderes Adjektiv?

»Das nächste Jahr kann nicht früh genug kommen«, fuhr Mick fort, »aber bis dahin haben wir ein bisschen neue Musik, an der wir uns erfreuen können. Hier kommt sie also, Leute, exklusiv auf Sunny 101.5, Stonebury, Massachusetts … Jack Morelands erste B-Seite. Sie heißt ›My Apologies‹.«

»Heiliger Bimbam«, flüsterte Gillian.

Ich lehnte mich an sie und griff nach ihrer Hand, dann schloss ich die Augen.

Die Lieder auf ›Good Enough‹ hatten alle einen eingängigen, melodischen Sound, schwere Bässe, Gitarren und Tamburin. Dieses hier war einfach, auf das Nötigste heruntergebrochen. Es hatte nicht einmal einen Refrain.

Es würde nie ein Top-Ten-Hit werden.

There are some things I'll never say
Even to myself
The darkest secrets that keep me up at night
Well they're always the same
Regrets they come so easily and they never really leave
Until all that's left are my apologies
I won't list them one by one, they're too long for that
I just want you to know that I have them too
And they're all for you
My apologies

Das Lied verklang, doch ich konnte mich nicht rühren.

Ich werd' sie nicht einzeln nennen, dafür sind es zu viele / Du sollst nur wissen, auch ich trage sie in mir / Und sie sind alle für dich / Meine Entschuldigungen.

Die nächsten Moderatoren kamen, das übliche Vormittagsprogramm-Pärchen, das viel zu munter war und dachte, Telefonstreiche mit zufällig ausgewählten Leuten aus dem Telefonbuch und ihre live ausgestrahlten Reaktionen wären irrsinnig witzig. Es fühlte sich fast wie eine Beleidigung an, von Sonny und Kim aus Jacks Song herausgerissen zu werden.

»Natalie«, flüsterte Gillian. »Du quetschst mir die Blutzufuhr ab.«

»Oh!« Ich ließ ihre Hand los. »Entschuldige.«

Wir kreischten beide auf, als mein Handy klingelte.

»Und?«, fragte er. »Wie hat es dir gefallen?«

»Ich … mir … Ich liebe es.«

»Wirklich?«

Konnte er wirklich daran zweifeln? »Wirklich.«

In der Leitung war es still, und ich hatte schon Panik, der Empfang könnte weg sein.

»Rate mal, wo ich gerade bin.«

»Wo?«

»Auf der Main Street, irgendwo zwischen der Radiostation und deiner Wohnung.«

»Wo in der Main Street?«

»In der Buchhandlung. Die Leute machen Fotos von mir. Ist das zu glauben? Dabei war ich nicht einmal in der Wissenschafts-AG.«

Ich lachte, bis mir die Tränen in die Augen stiegen. »Bleib, wo du bist, okay?«

Als wir auflegten, griff Gillian nach meiner Hand und drückte sie ganz fest. »Okay, hör mir zu. Du bleibst jetzt ganz ruhig. Du wirst nicht hyperventilieren oder eine Panikattacke kriegen oder so.« Sie holte ein paarmal tief Luft. »Du fährst da jetzt hin und schnappst ihn dir, okay?«

Auch sie schwankte zwischen Lachen und Weinen, wobei sie mir die Fingernägel ins Handgelenk grub. Ich löste sanft unsere Hände voneinander und sah ihr in die Augen. »Okay.«

Sie stieg aus dem Wagen, dann hielt sie noch einmal inne. Sie streckte ihre Hand aus und wir stießen unsere Fäuste gegeneinander. Dann tat ich, wie mir geheißen.

*

Ich sah die Menge, bevor ich ihn sah. Anscheinend hatte ganz Stonebury an diesem Morgen Sunny 101.5 gehört und nun strömten sie auf die Straße. Die Polizei regelte den Verkehr, der beinahe zum Erliegen gekommen war. Keine Chance auf einen Parkplatz auf der Main Street, also lenkte ich den Wagen in die erstbeste Lücke vor einer Apotheke und stieg aus. Ich schob mich durch die Menschenmassen, und sie verstummten, als sie mich sahen. Es schien beinahe so, als hätten sie auch auf mich gewartet. Endlich machten sie mir Platz, und da sah ich ihn, an der Tür der Buchhandlung lehnend, fast wie der Pappaufsteller, der da einst gestanden hatte.

Er erblickte mich und trat vor. Ich überquerte die Straße und war mir vollkommen bewusst, warum es meinem Hirn schwerfiel, diese Szene zu verarbeiten. Wir hatten nie zuvor bei helllichtem Tag zusammen in einer der Straßen von Stonebury gestanden. Immer wenn wir uns in der Stadt trafen, war die Sonne bereits untergegangen. Doch hier war ich nun, und jeder Schritt brachte mich ihm näher.

Und dann war ich bei ihm. Um uns herum waren überall Menschen, Handys und Kameras klickten ohne Unterlass. Aber ich sah nur ihn.

»Ich kann nicht glauben, dass du hier bist«, sagte ich. Mein Gesicht schmerzte bereits vom vielen Lächeln.

Klick.

Er zuckte mit den Schultern. Auch er lächelte breit. »Oh doch, und diesmal sogar mit großem romantischen Showdown.«

Klick, klick.

Eine winterliche Meeresböe wehte ihm das Haar in die Augen und das Klicken nahm zu. In einer Millisekunde blitzten all die möglichen Schlagzeilen vor meinem inneren Auge auf: ENDLICH! DER BEWEIS – KLEINSTADT-FOTOGRAFIN IST WIRKLICH ROCKSTAR-MUSE; ENTSCHULDIGUNGEN ÜBER ENTSCHULDIGUNGEN! WIE NATALIE JACK DAZU BRACHTE, IHR ZU VERZEIHEN; JACK & NATALIE WIEDER VEREINT – ABER WIE LANGE? Es gab so viele Möglichkeiten, wie es ausgehen konnte, aber nur eine Sache zu tun. Gebt dem Publikum, was es verlangt!

Ich machte einen Schritt vorwärts, genau in demselben Moment wie Jack, und nahm sein Gesicht zwischen meine Hände. Dieses Gesicht zierte CD-Cover und Titelblätter, also gehörte es vielleicht allen ein bisschen.

Aber vor allem gehörte es zu mir.

Ich küsste ihn und er erwiderte meinen Kuss.

Ich meinte zu hören, wie ein paar Leute in der Menge jubelten.

Es war ein kalter Dezembertag, aber keine einzige Wolke stand am Himmel. Dunkel und sternenbedeckt, oder doch hell und von einem strahlenden Blau – der Himmel war nach all diesen Jahren immer noch derselbe.

DANK

Ich danke meiner Lektorin Stacy Abrams, die dieses Buch zu etwas Besserem gemacht hat, als es ohne sie je hätte sein können.

Ich bin voller Dankbarkeit für all jene (und es waren viele!), die meine ersten Entwürfe gelesen und mir Rückmeldung gegeben haben: Leslie Carter, D. K. Burrow, Eve Trombley und Diane Mulligan.

Danke, Maribeth Bordage, dafür, dass du die Erfahrung deines schlimmsten Kusses mit mir geteilt hast, sodass ich ihn an Natalie weitergeben konnte.

Falls ihr Interesse an einem wirklich herzzerreißenden, großartigen Song habt, über einen Mann, der von seiner Liebe sitzen gelassen wurde, hört in Jeff Buckleys »Forget Her« rein, das dafür sorgte, dass ich es mir stundenlang wie besessen anhören musste, und mir die Idee zu diesem Buch lieferte.

Ich möchte einen ganz besonderen Dank an meinen pelzigen Gefährten aussprechen, der mich die letzten zwölf Jahre begleitet hat und während der Arbeit an diesem Buch verschied. Gordie hat immer dafür gesorgt, dass ich meine Schreibarbeit tat, und es sich währenddessen gerne auf dem Laptop bequem gemacht. Mein Schoß wird leerer sein ohne dich, aber ich weiß, dass ich dich eines Tages wiedersehen werde.

Ich danke meinem Ehemann, Jeff, meiner größten und beständigsten Quelle der Inspiration. Ich bin so dankbar für deine Liebe, deine Ermunterung und – womöglich am allerwichtigsten – deine unheimliche Begabung, dir wirklich unfassbar schlechte Bandnamen auszudenken. Ich liebe dich.